LE JEU DU FURET

DU MÊME AUTEUR

Le Masque de l'araignée, Lattès, 1993.
Et tombent les filles, Lattès, 1995.
Jack & Jill, Lattès, 1997.
La Diabolique, Lattès, 1998.
Au chat et à la souris, Lattès, 1999.
Souffle le vent, Lattès, 2000.

www.editions-jclattes.fr

James Patterson

LE JEU DU FURET

roman

Traduit de l'américain par
Philippe Hupp

JC Lattès

Collection « Suspense & Cie »
dirigée par Sybille ZAVRIEW

Titre de l'édition originale
POP GOES THE WEASEL
publiée par Little, Brown and Company

© 1999, by James Patterson.
© 2001, Éditions Jean-Claude Lattès pour la traduction française.

*Ce livre est dédié à Suzie et Jack ainsi qu'aux millions de lecteurs d'Alex Cross qui me demandent si souvent :
« Ne pourriez-vous pas écrire un peu plus vite ? »*

PROLOGUE

1

Il était sept heures et demie lorsque Geoffrey Shafer émergea de son hôtel particulier. Impeccablement vêtu — blazer bleu marine, chemise blanche, cravate club et pantalon gris de chez H. Huntsman & Sons — il s'installa au volant de la Jaguar XJ12 noire, sortit de l'allée en marche arrière, puis écrasa l'accélérateur.

Le compteur affichait déjà plus de quatre-vingts lorsque le coupé atteignit Connecticut Avenue, dans Kalorama, l'un des quartiers les plus huppés de Washington.

Au lieu de marquer l'arrêt au stop, Shafer enfonça encore la pédale. De l'autre côté, le grand mur de pierre de taille longeant l'artère très fréquentée semblait n'attendre que lui. En une fraction de seconde, il le percuterait de plein fouet. Il imagina brièvement le choc, frémit en se représentant la scène, son propre corps désarticulé...

Il avait dépassé les cent kilomètres-heure. Au tout dernier instant, il évita la collision en braquant furieusement à gauche. La voiture dérapa dans un hurlement de pneumatiques. Une odeur de gomme brûlée envahit l'air.

Au bout d'une interminable glissade, la Jaguar s'immobilisa sur la chaussée, face à la circulation, son pare-brise noir luisant comme un sourire de haine.

Shafer redémarra, pied au plancher. Il était sur la voie

de gauche ! Un tonnerre de coups de klaxon se déchaîna aussitôt.

Instinctivement, sans reprendre son souffle, Shafer accéléra. Après le pont de Rock Creek, il prit deux fois à gauche pour rejoindre l'autoroute.

Un petit cri de douleur s'échappa de ses lèvres. Une réaction fugace, involontaire, inattendue. Un éclair de peur, un bref instant de faiblesse.

Il écrasa une nouvelle fois la pédale. Le moteur rugit de tous ses douze cylindres. Cent vingt, cent trente. La Jaguar zigzagua entre les véhicules. Des berlines, des monospaces, des 4x4 qui donnaient l'impression de faire du surplace. Un fourgon de livraison A & P noir de crasse.

Les coups de klaxon s'étaient faits plus rares. Les autres conducteurs mouraient de trouille.

Il prit la première bretelle de sortie à quatre-vingts, puis accéléra de nouveau.

P Street était encore plus fréquentée que l'autoroute. C'était l'heure où Washington se secouait pour aller travailler. Shafer avait encore en tête le beau mur de Connecticut Avenue. Il n'aurait jamais dû s'arrêter avant. Il fallait qu'il se trouve un autre obstacle, bien solide, pour s'y crasher à pleine vitesse.

Il filait à plus de cent trente, tel un bolide, vers Dupont Circle. Deux files de véhicules patientaient au feu rouge. Impossible de passer, à droite comme à gauche.

Il n'avait aucune envie d'emboutir par l'arrière une douzaine de voitures ! Non, décidément, non. Il ne pouvait tout de même pas mettre fin à ses jours en percutant une vulgaire Chevrolet Caprice ou Honda Accord, une banale fourgonnette.

D'un coup de volant, il déporta la Jaguar sur la gauche et remonta l'artère à contre-sens. Il lisait déjà la stupeur et la panique sur les visages, derrière les pare-brise sales. Un concert de coups d'avertisseur retentit, aigre et pathétique symphonie de peur.

Il grilla le feu suivant et réussit à se faufiler d'extrême justesse entre une Jeep et une bétonneuse.

Il poursuivit sa course folle sur M Street, puis Pennsylvania Avenue. Le centre hospitalier universitaire

George Washington n'était plus loin. La conclusion parfaite ?

C'est à cet instant que la voiture de police surgit de nulle part, rampe de gyrophares allumée, sirène hurlante. Shafer freina et se gara le long du trottoir.

Le flic courut vers lui, prêt à dégainer son arme, l'air inquiet, et lui intima :

— Veuillez sortir de la voiture !

Shafer se sentit soudain parfaitement calme et détendu. La tension avait déserté son corps.

— C'est bon, c'est bon, je sors. Pas de problème.

— Avez-vous une idée de la vitesse à laquelle vous rouliez ? lui demanda nerveusement le flic, le visage écarlate.

Shafer remarqua que sa main était restée posée sur l'étui de son arme. Il ourla les lèvres, médita sa réponse.

— Oh, je dirais cinquante à l'heure. Peut-être un tout petit peu plus que la vitesse autorisée.

Sur quoi il sortit une carte d'identité et la tendit à l'agent.

— Mais vous ne pouvez rien faire. Je dépends de l'ambassade de Grande-Bretagne. Je jouis de l'immunité diplomatique.

2

Ce soir-là, en rentrant du bureau, Geoffrey Shafer sentit qu'il recommençait à perdre les pédales. Il se faisait presque peur. Depuis un certain temps, toute sa vie tournait autour d'un jeu qu'il s'était inventé, un jeu qu'il appelait les Quatre Cavaliers. Il y jouait le rôle de la Mort. Ce jeu était tout pour lui. Le reste ne comptait plus guère.

De l'ambassade britannique, il fonça jusqu'à Petworth, dans le nord-ouest. Pas le genre de quartier où un Blanc au volant d'une Jaguar étincelante avait intérêt à se pavaner. Il le savait parfaitement, mais c'était plus fort que lui. Comme l'autre matin.

Juste avant d'arriver, il s'arrêta une minute, le temps de pianoter un message sur le clavier de son ordinateur portable. Il était destiné aux autres Cavaliers.

Mes amis,
La Mort se promène dans les rues de Washington.
La partie a commencé.

Il redémarra. Quelques minutes plus tard, il était à Petworth. Les prostituées outrageusement fardées racolaient déjà dans Varnum et Webster Street. La voix de Ronnie McCall s'échappait d'une BMW bleu métallisé. Un morceau intitulé *Nice and Slow*, en parfait accord avec l'atmosphère de ce début de soirée résonnait à travers les rues.

Les filles lui faisaient des signes, en exhibant leur poitrine. Opulentes ou plates, fermes ou flasques, il y en avait pour tous les goûts. Bustiers et pantalons moulants aux couleurs criardes, chaussures rouges ou argentées, hautes comme des échasses.

Il s'arrêta en douceur près d'une jeune Black qui pouvait avoir seize ans. Très joli visage, pour une pute. Bien que petite, elle avait de longues et minces jambes. Shafer la trouva excessivement maquillée, mais elle n'en restait pas moins irrésistible. Alors, pourquoi se priver ?

— Belle voiture, roucoula-t-elle. Une Jaguar. J'adore. (Elle sourit, et ses lèvres violettes dessinèrent un charmant petit O.) Toi aussi, tu me plais bien.

Il lui renvoya son sourire.

— Monte. On va faire un petit essai, histoire de voir si c'est vraiment de l'amour, ou juste un coup de tête.

Il jeta un bref coup d'œil autour de lui. Le coin de rue était désert. Les autres filles tapinaient plus loin.

— Cent dollars et je te fais la totale, chéri, d'accord ?

Elle s'installa en tortillant des fesses. Son parfum devait s'appeler *Eau de Chewing-Gum*, et elle s'en était littéralement aspergée.

— Monte, je t'ai dit. Cent dollars, pour moi, c'est de la petite monnaie.

Il savait qu'il prenait un risque en l'emmenant dans la Jaguar, mais il avait envie de faire cette balade. C'était plus fort que lui.

Il roula jusqu'à un petit parc boisé, dans un quartier appelé Shaw, et se gara derrière un bosquet de sapins, à l'abri des regards. Il contempla la prostituée, qui lui parut encore plus petite, encore plus jeune.

— Quel âge as-tu ?

— Quel âge tu veux que j'aie ? lui répondit-elle en souriant. Chéri, tu le paies d'abord. Tu sais comment ça marche.

— Moi, oui, mais toi ?

Il plongea la main dans sa poche, en sortit un couteau à cran d'arrêt et, sans interrompre son geste, le plaqua contre la gorge de la fille.

— Ne me fais pas de mal, l'implora-t-elle à mi-voix. Ne t'énerve pas.

— Sors de la voiture. Lentement. Et surtout, tu ne cries pas. Tu restes calme, hein ?

Il l'accompagna, la pointe de la lame toujours au creux de la gorge.

— Tu sais, ma chérie, lui expliqua-t-il, ce n'est qu'un jeu. Moi, je suis la Mort. Tu as énormément de chance. Je suis le plus fort de tous les joueurs.

Et, comme pour prouver ses dires, il lui donna le premier coup de couteau.

LIVRE PREMIER

MEURTRES SANS MOBILE APPARENT

1

Ce matin-là, tout se passait plutôt bien. On était fin juillet. À Washington, il faisait déjà une chaleur à crever et je traversais Southeast au volant d'un car scolaire du plus bel orange, en sifflotant du Al Green. Je devais prendre seize gamins chez eux ou dans leur foyer d'adoption. Service de bus à domicile, en quelque sorte. Difficile de faire mieux.

Une semaine plus tôt, je traquais encore M. Smith à Boston. Nous avions enfin réussi à mettre un terme à l'équipée sanglante de ce sinistre personnage et son complice de fortune, un psychopathe du nom de Gary Soneji, et j'avais besoin de repos. Pour me changer les idées, j'avais donc pris ma matinée. Je me faisais une joie de jouer les éducateurs.

Derrière moi, il y avait John Sampson, mon coéquipier, et un adolescent de douze ans nommé Errol Mignault. John portait un jean et un T-shirt noirs et des lunettes de soleil. Sur sa poitrine, on lisait « Alliance des hommes responsables. Envoyez vos dons dès aujourd'hui. » Il fait un mètre quatre-vingt-dix-huit et pèse ses cent vingt kilos bien tassés.

On est amis depuis qu'on a dix ans. C'est à cette époque que ma famille est venue s'installer à Washington.

On était tous les trois en train de parler de Sugar Ray Robinson, ou plutôt en train de hurler pour couvrir le bruit du moteur qui avait des ratés. Sampson avait posé sa grosse patte sur l'épaule du gamin. Avec ces gosses-là, un bon contact physique est primordial.

Nous avons fini par ramasser le dernier de la liste, un petit de huit ans qui vivait à Benning Terrace, une cité très sensible que certains surnomment « la ville où tout est simple ».

En repartant, nous vîmes un gigantesque tag résumant parfaitement tout ce qu'il fallait savoir sur le quartier : VOUS QUITTEZ LA ZONE DE COMBAT. VOUS AVEZ SURVÉCU. VOUS POURREZ TÉMOIGNER.

Nous emmenions les gosses rendre visite à leur père à la prison de Lorton, en Virginie. Ils avaient tous entre huit et treize ans. Chaque semaine, l'Alliance permet ainsi à une cinquantaine d'enfants de voir leurs parents détenus dans différents établissements. Ses objectifs sont des plus ambitieux : faire baisser d'un tiers la criminalité à Washington.

Cette maison d'arrêt, je m'y étais déjà rendu à maintes reprises. Je connaissais bien la directrice. Quelques années plus tôt, j'y avais passé énormément de temps à interroger Gary Soneji.

Marion Campbell avait fait aménager une grande salle, au niveau un. Voir pères et enfants se retrouver ainsi avait quelque chose d'extraordinairement émouvant. L'Alliance consacre énormément de temps à l'éducation des pères qui se portent volontaires, et le programme se déroule en quatre étapes : comment montrer qu'on aime son enfant, accepter les concepts de faute et de responsabilité, trouver le point d'harmonie entre le père et l'enfant, essayer de repartir sur de nouvelles bases.

Paradoxalement, les gosses voulaient tous jouer les durs — j'en ai même entendu un dire : « T'étais pas dans ma vie avant, pourquoi je devrais t'écouter maintenant ? » — tandis que les pères, eux, s'efforçaient de se montrer sous un jour plus tendre.

C'était la première fois que Sampson et moi effectuions ce voyage, mais je savais déjà que j'allais renouveler l'expérience. On sentait dans cette salle tant d'émotion et d'espoir à l'état pur, un tel potentiel d'amélioration... Tout, bien sûr, ne se passerait pas comme on pouvait l'espérer, mais au moins des efforts étaient faits, et il en ressortirait forcément quelque chose de positif.

Ce qui me frappait le plus, c'était la force des liens qui unissaient encore certains pères et leurs jeunes fils. Je pensais à mon propre garçon, Damon, et à la chance que nous avions. La plupart des détenus de Lorton avaient le même problème : ils savaient que ce qu'ils avaient fait était mal, mais ils ne savaient pas comment faire pour arrêter.

Pendant près d'une heure et demie, j'ai passé le plus clair de mon temps à me promener et à écouter. De temps à autre, on faisait appel à mes talents de psychologue et j'essayais de faire de mon mieux. Dans un petit groupe, j'ai entendu un père chuchoter à son fils : « Sois gentil, dis à ta mère que je l'aime et qu'elle me manque vraiment beaucoup. » Puis ils sont tombés dans les bras l'un de l'autre, en larmes.

Au bout d'une heure, Sampson est venu me voir, avec son grand sourire. Il a un sourire d'enfer.

— Tu sais quoi ? Le social, j'adore ça.

— Ouais, moi aussi, je suis accro. Je veux reconduire ce gros bus jaune.

— À ton avis, ces réunions, elles servent à quelque chose ?

J'ai regardé autour de moi, et je lui ai répondu :

— Je crois qu'aujourd'hui, en ce moment précis, pour ces pères et leurs fils, c'est un succès. Et c'est déjà pas mal.

Il hocha la tête.

— Progresser à petits pas, comme d'habitude, hein ? Je suis un peu comme toi. On remet ça quand tu veux, Alex.

Moi aussi, j'avais déjà hâte de renouveler l'expérience.

L'après-midi, quand j'ai ramené les jeunes chez eux, on voyait sur les visages que revoir leur père leur avait fait du bien. Beaucoup moins bruyants et turbulents qu'à l'aller, ils n'essayaient plus de jouer les durs. Ils se comportaient normalement, comme des gosses.

En descendant du car, ils nous ont presque tous dit merci. Ce n'était pas nécessaire. Nous préférions dix fois ça à nos enquêtes criminelles, sur la piste de sinistres tueurs.

Quand on a déposé le dernier, le gamin de huit ans qui habitait à Benning Terrace, il s'est jeté dans nos bras et il s'est mis à pleurer. « Je voudrais que mon papa soit avec moi », il nous a dit, avant de rentrer chez lui en courant.

2

Ce soir-là, Sampson et moi étions en service dans Southeast. Il est inspecteur principal à la criminelle, comme moi, et je joue aussi les agents de liaison entre le FBI et la police de Washington. Vers minuit et demi, on nous a appelés. Il fallait qu'on aille dans le quartier de Shaw. Un meurtre sordide.

Il n'y avait qu'une seule voiture de patrouille sur place, mais les barjos du quartier, eux, étaient déjà descendus en nombre.

On aurait dit une fête d'immeuble improvisée, au beau milieu de l'enfer. Des fûts à détritus avaient été transformés en brasiers, ce qui n'avait aucun sens, vu la chaleur étouffante qui régnait encore à cette heure de la nuit.

Selon le rapport radio, la victime était une jeune fille qui devait avoir entre quatorze et dix-huit ans.

Nous n'eûmes aucun mal à la trouver. Son corps

dénudé et mutilé avait été abandonné dans un square, au milieu des ronces, à quelques mètres d'une allée pavée.

Quand on s'est approchés du cadavre, un gamin, à l'extérieur du périmètre, nous a lancé :

— Laissez courir, c'est qu'une petite pute !

Je me suis arrêté, je l'ai regardé. Il me rappelait les gamins que nous venions de conduire à Lorton.

— Elle se faisait sauter pour presque rien. Perdez pas vot' temps, m'sieurs les *nase-specteurs*.

Il ne me plaisait pas, ce petit malin qui nous interpellait, façon rap. Je me suis approché de lui.

— Comment tu le sais ? Tu l'as déjà vue dans le coin ?

Il a commencé par reculer, puis m'a balancé un grand sourire. Il y avait une étoile d'or incrustée dans l'une de ses incisives.

— Elle a pas de fringues, et elle est sur le dos. Quelqu'un l'a plantée pour de bon. Pour moi, sûr que c'est une pute.

Sampson le jaugea du regard. Il devait avoir quatorze ans, au grand maximum.

— Tu sais qui c'est ?

— Ben non ! s'insurgea le gosse, comme si on l'insultait. Des putes, moi, j'en connais pas.

Finalement, il s'éloigna, la démarche crâne, et se retourna vers nous une ou deux fois en hochant la tête. On s'est approchés des deux hommes en tenue qui poireautaient près de la victime. Ils attendaient des renforts. Apparemment, c'était nous.

— Vous avez prévenu tout le monde ? lui ai-je demandé.

— Il y a plus de trente-cinq minutes à ma montre, m'a répondu le plus âgé des deux, qui ne devait pas avoir trente ans.

Il arborait une ébauche de moustache et tentait vainement de nous faire croire qu'il était rompu à ce genre de situation.

— Ça ne m'étonne pas, lui dis-je. Vous avez trouvé des papiers ?

— Rien, répondit le plus jeune. On a regardé autour,

dans les buissons. Il n'y a que le corps, et il a connu des jours meilleurs.

Il transpirait méchamment, et je le sentais barbouillé. J'ai enfilé mes gants de latex, je me suis penché sur la fille. Oui, elle avait peut-être entre quinze et dix-huit ans. On lui avait tranché la gorge d'une oreille à l'autre, lacéré le visage, mais aussi, curieusement, la plante des pieds. Elle avait pris au moins une douzaine de coups dans le ventre et la poitrine. Quand je lui ai écarté les jambes, j'ai eu un haut-le-cœur. On voyait légèrement dépasser un manche en acier. Pour moi, il ne faisait pas de doute qu'on lui avait enfoncé un couteau dans le vagin.

Sampson s'accroupit et me regarda.

— T'en dis quoi, Alex ? Encore une ?

J'ai haussé les épaules.

— Peut-être, mais celle-là, c'est une toxico. Elle a des marques d'aiguille sur les bras et les jambes. Je parierais qu'elle en a aussi sous les aisselles et au creux des genoux. Notre type ne s'intéresse pas aux camées, normalement. Côté sexe, il n'aime pas prendre de risques. Cela dit, elle a été tuée de façon extrêmement brutale et ça, ça correspond à son style. Tu vois le manche, là ?

Sampson acquiesça. Il était rare qu'un détail lui échappe.

— Les fringues, où elles sont passées ? Il faut absolument qu'on les retrouve.

— Quelqu'un du coin a déjà dû les lui piquer, fit le jeune en tenue, en indiquant les traces de pas autour du corps. C'est comme ça que ça se passe, par ici. À croire que tout le monde s'en fout.

— Pas nous, lui dis-je. Nous, on ne s'en fout pas. On est là pour tous les anonymes.

3

Geoffrey Shafer était si heureux qu'il avait toutes les peines du monde à dissimuler son euphorie à sa famille. Il se retint d'éclater de rire au moment de déposer un baiser sur la joue de Lucy, son épouse. Des effluves de Chanel N° 5 lui caressèrent les narines. Nouveau baiser, sur la bouche, cette fois. Il sentit le picotement sec de ses lèvres.

Toute la petite troupe était là, plantée dans le hall de la vaste et luxueuse demeure de style géorgien, à Kalorama. Les enfants, dûment convoqués, étaient tous venus lui dire au revoir.

Sa femme, née Lucy Rhys-Cousins, avait des cheveux blond cendré et des yeux d'émeraude plus brillants encore que les bijoux Bulgari et Spark dont elle ne se séparait jamais. À trente-sept ans, toujours très mince, elle était ce qu'on pouvait appeler une belle femme. Elle avait fréquenté deux années durant le Newnham College, à Cambridge, avant de se marier, lisait des poèmes et des romans littéraires totalement inutiles, passait une bonne partie de ses loisirs à participer à des déjeuners tout aussi superflus, à courir les boutiques avec ses amies expatriées, à assister à des rencontres de polo ou à faire de la voile. De temps à autre, Shafer l'accompagnait en mer. Autrefois, il avait été un excellent marin.

De l'avis général, Lucy était une belle conquête et sans doute en faisait-elle encore saliver quelques-uns. Eh bien, ils n'avaient qu'à se servir. Pour ce que ce sac d'os frigide lui apportait...

Shafer prit dans chaque bras Tricia et Erica, ses jumelles âgées de quatre ans, toutes deux parfaites reproductions de la mère. Il les aurait volontiers cédées pour le prix d'un timbre-poste, mais il les serra contre lui en riant, tel le gentil papa qu'il avait toujours fait semblant d'être.

Puis, de façon très cérémoniale, il serra la main du jeune Robert, douze ans. Un grand débat agitait actuellement la maisonnée : fallait-il ou non envoyer Robert en pension dans son Angleterre natale ? À Winchester, sur les traces de son grand-père ? Shafer lui adressa un strict salut militaire. Dans un lointain passé, le colonel Geoffrey Shafer avait été soldat. Seul Robert, désormais, semblait se souvenir de ce pan de la vie de son père.

À toute sa famille, il déclara avec la bonne humeur qui s'imposait :

— Je ne pars à Londres que quelques jours, et j'y vais pour travailler, pas pour m'amuser. Je n'ai pas l'intention de passer mes nuits à l'Athenaeum ou dans ce genre d'endroit.

— Profites-en quand même pour t'amuser, papa, lui recommanda Robert avec le ton forcé, du style « on se parle d'homme à homme », qu'il adoptait désormais. Prends un peu de bon temps. Tu l'as drôlement mérité.

— Au revoir, papa ! Au revoir, papa ! piaillèrent en cœur les jumelles.

Il les aurait bien fracassées toutes les deux contre le mur.

— Au revoir, Erica-san. Au revoir, Tricia-san.

— N'oublie pas d'aller au Nid de l'Orque ! lui rappela Robert avec une soudaine fébrilité. *Dragon* et *The Duelist*.

Le Nid de l'Orque, un magasin pour passionnés de jeux de rôles et de jeux vidéo, se situait à deux pas de Cambridge Circus, à Londres. Et pour les spécialistes, *Dragon* et *The Duelist* étaient les deux meilleurs revues anglaises du moment.

Malheureusement pour le jeune Robert, Shafer ne partait pas pour Londres. Il avait de bien meilleures projets de week-end. Il s'était prévu une petite partie de jeu de rôles, lui aussi. Mais ici, à Washington.

4

Au lieu de prendre la direction de l'aéroport de Dulles, il fonça donc vers l'est en se sentant soudain soulagé d'un immense poids. Sa petite famille modèle, si *british*, lui donnait la nausée. Et devoir la supporter ici, aux États-Unis, lui était encore plus pénible. Il étouffait littéralement.

Son autre famille, restée en Grande-Bretagne, avait toujours été « parfaite », elle aussi. Ses deux frères aînés, enfants irréprochables, avaient fait d'excellentes études. Son père, attaché militaire, les avait entraînés d'un bout à l'autre de la planète. Geoffrey avait douze ans lorsqu'ils étaient revenus s'installer définitivement en Angleterre, dans la ville de Guilford, à une demi-heure de Londres. Dès lors, il s'était illustré dans le vandalisme, spécialité à laquelle il s'intéressait très sérieusement depuis quatre ans. Prenant pour cible les monuments historiques de la ville, il avait commencé par peindre des obscénités sur les vénérables murs de l'hôpital Abbot, où sa grand-mère vivait ses derniers jours, avant de s'attaquer au château de Guilford, à l'hôtel de ville, au lycée et à la cathédrale. Aux mots s'ajoutaient des dessins, d'immenses phallus de couleurs vives. Il éprouvait une joie aussi mystérieuse qu'extrême à endommager tout ce qui était beau, en toute impunité.

On l'avait ensuite envoyé poursuivre sa scolarité à Rugly, où ses facéties l'avaient accompagné. Puis il était entré au St. John's College, où ses choix s'étaient plus particulièrement portés sur la philosophie, le japonais et les jolies femmes. À l'âge de vingt et un ans, à la surprise de tous ses amis, il s'était engagé dans l'armée de terre. Ses connaissances linguistiques hors pair lui avaient permis d'obtenir une affectation en Asie, et c'est là que ses méfaits avaient pris une autre dimension. Il s'était mis à jouer au *jeu des jeux*.

À Washington Heights, il s'arrêta devant un 7-Eleven pour boire un café. Trois, en fait. Noirs, avec quatre sucres chaque fois. En arrivant à la caisse, il avait déjà quasiment vidé son premier gobelet.

L'employé indien osa lui jeter un regard suspicieux. Shafer ricana au visage du barbu.

— Parce que tu crois vraiment que je vais m'amuser à voler un café à soixante-quinze *cents* ? Tu me fais pitié, pauvre con de métèque.

Il balança l'argent sur le comptoir et partit avant d'étrangler le type de ses mains, ce qu'il aurait pu faire le plus aisément du monde.

De là, il se dirigea vers le nord-est de Washington. Le quartier d'Eckington abritait essentiellement des revenus moyens. Parvenu au niveau de Gallaudet University, il commença à reconnaître les rues. Les habitations se composaient pour la plupart de pavillons comprenant chacun deux appartements, aux murs laqués couleur brique ou d'un bleu style œuf de Pâques à peine supportable.

Il s'arrêta devant une maison de Uhland Terrace, tout près de la Deuxième Rue. Celle-ci disposait d'un garage attenant. Son ancien propriétaire avait eu le bon goût de rajouter, sur la façade rouille, deux chats en ciment blanc.

— Salut, les minets, leur fit Shafer.

Il se sentait déjà mieux. L'excitation le gagnait, et ce sentiment de puissance avait quelque chose d'enivrant. L'heure était enfin venue de jouer.

5

À l'intérieur du garage, assez vaste pour accueillir deux véhicules, il y avait un vieux taxi bleu et violet à la carrosserie rouillée et rafistolée. Shafer s'en servait depuis environ quatre mois. Grâce à ce taxi, il pouvait opérer dans l'anonymat le plus parfait, se rendre en n'importe quel point de la ville sans être remarqué. Il le surnommait la « machine infernale ».

Il gara la Jaguar à côté du taxi, puis monta à l'étage au pas de course. Sitôt entré, il mit la climatisation et but un autre gobelet de café hypersucré.

Ensuite, sagement, il prit tous ses médicaments. Thorazine, Librium, Benadryl, Xanax et Vicodin. Il en consommait depuis des années, en variant les combinaisons. À force de tâtonnements, il avait fini par trouver le cocktail qui lui convenait le mieux. « On se sent mieux, Geoffrey ? Oh, oui, beaucoup mieux, merci. »

Il tenta de lire le *Washington Post*, puis s'attaqua à un vieux numéro de l'hebdomadaire à scandale *Private Eye*, avant de se plonger dans le catalogue de DeMask, d'Amsterdam, le plus important de tous les grossistes en accessoires cuir et latex. Il fit ensuite deux cents pompes et quelques centaines de redressements assis en attendant impatiemment que la nuit tombe sur Washington.

À dix heures moins dix, il se prépara. Une grande nuit l'attendait. La salle de bains exiguë et austère sentait le désinfectant bon marché. Shafer se planta devant la glace.

Ce qu'il vit lui parut tout à fait satisfaisant. Une crinière blonde ondulée qu'il ne perdrait jamais. Un sourire électrique, très charismatique. De grands yeux bleus étonnamment mobiles. Une forme physique excellente pour un homme de quarante-quatre ans.

Il se mit à l'ouvrage. Commença par poser sur ses prunelles des lentilles marron. Ses gestes étaient sûrs et précis, presque automatiques. Il l'avait fait si souvent qu'il était devenu très professionnel. Il se noircit le visage, le cou, les mains et les poignets, puis appliqua sur sa peau une pâte adhésive destinée à lui épaissir la nuque. Pour finir, il dissimula sa chevelure sous une casquette noire.

Il se regarda dans le miroir, et vit un Noir relativement convaincant, surtout s'il n'y avait pas trop de lumière. Pas mal, pas mal du tout. Son déguisement ferait parfaitement l'affaire pour une soirée en ville — surtout si ladite ville s'appelait Washington.

Une nouvelle partie du jeu des Quatre Cavaliers allait commencer.

À dix heures vingt-cinq, lorsqu'il redescendit au garage et contourna la Jaguar pour rejoindre son vieux taxi, des rêves délicieusement cruels tourbillonnaient déjà sous son crâne.

De la poche de son pantalon, il sortit trois dés de forme inhabituelle. Des dés à vingt faces, semblables à ceux qu'utilisaient les adeptes des jeux de rôles. Sur chaque face, il y avait un chiffre.

Il fit tourner les dès dans sa main gauche, sans s'arrêter.

Le jeu des Quatre Cavaliers obéissait à des règles très précises : chaque mouvement devait être déterminé par les dés, et le but consistait à imaginer et mettre à exécution un fantasme totalement délirant. Chacun des quatre joueurs répartis dans le monde devait essayer de faire mieux que les autres. C'était un jeu parfaitement inédit, un jeu de très loin incomparable.

Shafer s'était déjà concocté une aventure, mais à chaque étape, différentes possibilités lui seraient offertes. Les dés avaient leur mot à dire.

C'était là tout le sel de la chose : il pouvait se produire n'importe quoi.

Il monta dans le taxi, mit le moteur en marche. Dieu qu'il avait attendu cet instant !

6

Il avait établi un plan magnifique. Il ne chargerait que quelques clients bien choisis, ceux qui accrocheraient son regard et sauraient repousser les limites de son imaginaire. Il n'était pas pressé, il avait toute la nuit devant lui, tout le week-end. Rester inactif les jours de congé, ce n'était pas son genre.

Son itinéraire était déjà tracé. Il se rendit tout d'abord à Adams-Morgan, le quartier à la mode. Ici, le trottoir était devenu la scène d'un défilé ininterrompu, au rythme syncopé. Les passants scrutaient les terrasses et aux terrasses, on regardait les passants. Tout ce petit monde se voulait très branché. Un restaurant sur deux avait choisi de s'appeler « café » quelque chose. Shafer passa lentement devant cet étalage de frime. Café Picasso, Café Lautrec, La Fourchette Café, Bukom Café, Café Dalbol, Montego Café, Sheba Café.

Vers onze heures et demie, sur Columbia, il ralentit subitement. Son cœur s'emballa. Il venait d'apercevoir quelque chose de tout à fait intéressant.

Un beau couple sortait d'un restaurant bien connu, le Chief Ike's Mambo Room. Des Latinos, pas loin de la trentaine, extraordinairement sensuels.

Il fit rouler les dés sur le siège avant droit. Six, cinq et quatre, soit un total de quinze. Un chiffre plutôt élevé.

Attention, danger ! Un couple, c'était toujours plus compliqué, plus risqué.

Shafer attendit qu'ils émergent de sous l'auvent du restaurant. Ils venaient droit vers lui. Quelle sollicitude ! Sa main effleura la crosse du magnum glissé sous son siège. Il était prêt à toute éventualité.

Mais à l'instant même où ils s'apprêtaient à monter à bord du taxi, il changea d'avis. Rien ne lui était interdit !

Il venait de se rendre compte qu'ils n'étaient ni l'un ni l'autre aussi beaux qu'il l'avait cru initialement. L'homme avait les joues et le front légèrement marbrés, et l'excès de gel donnait à ses cheveux noirs un aspect gras. Quant à la femme, elle accusait quelques kilos de trop. De loin, à la lumière flatteuse des néons et de l'éclairage public, elle lui avait paru nettement plus fine.

— J'ai fini mon service, lâcha-t-il avant de s'éloigner en trombe.

Les deux tourtereaux, furieux, le gratifièrent d'un doigt d'honneur. Shafer éclata de rire.

« C'est votre jour de chance ! Vous venez d'échapper au pire, et vous ne vous en rendez même pas compte ! »

La formidable puissance du jeu auquel il participait l'enivrait. Le couple qu'il venait de refuser lui devait tout. Son pouvoir était absolu. À lui de décider qui vivrait, qui mourrait.

— La Mort avance fièrement, murmura-t-il.

Il s'arrêta devant un Starbucks, sur Rhode Island Avenue, pour reprendre du café. Rien de tel que le café. Il commanda trois grands noirs et balança six sucres dans chaque gobelet.

Une heure plus tard, il se trouvait à Southeast sans avoir chargé de nouveaux clients. Les trottoirs étaient noirs de monde. Il n'y avait pas assez de taxis dans le coin, pas même en comptant tous les types qui travaillaient sans licence.

Il regretta d'avoir laissé repartir les deux Latinos. Il avait commencé à se faire son petit cinéma, en restant sur l'image qu'il avait vue à leur sortie du restaurant. À la recherche du temps perdu... La fameuse phrase de Proust lui revint à l'esprit : « Longtemps je me suis couché de bonne heure. » C'était d'ailleurs ce que faisait Shafer — jusqu'au jour où il avait découvert le jeu des jeux.

C'est alors qu'il l'aperçut. Une vraie déesse d'ambre venait de surgir devant ses yeux, tel un merveilleux don du ciel. Elle marchait seule, juste après E Street, d'un pas déterminé. Le sang de Shafer ne fit qu'un tour.

Il tomba aussitôt amoureux de son déhanché, de son port très élégant.

Au moment où il la rattrapait, elle tourna la tête, regarda autour d'elle. Cherchait-elle un taxi ? Était-ce possible ? Était-ce lui qu'elle voulait, lui et nul autre ?

Ensemble blanc cassé, chemisier de soie violet, talons hauts. Elle était trop élégante, trop mûre pour aller en boîte. Elle semblait en parfaite possession de ses moyens.

Shafer s'empressa de lancer ses dés en retenant son souffle. Il fit le total. Sentit son cœur bondir dans sa poitrine. Jouer aux Cavaliers, c'était l'émotion garantie.

Elle lui faisait signe, lui criait :

— Taxi ! Taxi ! Vous êtes libre ?

Il rapprocha la voiture du trottoir. Elle s'approcha de lui en trois pas prestes et délicats. Ses escarpins satinés à talons hauts étaient absolument ravissants. Il la trouvait encore beaucoup plus belle de près que de loin. Neuf et demi sur dix.

La portière du taxi s'ouvrit. Arrêt sur image.

Puis Shafer vit que sa future cliente tenait à la main un bouquet de fleurs, et se demanda en quel honneur. Un soir pas comme les autres ? Il ne lui donnait pas tort. Ces fleurs seraient celles de ses funérailles.

— Oh, merci beaucoup de vous être arrêté, lui dit-elle, essoufflée.

Elle avait une voix douce, franche et apaisante. Il comprit qu'elle allait se détendre, qu'elle se sentait en sécurité.

— À votre service. (Shafer se retourna, sourit de toutes ses dents.) Au fait, je suis la Mort. Et vous êtes mon fantasme du week-end.

7

En général, le lundi matin, je suis à la soupe populaire de St. Anthony, à Southeast. Voilà six ans que j'y travaille comme bénévole. Trois jours par semaine, je prends le service de sept à neuf.

Ce jour-là, j'étais nerveux, je ne me sentais pas dans mon assiette. Je n'avais pas fini d'évacuer l'affaire M. Smith, qui m'avait fait voyager sur toute la côte Est et en Europe. Il était peut-être temps que je m'offre des vacances loin de Washington.

Comme d'habitude, des hommes, des femmes et des enfants qui n'avaient pas de quoi s'acheter à manger faisaient la queue. La file d'attente, large de cinq personnes, remontait la Douzième Rue sur deux cents mètres. J'étais révolté de voir, dans la capitale d'un pays moderne comme le nôtre, tant de gens affamés, ou qui ne faisaient qu'un repas par jour. Quelle honte, quelle injustice...

Si j'offrais un peu de mon temps à la paroisse de St. Anthony, c'était en mémoire de Maria, ma femme. Lorsque j'avais fait sa connaissance, elle y travaillait comme assistante sociale, s'occupant de cas individuels. Elle était la reine de St. Anthony. Tout le monde l'aimait, et elle m'aimait. Et puis, un jour, non loin de là, un gang avait ouvert le feu depuis une voiture, et Maria était tombée, fauchée par une balle. Nous vivions ensemble depuis quatre ans, nous avions deux enfants en bas âge. L'affaire n'a jamais été élucidée, et cela reste pour moi une véritable torture. Ce qui explique peut-être que je me batte pour voir chaque enquête aboutir, même dans les contextes les plus défavorables.

Mon rôle, à la soupe populaire, consiste à veiller à ce que personne ne s'énerve ou ne crée trop de problèmes au moment des repas. Je suis taillé pour les opérations de maintien de l'ordre : un mètre quatre-vingt-dix et pas loin de cent kilos. Quelques mots et gestes pacifiques me suffisent généralement à empêcher les débordements. Et de toute manière, la plupart des gens qui viennent ici ne demandent qu'à manger chaud, et ne cherchent pas d'histoires.

C'est également moi qui les ressers lorsqu'ils réclament une deuxième ration de beurre d'arachide ou de confiture. Jimmy Moore, l'Irlandais qui gère la cantine avec beaucoup d'amour et juste ce qu'il faut de fermeté, a toujours cru aux vertus regénératrices du beurre d'arachide et de la confiture. Certains habitués de la soupe me surnomment « papa cacahuète », et il y a des années que ça dure.

— Je vous trouve mauvaise mine, me dit une petite femme corpulente.

Il y a un ou deux ans qu'elle fréquente la cantine. Je sais qu'elle s'appelle Laura, qu'elle est née à Detroit et qu'elle a deux grands enfants. Elle travaillait comme femme de ménage pour une famille de Georgetown mais un jour on l'a trouvée trop vieille et on l'a remerciée avec, pour toute compensation, deux semaines de salaire et quelques compliments.

— Vous méritez mieux que ça, ajouta-t-elle avec un petit rire malicieux. Vous méritez quelqu'un comme moi. Qu'est-ce que vous en dites, hein ?

Je l'ai resservie, comme d'habitude.

— Laura, vous êtes trop gentille. Mais vous avez fait la connaissance de Christine. Vous savez bien que je suis déjà fiancé.

Elle gloussa en se tenant le corps à deux mains. Elle avait un rire sain et joyeux malgré les conditions précaires dans lesquelles elle vivait.

— Les jeunes filles ont besoin de rêver, vous savez ce que sait. Ça fait quand même plaisir de vous voir.

— Moi aussi, je suis content de vous voir, Laura. Je vous souhaite un bon appétit.

— Oh, de ce côté-là, ne vous en faites pas. Je me régale.

Tout en distribuant mes bonjours et mes paquets de

beurre d'arachide, je pensais à Christine. Laura avait sûrement raison ; je ne devais pas avoir bonne mine. Et sans doute était-ce ainsi depuis quelques jours.

La soirée que nous avions passée ensemble une quinzaine de jours plus tôt me revenait à l'esprit. Je venais juste de boucler mon enquête sur une série de meurtres à Boston. Nous étions devant chez elle, à Mitchellville. J'essayais de vivre différemment, mais il est difficile de changer. Comme je le dis souvent, le cœur a des raisons que la raison ignore...

Roses et balsamines embaumaient l'air du soir, mais je sentais également le parfum de Christine, *Gardenia Passion*.

Nous nous étions rencontrés un an et demi plus tôt, alors que je menais une enquête criminelle au cours de laquelle son mari devait trouver la mort. Nous avions fini par sortir ensemble. J'en arrivais à me dire que ces instants, sur le perron de sa maison, étaient l'aboutissement de toute cette période. En tout cas, pour moi.

Chaque fois que je voyais Christine, elle était séduisante et me faisait tourner la tête. Elle est plutôt grande, avec son mètre soixante-quinze, et ça, ça me plaît bien. Elle avait un sourire capable de dérider la moitié du pays. Ce soir-là, elle portait un jean étroit délavé et un T-shirt blanc noué autour de la taille. Ses pieds étaient nus, et elle avait les ongles vernis. Ses beaux yeux marron brillaient comme des bijoux.

Quand je l'ai prise dans mes bras, j'ai eu l'étrange et merveilleuse impression que tout redevenait normal. Oubliée, l'enquête éprouvante dont je sortais à peine. Oublié, le tueur sadique connu sous le nom de M. Smith.

J'ai enveloppé de mes mains son doux visage. J'aime me dire que plus rien ne m'effraie, ce qui est en grande partie vrai, mais je crois que plus on a de choses bien dans la vie, plus on est susceptible d'avoir peur. Christine m'était si précieuse que j'avais peut-être peur.

« Le cœur a ses raisons... »

Ce n'est pas ainsi que se comportent généralement les hommes, mais j'apprenais.

Je lui avais dit :

— Je t'aime comme je n'ai jamais aimé, Christine. Grâce à toi, je découvre de nouvelles perspectives, de nouvelles sensations. J'adore tes sourires, ton attitude — surtout à l'égard des enfants —, ta gentillesse. J'adore te tenir comme ça dans mes bras. Même si je restais planté là, comme ça, toute la nuit, je ne pourrais pas te dire à quel point je t'aime. Si tu savais comme je t'aime... Épouse-moi, Christine.

Elle n'a pas répondu tout de suite. J'ai senti un léger mouvement de recul, et mon cœur s'est arrêté. Je l'ai fixée des yeux et en lisant dans son regard cette souffrance, ce doute, j'ai pris comme un coup.

Au bord des larmes, elle m'a murmuré :

— Oh, Alex, Alex... Je ne peux pas te donner de réponse. Tu viens à peine de rentrer de Boston. Encore une épouvantable histoire de meurtre. Je ne supporte plus, Alex. Tu as failli y laisser la vie, et ce n'est pas la première fois. Ce malade est entré chez toi, il a menacé toute ta famille. Tu ne peux pas dire le contraire.

Certes, non. Mes proches avaient vécu des moments terribles, et j'étais passé à deux doigts de la mort.

— Tout ce que tu dis est vrai, mais je t'aime et ça aussi, c'est la vérité. S'il le faut, je quitterai la police.

— Non. (Son regard s'était attendri.) Ça ne rimerait à rien. Ni pour toi, ni pour moi.

Nous sommes restés comme ça, dans les bras l'un de l'autre, et c'est là que j'ai compris que des jours difficiles nous attendaient. Je ne voyais pas d'issue. Donner ma démission, redevenir psychologue à temps plein, mener une vie plus normale pour Christine et les enfants, en étais-je capable ? Pouvais-je réellement quitter la police ?

— Repose-moi la question, m'avait-elle dit d'une toute petite voix. Repose-moi la question une autre fois.

8

Je voyais Christine depuis ce fameux soir. Entre nous, tout n'était que simplicité, chaleur et charme. Je ne cessais, pourtant, de m'interroger. Comment résoudre notre dilemme ? Pouvait-elle être heureuse avec un flic de la criminelle ? Étais-je capable de quitter ce métier ? Je n'avais pas la réponse.

Le bégaiement strident d'une sirène m'arracha à mes inquiétudes. La Nissan noire de Sampson déboucha de E Street et remonta la Douzième pour venir se garer devant St. Anthony. Je ne pus m'empêcher de grimacer.

Sampson coupa la sirène, mais enfonça le klaxon. Je me doutais qu'il était venu pour moi, qu'il voulait probablement me conduire à un endroit où je n'avais nullement envie d'aller. Il n'arrêtait plus.

— C'est ton pote John Sampson, me lança Jimmy Moore. Tu l'entends, Alex ?

— Je sais que c'est lui, lui répondis-je à tue-tête. J'espère qu'il va se barrer.

— J'en ai pas l'impression.

Finalement, je suis sorti et j'ai traversé la file d'attente en essuyant quelques railleries. Des gens que je connaissais depuis une éternité m'accusaient de tirer au flanc, ou me demandaient s'ils pouvaient récupérer mon job puisque, visiblement, il ne me plaisait pas...

— Qu'est-ce qu'il y a ? lui ai-je lancé à quelques mètres de la voiture. (La vitre est descendue. Je me suis penché à l'intérieur.) T'as oublié ? C'est mon jour de congé.

— C'est Nina Childs, m'a-t-il répondu de ce ton grave qu'il n'emprunte que lorsqu'il est très en colère ou très sérieux. (Il essayait de figer les traits de son visage pour avoir l'air dur et ne rien laisser paraître de son émotion, mais il s'en sortait assez mal.) Nina est morte, Alex.

Un frisson m'a parcouru le corps. J'ai ouvert la portière et je suis monté sans même retourner prévenir Jimmy. Sampson démarra en trombe, remit la sirène, mais cette fois-ci, le hululement lugubre me parut presque bienvenu. J'étais comme dans un cocon bruyant.

— Que sait-on pour l'instant ?

On fonçait dans les rues sinistres de Southeast. Nous avons traversé l'Anacostia, d'un gris d'ardoise.

— Le corps a été abandonné dans une baraque, à l'angle de la Dix-huitième et de Garnesville. Jerome Thurman se trouve sur place. D'après lui, elle est là depuis le week-end. C'est un dealer d'héroïne qui a découvert le corps. On n'a retrouvé ni vêtements ni papiers.

Je l'ai regardé, étonné.

— Comment sait-on que c'est Nina ?

— Un homme en tenue l'a reconnue. Il l'avait vue à l'hôpital. Tout le monde la connaissait.

Les yeux fermés, je voyais toujours le visage de Nina. Elle était infirmière à l'accueil des urgences de St. Anthony, que je connaissais pour m'y être un jour rué en portant dans mes bras un enfant à l'agonie. Sampson et moi avions souvent eu l'occasion de travailler avec elle. Sampson était même sorti avec elle pendant plus d'un an. Après leur rupture, elle avait fini par épouser un employé municipal du quartier. Ils avaient deux nourrissons, et Nina m'avait paru très heureuse la dernière fois que je l'avais vue.

Je n'arrivais toujours pas à croire qu'elle gisait sans vie dans une cave, sur la mauvaise rive de l'Anacostia. On l'avait abandonnée, comme les autres inconnues.

9

On avait retrouvé le corps de Nina Childs dans une maison délabrée de l'un des quartiers les plus déshérités, les plus ravagés, les plus déprimants de Washington. Il n'y avait sur place qu'une voiture de patrouille et une malheureuse ambulance bonne pour la retraite : à Southeast, les meurtres n'attirent guère l'attention. Quelque part, un chien aboyait. Le reste de la rue était plongé dans un silence de désolation.

Il nous a fallu passer devant un marché de came en plein air, à l'angle de la Dix-huitième Rue. Il y avait surtout des jeunes de sexe masculin, mais aussi quelques enfants et deux femmes. Des lieux de trafic de ce genre, il y en a partout dans cette partie de Southeast. La principale activité des gosses du quartier, c'est la revente de crack.

— Hé, les poulets, on vient chercher son petit cadavre, comme tous les jours ? lança un des jeunes.

Pantalon noir, bretelles assorties, ni chemise, ni chaussettes, ni chaussures. Un physique de taulard, et des tatouages sur tout le corps.

— Vous v'nez ramasser les ordures ? caqueta un homme plus âgé derrière le buisson poivre et sel de sa barbe. Pendant qu'vous êtes là, em'nez aussi c' putain d' chien qu'arrête pas d'aboyer tout' la nuit. Rendez-vous utiles.

On les a ignorés, on a traversé la rue, on est entrés dans la baraque. Des planches avaient été clouées un peu partout. À une fenêtre du troisième et dernier étage, on voyait émerger la tête d'un boxer noir et blanc qui se prenait pour un vieux locataire et refusait de se taire. Le reste de l'immeuble paraissait désert.

La porte avait été si souvent forcée qu'elle s'ouvrit au premier contact. Une odeur de brûlé, de détritus et de plancher inondé imprégnait les lieux. Au plafond, une canalisation avait littéralement explosé. Comment Nina pouvait-elle se retrouver dans un pareil taudis ?

Depuis plus d'un an, j'enquêtais officieusement sur un certain nombre de meurtres commis à Southeast, des affaires non élucidées. Les victimes étaient souvent des femmes sans histoires, inconnues des services de police. D'après mes calculs, on avait atteint la centaine, mais j'étais bien le seul, au sein de la police, à avancer un chiffre aussi élevé. On comptait dans le nombre quelques toxicomanes et prostituées, parfois les mêmes. Nina ne correspondait pas à ce profil.

Avec bien des précautions, nous descendîmes un escalier en colimaçon dont la rambarde de bois vermoulue n'inspirait guère confiance. J'avais allumé ma Maglite, et j'apercevais en contrebas des faisceaux de lumière.

Nina était là, dans les soubassements de cette bâtisse abandonnée. Quelqu'un s'était néanmoins donné la peine de dérouler du ruban pour interdire la scène aux curieux. Maigre consolation.

En voyant son corps, je dus détourner le regard.

Non seulement parce qu'elle était morte, mais surtout à cause de la manière dont on l'avait tuée. Il fallait que je regarde ailleurs, que je pense à autre chose.

Jerome Thurman était là, avec les types du labo. Il y avait aussi un flic en tenue, sans doute celui qui avait identifié le corps. Aucun médecin légiste n'était présent, ce qui n'avait rien d'étonnant. Après tout, qui allait se déplacer pour un meurtre à Southeast ?

Autour du corps, le sol était jonché de fleurs fanées. J'essayais de fixer mon regard sur cette composition incongrue pour éviter de voir Nina. Ce meurtre différait des précédents, ne fût-ce qu'en raison de la personnalité de la victime, mais il fallait garder à l'esprit que le tueur ne frappait pas de manière systématique. C'était bien là le problème. La découverte macabre que nous venions de faire pouvait signifier que ses fantasmes étaient encore en train d'évoluer et qu'il n'avait pas encore fini d'écrire le scénario de son film d'horreur.

J'avais remarqué qu'il y avait des bouts de papier

d'emballage — aluminium ou cellophane — un peu partout. Les rats, attirés par les objets brillants, les ramènent souvent dans leur tanière. D'épaisses toiles d'araignées s'étiraient d'un mur à l'autre.

Il fallait malgré tout que je regarde Nina, que je la voie de près.

— Je suis l'inspecteur Alex Cross, dis-je aux techniciens, un homme et une femme, tous deux assez jeunes. Laissez-moi jeter un coup d'œil. J'en ai pour quelques minutes, et après je vous laisse continuer.

— Vos collègues nous ont déjà confié le corps, répliqua le type sans même lever les yeux, un gringalet aux cheveux longs, blonds et sales. On aimerait bien finir ce qu'on a commencé. Vous feriez bien de partir. C'est une vraie fosse sceptique, cette cave. Il y a un risque d'infection important. Et cette odeur de merde...

— Dégagez ! aboya Sampson. Levez-vous, ou c'est moi qui vais vous éjecter, et je peux dire que ça va pas être difficile !

L'autre éructa un juron, se leva et s'écarta du corps. Je me suis rapproché en essayant de me concentrer, en m'efforçant de faire ce que je devais faire, en tentant de me rappeler toutes les particularités que j'avais notées chez les précédentes victimes. Je cherchais un lien. Un prédateur isolé pouvait-il tuer autant de personnes ? Si c'était le cas, nous avions bien affaire à l'un des tueurs en série les plus barbares de l'histoire des États-Unis.

J'ai inspiré à fond avant de me pencher sur Nina. Les rats avaient déjà commencé à s'attaquer à elle, mais ce n'était rien à côté de ce que son agresseur lui avait fait subir.

À première vue, elle semblait avoir été battue à mort. On l'avait frappée sans relâche à coups de poing, voire à coups de pied. J'avais rarement vu un tel déchaînement de violence. Pourquoi ? Nina n'avait que trente-deux ans, elle était mère de deux enfants et, à l'hôpital, sa gentillesse, sa compétence et son dévouement lui avaient toujours valu l'estime de ses collègues et supérieurs.

Une déflagration soudaine fit trembler les murs de

l'immeuble. On aurait dit un coup de fusil. Les techniciens sursautèrent.

Nous, on s'est mis à rire nerveusement. Je le connaissais, ce bruit.

— Juste des pièges à rats, dis-je aux deux jeunes. Va falloir vous y habituer.

10

J'ai dû rester sur la scène du crime deux bonnes heures, et chaque seconde m'a paru un calvaire. Impossible de trouver à quelle logique obéissaient tous ces meurtres. D'abord des marginales, puis Nina Childs. Pourquoi l'avoir frappée si longtemps et avec une telle sauvagerie ? Pourquoi ces fleurs ? Avions-nous bien affaire à un seul et même homme ?

En général, sur une scène de crime, je procède un peu comme si je prenais une photo aérienne. Tout émane du cadavre.

Accompagné de Sampson, je parcourus tout le périmètre protégé, de la cave au toit en passant par chaque étage. Puis nous quadrillâmes le quartier, sans succès. Personne n'avait rien vu, ce qui ne nous surprenait guère.

Le plus pénible, cependant, restait à faire. De la sinistre cave, nous nous rendîmes chez Nina, dans le quartier dit de Brookland, non loin de l'université catholique. Je savais que j'étais en train de replonger, mais que pouvais-je y faire ?

Le soleil martelait impitoyablement Washington, et il faisait une chaleur à crever. Nous roulions sans dire un mot, presque absents. Nous allions devoir annoncer à une famille la mort d'un être cher, et ça, dans notre boulot, c'est ce qu'il y avait de pire. La tâche, cette fois, me paraissait quasiment insurmontable.

C'était un immeuble de brique sombre, bien entretenu, dans Monroe Street. Aux fenêtres, des bacs à fleurs vert pomme débordaient de roses jaunes miniatures. L'endroit respirait la gaieté et l'optimisme, comme Nina, et on imaginait mal qu'une de ses habitantes pût être victime d'un drame atroce.

Ce meurtre abominable me perturbait de plus en plus, et ma colère était d'autant plus vive que la police, selon toute vraisemblance, mènerait l'enquête avec un zèle tout relatif. Sauf, bien sûr, si certains d'entre nous y mettaient du leur. Et une fois de plus, Nana Mama me ressortirait sa théorie de la conspiration sur les grands propriétaires blancs qui détenaient le pouvoir et manifestaient à l'égard des habitants de Southeast « un désintérêt criminel ». Elle m'avait souvent confié qu'elle s'estimait supérieure aux Blancs sur le plan moral et que jamais, jamais elle n'oserait les traiter comme ils traitaient les Noirs à Washington.

Tandis que nous arrivions, Sampson m'expliqua :

— C'est Marie, la sœur de Nina, qui s'occupe des enfants. Une fille sympa. Elle a connu la drogue, mais elle s'en est sortie. Il faut dire que Nina l'a beaucoup aidée. C'est une famille très soudée, un peu comme la tienne. Ça va être dur, Alex.

La mort de Nina l'affectait encore plus que moi, ce que je comprenais parfaitement, mais j'avais rarement l'occasion de le voir afficher ses émotions.

— Je peux m'en charger, John. Toi, tu restes dans la voiture et moi, je vais aller parler à la famille.

Il soupira bruyamment, secoua la tête.

— Non, ma poule, c'est pas aussi simple.

Il gara la Nissan le long du trottoir, et on descendit tous les deux. Il ne m'empêcha pas de l'accompagner, ce qui signifiait qu'il tenait vraiment à ce que je vienne. Il avait raison. Ce serait dur.

Les Childs occupaient un appartement en duplex. Porte en aluminium, légèrement travaillée. Le mari de

Nina était déjà sur le seuil, vêtu de l'uniforme prolétarien des services du logement de la ville : brodequins maculés de boue, pantalon bleu, chemise aux armes de l'employeur. Niché au creux de son bras, l'un des deux bébés, une magnifique petite fille, me fixait des yeux en babillant joyeusement.

— Peut-on entrer un instant ? demanda Sampson.

— C'est Nina, dit le mari d'une voix blanche avant de s'effondrer littéralement sur place.

— Je suis désolé, William, fis-je doucement. Vous avez raison. Elle est morte. On l'a trouvée ce matin.

William Childs se mit à sangloter sans retenue. C'était un travailleur au physique impressionnant, et pourtant... Il serrait contre son torse cette petite fille qui ouvrait de grands yeux, il aurait voulu ne pas pleurer, mais c'était plus fort que lui.

— Oh, mon Dieu, non, pas Nina ! Ma petite Nina. Je peux pas croire que quelqu'un l'ait tuée. C'est pas possible. Oh, non, Nina, non !

Une jeune femme apparut, jolie. Forcément Marie, la sœur de Nina. Elle prit le bébé dans les bras de son beau-frère et la petite se mit aussitôt à hurler comme si elle venait de comprendre ce qui s'était passé. J'avais vu tant de familles, tant de gens bien perdre les leurs dans ces maudites rues ! J'avais beau savoir que la violence ne disparaîtrait jamais totalement, je me disais toujours qu'avec le temps les choses finiraient pas s'améliorer. Et comme d'habitude, je me trompais.

La sœur de Nina nous fit signe d'entrer. Dans le couloir, sur une petite table, il y avait deux livres de poche, comme si Nina était encore là. L'appartement, avec ses meubles en rotin et ses coussins blancs, donnait une impression de confort, d'ordre et de propreté. Un climatiseur de fenêtre bourdonnait sans relâche. Sur une console murale trônait une statuette de Llardo en porcelaine. Elle représentait une infirmière...

Je ne cessais de revoir les détails de la scène du crime en essayant de trouver un rapport avec les autres meurtres. On nous apprit que le samedi soir Nina s'était rendue à un dîner de charité en faveur d'un programme de santé.

William, lui, avait dû faire des heures supplémentaires. Ne la voyant pas rentrer, sa famille avait appelé la police dans la nuit. Deux inspecteurs étaient passés, mais pas de nouvelles de Nina.

Je pris le bébé dans mes bras tandis que la sœur de Nina ouvrait un petit pot. Ce fut un moment infiniment poignant. Ce pauvre bout de chou ne reverrait jamais sa mère, ne saurait jamais l'amour qu'elle aurait pu encore prodiguer. Comment ne pas songer à mes propres enfants et à leur mère, à Christine qui chaque jour redoutait qu'une enquête criminelle telle que celle-ci me coûte la vie ?

Je pouponnais toujours quand la plus grande, qui ne devait pas avoir plus de deux ou trois ans, vint m'annoncer fièrement :

J'ai une nouvelle coiffure. (Et d'exécuter un demi-tour pour que je puisse admirer.)

— Tu es superbe, dis donc. Qui t'a fait ces tresses ?

— C'est ma maman, répondit la petite.

Une heure plus tard, nous repartions. Le moral à zéro, comme à l'aller, nous n'étions plus capables d'échanger un mot. Au bout de quelques minutes, Sampson s'arrêta devant une gargote en planches tapissée de pubs pour de la bière et du soda.

Il poussa un immense soupir, enfouit son visage dans ses mains et se mit à pleurer. Moi qui étais son meilleur ami depuis les bancs de l'école, jamais je ne l'avais vu dans cet état. Il ne bougea même pas lorsque je mis la main sur son épaule. Et il m'avoua alors une chose qu'il ne m'avait jamais dite.

— J'étais amoureux d'elle, Alex, mais je l'ai laissée filer. Je ne lui ai jamais dit à quel point je l'aimais. Il faut qu'on mette la main sur ce salopard.

11

Je devinais que cette enquête allait une nouvelle fois m'entraîner sur une piste sanglante, mais je ne pouvais faire l'économie de ce cauchemar. Il fallait que je fasse quelque chose pour toutes ces jeunes femmes assassinées. Pas question de rester là à me tourner les pouces.

Si en tant qu'inspecteur principal j'étais affecté au septième district, j'étais par ailleurs chargé des liaisons avec le FBI, ce qui me donnait un certain pouvoir et me permettait en certaines occasions de jouir d'une autonomie quasi totale. Il était plus facile de réfléchir sans le carcan de la hiérarchie. J'avais déjà remarqué plusieurs points communs entre le meurtre de Nina et certaines des affaires non résolues qui m'obsédaient. Absence de tout papier permettant d'identifier la victime. Des corps abandonnés dans des caves d'immeuble et donc difficiles à retrouver dans un délai bref. Absence de suspects sur les lieux. Cela me donnait à penser que le tueur évoluait dans son élément, et qu'il s'agissait peut-être d'un Noir.

Vers six heures, j'ai fini par rentrer chez moi. J'étais censé être de repos, j'avais des choses à faire. Pas facile d'être à la fois bon flic et bon père de famille... Le temps de me dérider, et j'ai poussé la porte de la maison.

Damon, Jannie et Nana étaient en train de chanter *Assieds-toi, tu vas faire chavirer la barque* dans la cuisine, un classique de la culture télé qui me mettait toujours en joie. Les petits avaient l'air de s'amuser comme des fous. Ah, l'innocence de l'enfance !

J'entendis Nana leur suggérer : « Et si on chantait *I Can Tell the World* ? », et tous d'entonner l'un des spirituals les plus beaux que je connaisse. La voix de Damon me parut particulièrement puissante, détail que je n'avais encore jamais remarqué.

— J'ai l'impression de me retrouver dans une histoire de Louisa May Alcott, leur dis-je en riant — mon premier rire de la journée.

— Je prends cela pour un grand compliment, siffla Nana, sans doute octogénaire, qui refusait d'avouer son âge et ne le paraissait d'ailleurs pas.

— Qui c'est, cette Louise Alcott ? demanda Jannie en grimaçant.

Elle est du genre sceptique, mais juste ce qu'il faut. Quasiment jamais cynique. Elle tient à la fois de son père et de son grand-père.

— Documente-toi, ma puce. Cinquante *cents* si tu me donnes la bonne réponse ce soir.

— Ça marche, fit Jannie. Tu peux me payer tout de suite, si tu veux.

— Moi aussi, je peux ? essaya Damon.

— Bien sûr. Toi, tu n'as qu'à me dire qui était Jane Austen. Maintenant, j'aimerais qu'on m'explique la raison de ces chœurs célestes. Que j'aime beaucoup, au demeurant. Que fêtez-vous ?

— On chante en préparant le dîner, expliqua Nana, le nez en l'air, l'œil malicieux. Toi, tu joues bien du blues et du jazz au piano, non ? Nous, de temps en temps, on chante en chœur comme des anges, sans avoir besoin de prétexte. C'est bon pour le moral et pour l'appétit.

— Surtout, ne vous arrêtez pas pour moi, leur dis-je.

C'était trop tard. Dommage, car j'avais senti qu'il se passait quelque chose. Voici que j'allais devoir résoudre une énigme musicale dans ma propre maison...

— Toujours partants pour notre petite séance de boxe, après le repas ? demandai-je prudemment.

— Bien sûr, fit Damon avec une moue déconcertée, comme si ma question était totalement incongrue.

— Et comment ! renchérit Jannie en balayant d'un geste de la main mes stupides doutes. Au fait, comment va Mme Johnson ? Vous vous êtes baladés, aujourd'hui ?

— J'aimerais quand même connaître la raison de ces joyeux chants, fis-je, histoire de détourner la conversation.

Jannie me rétorqua :

— Tu as tes petits secrets, moi j'ai les miens. Donnant, donnant.

Un peu plus tard, j'ai décidé d'appeler Christine chez elle. Les effets désastreux de l'affaire Smith sur nos rapports semblaient enfin s'estomper. Nous avons bavardé un moment, puis je lui ai proposé qu'on sorte vendredi soir.

— Oui, j'aimerais bien, Alex. Comment veux-tu que je m'habille ?

J'ai eu une seconde d'hésitation.

— Oh, tout ce que tu portes me plaît, mais mets quand même quelque chose qui sorte un peu de l'ordinaire.

Elle ne m'a pas demandé pourquoi.

12

Nana nous avait préparé l'un de ses fameux poulets rôtis, accompagné de patates douces et de petits pains maison. Le festin sitôt achevé, les enfants et moi sommes descendus au sous-sol pour la traditionnelle séance de boxe du mardi soir. Et après quoi, lorsque j'ai regardé ma montre, il était déjà plus de neuf heures.

Quelques minutes plus tard, on sonnait à la porte. J'ai posé mon livre, *The Color of Water* — passionnant ! — et je me suis levé.

— J'y vais. C'est sûrement pour moi.

— C'est peut-être Christine, lança Jannie avant de filer vers la cuisine. On ne sait jamais...

Bien qu'elle fût la directrice de leur école, mes enfants adoraient Christine. Cela dit, je savais très bien qui venait de sonner. J'attendais quatre inspecteurs du premier district, Jerome Thurman, Rakeem Powell, Shawn Moore, et Sampson.

Les trois premiers m'attendaient devant la porte. À l'accueil, Rosie la chatte et moi. Sampson débarqua cinq minutes plus tard. On s'est tous retrouvés dans le jardin. Notre petite réunion n'avait rien d'illégal, mais nous ne risquions pas de nous faire des amis dans la hiérarchie.

On s'est installés sur les transats, et j'ai apporté de la bière et des bretzels de régime. Jerome, qui pèse bien ses cent trente kilos, a cru que je me moquais de lui.

— De la bière et des bretzels basse calorie ? Tu te fous de ma gueule, Alex. T'es devenu dingue, ou quoi ? Dis, tu serais pas en train de fricoter avec ma femme, toi ? Je suis sûr que c'est Claudette qui t'a mis ces conneries en tête.

— J'ai acheté ça exprès pour toi. J'essaie de soulager ton petit cœur.

Les autres de s'esclaffer. Jerome a l'habitude.

Cela faisait plusieurs semaines que nous nous réunissions ainsi, de manière informelle. Nous avions commencé à travailler sur les Jane Doe[1], comme nous les appelions désormais. Aucune enquête officielle n'était en cours. Personne, à la brigade criminelle, n'avait été chargé d'essayer d'établir un lien entre les différents meurtres afin de mettre au jour l'existence d'un éventuel tueur en série. Mes démarches auprès du chef Pittman étaient restées vaines ; selon lui, il n'y avait aucun point commun entre ces affaires et, de surcroît, il ne pouvait affecter au secteur de Southeast le moindre enquêteur supplémentaire.

Sampson s'adressa à ses collègues :

— Je suppose que vous avez tous entendu parler de Nina Childs.

Tout le monde connaissait Nina, et Jerome se trouvait avec nous sur la scène du crime.

— Les gens bien meurent jeunes, fit Rakeem Powell, lugubre. Surtout à Southeast.

---

1. Sur le modèle de "John Doe", qui désigne l'Américain lambda. (*N.d.T*)

Son regard s'assombrit. Rakeem est un type doué et tenace. Je suis sûr qu'il fera une belle carrière.

Je leur dis ce que je savais, notamment que Nina avait été retrouvée sans le moindre papier sur elle, et tout ce que j'avais pu remarquer sur place, dans la cave. Puis je revins sur la vague de meurtres inexpliqués qui frappait Southeast. Les statistiques que j'avais établies à mes heures perdues étaient effrayantes.

— Les mêmes chiffres à Georgetown ou du côté du Capitole, et toute la ville serait sur le pied de guerre. Le *Washington Post* nous sortirait des gros titres tous les jours, le président lui-même monterait au créneau. On mettrait tous les moyens nécessaires, on parlerait de drame national !

Jerome Thurman accompagna sa tirade de grands gestes du bras.

— C'est bien pour cela que nous sommes ici, répondis-je en m'efforçant de calmer le jeu. Les moyens, nous les avons, le temps aussi. Je vais vous dire comment je vois ce tueur. Je crois savoir deux ou trois petites choses.

— Tu as déjà ébauché un profil ? s'étonna Shawn Moore. Je me demande comment tu fais. Passer ses journées à étudier des détraqués...

— C'est ce que je fais de mieux, fis-je en haussant les épaules. J'ai analysé toutes les Jane Doe. Ça m'a pris des semaines. Le détraqué, comme tu dis, je me le suis payé tout seul.

— C'est pas tout, ajouta Sampson, il étudie même les crottes de rat. Je l'ai vu prendre des échantillons. Il est là, le secret.

Après m'être accordé une seconde de rire, je poursuivis :

— Selon moi, plusieurs de ces meurtres ont été commis par le même homme. Une douzaine, peut-être. Je ne pense pas qu'il s'agisse d'un tueur d'une intelligence supérieure, dans le style Gary Soneji ou M. Smith, mais il est suffisamment rusé pour ne pas se faire prendre. Il est organisé, raisonnablement prudent. Je doute qu'il ait un casier. Il occupe sans doute un bon poste et il est possible qu'il ait une famille. Mes copains du FBI, à Quantico, sont du même avis.

« Ce qui est quasiment certain, c'est qu'il a décidé de vivre ses fantasmes et qu'il est prêt à aller toujours plus loin. Il est peut-être en train de changer, de se créer une nouvelle personnalité. Il va continuer à tuer. Cela ne fait aucun doute.

« J'avancerai quelques hypothèses. Il déteste ce qu'il était avant, bien que ses proches n'en soient vraisemblablement pas conscients. Il se pourrait qu'il soit prêt à abandonner sa famille, son boulot, ses amis. Il s'agit d'un homme qui a probablement eu, à un moment, des convictions très fortes. Sociales, politiques, ou religieuses, je ne sais pas, mais de toute manière, il a tiré un trait dessus. Il tue de différentes manières, il n'a pas de méthode particulière. Tuer est l'une de ses spécialités. Jusqu'à présent, il s'est toujours servi d'armes différentes. On peut imaginer qu'il a voyagé, qu'il a vécu en Europe, ou bien en Asie. À mon avis, il est très possible qu'il soit noir, étant donné qu'il a commis plusieurs meurtres à Southeast sans jamais se faire remarquer.

— On est mal barré, maugréa Jerome Thurman. Tu n'aurais pas au moins une bonne nouvelle ?

— Je ne vois qu'une chose, et peut-être que je m'avance, mais il se pourrait qu'il ait des tendances suicidaires. Ça collerait bien avec le profil que je suis en train de tracer. Il vit dangereusement, il prend énormément de risques. Il peut imploser à n'importe quel moment.

— Il court, le furet, commenta Sampson.

Et c'est ainsi que le tueur hérita de son surnom : le Furet.

13

Geoffrey Shafer attendait le jeudi soir avec impatience. C'était le soir où il jouait aux Quatre Cavaliers, de neuf heures et une heure du matin.

Ce jeu était tout pour lui. Il y avait quatre joueurs sur la planète. Le Conquérant, qui chevauchait le cheval blanc. La Guerre, qui chevauchait le cheval bai. La Famine, qui chevauchait le cheval noir. Et lui-même, la Mort, qui chevauchait le cheval gris.

Il s'était enfermé dans la bibliothèque, à l'étage, et Lucy et les enfants savaient qu'il leur était formellement interdit de le déranger. Au mur, sa collection de poignards de cérémonie, presque tous ramenés de Hong Kong ou de Bangkok, côtoyait un aviron, souvenir de l'année où son équipe avait remporté le « Bumps ». Shafer sortait presque toujours vainqueur des épreuves auxquelles il participait.

Les quatre joueurs n'avaient pas attendu la déferlante du Net pour communiquer en réseau. Le Conquérant se trouvait à Dorking, dans le Surrey, non loin de Londres. La Famine faisait la navette entre Bangkok, Sydney, Melbourne et Manille. Quant à la Guerre, il jouait généralement depuis sa vaste propriété, sur la côte de la Jamaïque. Et cela durait depuis sept ans.

Bien loin de s'engluer dans la monotonie, le jeu de rôles avait pris de l'ampleur. D'année en année, il se renouvelait, offrait des perspectives toujours plus fascinantes. Le but était de créer une aventure, un scénario aussi délicieux qu'insolite. La violence faisait presque toujours partie du jeu, sans nécessairement déboucher sur un meurtre. Shafer avait été le premier à clamer que ses récits n'avaient rien de fictif, qu'il s'agissait d'histoires vécues, et depuis, les autres faisaient régulièrement de même. Shafer aurait cependant été bien en peine de dire s'il avait affaire à des fantasmes ou des épisodes réellement vécus, mais après tout, le principe du jeu consistait à imaginer, une fois par semaine, un scénario surprenant, capable de susciter l'admiration des autres joueurs.

À neuf heures, heure locale, Shafer était devant son écran. Comme ses partenaires, il manquait rarement une séance et lorsque cela lui arrivait, il laissait de longs messages parfois illustrés de dessins, voire de photos de ses maîtresses ou victimes supposées. Il lui arrivait même d'envoyer des séquences complètes ; aux autres de deviner, alors, s'il y avait eu mise en scène ou pas.

Shafer n'aurait pour rien au monde manqué un épisode du jeu. La Mort était de loin le personnage le plus intéressant, le plus puissant, le plus original. Il n'avait pas hésité à renoncer à des soirées importantes et à des rendez-vous officiels pour préserver son jeudi soir. Il avait déjà joué malgré une pneumonie, et au lendemain d'une douloureuse opération, suite à une double hernie.

Le jeu des Quatre Cavaliers était unique à bien des égards, mais surtout parce que nul ne dirigeait la partie. Chacun des joueurs jouissait d'une parfaite autonomie. Il écrivait et illustrait son récit comme il l'entendait, à la seule condition de respecter le verdict des dés et le profil du personnage.

En fait, il y avait autant de maîtres que de joueurs. Ce jeu de rôles était sans égal. Sa cruauté et son horreur n'avaient pour limites que celles de l'imagination des participants, et de leur don pour la mise en scène.

Le Conquérant, la Famine et la Guerre s'étaient déjà connectés.

Les doigts de Shafer coururent sur le clavier du portable.

La mort a triomphé une nouvelle fois à Washington. Je vous donne tous les détails avant d'écouter vos récits extraordinaires car le Conquérant, la Famine et la Guerre, je le sais, ont de l'imagination à revendre... Comme vous, je suis prêt à tout donner pour vivre des instants aussi forts.

Ce week-end, j'ai repris le volant de mon taxi fantastique, ma « machine infernale »... Écoutez. J'ai eu à ma disposition plusieurs victimes très intéressantes et tout à fait

DÉLICIEUSES, MAIS JE TROUVAIS QU'ELLES LAISSAIENT MALGRÉ TOUT À DÉSIRER, ET JE LES AI REJETÉES. PUIS J'AI TROUVÉ MA REINE. EN LA VOYANT, J'AI AUSSITÔT SONGÉ À NOTRE SÉJOUR À BANGKOK ET À MANILLE. COMMENT OUBLIER LA FRÉNÉSIE, LA SOIF DE SANG DES COMBATS DE BOXE ASIATIQUES ? J'AI DONC ORGANISÉ MON PROPRE MATCH DE KICKBOXING, EN AMÉNAGEANT LES RÈGLES À MA MANIÈRE. J'AI BATTU CETTE FILLE, MESSIEURS, EN ME SERVANT DE MES MAINS ET DE MES PIEDS. JE VOUS ENVOIE LES IMAGES.

14

Il se tramait quelque chose, et je soupçonnais que ça n'allait pas me plaire. Je suis arrivé au commissariat du septième district un peu avant sept heures et demie, le lendemain matin. Les grands patrons voulaient me voir et je n'étais pas frais. Le meurtre de Nina Childs m'obsédait, et jusqu'à deux heures du matin, je m'étais épuisé à tenter de trouver une piste.

Inhabituellement tendu et crispé, je sentais que la journée commençait mal. Je n'avais pas l'habitude de répondre à des convocations, d'aussi bonne heure de surcroît.

Le temps de me dénouer la nuque, de me composer un visage raisonnablement lugubre, et j'ouvris la porte d'acajou. George Pittman, patron des services d'enquête, m'attendait dans son bureau. Trois pièces en enfilade, dont une réservée aux réunions.

Le Big, comme le surnomment la plupart de ses « admirateurs », portait un complet gris taillé un peu large et une chemise blanche au col manifestement trop empesé, assortie d'une cravate argentée. Si on ajoutait les cheveux poivre et sel plaqués en arrière, il avait tout du banquier. Ce qui était, somme toute, assez logique : il n'arrête pas de dire que son budget ne lui laisse aucune marge, qu'il doit gérer les salaires, les heures supplémentaires, les budgets d'enquête. Et apparemment, c'est un bon gestionnaire, puisque le préfet de police lui pardonne d'être brutal, cul béni, raciste et carriériste.

Trois cartes imposantes constellées d'épingles de couleur occupaient à elles seules tout un mur. La première permettait de visualiser le nombre de viols, de meurtres et d'agressions perpétrés à Washington au cours des deux derniers mois. La deuxième était réservée aux cambriolages. La dernière aux vols de véhicules. À en croire ces cartes et le *Post*, la criminalité était en baisse. Mais pas dans mon quartier.

— Savez-vous pourquoi vous êtes ici, pourquoi je veux vous voir ? m'interpella Pittman. (Sèchement, sans préambule. Les amabilités, très peu pour lui.) Bien sûr que vous le savez, Dr. Cross. Vous êtes psychologue, c'est vrai. Le fonctionnement du cerveau humain, c'est votre spécialité. J'oublie toujours.

Reste calme et sois prudent, me dis-je. Ma réaction prit Pittman au dépourvu. Sourire aux lèvres, je lui répondis tranquillement :

— Non, je vous assure que je ne sais pas. Votre secrétaire m'a appelé, je suis venu. Voilà.

À voir sa tête, on aurait dit que je venais de lui raconter une bonne blague. Puis, brusquement, il haussa le ton. Son visage et sa nuque devinrent écarlates, ses narines se dilatèrent, révélant deux bosquets de poils noirs. Son poing se serra. L'autre main se déploya. Il avait les doigts aussi raides que les crayons qui dépassaient de son pot en cuir.

— Racontez ça à qui vous voulez, Cross, mais surtout pas à moi. Je sais parfaitement que vous êtes en train d'enquêter sur des meurtres commis à Southeast et qui ne sont pas de votre ressort — les Jane Doe, comme vous dites. J'avais donné des instructions très précises, et vous n'en tenez aucun compte. Certaines de ces affaires sont classées depuis plus d'un an. Il va falloir que ça change, Cross. Je ne tolérerai pas votre insubordination, votre attitude condescendante. Je sais très bien ce que vous manigancez. Vous aimeriez bien placer mes services, et moi plus particulièrement, en porte à faux, vous mettre le maire dans la poche et venir ensuite parader à Southeast avec votre médaille de héros.

Le speech de Pittman m'énervait autant que le ton employé, mais j'avais depuis longtemps appris une vérité essentielle : dans toute organisation, le vrai pouvoir, c'est l'information. Les petits chefs le savent bien. Si on ne la possède pas, il faut faire comme si.

Je n'ai donc rien dit à Pittman. Je ne l'ai pas contredit, je n'ai rien admis, je n'ai rien fait. J'étais le nouveau Gandhi.

Libre à lui de penser que j'enquêtais peut-être sur de vieilles affaires à Southeast. Libre à lui de s'imaginer que je pouvais bénéficier d'appuis à la mairie, voire au Capitole. Libre à lui d'envisager que j'avais des vues sur son poste, ou même que je nourrissais — Dieu m'en préserve — d'encore plus hautes ambitions.

— Je travaille sur les affaires de meurtre qui m'ont été confiées. Demandez au capitaine. Je fais de mon mieux pour boucler les dossiers.

Pittman hocha sèchement la tête, le visage toujours cramoisi.

— Eh bien, en voici un que je vous demanderai de boucler, et aussi vite que possible. Hier soir, un touriste s'est fait braquer dans M Street. On l'a abattu. Un Allemand, un médecin de Munich. Un notable local, quoi. Ça fait la une du *Post* de ce matin, sans parler de l'*International Herald Tribune*, et de toute la presse allemande, bien sûr. Je veux que vous vous chargiez de cette enquête-là, et je veux qu'elle aboutisse très, très vite.

— Ce médecin, c'est un Blanc ? lui demandai-je, en conservant un ton parfaitement neutre.

— Je vous l'ai dit, il est allemand.

— J'ai déjà beaucoup d'affaires en cours sur

Southeast, lui dis-je. Il y a encore eu un meurtre ce week-end, une infirmière.

Il ne tenait pas à le savoir. Un non, de la tête.

— Et maintenant, vous avez une affaire importante à Georgetown. À vous de la résoudre, Cross. Je refuse de vous voir travailler sur quoi que ce soit d'autre. C'est un ordre... un ordre... du Big en personne.

15

Sitôt que Cross eut quitté le bureau, une porte dérobée s'ouvrit dans la pièce réservée aux réunions. Le chef Pittman avait demandé à l'inspecteur principal Patsy Hampton, de la criminelle, d'écouter discrètement la conversation afin d'évaluer la situation en femme ayant la pratique du terrain, puis de lui donner des conseils.

Patsy Hampton n'aimait pas la mission très particulière que Pittman venait de lui confier, mais elle n'avait pas le choix. Elle n'aimait pas Pittman non plus. Il était si crispé qu'on aurait pu lui fourrer du charbon dans le cul et récupérer un diamant trois semaines après. C'était un homme aigri, mesquin et rancunier.

— Vous comprenez mon problème ? Cross finit par me connaître. Au début, il s'énervait. Maintenant, il me laisse parler, mais il ne m'écoute pas.

— J'ai tout entendu, répondit Hampton. Vous avez raison, il est bon.

Quoi qu'il arrive, elle abonderait dans le sens de son supérieur.

C'était une belle femme, aux cheveux courts, blond-châtain, et aux yeux magnifiques. Il ne devait pas y avoir de bleu plus perçant à l'ouest de Stockholm. Elle n'avait que trente et un ans et se voyait promise à une très belle carrière. Entrée à la criminelle à l'âge de vingt-six ans — un record de jeunesse à Washington —, elle visait aujourd'hui de bien plus hautes responsabilités.

Elle dit à Pittman ce qu'il voulait entendre :

— Mais vous vous sous-estimez. Vous l'avez touché, je le sais. Il encaisse bien, c'est tout.

— Vous êtes certaine qu'il se réunit avec ses collègues ? demanda-t-il.

— À ma connaissance, ils se sont déjà retrouvés trois fois, toujours chez lui, sur la Cinquième Rue, mais je pense qu'il y a eu d'autres réunions. Je l'ai appris par un ami de l'inspecteur Thurman.

— Mais ils se voient toujours en dehors du service ?

— Pour autant que je sache, oui. Ils sont prudents, ils ne prennent pas le risque de se voir pendant les heures de travail.

Le visage de Pittman s'assombrit.

— Ça, c'est emmerdant. On va avoir plus de mal à prouver le préjudice.

— D'après ce que j'ai pu recueillir, ils ont la conviction que la hiérarchie restreint volontairement les moyens qui pourraient permettre de résoudre un certain nombre d'affaires de meurtre non élucidées à Southeast et même un peu plus haut. La plupart des victimes sont des femmes noires et latinos.

Pittman cracha, mâchoires raidies :

— Les chiffres de Cross sont complètement bidons. Pour lui, tout est politique. Il voudrait qu'on engage des budgets faramineux pour enquêter sur des meurtres de toxicomanes et de prostituées ! Des délinquants qui se tuent entre eux. Vous savez bien comment ça se passe, dans ces quartiers noirs.

Hampton s'empressa de hocher la tête. Toutes les

occasions étaient bonnes à prendre. Elle craignait d'avoir vexé son patron en lui disant la vérité.

— Ils pensent que certaines des victimes étaient des femmes du quartier, sans histoires. L'infirmière qui a été tuée ce week-end était une amie de Cross et de l'inspecteur John Sampson. Cross est persuadé qu'un tueur s'attaque aux femmes de Southeast.

— Un tueur en série dans le ghetto ? À d'autres. Il n'y en a jamais eu dans ce coin, et quasiment jamais dans aucune cité du pays. Pourquoi maintenant ? Pourquoi là ? Parce que Cross tient absolument à en trouver un, voilà.

— Cross et les autres nous rétorqueraient que nous n'avons jamais sérieusement fait tout ce qu'il fallait pour mettre la main sur ce détraqué.

Hampton sentit soudain les petits yeux de Pittman lui vriller le crâne.

— Vous croyez vraiment à ces conneries, inspecteur ?

— Non, monsieur. Je n'ai pas à y croire ou ne pas y croire. Ce que je sais, c'est que la police manque d'effectifs dans toute la ville, sauf peut-être autour du Capitole. Là, on touche effectivement à la politique, et c'est un scandale.

Pittman sourit. Il n'était pas dupe. Elle le chambrait un peu, mais elle lui plaisait bien quand même. Il aimait se retrouver dans la même pièce qu'elle. Elle était vraiment trop mignonne.

— Que savez-vous de Cross, Patsy ?

Elle comprit que son patron, ayant fini de décharger sa colère, voulait calmer le jeu. Elle avait la certitude qu'il l'appréciait et qu'elle lui faisait de l'effet, mais heureusement, il était beaucoup trop coincé pour oser passer à l'acte.

— Je sais, répondit Hampton, que Cross est entré dans la police il y a un peu plus de huit ans, qu'il est notre intermédiaire auprès du FBI, qu'il travaille avec le ViCAP, le programme de lutte contre les crimes violents. C'est un *profiler* qui semble jouir d'une bonne réputation. Il a passé un doctorat de psychologie à Johns Hopkins et a exercé trois ans dans le privé avant de nous rejoindre. Veuf, deux enfants, il aime jouer du blues, au piano, chez lui. Comme renseignements, cela devrait vous suffire. Que voulez-vous savoir de plus ? J'ai consciencieusement préparé mon dossier. Vous me connaissez.

Elle se hasarda enfin à sourire.

Pittman l'imita. Avec ses petits dents écartées, il lui faisait toujours penser à un réfugié d'Europe de l'Est, ou à un mafieux russe.

Cela n'avait pas d'importance, puisqu'elle savait qu'il adorait la voir entrer dans son jeu, aussi longtemps qu'elle lui donnait l'impression d'être respecté.

— Avez-vous fait d'autres observations intéressantes ? lui demanda-t-il.

Elle avait envie de lui dire qu'il n'était qu'un gros con, mais elle se contenta de répondre :

— Il a un certain charme. Il connaît du monde en politique. Je comprends pourquoi il vous tracasse.

— Vous trouvez que Cross a du charme ?

— Je vous l'ai dit, il est bon. C'est vrai. Les gens disent qu'il ressemble à Mohammed Ali jeune. À mon avis, c'est un rôle qu'il doit jouer de temps en temps. « Je danse comme un papillon, je pique comme une guêpe. »

Et elle se remit à rire.

— Eh bien, le papillon, on va l'épingler, ironisa Pittman. On va s'arranger pour qu'il retourne dans le privé à tire-d'aile. On va voir ce qu'on va voir. Vous allez m'aider à faire le nécessaire, n'est-ce pas, inspecteur Hampton ? Vous, au moins, vous savez prendre du recul. C'est ce que j'aime, chez vous.

— C'est ce que j'aime aussi chez moi, fit-elle en souriant.

16

La chancellerie de l'ambassade de Grande-Bretagne, sise au 3100 Massachusetts Avenue, ressemble à un bâtiment administratif, sans charme ; elle jouxte la maison du vice-président et l'Observatoire. La résidence de l'ambassadeur, elle, est une demeure cossue de style géorgien, dont on remarque les hautes colonnades blanches.

Installé derrière son petit bureau d'acajou, Geoffrey Shafer contemplait l'avenue. Le personnel de l'ambassade, se disait-il, allait bientôt passer de 415 à 414 personnes. Il comprenait des experts en matière de défense, des spécialistes de la politique étrangère, des délégués commerciaux, des fonctionnaires, des employés, des secrétaires.

Bien que les États-Unis et la Grande-Bretagne aient passé des accords leur interdisant de s'espionner mutuellement, Geoffrey était un espion. Il faisait partie des onze hommes et femmes du Security Service, anciennement connu sous le nom de MI6, attachés à l'ambassade. Ces onze personnes géraient elles-mêmes des agents dépendant des consulats généraux d'Atlanta, Boston, Chicago, Houston, Los Angeles, New York et San Francisco.

Shafer ne tenait pas en place. Il ne cessait de se lever pour arpenter une moquette qui ne parvenait pas à étouffer les grincements du parquet, passait des coups de fil superflus, essayait de travailler, ressassait le mépris que lui inspirait son métier et la routine de son quotidien.

Il était censé se pencher sur un communiqué ridicule destiné à préciser l'engagement absurde du gouvernement britannique en matière de droits de l'homme. Le secrétaire aux Affaires étrangères venait de clamer haut et fort que la Grande-Bretagne se joignait à la condamnation internationale des régimes accusés de violer les droits de l'homme, qu'elle soutiendrait toutes les organisations luttant pour les droits de l'homme, qu'elle s'engageait à dénoncer toutes les atteintes aux droits de l'homme, *etc., etc., etc.,*

Il jeta un coup d'œil sur les jeux qui l'aidaient à se défouler lorsqu'il était dans cet état-là. *Riven, MechCommander, Unreal, TOCA, Ultimate Soccer Manager.* Rien ne l'excitait particulièrement.

Il commençait à sombrer dans la mélancolie, il reconnaissait les symptômes. « Je suis en train de craquer, et il n'y a qu'une seule façon de redresser la barre : il faut que je joue aux Quatre Cavaliers. »

Pour ne rien arranger, un ciel de plomb déversait des cataractes et l'agglomération de Washington, comme coupée du monde, semblait mourir d'ennui. Quelle tristesse ! Il était d'une humeur massacrante...

De l'autre côté de Massachusetts Avenue, le parc dédié au soi-disant artiste pacifiste Kahlil Gibran le narguait. Shafer se mit à rêvasser, s'imagina en train de baiser quelques-unes des femmes les plus attirantes de l'ambassade.

Il avait appelé sa psychiatre, Boo Cassady, à son cabinet, mais elle n'avait pas pu lui parler longuement, car un patient l'attendait. Ils avaient convenu de se retrouver chez elle en fin de journée, le temps d'un petit *quickie* bien sauvage, avant de revoir Lucy et l'horrible marmaille.

Il aurait aimé jouer aux Cavaliers ce soir, mais n'osait pas. L'épisode de l'infirmière était encore trop frais. Mais Dieu que ça le démangeait... Il aurait tout donné pour pouvoir supprimer quelqu'un d'une manière très imaginative, ici, à l'intérieur même de l'ambassade.

Cependant, il lui restait une chose à faire, un vrai plaisir qu'il s'était mis de côté pour maintenant. Trois heures de l'après-midi. Son dé spécial l'avait aidé à prendre une décision personnelle.

Il avait appelé Sarah Middleton juste avant le déjeuner pour lui dire qu'il avait deux, trois petites choses à voir avec elle. Pouvait-elle passer le voir dans son bureau, mettons, vers trois heures ?

Sarah, manifestement tendue, lui avait répondu qu'elle pouvait venir le voir plus tôt, n'importe quand, à sa convenance. « Vous n'avez donc rien d'urgent à faire ?

avait-il demandé. Je vois que la journée est calme. » Elle s'était empressée de bredouiller qu'elle serait là à trois heures, pas de problème.

Sa secrétaire, la massive Betty qui travaillait auparavant à la chancellerie de Londres, l'appela à trois heures pile. Shafer se félicita de constater qu'en matière de ponctualité au moins, il avait fini par obtenir des résultats.

Il laissa l'interphone sonner plusieurs fois avant de prendre brusquement la ligne, comme si Betty venait de l'interrompre au beau milieu d'une tâche vitale pour la sécurité du pays.

— Qu'y a-t-il, mademoiselle Thomas ? Je suis très occupé ; j'ai un communiqué à remettre au secrétaire.

— Je suis désolée de vous déranger, monsieur Shafer, mais Mlle Middleton est ici. Apparemment, elle a rendez-vous à trois heures.

— Hum. Ah, bon ? C'est vrai, vous avez raison. Pouvez-vous demander à Sarah de patienter. J'en ai encore pour quelques minutes. Je vous rappelle dès que je suis prêt à la recevoir.

Un sourire satisfait fendit le visage de Shafer. Il prit un exemplaire de *La Tunique rouge*, le journal interne de l'ambassade. Il savait que Betty détestait l'entendre appeler Mlle Middleton par son prénom.

Il passa quelques instants à fantasmer sur Sarah. Il rêvait de se la payer depuis le premier jour, mais n'avait rien tenté, par prudence. Il la détestait, cette petite salope. Et maintenant, il allait bien s'amuser.

Shafer passa encore dix minutes le nez à la fenêtre. Les voitures traversaient Massachusetts Avenue au pas, sous une pluie diluvienne.

Il tripota son dé à vingt faces. Cela risquait d'être assez amusant, finalement. *Terreur au bureau.*

17

Lorsque la très mignonne Sarah Middleton pénétra dans son bureau, elle réussit à se composer un air cordial, proche du sourire. Shafer se faisait l'impression d'un boa constricteur épiant une souris.

Elle avait des cheveux roux qui frisaient naturellement, un visage relativement agréable et un corps sublime. Aujourd'hui, elle portait un tailleur très court, un chemisier de soie rouge avec un col en V, et des bas noirs. Pour Shafer, il ne faisait pas de doute qu'elle se cherchait un mari à Washington.

Il sentait son cœur battre à tout rompre. Elle l'excitait, et ce n'était pas nouveau. Il imagina qu'il la prenait, là, tout de suite. La prendre, une expression qui lui plaisait énormément. Sarah paraissait moins nerveuse, plus sûre d'elle que ces temps derniers, ce qui signifiait probablement qu'elle avait vraiment peur et qu'elle s'efforçait de ne pas le montrer. Il fit de son mieux pour suivre son raisonnement, en essayant de se mettre à sa place. L'expérience n'en devenait que plus drôle, mais endosser la peau d'un personnage aussi craintif et aussi angoissé allait exiger une certaine agilité d'esprit.

— On l'aura attendue, cette pluie, commença Sarah, sans trouver le courage de poursuivre sa phrase.

— Asseyez-vous donc, lui dit-il en s'efforçant de conserver une attitude purement professionnel. Personnellement, j'ai horreur de la pluie. C'est l'une des nombreuses raisons qui font que je n'ai jamais été en poste à Londres.

Derrière ses doigts en triangle, il poussa un soupir emphatique puis s'interrogea : Sarah avait-elle remarqué la longueur de ses phalanges, se demandait-elle parfois si tout, chez lui, était aussi grand ? Il était prêt à le parier.

Ainsi fonctionnait l'esprit des gens, même si les femmes comme Sarah refusaient de l'admettre.

Elle se râcla la gorge, posa les mains sur ses genoux. Les jointures de ses doigts étaient blanches. La voir aussi mal à l'aise réjouissait profondément Shafer. Elle aurait visiblement tout donné pour être ailleurs. Et lui ne demandait qu'à la voir à poil...

Bien décidé à jouer à fond son rôle de dominateur, il commença par faire craquer les doigts de sa main droite.

— Ma petite Sarah, je crains de devoir vous annoncer une mauvaise nouvelle. Croyez-bien que je le regrette infiniment, mais je n'ai guère le choix.

Elle s'avança nerveusement sur sa chaise. Le haut était vraiment parfait. Shafer commençait déjà à bander.

— Qu'y a-t-il, monsieur Shafer ? Que voulez-vous dire ? Une mauvaise nouvelle ?

— Nous allons devoir — ou plutôt, je vais devoir me séparer de vous. Une question de restrictions budgétaires, malheureusement. Je sais que vous devez trouver cela parfaitement injuste et très inattendu. D'autant que vous avez traversé la moitié du globe, depuis l'Australie, pour occuper ce poste et que vous êtes à Washington depuis moins de six mois. Et voilà que le couperet tombe.

Il la voyait tentant de retenir ses larmes. Ses lèvres tremblaient. De toute évidence, elle ne s'attendait pas à pareille décision, et tombait des nues. Elle avait beau être raisonnablement intelligente et habituée à se maîtriser, le coup était trop fort.

Excellent... Il avait réussi à la faire craquer. Il regrettait déjà de ne pas pouvoir la filmer. La tête qu'elle faisait !

Il saisit avec délectation l'instant précis où ses nerfs lâchèrent. Il vit ses yeux se mouiller, suivit du regard les grosses larmes perler sur les pommettes trop maquillées.

Le sentiment de pouvoir qu'il ressentit alors était à la mesure de ce qu'il espérait. Sans doute n'était-ce qu'un petit jeu futile, mais quel régal ! Pouvoir ainsi désarçonner quelqu'un et le faire souffrir lui procurait un plaisir infini.

— Ma pauvre Sarah, murmura-t-il. Ma pauvre petite Sarah.

Puis il commit le plus cruel, le plus impardonnable

des gestes. Le plus ignoble, le plus risqué. Il se leva de son fauteuil pour aller réconforter Mlle Middleton. Il se plaça derrière elle, contre ses épaules, sachant très bien que c'était pour elle la pire des choses : qu'il la touche, qu'il lui fasse sentir son érection.

Elle se raidit, s'écarta comme s'il était en flammes, siffla : « Connard ! Vous êtes un parfait salaud ! »

Et, tremblant de tout son corps, elle s'enfuit en sanglotant, avec cette démarche cahotante qu'ont les femmes juchées sur des talons hauts. Shafer savoura son plaisir. Il éprouvait une joie sadique à blesser — mieux, à détruire cette innocente. Il grava dans sa mémoire l'étonnante scène. Il se la repasserait sans cesse.

Oui, il était un salaud. Un salaud absolument parfait.

18

Perchée sur le rebord de la fenêtre, Rosie la chatte m'observait avec intérêt. J'avais rendez-vous avec Christine et j'étais en train de m'habiller. Il faut bien l'avouer : la simplicité de la vie de Rosie suscite parfois ma jalousie. « J'adore manger les petites souris. Les petites souris, c'est ce que j'adore manger. »

Puis vint l'heure de redescendre. J'avais décidé d'oublier mon travail le temps d'une soirée, et il y avait longtemps que je ne m'étais senti aussi nerveux, distrait et fébrile. Nana et les enfants savaient que quelque chose se préparait, mais ils ne savaient pas quoi, et mes trois fouines préférées étaient en train de devenir folles.

— Papa, dis-moi ce qui se passe, s'il te plaît, papa, m'implora Jannie, les mains jointes.

— Je t'ai dit non, et non c'est non. Même si tu rampes sur tes petits genoux tout maigres. (Et j'ai ajouté en souriant :) Ce soir, j'ai un rencart. Un rencart, rien de plus. Tu n'as pas besoin d'en savoir davantage, jeune fille.

— Avec Christine ? m'interrogea Jannie. Ça, au moins, tu peux me le dire.

— Ça, c'est à moi d'en juger, lui ai-je rétorqué tout en nouant ma cravate devant le miroir, au pied de l'escalier. Et tu ne sauras jamais, petite curieuse...

— T'as mis ton beau costume à rayures, tes beaux souliers, ta belle cravate. T'es drôlement beau, tu sais. La classe.

— Tu crois que je vais lui plaire ?

Je tenais à avoir l'avis de ma costumière.

— Tu es superbe, papa, me répondit-elle, rayonnante. (Et je la croyais, car ses petits yeux miroitants ne mentent jamais.) Tu le sais bien. T'es beau comme le péché, comme on dit.

— Tu ne changes pas, toi, hein ?

Elle me faisait rire. Beau comme le péché. Ça, c'était forcément Nana qui le lui avait appris.

Damon singea sa sœur.

— « Tu es superbe, papa. » Tu parles d'une lèche-cul. Qu'est-ce que tu veux lui demander, Jannie ?

Je me suis tourné vers Damon.

— Comment me trouves-tu ?

Il roula des yeux.

— Pas mal. Pourquoi tu t'es fait chic comme ça ? Tu peux me le dire, à moi. D'homme à homme. Il y a une occasion spéciale ?

— Réponds donc à ces pauvres enfants ! me supplia Nana.

Je l'ai regardée avec un grand sourire.

— N'essaie pas de m'attendrir pour atteindre ton quota de ragots. Bon, il faut que j'y aille. Je serai rentré avant l'aube.

Il était presque huit heures, et au moment même où je sortais, une grosse Lincoln Town Car noire s'arrêta devant la maison. Juste à l'heure. Je ne voulais pas être en retard.

— Une limousine ? s'étrangla Jannie. Tu pars en *limousine* ?

— Alex Cross ! me lança Nana. Que se passe-t-il ?

Je descendis les marches en sautillant, montai dans le véhicule, refermai la portière et dis au chauffeur de démarrer. Tandis que la voiture s'éloignait doucement, sans un bruit, je fis un signe de la main à toute ma petite famille, sans oublier de tirer la langue.

19

Ma dernière image fut celle de Jannie, Damon et Nana me retournant la politesse, avec force simagrées. Nous passions vraiment de magnifiques moments ensemble, me disje, alors que nous nous dirigions vers le comté de Prince Georges, où j'avais affronté un tueur de douze ans à l'époque des sanguinaires Jack et Jill, et où vivait Christine.

J'avais choisi mon mantra pour la soirée. *Le cœur a des raisons que la raison ignore.* J'avais besoin de m'en persuader.

— Une voiture avec chauffeur ? s'exclama Christine à mon arrivée à Mitchellville. Une limousine ?

Elle était toujours aussi belle. Une longue robe noire sans manches, une veste brodée à fleurs sur les épaules, des escarpins de satin noir à lanières. Avec ses talons, elle dépassait le mètre quatre-vingts. Dieu que j'aimais cette femme, jusqu'au bout des ongles.

Nous rejoignîmes la voiture.

— Tu ne m'as toujours pas dit où nous allions ce soir, Alex. Tu m'as juste dit que c'était un très bel endroit. Un endroit un peu particulier.

— Peut-être, mais le chauffeur, lui, sait où nous allons.

Un tapotement sur la vitre de séparation, et la Lincoln s'enfonça dans la nuit. Alex le mystérieux.

Nous reprîmes l'autoroute en direction de Washington. Christine, tête inclinée, les mains dans les miennes, s'offrit à mes baisers dans la pénombre ouatée. J'adorais la tendresse de sa bouche, et cette peau si douce, si lisse. Elle portait un nouveau parfum, que je ne reconnaissais pas, ce qui n'était pas pour me déplaire. Je lui embrassai le creux de la gorge, puis les joues, les yeux, les cheveux. J'aurais pu passer la nuit à ne faire que cela.

— C'est incroyablement romantique, murmura-t-elle. Un peu particulier, effectivement. Tu es vraiment un être à part... *mon chéri*.

Nous n'avons cessé de nous frotter l'un contre l'autre jusqu'à Washington. Nous parlions, mais je ne me souviens même plus de quoi. Je sentais sa poitrine se soulever et retomber. Lorsque nous arrivâmes à l'intersection de Massachusetts et du Wisconsin, j'avais l'impression que le trajet n'avait duré que quelques minutes. La surprise était proche.

Comme elle me l'avait promis, Christine s'abstint de me poser d'autres questions jusqu'au moment où la voiture s'arrêta devant la cathédrale nationale de Washington. Le chauffeur sortit et vint nous ouvrir la portière.

— La cathédrale ? s'étonna Christine. C'est là que nous allons ?

J'ai acquiescé, puis levé les yeux vers cette merveille d'art gothique que j'admirais depuis ma plus tendre enfance. Cette cathédrale, qui surplombe un domaine d'une centaine d'hectares de bois et de pelouses, domine toute la ville, et même le fameux Washington Monument. Si ma mémoire ne me trahit pas, c'est le second plus grand lieu de culte des États-Unis, et sans doute le plus beau.

Christine m'emboîta le pas à l'intérieur de la cathédrale en me tenant la main. Nous nous trouvions à l'angle nord-ouest de la nef, longue de près de cent cinquante mètres. Tout au bout, nous apercevions le gigantesque autel.

Il se dégageait de ces lieux sacrés un extraordinaire sentiment de paix et de beauté. Nous avançâmes à mi-hauteur de la nef jusqu'à un banc situé sous l'étonnant vitrail de l'Espace, composé de plus de deux cents panneaux différents.

La lumière avait quelque chose de magique ; elle me faisait l'impression d'une bénédiction. Un kaléidoscope de rouges, de jaunes, de bleus de toutes nuances.

— C'est magnifique, non ? chuchotai-je. On dirait que c'est là depuis toujours. J'ai rarement vu quelque chose d'aussi sublime. Toutes les splendeurs gothiques qui ont inspiré Henry Adams...

— Tu sais, Alex, je crois que c'est le plus bel endroit de Washington. Le vitrail de l'Espace, la chapelle des Enfants — j'ai toujours adoré. Je te l'ai déjà dit, non ?

— Oh, tu l'as peut-être mentionné comme ça, en passant. Ou alors, je l'ai deviné.

Nous poursuivîmes notre chemin jusqu'à la chapelle des Enfants, une petite chapelle chaleureuse et merveilleusement décorée. Au-dessus de nous, une fresque en vitrail contait l'histoire de Samuel et David enfants.

Je me suis retourné et j'ai regardé Christine. Mon cœur battait si fort que j'étais persuadé qu'elle pouvait l'entendre. À la lumière des cierges, ses yeux scintillaient comme des joyaux. Sa robe noire semblait flotter sur sa peau.

J'ai mis un genou à terre, j'ai levé les yeux vers elle et j'ai murmuré, juste assez fort pour qu'elle seule puisse m'entendre :

— Je t'aime depuis le jour où je t'ai vue à l'école, à Sojourner Truth, mais je ne savais pas, à ce moment-là, que tu étais quelqu'un d'aussi formidable. À la fois si intelligente et si généreuse. Je ne savais pas que je ressentirais tout ce que je peux ressentir aujourd'hui, cette impression de plénitude, chaque fois que je suis avec toi. Je ferais tout pour toi. Je ferais tout pour être avec toi un instant de plus.

Je me suis interrompu, le temps de reprendre mon souffle. Son regard ne m'avait pas quitté.

— Je t'aime à la folie, et je t'aimerai toujours. Christine, veux-tu m'épouser ?

Elle me fixait toujours des yeux, et son regard débordait de chaleur, d'amour, mais aussi d'humilité, ce qui, chez elle, n'avait rien d'étonnant. Presque comme si l'idée que je puisse l'aimer lui paraissait inconcevable.

— Oui, Alex. Oh, je n'aurais jamais dû attendre ce soir, mais c'est si merveilleux, si parfait que je suis presque contente d'avoir patienté. Oui, je veux être ta femme.

Alors, de ma poche, j'ai sorti une vieille bague de fiançailles et l'ai glissée à son doigt. Cette bague avait appartenu à ma mère et je l'avais conservée depuis sa mort, survenue l'année de mes neuf ans. Je connaissais mal l'histoire de ce bijou, mais je savais qu'il était dans la famille depuis quatre générations. Il représentait mon seul et unique héritage.

Nous nous sommes embrassés dans la très belle chapelle des Enfants, et ce fut le plus beau moment de ma vie. Il resterait à jamais gravé dans ma mémoire, dans toute sa clarté.

« Oui, je veux être ta femme. »

20

Dix jours s'étaient écoulés sans qu'il tue, mais il sentait que ses fantasmes n'allaient pas tarder à reprendre le dessus. Il venait d'entrer dans une nouvelle phase d'euphorie, et il avait bien l'intention d'en profiter pleinement.

Geoffrey Shafer avait l'impression d'être sur un nuage — les toubibs, comme d'habitude, l'auraient sans doute déclaré surexcité, euphorique ou bipolaire, selon leur vocabulaire. Il avait déjà pris de l'Ativan, du Librium, du Valium et du Depakote, mais cela ne faisait qu'entretenir son état.

Ce soir-là, aux alentours de six heures, il sortit la Jaguar du parking de l'ambassade et contourna la statue de Winston Churchill, avec sa main courtaude faisant le V de la victoire et l'autre brandissant le fameux cigare.

La guitare d'Eric Clapton s'en donnait à cœur joie sur la platine laser. Shafer monta encore le son et se mit à marteler férocement son volant ; il ne faisait plus qu'un avec le rythme, les pulsations, avec cette énergie venue du plus profond de son corps.

Il s'engagea sur Massachusetts Avenue, puis s'arrêta devant un Starbucks, se rua à l'intérieur et prit trois cafés comme il les aimait, noirs comme son cœur, avec six sucres. Mmmm. Et comme chaque fois ou presque, il en descendit un avant même de passer à la caisse.

Une fois dans le cockpit de sa Jaguar, il savoura tranquillement le deuxième café, en le corsant légèrement. Benadryl et Nascan. Ça ne pouvait pas lui faire de mal, bien au contraire. Puis il sortit son dé à vingt faces. Ce soir, il fallait absolument qu'il joue.

Un douze ou plus l'expédierait chez Boo Cassady ; une petite séance de cul bien hard avant de rentrer retrouver sa sinistre famille. De sept à onze, c'était la catastrophe absolue : il rentrait directement chez lui. Un trois, un quatre ou un cinq, et il pouvait aller à sa planque pour improviser une nuit d'enfer. La grande aventure.

— Allez, je veux un trois, un quatre, un cinq ! Vas-y, mon petit dé ! Fais-moi plaisir ! Sors-moi ça, j'en ai besoin !

Il secoua le dé durant une bonne demi-minute pour prolonger le suspense, puis le lâcha enfin et le regarda rouler sur le cuir gris du siège.

Un quatre ! Il avait sorti un quatre, déjoué les probabilités ! Il crut sentir son crâne s'embraser. Ce soir, il pourrait jouer. Le dé avait parlé, son destin était tracé.

Bouillonnant d'excitation, il pianota un numéro sur son téléphone mobile, prononça « Lucy », ne put réprimer un sourire.

— Ah, chérie, je suis content de t'avoir... oui, c'est ça, tu as deviné... c'est la grosse panique... même moi, je n'y crois pas... on a l'impression que je suis leur esclave, et il y a des jours où je me demande si ce n'est pas le cas. Toujours cette affaire de trafic de drogue à la con. Je rentre dès que je peux, mais ne m'attends pas, d'accord ? Tu embrasses tout le monde de ma part, hein. Un gros bisou aux enfants... toi aussi, je t'embrasse, ma chérie. Tu sais que je t'aime... c'est toi la meilleure. Toi, au moins, tu peux comprendre.

« Excellente interprétation », songea Shafer en poussant un soupir de soulagement. Il s'en était fort bien sorti, compte tenu de tout ce qu'il avait ingurgité. Il mit fin à la communication. Sa femme, il était navré de le reconnaître, avait néanmoins une grande qualité : c'était l'argent de sa famille qui avait payé la maison, la Jaguar, le Range Rover — indispensable pour le shopping — et qui leur permettait de s'offrir régulièrement de somptueuses vacances.

Il composa un autre numéro.

— Dr. Cassady, j'écoute.

Elle avait décroché presque immédiatement. Elle savait que c'était lui. Avant de passer la voir, il l'appelait généralement de la voiture. Ils aimaient bien s'exciter mutuellement au téléphone. Préliminaires à distance...

— Ils m'ont refait le coup, geignit-il tout en savourant son sens du théâtre.

Un bref silence, puis :

— Tu veux dire qu'ils *nous* ont refait le coup. Et tu ne peux pas partir, tu es sûr ? Ce n'est qu'un boulot, Geoff, et tu le détestes.

— Tu sais bien que je serais déjà en route si je pouvais. J'en ai ma claque, vraiment. Chaque minute est un vrai cauchemar. Et à la maison, c'est encore pire, Boo. Tu es bien placée pour le savoir.

Il s'imagina Boo fronçant les sourcils, ourlant les lèvres.

— Je te trouve bien surexcité, Geoffrey. Tu es chargé ? Tu as pris tes cachets, aujourd'hui ?

— Ne sois pas vile. Bien sûr, que j'ai pris mes médicaments. Et je suis chargé. Je plane complètement. Pour ne rien te cacher, je t'appelle entre deux réunions. Si tu savais combien tu me manques, Boo. J'ai envie d'être en toi, tout au fond de toi. J'ai envie de jouir dans ton con, dans ton cul, dans ta gorge. Voilà à quoi je suis en train de penser. Putain, si tu me voyais, je suis là, dans mon bureau de fonctionnaire, et je bande comme un cerf. Pour me calmer, il faudrait que je tape dessus à la baguette. À coups de canne, plus exactement. C'est ainsi que nous procédons, nous, les Anglais.

Elle se mit à rire, et il faillit se raviser. Allait-il vraiment renoncer à son rendez-vous coquin ?

— Retourne travailler, lui dit-elle. Si tu finis assez tôt, je serai chez moi. J'aimerais bien que tu me finisses, moi aussi.

— Je t'aime, Boo. Tu es tellement sympa.

— C'est vrai, mais je préfèrerais que tu viennes me montrer ta canne.

Il raccrocha. Une fois arrivé dans son repaire d'Eckington, il gara la Jag à côté du taxi violet et bleu, puis monta se changer sans perdre une seconde. Quelle exaltation de pouvoir ainsi échapper à tout ce qu'il détestait, grâce à cette double vie !

Sans doute prenait-il trop de risques, mais peu lui importait, désormais.

21

Shafer était de sortie, et il se sentait remonté à bloc. Une nouvelle partie de Quatre Cavaliers allait commencer et ce soir, tout était possible. Pourtant, il ruminait encore ses pensées. Il était capable de passer de l'euphorie à la dépression en une fraction de seconde.

Il s'observait, comme dans un rêve. La fin de la guerre froide avait condamné ses activités au sein du contre-espionnage anglais, et seule l'influence du père de Lucy lui avait permis de conserver son poste. Duncan Cousins, général à la retraite, présidait aujourd'hui un groupe de sociétés spécialisées dans la distribution de produits détergents, de savons et de désodorisants. Il surnommait Shafer « le colonel » et prenait un malin plaisir à commenter sa « pitoyable ascension » tout en vantant la formidable réussite de ses deux frères, qui, eux, avaient fait fortune.

Shafer revint au moment présent. Chez lui, c'était devenu une habitude. Ses pensées erraient entre le réel et l'imaginaire, et le monde, par instants, s'éclipsait, telle une émission de radio difficile à capter. Il respira profondément, reprit son aplomb, puis sortit le taxi du garage. Lorsqu'il arriva sur Rhode Island Avenue, il se remit à pleuvoir. Sous la petite pluie fine, les feux de circulation s'estompaient, jusqu'à ressembler à des taches de couleur dans un tableau impressionniste.

Shafer se rapprocha du trottoir. Un homme, un Noir, grand et mince, venait de le héler. Il ressemblait à un dealer, ce qui n'intéressait guère Shafer. Peut-être pourrait-il se contenter de descendre ce fumier, puis de se débarrasser du cadavre quelque part ? Pour ce soir, ce serait un programme tout à fait acceptable. Personne n'irait pleurer la disparition d'un minable petit trafiquant.

— À l'aéroport, lui intima l'homme en montant dans le taxi.

Ce mal élevé commença par asperger d'eau l'intérieur de la voiture puis, dès qu'il eut refermé la portière dans un grincement de ferraille, sortit son téléphone mobile.

Shafer n'avait aucunement l'intention de s'exécuter, mais rien ne l'empêchait de l'exécuter, lui. Il écouta la conversation téléphonique, et eut la surprise d'entendre son « client » s'exprimer de manière extrêmement châtiée, sur un ton presque affecté.

— Avec un peu de chance, je serai dans l'avion de neuf heures, Leonard. Il y a un vol Delta toutes les heures à l'heure pile, c'est bien cela ? J'ai réussi à trouver un taxi, figure-toi. Là où habite ma pauvre mère, à Northeast, personne ne s'arrête, et voilà qu'arrive cette espèce de taxi pirate bleu et violet, une vraie poubelle, et ô miracle, le type me prend.

Aïe, cet imbécile venait de donner son signalement... Shafer jura intérieurement. C'était le principe du jeu : des moments extraordinaires, mais aussi des coups durs inattendus. Il allait devoir conduire ce con jusqu'à l'aéroport. S'il disparaissait, on ferait rapidement le rapprochement avec « un taxi bleu et violet, une vraie poubelle ».

Shafer écrasa l'accélérateur et fonça donc vers l'aéroport. Même à cette heure tardive, cela roulait très mal. Il se sentait sur le point d'exploser. Le temps ne s'arrangeait pas : à la pluie de plus en plus drue s'ajoutaient maintenant le tonnerre et les éclairs.

Il sentait la colère le gagner, mais se maîtrisa tant bien que mal. Il lui fallut près de trois quarts d'heure pour atteindre le terminal, mais lorsqu'il déposa enfin son passager d'autres rêveries accaparaient déjà son esprit. Son humeur venait de basculer. Il était de nouveau en phase ascentionnelle.

Peut-être aurait-il dû passer voir le Dr. Cassady, finalement. Il était à court de pilules. Le Lithium, surtout. Ce soir, il avait l'impression d'être sur les montagnes russes ; il montait, descendait, remontait, redescendait. Il avait envie d'aller aussi loin qu'il le pouvait. Il se sentait dans un état second. Une chose était sûre : il était en train de perdre les pédales.

Lorsqu'il était dans cet état, tout pouvait arriver. Cela devenait d'autant plus intéressant. Il se joignit à la file des taxis attendant les clients pour rentrer sur Washington.

D'autres roulements de tonnerre ébranlèrent le ciel. Un éclair zébra le crépuscule, juste au-dessus de l'aéroport. Shafer aperçut ses victimes potentielles, blotties sous un auvent dégoulinant. Certains vols avaient dû être retardés, voire annulés. Il savourait déjà le suspense du mélodrame de série B qui allait se jouer. La proie du jour pouvait être n'importe qui, un dirigeant de société aussi bien qu'une secrétaire débordée, voire toute une famille de retour d'un séjour à Disney World.

Il prenait cependant soin de ne jamais regarder directement la file d'attente. Puis, lorsqu'il n'y eut plus que deux véhicules devant le sien, il ne put s'empêcher de tourner la tête.

Son futur client était un homme, plutôt grand.

Un Blanc, en déplacement d'affaires. Il descendit du trottoir et monta à bord du taxi en maugréant.

Shafer le jaugea. C'était un Américain qui approchait sans doute de la quarantaine, très imbu de sa personne. Un conseiller en placements, peut-être, ou un cadre de banque. Quelque chose dans ce goût-là.

— On peut y aller, dès que vous voudrez bien, fit sèchement le client.

— Excusez-moi, répondit Shafer avec un sourire obséquieux dans le rétroviseur.

Il lança le dé sur le siège avant. Un six ! Il sentit son cœur s'affoler.

Un six signifiait qu'il devait immédiatement passer à l'action. Il se trouvait cependant toujours dans l'enceinte de l'aéroport. Il y avait trop de voitures, trop de flics, trop de lumière. C'était trop risqué, même pour lui.

Le dé avait parlé. Shafer n'avait pas le choix. Le jeu avait commencé.

Devant lui, il ne distinguait qu'un océan de feux arrière. Il y avait des véhicules partout. Comment faire ? Il se mit à transpirer à grosses gouttes.

Pas question d'attendre, pourtant. Tout l'intérêt du jeu était là. Il devait le faire tout de suite. Tuer ce crétin ici, en plein aéroport.

Alors il s'engagea dans le premier parking. Tout cela ne lui plaisait pas. Dans l'allée, il accéléra. Un nouvel éclair vint illuminer le ciel, comme pour illustrer la folie et le chaos de l'instant.

— Vous allez où, là ? cria l'homme d'affaires en frappant le dossier du siège du plat de la main. C'est pas la sortie, ça, imbécile !

Shafer le regarda dans son rétroviseur, furieux. Cet enfoiré avait osé le traiter d'imbécile. On aurait dit l'un de ses frères.

— Je ne vais nulle part ! rétorqua-t-il sur le même ton. Mais pour vous, c'est l'aller simple en enfer !

L'autre hoqueta :

— Que m'avez-vous dit, là ? Vous pourriez répéter ?

Shafer pressa la détente de son Smith & Wesson neuf millimètres en espérant que le tonnerre et les coups de klaxon couvriraient le fracas de la détonation.

Il transpirait tellement que son maquillage noir risquait de déteindre. Il s'attendait à ce qu'on l'arrête à tout moment, imaginait déjà son taxi cerné par les forces de police. La banquette et la vitre arrière étaient éclaboussées de sang vermeil. L'homme, affalé dans un coin, donnait l'impression de s'être assoupi. Shafer ignorait à quel endroit la balle avait pu traverser la carrosserie.

Il quitta l'aéroport avant de devenir complètement fou, et se dirigea vers Benning Heights, dans Southeast, en prenant soin de respecter les limitations de vitesse. Il était toujours dans un état second, et se demandait s'il n'était pas en train de commettre une énorme erreur.

Il s'arrêta dans une petite rue, inspecta le cadavre et le déshabilla. Il décida de l'abandonner sur place. Rester imprévisible, toujours rester imprévisible.

Puis il démarra en trombe et rentra chez lui.

Il n'avait rien laissé qui pût permettre d'identifier le corps.

Mais cette fois, pour changer, on trouverait *un* John Doe.

22

Je suis rentré de chez Christine vers deux heures et demie du matin, tout euphorique. Jamais je ne m'étais senti aussi heureux ces dernières années. J'avais presque envie de réveiller Nana et les enfants pour leur annoncer la nouvelle ; j'aurais aimé voir leur tête. Je regrettais presque de ne pas avoir ramené Christine pour que nous puissions fêter l'événement ensemble.

Je venais à peine d'arriver lorsque le téléphone sonna. « Oh, non, pas cette nuit. Un coup de fil à une heure pareille, c'est forcément une mauvaise nouvelle. »

Je décrochai dans le séjour, entendit la voix de Sampson.

— Je te réveille, ma poule ?

— Fiche-moi la paix. Rappelle-moi dans la matinée. Cette nuit, je suis fermé.

— Non, Alex, pas cette nuit. Ramène-toi. Alabama Avenue, trois rues à l'est de Dupont Park. On a retrouvé le corps d'un type à poil, dans le caniveau. Un Blanc. Aucun papier sur lui.

Je mettrais Nana et les enfants au courant de mes projets avec Christine dès la première heure. Je devais y aller. Il ne me fallut qu'une dizaine de minutes pour rejoindre Sampson à un coin de rue, de l'autre côté de l'Anacostia.

Le public s'en donnait à cœur joie. Dans ce quartier, trouver le cadavre dénudé d'un Blanc, c'était aussi insolite que voir un cerf descendre l'avenue.

— Casper le gentil fantôme s'est fait buter, commenta un pauvre type tandis que nous nous glissions sous le ruban jaune du périmètre.

Devant nous, les taudis de brique collés les uns aux autres semblaient vouloir hurler les noms de tous les oubliés, de tous les sacrifiés de l'Amérique.

À ces coins de rues, l'eau croupit souvent en mares immenses, car les égouts sont rarement inspectés. Je me suis agenouillé au-dessus du corps dénudé, recroquevillé, à demi immergé. Nous ne risquions pas de retrouver des traces de pneus. Était-ce pour cela que le tueur avait choisi cet endroit ?

J'enregistrais tout mentalement. La victime avait les ongles des mains et des pieds parfaitement soignés, et ne présentait aucun cal. Ni plaies ni ecchymoses. Une balle lui avait simplement arraché le côté gauche du visage.

Le corps, très bronzé, portait la marque du maillot de bain. Un anneau de peau claire, à la main gauche, indiquait la présence récente d'une alliance.

Aucun papier n'avait été retrouvé, ce qui rappelait étrangement les affaires de Jane Doe.

La mort avait manifestement été causée par le coup de feu en plein visage. Notre scène de crime principale était Alabama Avenue, où le corps avait été retrouvé, mais quelque chose me disait que le meurtre avait été commis ailleurs.

— Qu'en penses-tu ? me demanda Sampson en s'accroupissant à côté de moi dans un énorme craquement de genoux. Je crois que cet enfoiré a un compte à régler.

— Bizarre de retrouver ce type ici, à Benning Heights. Je ne sais pas s'il y a un rapport avec les Jane Doe, mais si c'est le cas, le tueur voulait qu'on découvre le corps tout de suite. Dans le coin, quand les gens veulent se débarrasser d'un cadavre, ils le larguent à Ford Dupont Park. Ce mec opère de façon de plus en plus incompréhensible. Et je suis d'accord avec toi, il en veut à la planète entière.

Je ne cessais de graver dans ma mémoire toutes sortes de détails, de me poser toutes les questions que se posent les enquêteurs après un crime. Pourquoi avoir laissé le corps dans le caniveau, et non dans un immeuble abandonné ? Pourquoi à Benning Heights ? Avions-nous affaire à un tueur de race noire ? Cela me semblait assez logique, et pourtant les tueurs en série sont presque toujours blancs.

Le sergent de la brigade scientifique vint nous trouver d'un pas nonchalant.

— Que voulez-vous que nous fassions, inspecteur ?
Je me suis tourné vers le cadavre livide.
— Vous me faites une cassette, des photos, des croquis.
— On prend aussi une partie des saletés qui traînent sur le trottoir et dans le caniveau ?
— Vous me prenez tout. Même si ça dégouline de partout.
— Tout ? fit l'autre, consterné. Toutes ces merdes complètement trempées ? Pourquoi ?
Alabama Avenue est située sur une hauteur, et on distinguait à l'horizon les mille feux du Capitole, qui évoquait une sorte de corps céleste lointain, ou même le paradis. Il y a le Washington de ceux qui possèdent, et celui de ceux qui n'ont rien.
— Prenez tout, dis-je, et ne vous posez pas de questions. Moi, c'est comme ça que je travaille.

23

L'inspecteur Patsy Hampton était arrivée vers deux heures et quart. L'atmosphère, sur la scène du crime, était des plus sinistres. L'asssistante du Big l'avait appelée chez elle pour l'informer qu'un meurtre inexpliqué avait eu lieu à Benning Heights et qu'il pouvait avoir un rapport avec les Jane Doe. Cette affaire était différente à plus d'un titre, mais on avait relevé trop de similitudes pour que Hampton se permette de l'ignorer.
Elle observa Alex Cross à l'œuvre, impressionnée de

voir avec quelle rapidité il s'était rendu sur les lieux, malgré l'heure avancée. Depuis longtemps, l'homme l'intriguait. Elle le connaissait de réputation, avait suivi quelques-unes de ses affaires, et avait même travaillé plusieurs semaines sur le tragique enlèvement de Maggie Rose Dunne et Michael Goldberg.

Pour l'instant, Cross lui inspirait des sentiments mitigés. Il était sympathique, et plus que présentable. Grand et solidement bâti. Mais elle le soupçonnait de bénéficier d'un traitement de faveur en raison de son statut de psychologue. Elle avait soigneusement étudié le dossier.

Pour elle, il était parfaitement clair que sa mission consistait à le prendre en défaut et à le faire tomber de son piédestal. La tâche ne serait pas facile, mais elle savait qu'elle était la seule à pouvoir la mener à bien. Elle réussissait toujours ce qu'elle entreprenait.

Elle avait déjà passé les lieux au peigne fin, et n'était restée que parce que Cross et Sampson avaient débarqué sans crier gare.

Elle observa longuement Cross, qui arpenta à plusieurs reprises le périmètre interdit. C'était un homme imposant, mais son coéquipier, qui ne devait pas faire loin de deux mètres, n'avait rien à lui envier. Cross mesurait près d'un mètre quatre-vingt-dix et devait peser dans les cent kilos, mais il ne faisait pas ses quarante et un ans. Les patrouilleurs, et même les sauveteurs, semblaient le respecter. Cross serrait des mains, tapotait des épaules, échangeait de temps à autre un sourire avec l'un de ses collègues.

Pour Hampton, tout cela était très calculé. Difficile de faire autrement, aujourd'hui, surtout dans une ville comme Washington. Et Cross savait parfaitement tirer profit de son charisme et de son charme.

Elle-même, cela dit, avait mis au point un numéro qui fonctionnait à merveille. Elle commençait toujours par se montrer aussi féminine que possible, en donnant l'impression d'être totalement passive, puis passait à l'action là où on ne l'attendait pas. Ses collègues masculins tombaient généralement de haut. Évidemment, à mesure qu'elle franchissait les échelons de la hiérarchie, ils s'étaient rendu compte qu'elle avait de la ressource. Elle travaillait plus longtemps que quiconque, elle était plus dure que la plupart des hommes qui travaillaient avec elle et elle ne se mêlait pas aux autres flics.

Elle avait pourtant commis une lourde faute, un jour, en fracturant sans mandat la voiture d'un individu suspecté de meurtre. Un inspecteur jaloux, plus âgé qu'elle, l'avait prise sur le fait, ce qui avait permis à Pittman de mettre le grappin sur elle. Et depuis, il ne la lâchait plus.

Vers trois heures moins le quart, elle rejoignit son Explorer vert anglais et se fit la réflexion qu'un lavage ne lui ferait pas de mal. Elle avait déjà quelques petites idées au sujet de l'inconnu dont on venait de retrouver le cadavre. Elle allait coincer Cross, cela ne faisait aucun doute.

LIVRE DEUX

LA MORT SUR UN CHEVAL GRIS

24

George Bayer était la Famine. Il pratiquait le jeu des Quatre Cavaliers depuis sept ans. Une vraie passion, jusqu'à ces derniers jours. Geoffrey Shafer, lui, avait commencé à perdre les pédales.

Un mètre soixante-dix pour quatre-vingt-quinze kilos, une belle bedaine, un début de calvitie, des lunettes à montures d'acier, la Famine n'avait rien d'impressionnant. Il ne fallait cependant pas se fier aux apparences. Il vivait grâce aux gens qui le sous-estimaient. Comme Geoffrey Shafer.

Durant le long vol l'amenant d'Asie à Washington, il avait relu le dossier de quarante pages sur Shafer. Il savait presque tout sur lui et le personnage qu'il jouait, la Mort. À l'aéroport Dulles, il loua sous un faux nom une Ford quatre portes bleu marine et prit la direction de la ville, toujours très calme, plongé dans ses réflexions.

Il éprouvait néanmoins un certain sentiment d'anxiété. Les Cavaliers jouaient gros, lui le premier. C'était lui, en effet, qui allait devoir affronter Shafer, et il craignait que celui-ci ne pète complètement les plombs et ne les entraîne tous dans sa chute.

George Bayer était un ancien du MI6, et il avait connu Shafer dans les services secrets. Il avait fait le déplacement jusqu'à Washington pour venir le voir. Les autres joueurs soupçonnaient Geoffrey de s'être laissé entraîner et de ne plus respecter les règles, ce qui leur faisait courir à tous un grave danger. Bayer connaissait Washington, puisqu'il y avait été en poste ; c'était donc lui qui avait hérité de cette délicate mission.

Bayer ne tenait pas à être vu à l'ambassade de Grande-Bretagne, mais il avait contacté quelques amis qui, il le savait, ne feraient pas état de leurs entretiens. Ce qu'il avait appris confirmait ses craintes. Shafer trompait joyeusement sa femme, et sans grande discrétion. Notamment avec une psychologue, qui était également sexologue. On l'avait vu se rendre à son cabinet plusieurs fois dans la semaine, pendant les heures de consultation. À en croire la rumeur, Shafer buvait beaucoup. Peut-être même se droguait-il, une hypothèse que Bayer jugeait très vraisemblable. Ils avaient été très proches et avaient beaucoup consommé durant leur séjour aux Philippines et en Thaïlande. Bien sûr, c'était l'époque où ils étaient jeunes et inconscients. Depuis, ils avaient changé. Enfin, surtout Bayer.

La police de Washington avait récemment transmis à l'ambassade une plainte pour conduite dangereuse et mise en danger de la vie d'autrui. Shafer était peut-être sous l'emprise de stupéfiants. Son poste actuel n'ayant rien de sensible, on l'aurait mis à la retraite ou renvoyé en Angleterre si son beau-père, le général Ducan Cousins, n'était intervenu. Shafer avait proprement gâché sa vie.

« Mais ce n'est pas là le pire, hein, Geoffrey ? » songea George Bayer en arrivant à Eckington Place, un des quartiers nord-est de Washington. « Il n'y a pas que cela, détrompe-moi. C'est bien plus grave que l'ambassade ne se l'imagine. Il s'agit sûrement du plus énorme scandale de l'histoire, pourtant longue, des services de sécurité. Tu es au cœur de l'affaire et, naturellement, par contrecoup, j'y suis également impliqué. »

En s'arrêtant au feu, Bayer prit la précaution de verrouiller les portières de sa voiture. Le coin n'avait pas l'air très sûr, comme souvent à Washington. Les États-Unis étaient vraiment devenus un triste pays livré à la folie. Le parfait refuge pour Shafer.

La Famine s'enfonça dans les quartiers déshérités en contemplant cet affligeant décor. Décidément, ce n'était pas Londres. Il n'y avait là que des petits immeubles de brique rouge divisés en deux appartements et collés les uns aux autres jusqu'à perte de vue, tous dans un état de délabrement avancé. On ne pouvait même pas parler d'urbanisme en déclin. C'était de l'apathie.

Il aperçut l'antre de Shafer et se gara. L'adresse, il l'avait obtenue grâce aux contes savamment élaborés par Geoffrey à l'intention de ses partenaires de jeu. Restait à savoir, à présent, si les meurtres que Shafer revendiquait avaient été réellement commis, ou s'il ne s'agissait que de fantasmes. Si Shafer était un tueur semant froidement ses cadavres dans les rues de Washington.

Une fois devant la porte du garage, Bayer crocheta la serrure. Quelques secondes plus tard, il était à l'intérieur.

Il avait beaucoup entendu parler de la « machine infernale », le fameux taxi violet et bleu dont Shafer était censé se servir pour commettre ses meurtres. Et le taxi était bien là. Ce n'était pas une invention. George Bayer comprit alors que tout était vrai. Shafer avait effectivement assassiné toutes les victimes auxquelles il avait fait allusion. Ce n'était plus un jeu.

25

Bayer gagna péniblement l'étage. Il avait les jambes et les bras lourds, et une petite douleur lui serrait la poitrine. Son champ de vision semblait s'être rétréci. Il descendit les stores poussiéreux et inspecta les lieux.

Shafer avait décrit son garage et son taxi à plusieurs reprises, avec force détails. Sa cache secrète existait bien, avait-il juré aux autres joueurs ; rien à voir avec une simple invention de jeu de rôles. Il les avait mis au défi de venir le constater par eux-mêmes. Voilà pourquoi Bayer s'était rendu à Washington.

« Eh bien, Geoffrey, je vois que ton antre existe. Tu es un tueur, un vrai. Et tu ne bluffais pas. »

Ce soir-là, à dix heures, Bayer sortit le taxi de Shafer. Les clés étaient déjà prêtes, comme par provocation. Était-ce intentionnel ? Il estima qu'il pouvait disposer d'une nuit pour se mettre dans la peau de Shafer. Geoffrey prétendait toujours que l'intérêt du jeu résidait pour moitié dans les préliminaires — étudier les différentes possibilités, s'offrir une vue d'ensemble du plateau avant de déplacer une pièce.

Jusqu'à onze heures et demie, il explora les rues de Washington sans prendre un seul client, en laissant son enseigne éteinte. « Quel jeu ! se dit-il. Est-ce ainsi que Geoffrey procède ? Est-ce là ce qu'il ressent lorsqu'il écume la ville ? »

Un clochard l'arracha à ses songes. Un vieux débris, coiffé d'un chapeau écrasé, qui poussait devant lui un Caddie rempli de cannettes vides et autres détritus recyclables. Le malheureux ne semblait pas tenir beaucoup à la vie, mais Bayer parvint à freiner à temps. Il pensa alors à Shafer, pour qui la ligne séparant le monde des vivants et celui des morts avait manifestement disparu.

Il redémarra prudemment et, bientôt, passa devant une église. L'office venait de s'achever, un attroupement était en train de se disperser sur les marches de l'édifice.

Bayer s'arrêta près d'une belle Noire en robe bleue et escarpins assortis. Il fallait qu'il sache ce que pouvait ressentir Shafer, la Mort. C'était plus fort que lui.

— Merci beaucoup, fit la jeune femme en se glissant à l'intérieur du taxi.

Elle paraissait très bon chic, bon genre. Il jeta un bref coup d'œil dans le rétroviseur. La poitrine laissait à désirer, mais le visage ne manquait pas de charme. De longues jambes gainées de bas noirs. Bayer tenta d'imaginer ce que Shafer aurait fait ensuite, mais c'était au-dessus de ses forces.

Shafer s'était vanté de choisir ses victimes dans les quartiers les plus pauvres de Washington, car personne ne leur prêtait la moindre attention, et Bayer le soupçonnait d'avoir dit vrai. Il avait appris beaucoup de choses sur Shafer, lorsqu'ils étaient en poste en Asie. Il connaissait ses secrets les plus intimes, les plus sombres.

Bayer déposa sa charmante cliente au pied de son immeuble, et sourit en la voyant ajouter soixante *cents* au quatre dollars de la course, ce qui correspondait très exactement aux quinze pour cent d'usage. En empochant la monnaie, il la remercia poliment.

— Tiens, un chauffeur de taxi anglais ! s'étonna-t-elle. Voilà qui n'est pas courant. Bonne soirée !

Bayer reprit sa promenade, et sa curiosité ne faiblissait pas. Ce petit jeu avait quelque chose d'étourdissant. Il était plus de deux heures du matin lorsqu'il s'arrêta pour la seconde fois. Deux jeunes filles cherchaient un taxi. Il se trouvait dans un quartier appelé Shaw et, d'après les panneaux qu'il venait de croiser, Howard University n'était pas loin.

Les filles étaient minces et très mignonnes. Des talons hauts, et des vêtements qui brillaient dans le noir. L'une d'elles portait une mini minijupe. Bayer entrevit des bas noirs, ou bien bleu marine. « Ce sont sûrement des putes », se dit-il. Les proies préférées de Shafer.

La seconde fille était encore plus jolie et plus sexy que la première. Elle portait de hautes sandales blanches, un caleçon de sport lui aussi blanc, avec une bande de chaque côté, et un petit haut bleu, style camouflage.

— Où allons-nous ? leur demanda Bayer en les voyant s'approcher du taxi.

— Nous, on va à Princeton Place, fit la fille à la mini minijupe. C'est à Petworth, mon chou. Et après, toi, tu t'en vas.

Elle rejeta la tête en arrière et partit d'un rire canaille. Bayer retint un gloussement. Ce petit jeu commençait à lui plaire...

Lorsque les filles montèrent à bord du taxi, il ne put s'empêcher de jeter un coup d'œil dans le rétroviseur, et la petite en mini surprit son regard. Il se faisait l'impression d'un écolier pris sur le fait. Quelle délicieuse sensation ! Il ne détourna pas les yeux.

La fille le gratifia d'un doigt d'honneur, mais il s'obstina. Ses yeux ne pouvaient plus quitter le rétroviseur. Voici donc ce que ressentait Shafer. Ce jeu-là était incroyablement grisant...

Incapable de détacher son regard, il sentait son cœur battre à tout rompre. Minijupe portait un haut moulant à l'extrême ; son vernis à ongles était couleur kiwi et mangue. Elle avait un pager à la ceinture. Et sans doute une arme de poing dans le sac à main.

L'autre fille le regarda avec un sourire timide. Elle paraissait plus innocente, mais fallait-il se fier aux apparences ? Entre ses petits seins se balançait un pendentif sur lequel on pouvait lire BABY GIRL.

Si elles se rendaient à Petworth, c'était forcément pour tapiner. Elles avaient peut-être seize ou dix-sept ans, et elles étaient toutes les deux extrêmement bandantes. Bayer se voyait en train de coucher avec elles. Il avait de plus en plus de mal à penser à autre chose. Il savait, cependant, qu'il lui fallait rester prudent. Le dérapage était toujours possible. Après tout, il était en train de jouer au jeu de Shafer. Et ce jeu lui plaisait de plus en plus.

— J'ai une proposition à vous faire, dit-il à Minijupe.

— D'accord, mon chou, lui répondit-il. Ça sera cent dollars, et tu nous déposes gratis à Petworth. Voilà la proposition que je te fais.

26

Shafer aimait bien se tenir au courant des déplacements des autres joueurs, surtout lorsque ceux-ci venaient à Washington. Il s'était donné beaucoup de mal pour pirater leurs systèmes et pouvoir ainsi lire leurs communications. La Famine avait récemment acheté des billets d'avion, et il se trouvait aujourd'hui à Washington. Pourquoi ?

Shafer filait George Bayer depuis son arrivée. Un jeu d'enfant, pour quelqu'un qui avait passé autant d'années à pister et à surveiller pour le compte des services secrets.

Cette irruption dans son scénario le décevait. Les joueurs empiétaient rarement sur leurs territoires respectifs. On se mettait d'accord avant. Là, manifestement, la Famine enfreignait les règles du jeu. Que savait-il, ou plutôt que croyait-il savoir ?

Puis Bayer finit par l'étonner réellement. Non seulement en se rendant jusqu'à sa tanière, mais surtout en n'hésitant pas à emprunter son taxi. Que manigançait-il ?

Peu après deux heures du matin, Shafer vit le taxi charger deux filles, à Shaw. Bayer cherchait-il à l'imiter ? Essayait-il de le piéger ? Nourrissait-il d'autres intentions ?

Le trajet fut court. Bayer conduisit les filles jusqu'à S Street, puis le petit groupe emprunta un escalier sans éclairage pour disparaître à l'intérieur d'un vieil immeuble.

Shafer soupçonna Bayer de dissimuler une arme sous l'anorak bleu qu'il tenait sur le bras droit. Non, ce n'était pas possible ! Il venait d'enlever deux filles à la fois. N'importe qui, dans la rue, pouvait l'avoir aperçu. Le taxi avait peut-être été repéré.

Shafer se gara, attendit, ouvrit l'œil. Se retrouver dans

ce quartier particulièrement mal famé, au volant de la Jaguar et sans son déguisement, ne lui plaisait pas beaucoup. Quelques vieux *browstones* délabrés, deux ou trois baraques condamnées et couvertes de tags. Personne dans la rue.

Il vit de la lumière au dernier étage. C'était là que les filles devaient habiter.

Il surveilla les lieux pendant près de deux heures, en imaginant tous les scénarios qui avaient pu conduire la Famine jusqu'ici. Il se demanda si les autres se trouvaient également à Washington, ou si Bayer agissait seul. Était-il en train de jouer aux Quatre Cavaliers ?

Bayer ne redescendait plus. Impatient, inquiet, énervé, Shafer se tortillait sur son siège et éprouvait de plus en plus de difficulté à respirer. Les idées les plus folles lui traversaient l'esprit. Bayer avait-il tué les deux filles ? Les avait-il dépouillées de leurs papiers ? Était-ce un piège ? Oui, forcément.

Et Bayer qui ne revenait pas...

N'y tenant plus, Shafer sortit de la Jaguar, observa les fenêtres de l'appartement en se demandant si on le surveillait, lui aussi. Il flairait un coup fourré. Ne valait-il pas mieux déguerpir ?

Où est passé ce con de Bayer ? À quoi joue-t-il ?

Peut-être était-il ressorti par une autre porte ? Mais alors, pourquoi avoir laissé le taxi là, bien en vue ?

Puis, alors qu'il n'y croyait plus, Shafer vit enfin Bayer réémerger du bâtiment, traverser rapidement la rue et repartir au volant du taxi.

Il décida de monter. Il gagna l'entrée de l'immeuble. La porte du bas n'était pas fermée. Il attaqua l'escalier, lampe-torche dans une main, son arme dans l'autre.

Arrivé au quatrième étage, il vit deux portes. Sur celle de droite, qui portait des traces d'effraction, une affiche du dernier disque de Mary J. Blige, *What's the 411 ?* C'était la bonne.

Il tourna la poignée, poussa la porte, pointa son pistolet à l'intérieur de l'appartement, prêt à faire feu.

L'une des deux jeunes filles sortit alors de la salle de bains. Elle ne portait qu'une serviette-éponge noire nouée sur la tête. Avec ses beaux petits nichons tout dressés, elle était à croquer. À tous les coups, la Famine les avait payées, elle et sa copine. Quel con !

— Qui êtes-vous ? glapit la fille, furieuse. Qu'est-ce que vous foutez là ?

— Je suis la Mort, lui répondit-il en souriant. Et il ajouta : Je suis venu pour toi et ta jolie copine.

27

Sitôt rentré de la scène de crime, vers trois heures et demie du matin, je m'étais effondré sur mon lit, mais j'avais pris la précaution de régler la sonnerie de mon réveil sur six heures trente. Il fallait que je réussisse à me lever avant que les enfants partent à l'école.

J'étais encore dans l'escalier lorsque j'entendis la voix de Jannie.

— J'en connais un qui s'est couché très, très tard, cette nuit...

Ils étaient déjà tous les trois dans la cuisine, en train de prendre leur petit dèj.

— J'en connais un, en tout cas, qui a vraiment l'air de ne pas avoir beaucoup dormi, renchérit Nana, perchée sur son tabouret.

— Et moi, j'en connais qui cherchent les ennuis, répliquai-je, histoire de calmer le jeu. Bon, maintenant, avant que vous partiez à l'école, il faut que je vous dise quelque chose de très important.

Clin d'œil de Jannie.

— Je sais : il faut qu'on se tienne bien. Qu'on soit

attentifs en classe, même si le prof est nul. Qu'on attaque du gauche si jamais il y a une bagarre dans la cour.

J'ai levé les yeux au ciel.

— Ce que j'allais vous dire, c'est qu'aujourd'hui vous devez être particulièrement gentils avec Mme Johnson. Parce qu'hier soir, Christine m'a annoncé qu'elle voulait bien m'épouser. Ce qui signifie, je crois, qu'elle va tous nous épouser.

Dans la cuisine, ce fut une véritable explosion de joie. Cris, embrassades. En quelques secondes, les enfants maculèrent mes vêtements de taches de chocolat et de graisse. Jamais je n'avais vu Nana aussi radieuse, mais sans doute étais-je le plus heureux de tous.

Ce matin-là, j'ai malgré tout réussi à rejoindre, tant bien que mal, mon bureau. On progressait. Mardi, en début de matinée, on nous apprit que le corps retrouvé sur Alabama Avenue était celui de Franklin Odenkirk, directeur de recherches à la bibliothèque du Congrès.

L'information ne fut pas communiquée à la presse, mais je la transmis aussitôt au bureau du chef Pittman. De toute manière, il aurait très vite été au courant.

Dès que j'eus le nom de la victime, les renseignements affluèrent et, comme c'est souvent le cas, ils n'étaient pas très gais. Odenkirk était marié et père de trois jeunes enfants. Il revenait de New York, après avoir donné une conférence au Rockefeller Institute. L'avion était à l'heure. Il avait débarqué à l'aéroport vers dix heures du soir. Ce qui s'était produit ensuite restait un mystère.

J'ai passé le reste de la semaine à travailler sur cette affaire. Je suis allé à la bibliothèque du Congrès et, dans le nouveau bâtiment, l'aile James Madison, j'ai interrogé près d'une douzaine de collègues de Frank Odenkirk.

Tout le monde se montrait courtois et disposé à m'aider. On me répétait qu'Odenkirk, bien que parfois hautain, était très apprécié de la plupart de ses collaborateurs. De l'avis général, il ne se droguait pas, ne buvait pas, ne jouait pas. C'était un mari fidèle. Et il n'avait été mêlé, semblait-il, à aucun différend professionnel sérieux.

Dépendant du service de l'éducation et des affaires sociales, il passait le plus clair de ses journées dans la grande salle de lecture. Comme je l'avais craint, il avait été tué sans mobile apparent. Ce meurtre s'inscrivait dans la logique de ceux des Jane Doe, mais évidemment, le grand patron refusait de l'entendre. Selon lui, le fameux tueur en série n'existait pas. Pourquoi ? Parce qu'il n'avait pas envie de déplacer des dizaines d'enquêteurs et de lancer une enquête à grande échelle sous prétexte que j'avais comme une intuition. J'avais entendu Pittman dire un jour, en plaisantant, que Southeast ne faisait pas partie de « sa ville ».

Avant de quitter l'aile Madison, je ne pus m'empêcher de faire un tour par la grande salle de lecture, qui venait de faire peau neuve. Je n'avais pas eu l'occasion de l'admirer depuis les travaux.

Je me suis assis à une table de lecture, j'ai contemplé l'extraordinaire dôme, avec ses quarante-huit vitraux représentant les sceaux des États, et ses statues de bronze. Michel-Ange, Platon, Shakespeare, Edward Gibbon, Homère. J'imaginais Frank Odenkirk en train de travailler, à l'endroit même où je me tenais. Pour quelle raison avait-on assassiné ce malheureux ? Était-il la dernière victime du Furet ?

Tous ceux et celles qui avaient travaillé avec Odenkirk accusaient le coup. Deux de ses collègues avaient fondu en larmes lorsque je les avais questionnés.

Restait le plus pénible. Vendredi, en fin d'après-midi, je pris l'autoroute jusqu'à Forest Heights pour aller interroger Chris Odenkirk. Elle était chez elle, entourée de sa mère et de ses beaux-parents ; ils habitaient à Briarcliff Manor, dans le comté de Westchester, État de New York, et avaient sauté dans le premier avion dès qu'ils avaient appris la nouvelle. Ici comme à la bibliothèque, on ne connaissait personne susceptible d'avoir voulu nuire à la victime. Bon père et mari attentionné, Frank Odenkirk était aussi un fils et un gendre irréprochable.

J'appris simplement qu'il avait quitté son domicile vêtu d'un complet vert, que sa réunion à New York s'était prolongée et qu'il était arrivé à l'aéroport de La Guardia avec près de deux heures de retard. À Washington, il prenait en général un taxi car les vols étaient rarement ponctuels.

 Avant de me rendre chez les Odenkirk, j'avais dépêché deux hommes à l'aéroport, en les chargeant de montrer la photo de la victime et d'interroger les employés des compagnies aériennes, commerçants, porteurs, chauffeurs de taxi.

 Vers six heures, je suis allé à la morgue pour connaître les résultats de l'autopsie. Tous les clichés et les croquis effectués sur la scène du crime étaient déjà exposés. L'autopsie était encore en cours ; elle avait commencé environ deux heures et demie plus tôt. La moindre cavité du corps de Frank Odenkirk avait fait l'objet de prélèvements, et on lui avait retiré le cerveau.

 J'ai discuté avec le médecin légiste pendant une demi-heure, le temps qu'elle termine. Je connaissais Angelina Torres depuis de nombreuses années. Elle avait débuté à peu près en même temps que moi. C'était un tout petit bout de femme. Un peu moins d'un mètre cinquante et peut-être quarante-cinq kilos toute mouillée.

 — La journée a été longue, Alex ? me demanda-t-elle. Vous m'avez l'air exténué.

 — Vous aussi, Angelina, vous avez eu une longue journée. Mais vous, vous avez bonne mine. Petite, mais en forme.

 Elle approuva d'un hochement de tête, m'adressa un grand sourire et tendit ses frêles bras en l'air pour s'étirer en laissant échapper un miaulement de satisfaction. J'en aurais bien fait autant.

 Je lui ai laissé le temps de se détendre, puis :
 — Avez-vous fait des découvertes ?

 Je n'avais aucune idée de ce qui pouvait m'attendre, mais ô surprise, elle me répondit :

 — Une, en tout cas. On a abusé de lui après l'avoir tué. Il a été sodomisé. Alex, j'ai comme l'impression que notre tueur est à voile et à vapeur.

28

Ce soir-là, en rentrant chez moi, je n'avais qu'une envie : oublier cette sinistre affaire. J'ai pensé à Christine, ce qui m'a tout de suite fait beaucoup de bien. Et pour être sûr de ne pas être dérangé pendant un petit quart d'heure, j'ai éteint mon pager.

Même si elle n'avait pas abordé le sujet ces derniers temps, elle estimait toujours que je faisais un métier beaucoup trop dangereux. Le problème, c'est qu'elle avait parfaitement raison. J'angoissais parfois à l'idée de laisser Damon et Jannie seuls au monde, et maintenant je commençais à m'inquiéter aussi pour Christine. Bientôt apparurent les rues familières de mon quartier, Southeast. Je m'interrogeais. Pourrais-je quitter la police ? J'avais souvent caressé l'idée de retourner dans le privé et d'ouvrir un cabinet de psychologue, mais je n'étais jamais passé à l'acte. En mon for intérieur, sans doute ne le voulais-je pas vraiment...

Quand je suis arrivé, vers sept heures et demie, Nana était assise sur les marches du perron. J'ai tout de suite vu qu'elle était de mauvais poil — c'est un air, chez elle, que je connais bien. Face à elle, dans ces moments-là, j'ai l'impression d'être un gamin de dix ans. Et elle a toujours réponse à tout.

— Où sont les gosses ? ai-je fait en sortant de la voiture.

Leur cerf-volant Batman et Robin éventré me narguait toujours du haut de son arbre, au milieu du jardin. Je m'en voulais de ne pas être allé le décrocher, deux semaines plus tôt.

— Je les ai attachés à l'évier. Ils sont en train de faire la vaisselle.

— Désolé d'avoir loupé le dîner.

— Va dire ça à tes enfants, m'a-t-elle rétorqué, le

visage renfrogné. (Nana est un véritable ouragan. Les expressions subtiles, ce n'est pas son fort.) Et tu ferais bien de le leur dire vite. Ton copain Sampson a appelé tout à l'heure. Et aussi ton collègue Jerome Thurman. Il y a encore eu des meurtres, Alex. Pas « un », « des ». Sampson t'attend sur la scène du crime, comme vous appelez ça. On a retrouvé deux corps à Shaw, près de l'université Howard. Deux jeunes filles noires se sont encore fait tuer. Ça ne s'arrêtera donc jamais, à Southeast ?

Non, ça ne s'arrête jamais.

29

Le double meurtre avait apparemment eu lieu dans un vieil immeuble de grès délabré, situé dans l'une des pires parties de S Street, à Shaw. C'est un quartier ni riche ni pauvre, où habitent beaucoup d'étudiants et quelques jeunes cadres. Ces dernières années, la prostitution y est devenue un problème. D'après Sampson, les deux filles étaient des putes qui travaillaient de temps en temps dans le quartier mais qui allaient généralement racoler à Petworth.

Sur place, il n'y avait qu'une voiture de patrouille et une ambulance. L'homme en tenue posté devant l'entrée de l'immeuble semblait bien décidé à empêcher quiconque de passer. C'était un jeune — bouille et peau de bébé. Comme je ne le connaissais pas, je lui ai montré ma plaque.

— Inspecteur Cross.

Il émit un grognement. Je sentais qu'il avait déjà entendu parler de moi.

— Qu'avons-nous pour l'instant ? Quelles sont les nouvelles ?

— Il y a deux filles, en haut, qui se sont fait tuer. Des prostituées, apparemment. L'une des deux habitait l'immeuble. On a été prévenus par un coup de fil anonyme. Peut-être un voisin, ou peut-être leur mac. Elles doivent avoir seize, dix-sept ans, si ce n'est pas moins. Quelle saloperie ! Elles méritaient pas ça.

J'acquiesce, je prends mon souffle et je me tape les quatre étages. L'escalier était redoutable. Les marches grinçaient sous mes pas et je n'en finissais plus de tourner.

Avec les prostituées, les enquêtes sont toujours compliquées. Je me demandais si le Furet le savait. Une pute qui travaille à Petworth peut faire douze passes par nuit, voire plus, ce qui laisse imaginer le nombre d'empreintes et de traces différentes qu'on peut relever sur son corps...

La porte de l'appartement 4A était ouverte, et je voyais l'intérieur. C'était un studio. Une grande pièce, une kitchenette, une salle de bains. Deux petits lits, séparés par un gros tapis blanc cassé à poils longs. Des bulles vertes ondulaient paresseusement dans une lampe à magma verte entourée d'une collection de godemichés.

Sampson était accroupi derrière l'un des lits. On aurait dit un basketteur de la NBA en train de chercher une lentille de contact sur le parquet.

Des effluves mêlés d'encens et de parfum à la pêche ne parvenaient pas à masquer l'odeur de graisse qui émanait d'un carton de frites McDonald's ouvert sur le canapé.

Les chaises disparaissaient sous les vêtements sales : cyclistes, mini-shorts, vêtements branchés griffés Karl Kani. Le sol était jonché de flacons de vernis à ongles et de dissolvant, de nuanciers, de boules de coton. Et toujours ce lourd parfum fruité qui me retournait presque le cœur.

Je suis allé voir les victimes. Deux filles très jeunes, le bas du corps dénudé. Le Furet était passé par ici — je le sentais.

Les deux filles étaient allongées l'une sur l'autre, comme si elles faisaient l'amour par terre.

L'une portait un petit haut bleu, l'autre de la lingerie noire. Elles étaient toutes deux chaussées de *slides*, ces sandalettes de bain qu'on trouve partout aujourd'hui. La plupart des Jane Does avaient été abandonnées totalement nues, mais contrairement aux autres, ces deux victimes seraient relativement faciles à identifier.

— On n'a retrouvé aucun papier, commenta Sampson sans même lever les yeux.

— Peut-être, mais il y en a bien une qui payait le loyer, lui dis-je.

— En liquide, sûrement, puisqu'elle se faisait payer comme ça.

— Le tueur a mis des gants. D'après le gars du labo, à première vue, il n'y a pas de traces d'empreintes. Elles ont toutes les deux été abattues d'une seule balle en plein front.

Je contemplais les lieux en essayant d'absorber, telle une éponge, tous les détails de la scène. Les produits et accessoires pour les cheveux ne manquaient pas : shampoings éclaircissants, shampoings adoucissants, shampoings démêlants, gels, perruques, dont une coiffée du calot vert de sous-officier souvent surnommé « piège à chattes » par les militaires parce qu'il paraît que c'est redoutable pour draguer, surtout dans le Sud. Il y avait aussi un pager.

Les filles étaient jeunes et jolies. Petites jambes toutes minces, petits pieds très fins, anneaux d'argent aux orteils — identiques. Leurs vêtements manquants se réduisaient à deux tas insignifiants sur le plancher ensanglanté.

Dans un coin de la pièce, quelques souvenirs d'une enfance fugace : un jeu de Loto, un ours en peluche bleu râpé, une poupée Barbie, une planche d'alphabet.

— Regarde bien, Alex. Ça devient de plus en plus bizarre. Notre Furet est en train de péter les plombs.

Je me suis accroupi en soupirant pour voir ce que Sampson avait découvert. La plus menue, peut-être la plus jeune des deux filles, était au-dessus. L'autre gisait sur le dos et, le regard voilé, fixait de ses prunelles marron le plafonnier hors d'usage, comme s'il venait d'être le théatre d'un drame épouvantable.

La fille du dessus avait le visage, ou plutôt la bouche, enfoncée dans l'entrejambe de sa copine.

— Notre type les a d'abord tuées, conclut Sampson, et ensuite, il s'est amusé. Soulève un peu celle du dessus. La tête. Tu vois ?

Oui, je voyais. La méthode opératoire était cette fois totalement nouvelle, du moins à ma connaissance. Les deux filles étaient littéralement coincées ensemble. Un message du tueur ? Il avait joint celle du dessus à l'autre... par la langue.

— Je crois qu'il l'a agrafée à l'autre par la langue, soupira Sampson. Je suis sûr que c'est ça.

Au bout de quelques secondes d'observation, je dus le contredire.

— Non, je ne crois pas. Une agrafe, même chirurgicale, n'aurait pas tenu. Mais avec de la super-glue, c'est possible...

30

Le tueur accélérait la cadence ; il fallait que j'en fasse autant. Les deux dernières victimes ne demeurèrent pas longtemps des inconnues. Les noms me furent communiqués le soir même, avant le journal de dix heures. Ignorant les ordres explicites du grand patron, je poursuivis mes investigations.

Le lendemain matin, dès la première heure, Sampson

vint me rejoindre à Stamford, le collège que fréquentaient Tori Glover et Marion Cardinal. Les deux filles avaient respectivement dix-sept et quatorze ans.

Les images de la scène du crime me poursuivaient encore, et je ne me sentais pas très bien. Une petite voix me répétait : « Christine a raison. Laisse tomber, il est temps que tu fasses autre chose. »

La directrice de Stamford s'appelait Robin Schwartz. Une petite rousse d'allure frêle. Le responsable du personnel, Nathan Kemp, avait réuni quelques élèves ayant connu les victimes et mis deux salles à notre disposition. Jerome Thurman mènerait ses entretiens dans l'une, Sampson et moi dans l'autre.

En été, Stamford faisait office de centre de loisirs. L'établissement était aussi animé qu'une grande surface un samedi matin. La cafétéria, déjà pleine comme un œuf alors qu'il n'était que dix heures et demie, empestait la frite. Je retrouvais l'odeur de graisse qui m'avait pris à la gorge à mon arrivée à l'appartement des deux victimes, la veille.

Quelques élèves chahutaient, mais la plupart se tenaient bien. On entendait la musique de Wu Tang et de Jodeci suinter des écouteurs. L'école paraissait correctement entretenue et bien gérée. Entre les cours, ici et là, des garçons et des filles s'embrassaient furtivement avec tendresse. Quelques baisers timides, des joues qui s'effleuraient...

— Ce n'était pas des mauvaises filles, nous expliqua Nathan Kemp tandis que nous le suivions. Je pense que les autres élèves vous le confirmeront. Bon, d'accord, Tori ne vient plus aux cours depuis quelques mois, mais c'est essentiellement pour des raisons familiales. Marion, elle, avait même reçu les félicitations. Je vous assure, ce n'était pas des filles à problèmes.

Sampson, Thurman et moi avons passé le restant de l'après-midi avec les élèves. Tori et Marion semblaient effectivement faire l'unanimité. Leurs camarades les trouvaient régulières, drôles et, d'une manière générale, de bonne compagnie. Marion était « trop géniale », et Tori parfois « limite ». La plupart des élèves ignoraient que les deux petites tapinaient à Petworth, mais ils avaient remarqué que Tori Glover n'était jamais à court d'argent.

Un entretien allait rester un certain temps gravé dans mon esprit. Evita Cardinal, qui achevait ses études secondaires, était également une cousine de Marion. Elle portait un short de sport blanc, un bustier élastique violet, des lunettes à verres jaunes et montures noires calées dans les cheveux.

Elle s'assit devant moi et, aussitôt, fondit en larmes.

— Je suis vraiment désolé pour Marion, lui dis-je, tout à fait sincèrement. On veut simplement coincer le type qui a fait ça. L'inspecteur Sampson et moi, nous habitons pas loin, à Southeast. Mes enfants vont à l'école Sojourner Truth.

La fille me dévisagea de ses yeux rougis, l'air perplexe, et finit par lâcher :

— Vous coincerez personne.

C'était l'attitude qui prévalait dans cette partie de la ville, et ça se comprenait. Sampson et moi n'étions même pas censés nous trouver là. J'avais dit à ma secrétaire que je partais enquêter sur le meurtre de Frank Odenkirk. Quelques-uns de nos collègues nous couvraient.

— Depuis combien de temps Tori et Marion faisaient-elles le trottoir à Petworth ? Connais-tu d'autres filles de l'école qui travaillent là-bas ?

— C'était Tori qui faisait le trottoir, s'insurgea Evita. Pas Marion. Ma cousine, c'était quelqu'un de bien. Toutes les deux, d'ailleurs. Marion, c'était mon petit lapin.

Et elle se remit à pleurer.

— Marion était là-bas avec Tori, insistai-je, sachant que c'était la vérité. Des témoins qui l'ont vue ce soir-là à Princeton Place nous l'ont dit.

Evita me foudroya du regard.

— Vous savez pas ce que vous dites, monsieur l'inspecteur. Vous avez tout faux. N'importe quoi.

— Je t'écoute, Evita. Je suis là pour ça.

— Marion, elle était pas là-bas pour vendre son corps ou je sais pas quoi. Elle avait juste peur pour Tori. C'est pour protéger Tori qu'elle est allée là-bas. Elle a jamais rien fait de mal pour de l'argent, et ça, c'est sûr à cent pour cent.

« Ma cousine, c'était quelqu'un de bien, répéta-t-elle en sanglotant. C'était ma meilleure copine. Elle voulait juste protéger Tori, et elle s'est fait tuer pour ça. La police, elle fera rien. Vous, vous reviendrez jamais. C'est toujours pareil. Vous vous en foutez, de nous. Nous, on est rien pour personne. »

Tout était dit.

31

« Nous, on est rien pour personne. » Ce constat terrible et malheureusement vrai illustrait parfaitement l'enjeu de l'enquête que nous menions pour tenter d'arrêter le Furet. Et il résumait assez bien la philosophie cynique de George Pittman, qui avait choisi de laisser les quartiers pauvres livrés à eux-mêmes. Ce désespoir m'anéantissait. À six heures et demie, je me sentis totalement vidé. J'avais la conviction que les meurtres de Jane Doe allaient se multiplier.

D'un autre côté, je n'avais pas suffisamment vu mes enfants ces derniers jours. Je pris donc la décision de rentrer chez moi. Songer à Christine pendant le trajet m'aida à me calmer. Depuis l'enfance, j'ai cette vision qui revient régulièrement. Je suis sur une planète glaciale et désolée, tout seul, inquiet, angoissé. Puis une femme vient vers moi. On se prend la main, on se serre dans nos bras, et tout redevient normal. Cette femme, c'était Christine, et j'en étais encore à me demander par quel miracle elle était passée de mon rêve à la réalité.

Nana, Damon et Jannie s'apprêtaient à partir quand je me suis garé dans l'allée. Tiens, me dis-je, que se passe-t-il ?

La petite troupe s'était mise sur son trente et un. Nana et Jannie avaient passé leurs plus belles robes, et Damon portait son costume bleu, avec cravate et chemise blanche. Un costume qu'il ne met quasiment jamais, sa « tenue de singe » ou « ses habits d'enterrement », comme il dit.

— Où allez-vous, comme ça ? fis-je en m'extrayant de ma vieille Porsche. Que se passe-t-il ? Vous avez décidé de m'abandonner, ou quoi ?

— C'est rien, répondit Damon, curieusement évasif, le regard fuyant.

— Damon a été pris dans la chorale de l'école ! s'exclama fièrement Jannie. Il voulait pas que tu saches tant que c'était pas sûr. Et maintenant, c'est bon. Damon est *choriste*.

Son frère lui administra une tape sur le bras, juste assez fort pour lui faire comprendre qu'elle n'aurait pas dû dévoiler son secret.

— Hé !

Jannie brandit les poings, en bonne semi-pro. Mon entraînement commençait à payer.

— Oh là, on se calme ! dis-je en m'interposant, façon Mills Lane dans les grandes réunions. Pas de combat en dehors du ring. Vous connaissez les règles. Bon, c'est quoi, cette histoire de chorale ?

— Damon s'est présenté au concours des Chœurs de garçons de Washington, et il a été recruté, expliqua Nana en couvant mon fils d'un regard triomphant. Il a réussi tout seul.

— Parce qu'en plus, tu chantes ? Alors là, je n'en reviens pas.

— Tu sais, papa, il pourrait être dans un groupe, genre Boyz Two Men. Boyz Two Boyz, peut-être. Il a une super voix, toute douce. Sa voix, elle est pure.

— Ah bon, c'est ce que tu penses, toi, la reine de la soul ?

— B'solument, insista Jannie en tapotant joyeusement le dos de son frère.

Elle était visiblement très fière de lui, et le soutenait avec une ardeur sans égale. Sans doute finirait-il, un jour, par s'en rendre compte.

Damon sourit jusqu'aux oreilles, puis admit, avec un haussement d'épaules blasé :

— Okay, je chante. Pas de quoi en faire tout un plat.

— Il y a des milliers d'autres enfants qui étaient candidats, renchérit Jannie. C'est vraiment un gros coup, frangin. T'en verras pas beaucoup, dans ta petite vie.

— Des centaines, corrigea Damon. Quelques centaines, c'est tout. J'ai eu de la chance, c'est tout.

— Des centaines de milliers ! éructa Jannie en s'enfuyant, avant que Damon ne l'écrase comme la punaise qu'elle était parfois. Et la chance, tu en as toujours eu !

— Je peux venir à la répétition ? ai-je demandé. Je serai gentil, je me tiendrai bien. Je ne gênerai personne.

— Si tu peux te libérer, gloussa Nana en m'expédiant un beau crochet du droit. (Il y a longtemps qu'elle n'a plus besoin de leçons, elle.) On connaît ton agenda surchargé. Oui, si tu réussis à te libérer, tu n'as qu'à venir. Ça nous fera plaisir.

— Oh, oui, papa, pas de problème, déclara enfin Damon.

Alors je les ai accompagnés.

32

De chez moi à l'école Sojourner Truth, il n'y a que six rues à traverser. Cette petite balade fut un vrai plaisir. Tout le monde était bien habillé sauf moi, mais cela n'avait aucune importance. Mon pas se fit brusquement plus vif. Je pris Nana par le bras, et vis un grand sourire lui fendre le visage.

— Ah, j'aime mieux ça, dis-je. J'ai l'impression de rajeunir.

Elle éclata de rire.

— Toi, il faut toujours que tu joues les Don Juan. Depuis que tu es gamin. Décidément, tu ne changeras pas.

— Si je suis comme ça, ma vieille, c'est un peu à cause de toi.

— Et j'en suis fière, figure-toi. Et je suis si fière de Damon.

Une fois arrivés à destination, nous nous sommes dirigés directement vers le petit amphi. Je me demandais si Christine serait présente. Je ne l'avais pas aperçue. Savait-elle que Damon avait été admis dans la chorale de l'école, Damon le lui avait-il déjà dit ? Cela m'aurait fait plaisir. Je voulais qu'ils se rapprochent. Je savais que Damon et Jannie avaient besoin d'une mère, qu'un père et une arrière-grand-mère ne leur suffisaient pas.

— On n'est pas encore très au point, m'avertit Damon, visiblement mort de trac, avant de rejoindre ses compagnons. C'est que la deuxième fois qu'on répète. M. Dayne dit qu'on est archi-nuls. Il est sévère, papa. Il nous fait rester debout pendant une heure sans bouger.

— M. Dayne est plus sévère que toi, papa, renchérit Jannie avec un sourire espiègle. Plus sévère que Mme Johnson. C'est le plus sévère de tous.

J'avais souvent entendu dire que Nathaniel Dayne était un chef exigeant, que les chœurs qu'il dirigeait figuraient parmi les meilleurs du pays et que le travail et la discipline qu'il imposait à ses chanteurs leur apportaient énormément. Il était déjà en train de mettre son groupe en place. C'était un homme assez petit, mais très corpulent — je lui donnais bien cent vingt-cinq kilos pour un mètre soixante-cinq. Il était tout de noir vêtu. Chemise boutonnée au col, mais pas de cravate. En guise de préambule, la chorale interpréta une comptine. Le résultat me parut tout à fait convaincant.

— Je suis vraiment content pour Damon, chuchotai-je à Nana et Jannie. Et il est beau comme un cœur.

— M. Dayne va monter une chorale de filles, me souffla bruyamment Jannie. Tu verras. Enfin, je veux dire, tu entendras. Il me prendra.

— Tu as raison, ma petite, l'encouragea Nana, toujours prompte à offrir son soutien. Tente ta chance.

Soudain, Payne s'exclama :

— Ah, j'en entends qui avalent les mots. Pas de ça ici, messieurs. Je veux une diction bien nette et des voix limpides. De l'argent et de la soie. On n'avale pas les mots.

Du coin de l'œil, j'aperçus soudain Christine dans le couloir. Elle observait Dayne et la chorale. Elle regarda dans ma direction, prit son air sérieux de directrice d'école, puis m'adressa un clin d'œil en souriant.

Je suis allé à sa rencontre. Calme-toi, petit cœur.

— C'est mon gamin, lui dis-je, tout fanfaronnant.

Elle portait un pantalon-tailleur gris clair et un chemisier rose corail, et elle souriait. En fait, je la faisais même rire. J'étais si heureux d'être là, avec elle, et de ne rien avoir à faire.

— J'espérais te trouver ici, Alex, me chuchota-t-elle. Tu ne peux pas savoir comme tu me manquais il y a encore une minute. Tu comprends ce que je veux dire ?

— Oh, oui, c'est un sentiment que je connais bien.

Le chœur entonna *Jésus, Que ma joie demeure*. Nous nous tenions par la main. Je me sentais si bien que j'avais du mal à m'y faire.

Christine me dit :

— Parfois, quand je rêve, je revois George en train de se faire tirer dessus, je le revois mourir...

Elle avait été témoin du meurtre de son mari, sous son propre toit, ce qui expliquait ses réticences à venir vivre avec moi. Elle redoutait que je tombe sous les balles d'un délinquant, que terreur et violence ne pénètrent dans notre foyer.

— Moi, je me souviens dans le moindre détail de l'après-midi où on m'a annoncé que Maria avait été abattue en pleine rue. Avec le temps, ça s'arrange, mais on y pense toujours.

Cela, Christine le savait. Elle avait fini par trouver la réponse à la plupart des questions qu'elle se posait, mais aimait discuter et comparer les points de vue. C'était l'un de nos points communs.

— Et pourtant, reprit-elle, je continue à travailler ici, à Southeast. Chaque matin, je me rends dans l'un des quartiers les plus difficiles de Washington, alors que je pourrais diriger une belle petite école dans le Maryland ou en Virginie.

— Oui, travailler ici, c'est un choix, pour toi comme pour moi.

Sa main serra la mienne. Elle me dit :

— Je crois qu'on est faits l'un pour l'autre. À quoi bon lutter ?

33

Le lendemain matin, je suis retourné de bonne heure au commissariat du 7e district pour travailler sur le meurtre de Frank Odenkirk, notre John Doe. Il n'y avait encore personne.

Apparemment, aucun témoin n'avait vu la victime quitter l'aéroport. Ses vêtements n'avaient toujours pas été retrouvés. Le médecin légiste confirma qu'elle avait bien été sodomisée après avoir été tuée, mais on n'avait relevé aucun trace de sperme, ce qui ne me surprenait pas. Tout comme pour les Jane Doe, le tueur avait utilisé un préservatif.

Le préfet de police suivait personnellement le déroulement de l'enquête, et tout le monde était sur les nerfs. Le chef Pittman menait la vie dure à ses inspecteurs, et depuis qu'on avait interpellé un suspect dans l'affaire du meurtre du touriste allemand, seul Odenkirk l'intéressait.

Vers onze heures, Rakeem Powell s'arrêta près de mon bureau, se pencha et me murmura à l'oreille :

— Alex, j'ai quelque chose qui pourrait t'intéresser. Il est en cage en bas, si tu as une minute. On va peut-être enfin avoir du nouveau sur les deux filles qui se sont fait buter à Shaw.

Pour accéder aux cellules, on descendait un escalier de ciment assez raide et on passait devant une enfilade de petites pièces destinées aux interrogatoires et aux formalités de dépôt. Plafonds et murs étaient couverts de graffitis, des patronymes ou des noms de rues gravés dans la peinture, voire inscrits avec l'encre ayant servi au relevé des empreintes. Une source d'informations parfois utile, fournie par les délinquants eux-mêmes.

Les cellules sont maintenues dans l'obscurité. Un mètre quatre-vingts sur un mètre cinquante, un lit en fer et un WC qui fait également office de fontaine. Des baskets traînaient dans le couloir, jetées là par des habitués trop fatigués pour enlever leurs lacets, interdits de séjour pour raisons de sécurité.

Dans l'une des cellules, un petit dealer et voleur à la tire du nom d'Alfred Streek, dit le Renard, trônait sur sa couchette tel le nouveau prince de Washington. Un rictus moqueur balafra le visage du minable lorsqu'il me vit débarquer dans son palais.

Lunettes de soleil enveloppantes, dreadlocks crasseuses, bonnet de laine vert et jaune, T-shirt blanc à l'effigie de Haïlé Sélassié, avec le slogan : « Rastafarien, chasseur de têtes. » La panoplie était complète.

— Z'êtes du bureau du proc ? ânonna le petit con. J'ai pas l'impression, man. Pas de deal, pas de tchatche. Tirez-vous.

Rakeem l'ignora.

— Le Sournois prétend avoir des renseignements qui pourraient nous intéresser sur les meurtres Glover et Cardinal. Et il aimerait qu'en échange, on lui renvoie l'ascenseur. On l'a bouclé pour vol avec effraction à Shaw. Il s'est fait piquer en sortant d'une chambre par la fenêtre, avec une télé Sony dans les bras. Pas très discret, pour un Renard.

— J'ai pas cassé d'appart nul, je regarde même pas la télé, man. Et je vois pas d'assistant du procureur ayant au-to-ri-té pour me proposer un marché.

— Enlève tes lunettes, je lui fais.

Comme il refusait de me regarder, je les ai enlevées moi-même. Et là, j'ai vu que ses yeux ressemblaient à des pierres tombales, comme on dit dans la rue. J'ai tout de suite compris que le Renard ne se contentait plus de fournir de la drogue, il était lui-même devenu l'un de ses plus gros clients.

Il devait avoir une petite vingtaine d'années. Aigri, cynique, il avait perdu tous ses repères.

— Si ce n'est pas toi qui as cambriolé cet appartement, pourquoi aurais-tu besoin de voir un représentant du bureau du procureur ? Là, franchement, Alfred, ça me dépasse. Bon, voilà ce que je peux faire pour toi et tu ferais bien d'ouvrir grand tes oreilles, parce que cette proposition, je ne te la ferai pas deux fois. Si je sors d'ici, tu ne me reverras pas.

Le Renard daigna m'accorder un semblant d'attention.

— Si tu nous fournis des renseignements susceptibles de nous aider à résoudre cette affaire de double meurtre, on t'aidera pour ton histoire de casse. J'irai moi-même défendre le dossier. Si tu ne nous aides pas, je te laisse ici avec l'inspecteur Powell et l'inspecteur Thurman et je remballe mon offre exceptionnelle. Avec eux, ce ne sera pas pareil. Et ils te confirmeront que je tiens toujours parole.

Le Renard ne réagissait pas. Son regard se voilait. Il aurait voulu m'impressionner, mais à ce jeu-là, je suis généralement plus doué qu'un petit voleur de télé.

Finalement, j'ai fait mine de renoncer, et je me suis tourné vers Rakeem Powell et Jerome Thurman :

— Bon, pas de problème. Messieurs, il faut qu'on sache exactement tout ce qu'il sait sur les deux filles qui ont été tuées à Shaw. Quand vous en aurez fini avec lui, pas de cadeau. Il est possible qu'il soit lui-même impliqué. Il pourrait même être l'auteur du double crime, et nous devons résoudre cette affaire au plus vite. Travaillez-le en conséquence jusqu'à ce que nous ayons la preuve du contraire.

Au moment où je m'apprêtais à partir, le Renard ouvrit enfin la bouche :

— Back Door, man. Il traîne du côté de Downing Park. Back Door, lui, il a peut-être vu qui a tué les deux nanas. C'est ce qu'il a dit au parc. L'a dit qu'il avait vu le tueur. Alors, vous pouvez faire quoi pour moi ?

Je suis sorti de la cellule.

— Je t'ai expliqué le deal, Alfred. Si tes tuyaux nous aident à résoudre l'affaire, moi je t'aide.

34

L'enquête allait peut-être enfin progresser. Deux voitures de patrouille et deux véhicules banalisés se garèrent devant l'entrée du petit espace de jeux grillagé de Downing

Park, dans le quartier de Shaw. Rakeem Powell et Sampson m'accompagnaient. Nous allions rendre visite à Joe « Back Door » Booker, terreur locale bien connue des services de police.

Je le connaissais de vue, il ne me fallut qu'une seconde pour le repérer. Assez râblé — il ne devait pas faire plus d'un mètre soixante et quelque — il arborait un petit bouc. Au basket, il était si doué qu'il lui arrivait de jouer avec des chaussures de chantier pour épater la galerie. C'était le cas aujourd'hui. Affublé d'un survêtement en nylon noir, les chevilles en accordéon, il était chaussé de brodequins orange qui n'avaient visiblement pas été nettoyés depuis belle lurette.

Un match était en cours, sur la totalité du terrain. Ça jouait vite, et bien. Sur le plan athlétique, on était entre le basket universitaire et le basket pro. Mais le terrain, lui, se réduisait au strict minimum : du bitume, des lignes presque effacées, des panneaux et des filets métalliques rouillés. Sa haute enceinte grillagée lui valait le surnom de cage.

Deux ou trois autres équipes attendaient d'affronter, à leur tour, les vainqueurs. Shorts, pantalons, maillots, chaussures, le signe Nike était omniprésent.

À notre arrivée, tout le monde leva les yeux. Y compris Booker.

— Les prochains, c'est nous ! lança Sampson.

De part et d'autre du grillage, les joueurs échangèrent des regards. Quelques-uns sourirent. Ils savaient qui nous étions. Le martèlement du ballon ne s'était pas interrompu une seconde.

Back Door était sur le terrain. Il n'était pas rare que son équipe tienne une après-midi entière. Depuis l'âge de quatorze ans, il avait fait d'innombrables séjours en foyer et en prison, mais il savait jouer. Il était en train de défier l'un de ses adversaires qui jouait torse nu, en pantalon de ville gris et souliers.

— T'es à chier. Enlève-moi ce futal d'église. Je te prends au base-ball, au tennis, au bowling, à ce que tu veux, t'es à chier. Trouve autre chose.

Rakeem Powell, qui arbitre des matches de foot européen à ses heures perdues, porta alors à sa bouche le sifflet argenté dont il ne se sépare jamais. Une méthode peu orthodoxe, mais qui permet de se faire entendre lorsqu'il y a trop de bruit. La partie cessa.

Nous nous dirigeâmes vers Booker, près de l'un des buts, juste à côté de la bouteille. Sampson et moi étions beaucoup plus grands que lui, comme la plupart des autres joueurs, mais il restait le meilleur. Il était sans doute capable de nous battre seul contre deux.

— Eh, foutez-lui la paix, au frangin, râla une grande perche au dos et aux bras couverts de tatouages de détenus. Il a rien fait. Il était ici, les mecs, y jouait.

— Door, il était là toute la journée, renchérit un autre. Y a des jours qu'il est là. Y a des jours qu'il a pas perdu un match !

Rires. Sampson se tourna vers le plus imposant des joueurs présents sur le terrain.

— Toi, tu la boucles, et t'arrêtes aussi de dribbler. Deux jeunes copines à vous se font fait assassiner, c'est pour ça qu'on est là. On joue plus, là.

Le dribbleur se tut et immobilisa le ballon. Un calme étrange envahit subitement le terrain, au point que nous entendions maintenant le claquement rapide d'une corde à sauter sur le trottoir. Trois gamines chantonnaient en rythme une comptine macabre qui, dans ce quartier, avait une résonance particulière.

Je pris Booker à part, bras sur l'épaule, en laissant Sampson faire la conversation.

— Voilà le topo, Booker. C'est tout bête, et il y en a pour une minute. Tes potes et toi, vous aurez déjà tout oublié quand on sera repartis.

— Ouais... grommela Joseph Booker avec un faux air décontracté.

— Je suis on ne peut plus sérieux, bonhomme. Tu as vu quelque chose qui peut nous aider à trouver qui a tué Tori Glover et Marion Cardinal. C'est aussi simple que ça. Tu nous dis tout, et nous, on repart immédiatement.

Booker darda sur Sampson un regard noir d'arrogance.

— Que dalle, j'ai vu. Comme Luki y vous l'a dit, y a

des jours que je suis là. Je perds jamais contre ces pauvres pommes.

Je tends la main, la paume à quelques centimètres de son visage ratatiné.

— Le chrono est en marche, Booker, alors s'il te plaît, ne m'interromps pas. Je te le promets, deux minutes, et on disparaît. Voici ce que je te propose : un, on s'en va, et toi et tes copains, vous terminez votre match. Deux, les inspecteurs Powell et Sampson te devront un service. Trois, cent dollars tout de suite pour te dédommager. Attention, le décompte a commencé. *Tic, tic, tic*. C'est de l'argent facile à gagner.

Finalement, il hocha la tête et tendit la main.

— J'ai vu les deux filles se faire embarquer. Vers deux ou trois heures du matin, dans E Street. J'ai pas vu le type, j'ai pas vu son visage, rien. Y faisait trop noir, mec. Mais il conduisait un taxi, genre taxi pirate, bleu et violet. Les filles sont montées derrière, et ils sont partis.

— C'est tout ? Je ne tiens pas à être obligé de revenir. Montre-moi encore une fois ton jeu.

Booker réfléchit un instant, puis reprit :

— Le chauffeur du taxi, c'était un Blanc. J'ai vu son bras à la portière. Et y a pas de Blancs qui font le taxi de nuit à Shaw. En tout cas, j'en ai jamais vu.

J'ai acquiescé, attendu un peu, et j'ai regardé les autres joueurs en souriant.

— Messieurs, reprenez vos postes. On remet le ballon en jeu.

Poum, poum, poum.
Swich.

Vraiment doué, ce Booker.

35

Ces nouveaux éléments d'information nous fournissaient enfin une piste. Notre long et ingrat travail de terrain avait fini par se révéler payant. Nous connaissions la couleur du taxi pirate qui avait chargé les deux filles à l'heure estimée du double meurtre et surtout, nous savions que le chauffeur était un Blanc.

On est allés directement chez moi, sans passer au central ; nous serions plus tranquilles. Il me fallut environ cinq minutes pour obtenir d'autres renseignements, grâce à un contact à la commission des taxis. Aucune société de Washington ne possédait actuellement de taxis violet et bleu, ce qui signifiait probablement que le véhicule était un taxi pirate, comme l'avait suggéré Booker. J'appris qu'une compagnie du nom de Vanity Cabs avait eu des voitures de cette couleur, mais qu'elle avait disparu en 1995. Selon mon correspondant, une demi-douzaine de taxis de ce type étaient peut-être encore en circulation. La flotte, à l'origine, ne comptait qu'une quinzaine de véhicules, ce qui était relativement peu.

Sampson appela toutes les sociétés de taxi qui desservaient régulièrement Southeast, et notamment Shaw. D'après les registres, seuls trois chauffeurs blancs étaient de service la nuit du drame.

Nous travaillions dans la cuisine. Sampson était pendu au téléphone pendant que je pianotais sur mon ordinateur. Nana nous avait préparé du café, des fruits et une demi-tarte aux noix de pécan.

Vers quatre heures un quart, coup de fil de Rakeem Powell.

— Alex, Fred Cook, l'espion de Pittman, est en train de mettre son nez partout. Il veut savoir ce que Sampson et toi fabriquez cet après-midi. Jerome lui a dit que vous étiez sur l'affaire Odenkirk.

— S'il y a un lien quelconque entre les meurtres de Southeast, c'est la pure vérité.

— Ah, j'allais oublier : je me suis renseigné au service circulation. On tient peut-être quelque chose. Un taxi violet a grillé un stop vers une heure du matin à Eckington, pas loin de la fac, dans la Deuxième Rue. Notre petit copain crèche peut-être dans le coin.

J'ai félicité Rakeem en tapant dans les mains. Notre longue et fastidieuse enquête commençait enfin à porter ses fruits.

La capture du Furet n'était peut-être plus qu'une question d'heures.

36

Il avait décidé de redoubler de prudence. Avec la visite impromptue de George Bayer à Washington, l'alerte avait été chaude. Les autres joueurs pouvaient se révéler aussi dangereux que Famine. C'étaient eux qui lui avaient appris à tuer, non le contraire. Il ne devait pas les sous-estimer, surtout s'il voulait gagner la partie.

Le lendemain, ses partenaires l'avaient informé que Bayer était venu à Washington et qu'ils le surveillaient. Sans doute s'agissait-il là du second avertissement. Ses activités commençaient à leur faire peur, et ils avaient pris des dispositions. Tout cela faisait partie du jeu.

Ce soir-là, en sortant du bureau, il se rendit à Eckington et repéra aussitôt une demi-douzaine de policiers quadrillant les rues autour de son repaire.

Il soupçonna immédiatement les autres Cavaliers de l'avoir dénoncé. Ou s'agissait-il simplement de l'intimider ? Que faisaient les flics dans son quartier ?

Il gara la Jaguar à bonne distance et poursuivit à pied. Costume trois-pièces à fines rayures, chemise blanche, cravate, serviette en cuir, il avait tout à fait l'air d'un cadre rentrant chez lui.

Deux policiers noirs interrogeaient les riverains de Uhland Terrace. C'était mauvais signe. Son antre se trouvait à peine cinq rues plus loin.

Shafer sentit un torrent d'adrénaline envahir son système nerveux. Cela n'avait peut-être rien à voir avec lui, mais il ne pouvait se permettre de commettre la moindre erreur. Il soupçonnait les autres joueurs d'avoir monté le coup. George Bayer plus particulièrement. Mais dans quel but ? Était-ce ainsi qu'ils comptaient clore la partie, en le faisant tomber ?

Dès qu'il vit les deux policiers quitter Uhland pour s'engager dans une petite rue transversale, Shafer décida de s'arrêter devant l'un des immeubles dont ils avaient questionné les occupants. C'était un peu risqué, mais il devait absolument savoir ce qui se tramait. Deux vieux assis sur leur perron écoutaient un match de base-ball des Orioles ; leur poste paraissait antédiluvien.

Shafer leur demanda tranquillement :

— À vous aussi, ils vous ont posé des questions ? Ils m'ont arrêté un peu plus haut. Il doit y avoir un problème dans le coin.

L'un des deux vieux, visiblement peu concerné, se contenta de le regarder fixement. L'autre répondit en hochant la tête :

— Pour sûr, monsieur. Ils cherchent un taxi, violet et bleu, un pirate. Rapport à des meurtres, ils disent. Moi, des taxis violets, ça fait une paie que j'en ai pas vu. Y avait bien cette compagnie, qui s'appelait Vanity. Tu te rappelles, Earle ? Eux, ils avaient des bagnoles violettes.

— C'était il y a un paquet d'années, approuva l'autre. Et ils mis la clé sous la porte.

— Je crois que c'était la police de Washington, mais

ils ne m'ont pas montré leurs plaques, fit Shafer en prenant bien garde à ne jamais se départir de son faux accent américain.

Le plus bavard des deux vieux devança ses souhaits.

— Inspecteurs Cross et Sampson, qu'ils s'appelaient. L'inspecteur Cross, il m'a montré sa plaque. C'était pas du bidon.

— Oh, ça, je veux bien le croire. (Shafer salua les deux hommes.) Mais finalement, c'est bien de voir la police dans le quartier.

— Z'avez raison.

— Bonne soirée.

— Vous aussi, monsieur.

Shafer fit un petit détour pour rejoindre sa voiture. Il retourna à l'ambassade et alla directement s'enfermer dans son bureau, son havre de paix, le seul endroit où il se sentait toujours en sécurité. Après avoir retrouvé son calme, il alluma son ordinateur et se livra à des recherches poussées sur les deux enquêteurs de la police de Washington nommés Cross et Sampson. Les résultats dépassèrent ses espérances, notamment en ce qui concernait Alex Cross.

Ces nouveaux éléments étaient susceptibles de modifier le cours du jeu. Il envoya un message aux autres Cavaliers pour leur parler des deux inspecteurs et leur annoncer que ceux-ci avaient décidé de « jouer le jeu ». Et, bien évidemment, il avait des projets pour eux.

37

Zachary Scott Taylor est un journaliste du *Washington Post* que je respecte énormément ; il va au bout de ses sujets, il est doté d'une belle capacité d'analyse et il n'a pas peur de poser les questions qui fâchent. À haute dose, son cynisme et son scepticisme perpétuels me fatiguent un peu, mais nous nous entendons bien et il est sans doute, dans la presse, l'un des hommes auxquels je fais le plus confiance.

On s'est retrouvés à l'*Irish Times*, sur F Street, tout près de Union Station. Ce bar-restaurant est un véritable anachronisme, un petit bâtiment de brique coincé entre des tours de bureaux. Zachary trouvait que c'était « un petit bar pourri parfait pour notre rendez-vous ».

Dans la grande tradition de Washington, il m'arrive d'être l'une de « ses sources bien informées ». J'avais quelque chose d'important à lui dire. Avec un peu de chance, il accepterait ma proposition et réussirait à convaincre son rédacteur en chef.

— Comment se portent M. Damon et Mlle Jannie ? me demanda-t-il en préambule.

Nous nous étions installés dans un coin sombre. Grand, maigre et un peu raide, Zachary ressemblait un peu au vieux gentleman au visage grave, coiffé d'un haut-de-forme, qui posait sur un cliché d'époque accroché au mur, juste au-dessus de sa tête. Zachary parle si vite qu'il avale les mots. *CommentsportemsieurDamonetmamzelle-Jannie ?* Une touche d'accent virginien adoucissait légèrement son phrasé.

La serveuse finit par s'intéresser à nous. Il commanda du café, je fis de même.

— Deux cafés ? répéta-t-elle pour s'assurer qu'elle avait bien entendu.

— Deux cafés, confirma Zachary, et surtout donnez-nous ce que vous avez de meilleur.

— Vous êtes pas chez Starbucks, vous savez.

La repartie de l'employée me fit sourire. J'avais également apprécié les premiers mots de Zachary. Je n'avais dû mentionner le nom de mes enfants qu'une seule fois, mais il avait déjà tout enregistré. Sa mémoire encyclopédique est capable de stocker les informations les plus disparates.

— Toi aussi, tu devrais faire des gosses, Zachary, lui dis-je avec un grand sourire.

Il leva les yeux vers le vieux ventilateur essoufflé qui menaçait de s'arracher du plafond. Un peu comme l'Amérique moderne : un système vieillissant capable un jour d'échapper à tout contrôle.

— Je n'ai pas encore de femme, Alex. Je cherche encore la bonne.

— Bon, d'accord, trouve-toi d'abord une femme, et ensuite tu fais deux ou trois gosses. Je suis sûr que ça atténuerait tes névroses.

La serveuse déposa les deux tasses de café fumantes devant nous, demanda : « Ce sera *tout* ? » puis s'éloigna, l'air consterné.

— Je n'ai peut-être pas envie d'atténuer mes névroses, comme tu dis. C'est peut-être grâce à elles que je suis un grand journaliste. Sans elles, mon travail serait sans intérêt, et aux yeux de mes vénérés patrons, je n'existerais pas.

Je bus une gorgée. Le café était de la veille, ou de l'avant-veille.

— Mais on existe toujours quand on a des enfants.

Zachary ferma un œil et se lécha le coin gauche de la bouche. Quand il réfléchit, lui, c'est toujours en images.

— Sauf si les enfants ne m'aiment pas trop, voire pas du tout.

— Parce que tu as peur qu'on ne t'aime pas ? Tu as tort, Zachary, tu es plein de qualités. Tes enfants t'adoreraient, et tu les adorerais. Vous passeriez votre temps à vous adorer mutuellement.

Il finit par se dérider et frappa bruyamment des mains. On s'amuse bien, en général, quand on se voit.

— Alors tu veux bien m'épouser et me faire des

enfants ? me fit-il, hilare. Après tout, on vient ici pour draguer. Tous les célibataires du bureau des statistiques de l'emploi ou de l'imprimerie gouvernementale passent leurs soirées ici en espérant lever une petite vendeuse du centre commercial.

— C'est la meilleure proposition qu'on m'ait faite aujourd'hui. D'ailleurs, pourquoi crois-tu que je t'ai appelé ? Pourquoi sommes-nous ici, dans ce bouge, à boire du café dégueulasse ?

Comme pour mieux me contredire, Taylor s'empressa d'en avaler une gorgée.

— Il est fort, hein ? Ne te plains pas. Bon, raconte-moi tout, Alex.

— Est-ce qu'un deuxième Pulitzer te ferait plaisir ?

Il fit mine de réfléchir, mais ses yeux s'illuminèrent.

— Oui, pourquoi pas ? Pour la symétrie, sur ma cheminée, ce ne serait pas mal. Une fille que j'ai ramenée un soir m'a sorti ça. Je ne l'ai jamais revue. Tiens, au fait, figure-toi qu'elle travaillait pour Newt Gingrich.

Il me fallut trois quarts d'heure pour tout lui expliquer. Le nombre de meurtres non élucidés à Southeast et dans certains quartiers du nord-est de Washington se montait à cent quatorze. Les moyens mis en œuvre pour retrouver les meurtriers de Frank Odenkirk et du touriste allemand tué à Georgetown contrastaient avec l'indifférence suscitée par la mort de Tori Glover et Marion Cardinal. Et je devais aussi parler du chef des inspecteurs, de ses tendances et de ses préjugés, ou du moins ce que j'en percevais. Je finis même par admettre que je détestais profondément Pittman, or Zachary sait que peu d'individus, hors des criminels professionnels, m'inspirent de tels sentiments.

Il n'arrêtait pas de secouer la tête. Même lorsque j'ai eu fini de parler.

— Non que je mette tes affirmations en doute, me dit-il, mais aurais-tu des documents ?

— Quel pinailleur ! Ah, les journaleux, vous êtes vraiment des emmerdeurs de première quand vous vous y mettez !

De sous ma chaise, je sortis deux épais classeurs, et vis briller le regard de Zachary.

— Voilà de quoi t'aider. Une copie de soixante-sept rapports de crimes non résolus, et une copie du dossier de l'enquête Glover-Cardinal. Regarde le nombre d'enquêteurs affectés à chaque affaire, regarde le nombre d'heures imputées, et tu comprendras qu'il y a vraiment deux poids, deux mesures. Tu as là tout ce que j'ai réussi à me procurer, mais les autres rapports sont parfaitement réels, eux aussi.

Il me posa alors une question des plus judicieuses :

— Mais pourquoi, à ton avis, cette négligence criminelle ?

— Pour la plus cynique des raisons. Certains flics, ici, surnomment Southeast le « four autonettoyant ». Tu ne trouves pas que ça en dit déjà long sur l'attitude des autorités. Et toujours à Southeast, certaines victimes sont des DM, des « dégâts matériels ». Je reprends une expression du chef, Pittman.

Zachary feuilleta rapidement les rapports avant de me serrer la main.

— Je retourne de ce pas dans ma lugubre demeure que seul mon unique Pulitzer me rend supportable. Il faut que je lise toutes affaires cessantes ces passionnants rapports sur les DM, après quoi, qui sait, je parviendrai peut-être à rédiger une proposition d'enquête absolument saisissante. Nous verrons bien. Comme toujours, ce fut un plaisir, Alex. Toutes mes amitiés à Damon, Jannie et Nana Mama. J'aimerais faire leur connaissance, un jour. Mettre des visages sur les noms.

— Tu n'as qu'à venir à la prochaine représentation des Chœurs de garçons de Washington, et tu verras les visages de toute la famille. Damon est choriste, maintenant.

38

Ce soir-là, j'ai travaillé jusqu'à vingt heures trente, puis je suis allé retrouver Christine chez Kinkead's, à Foggy Bottom. C'est l'un de nos restaurants préférés. On y écoute aussi de l'excellent jazz, et on peut s'y serrer l'un contre l'autre.

En attendant qu'elle arrive, je me suis installé au bar pour mieux entendre Hilton Felton et Ephrain Woolfolk. Elle devait venir directement de l'école, où il se passait je ne sais quoi. Bien entendu, elle est apparue à l'heure dite. Toujours aussi ponctuelle, toujours aussi polie. Parfaite à presque tous points de vue, du moins à mes yeux. « Oui, je veux être ta femme. »

On est tombés dans les bras l'un de l'autre comme si on habitait à des milliers de kilomètres de distance et qu'on ne s'était pas vus depuis des années.

— Tu as faim ? lui demandai-je. Tu veux qu'on prenne une table tout de suite ?

— Je préfèrerais qu'on reste un peu au bar. Tu veux bien ?

Son haleine fleurait la menthe. Son visage était si doux, si lisse que je ne pus m'empêcher de le prendre dans mes mains.

— Ça me convient parfaitement.

Elle commanda une Harvey's Bristol Cream et moi, une chope de bière. On se mit à bavarder. La musique passait au-dessus de nous, autour de nous, à travers nos corps. Après une aussi longue journée, rien ne pouvait me faire plus de bien.

— Ce moment, je l'attends depuis ce matin, avouai-je. Je ne tenais plus en place. Tu me trouves ringard, trop romantique ?

— Ah, non. Pour moi, Alex, tu ne seras jamais ringard ni trop romantique.

J'adorais la voir sourire ainsi. Des étincelles dansaient dans ses prunelles. Il m'arrive de me perdre dans son regard, de plonger littéralement dans l'abîme de ses yeux. Instants extraordinaires dont nous rêvons tous et qui, malheureusement, semblent de plus en plus inaccessibles.

Mes doigts caressèrent ses joues, puis je lui pris le menton. On jouait *Stardust*, l'une de mes chansons préférées, même dans les circonstances les plus ordinaires. Je me demandais si elle nous était destinée; quand j'ai regardé Hilton, il m'a glissé un clin d'œil.

Nous nous sommes rapprochés et nous avons commencé à danser sur place. Je sentais son cœur palpiter contre ma poitrine. On a dû rester comme ça dix minutes, un quart d'heure. Au bar, personne ne prêtait attention à nous. Personne ne nous proposait de renouveler les consommations ou de nous accompagner à notre table. Je crois qu'ils avaient compris.

— J'aime vraiment ce restaurant, me chuchota Christine. Mais tu sais quoi ? Ce soir, je préfèrerais être à la maison avec toi. On aurait un peu plus d'intimité. Je peux te faire des œufs, ou ce que tu veux. D'accord ? Ça ne te dérange pas ?

— Ça ne me dérange absolument pas, au contraire. Excellente idée. Allons-y.

J'ai payé les verres, annulé ma réservation en présentant mes excuses, et nous sommes rentrés.

— On commencera par le dessert, décréta Christine avec un sourire coquin.

C'était l'un des côtés qui me plaisaient bien, chez elle.

39

J'avais longtemps attendu avant de renouer avec l'amour, mais Dieu que j'avais bien fait ! Dès notre arrivée, mes mains prirent possession de Christine, suivirent les contours de sa taille, de ses hanches, de ses seins, de ses épaules, de ses fines pommettes. Nous avions envie de prendre notre temps. Je l'embrassais sur la bouche, je lui frottais doucement le dos. Je la rapprochais imperceptiblement de moi.

— Tu es si doux, me chuchota-t-elle. Je pourrais faire ça toute la nuit. J'ai envie que ça dure. Tu veux un peu de vin ? Autre chose ? Je te donnerais tout ce que j'ai.

— Je t'aime, lui dis-je sans cesser de lui gratter le bas du dos. Je suis sûr que ça durera. Fais-moi confiance.

— Si tu savais comme je t'aime. (Un petit silence.) Mais je t'en prie, Alex, sois prudent. En service.

— D'accord, je serai prudent. Mais pas ce soir.

Un immense sourire.

— Pas ce soir. Ce soir, tu as le droit de vivre dangereusement. Moi aussi, d'ailleurs. Tu es très beau, et plutôt bon vivant, pour un policier.

— Même pour un grand voleur de bijoux.

En un clin d'œil, je la pris dans mes bras pour l'emmener jusqu'à la chambre.

— Et en plus, tu es fort.

Au passage, elle éteignit le plafonnier du couloir. Je réussis tout juste, dans la pénombre, à voir où je me dirigeais.

— Et si on prenait un peu le large ? suggérai-je. Il faut que je bouge.

— Très bonne idée. Avant l'heure de l'école. Où tu veux. Emmène-moi loin d'ici.

Sa chambre embaumait. Des roses roses, des roses

rouges égayaient sa table de chevet. Les plantes et le jardinage étaient pour elle une véritable passion.

— Tu avais tout préparé, n'est-ce pas ? Tu m'as tendu un piège, espèce de sournoise.

— J'y pense depuis ce matin, confessa-t-elle avec un soupir satisfait. Je n'ai pas arrêté. Dans mon bureau, dans les couloirs de l'école, dans la cour, et dans la voiture, en venant au restaurant. Toute la journée, j'ai fantasmé sur toi.

— J'espère que je serai à la hauteur.

— De ce côté, je ne suis pas inquiète.

D'un grand geste, j'ai fait glisser son chemisier de soie noire. De la bouche, j'ai extirpé la pointe de son sein de son soutien-gorge à balconnets. Elle portait une jupe de cuir. Je ne l'ai pas ôtée. Je l'ai juste remontée, lentement. Ensuite, je me suis mis à genoux devant Christine, et je lui ai embrassé les chevilles, le dessus des pieds puis, lentement, je suis remonté le long des jambes. Pendant ce temps, elle me massait la nuque, le dos et les épaules.

— Tu es vraiment dangereux, ce soir, me souffla-t-elle. Tant mieux.

— C'est de la médecine sexuelle.

— Hummm. Je vous en prie, docteur, j'ai mal partout. Soignez-moi.

Ses dents s'enfoncèrent dans mon épaule, puis dans mon cou, avec une férocité accrue. Nous respirions à un rythme forcené. Elle se rapprocha de moi, écarta les jambes. Quand je l'ai pénétrée, j'ai senti une immense chaleur. Les ressorts du sommier de chanter, la tête de lit de marteler le mur.

Elle repoussa sa chevelure derrière une oreille. Un petit geste que j'adore.

— Je te sens bien, me susurra-t-elle. Oh, Alex. Ne t'arrête pas, ne t'arrête pas, ne t'arrête pas.

J'ai obéi. Chaque instant, chaque mouvement fut sublime. Je me suis même demandé, l'espace d'une seconde, si nous n'avions pas fait un enfant.

40

Tard dans la soirée, une omelette improvisée aux oignons, au cheddar et à la mozarella calma notre faim. J'ouvris une bonne bouteille de pinot noir. Puis j'entrepris de faire un feu dans la cheminée. Nous étions au mois d'août. J'avais mis la climatisation à fond.

On a bavardé en rigolant devant les bûches crépitantes, et on s'est dit qu'on allait s'offrir un petit voyage. Les Bermudes feraient très bien l'affaire. Christine me demanda si Nana et les enfants pouvaient nous accompagner. J'avais l'impression que ma vie était en train de changer à une vitesse inimaginable, et dans la bonne direction. Il ne manquait plus qu'un coup de pouce du destin pour réussir à capturer le Furet et clore ainsi en toute beauté ma carrière dans la police de Washington.

Je suis tout de même rentré chez moi avant trois heures. Je ne voulais pas que les enfants se lèvent et ne me trouvent pas à la maison. Et à huit heures, je dévalais déjà l'escalier, envoûté par les odeurs de café et de brioches qui montaient de la cuisine. La réputation des petites brioches chaudes de Nana a fait le tour de la planète.

Mon duo de choc s'apprêtait à filer à l'école Sojourner Truth. J'avais inscrit Damon et Jannie aux cours avancés du matin. On aurait dit deux petits anges resplendissants. Il y avait longtemps que je ne m'étais senti aussi bien, et je comptais en profiter.

Jannie me demanda, en écarquillant les yeux d'un air espiègle :

— Alors, c'était comment, cette soirée galante, papa ?
— Qui t'a raconté que j'avais une soirée galante ?

Je l'accueillis sur mes genoux. Elle mordit dans la brioche délicieusement moelleuse que Nana avait déposée sur mon assiette.

— Disons que c'est le petit oiseau qui me l'a dit.
— Je vois. Le petit oiseau, il fait drôlement bien les brioches, en tout cas. Ma soirée était pas mal. Et la tienne ? Tu avais quelque chose de prévu, toi aussi, non ? Ne me dis pas que tu es restée toute seule ici.
— Ta soirée était *pas mal* ? Attends, t'es rentré à l'aube.

Elle éclata de rire, vite imitée par Damon. Elle est comme ça depuis toujours ; elle a le don de déclencher l'hilarité générale quand elle veut.

— Jannie Cross... menaça Nana.

Mais très vite, elle renonça. À quoi bon vouloir obliger Jannie à se comporter comme n'importe quelle fillette de sept ans ? Elle était trop futée, trop directe, trop vive, trop drôle. Qui plus est, dans ma famille, il y a un dicton : celui ou celle qui rit vivra plus longtemps que les autres.

— Comment ça se fait que vous vivez pas encore ensemble ? insista Jannie. C'est ce qu'ils font, les gens, au cinéma ou à la télé.

J'affichais, je ne sais trop comment, un air à la fois hilare et réprobateur.

— Dis donc, gamine, ne commence pas à me donner en exemple ce que tu vois dans les films ou les feuilletons, d'accord ? C'est n'importe quoi. Christine et moi, nous allons nous marier et ensuite seulement nous vivrons tous ensemble.

— Tu l'as demandée en mariage ? s'exclamèrent-ils en chœur.

— Parfaitement.

— Et elle a dit oui ?

— Pourquoi avez-vous tous l'air aussi surpris ? Évidemment, qu'elle a dit oui. Qui pourrait résister au plaisir de faire partie d'une pareille famille ?

— Hourrah ! cria Jannie avec un enthousiasme qui venait du cœur.

— Hourrah ! reprit Nana. Dieu merci. Oh, Dieu merci.

— Je suis d'accord, intervint Damon. Il serait temps qu'on ait une vie un peu plus normale, ici.

Les félicitations se prolongèrent durant plusieurs minutes, puis Jannie me dit :

— Papa, maintenant, il faut vraiment que j'aille à l'école. Ce serait dommage que je déçoive Mme Johnson en arrivant en retard, non ? Tiens, voilà ton journal.

Elle me tendit le *Washington Post*.

Mon cœur sursauta. La journée s'annonçait belle, effectivement. L'article de Zachary Taylor était à la une. En bas, à droite. Il aurait sans doute mérité mieux, mais ce n'était déjà pas si mal.

Vague de crimes mystérieux à Southeast
L'attitude de la police soulève des questions

— Il serait temps qu'ils s'en posent, des questions, maugréa Nana avec une moue expressive. Et que le génocide s'arrête !

41

Sitôt arrivé au commissariat, vers huit heures, je vis le bras droit et laquais du chef Pittman se précipiter vers moi. Après avoir été un enquêteur médiocre, le vieux Fred Cook était devenu administrateur, tout aussi médiocre. Sa duplicité n'avait d'égale que sa veulerie. On ne pouvait trouver plus servile dans l'agglomération de Washington.

— Le chef des inspecteurs veut vous voir dans son bureau toutes affaires cessantes, m'annonça-t-il. C'est important. Je serais vous, je ne traînerais pas.

J'ai acquiescé en m'efforçant de préserver ma bonne humeur.

— C'est forcément important, puisque c'est le chef des inspecteurs. Peut-être auriez-vous quelques tuyaux, Fred ? Savez-vous de quoi il retourne ?

— C'est un gros truc, fit simplement Cook, ravi de me laisser dans l'ignorance. Je ne peux pas vous en dire plus, Alex.

Et il me planta là. Je sentais déjà l'énervement me gagner. Mes joyeuses dispositions n'étaient plus qu'un souvenir.

Le parquet me poursuivit de ses craquements jusqu'au bureau du Big. Je n'avais aucune idée de ce qui m'attendait, mais une chose est certaine : ma surprise fut totale.

La réflexion de Damon me vint immédiatement à l'esprit. « Il serait temps qu'on ait une vie un peu plus normale, ici. »

Dans le bureau se trouvaient Sampson, qui était assis, ainsi que Rakeem Powell et Jerome Thurman.

Pittman me fit un grand signe.

— Entrez donc, docteur Cross. Nous vous attendions.

— Que se passe-t-il ? glissai-je à l'oreille de Sampson en tirant une chaise pour m'asseoir.

— Je n'en sais pas plus que toi, me répondit-il, mais ça ne me dit rien qui vaille. Le Big ne nous a pas encore adressé la parole, et il a l'air de plus se sentir.

Pittman fit le tour de son bureau pour y asseoir son ample postérieur. Je l'avais rarement vu aussi boursouflé d'arrogance et de prétention. Avec ses cheveux gris souris plaqués en arrière, il avait l'air de porter un casque sur sa tête en forme de balle.

— Je peux vous dire ce que vous voulez savoir, inspecteur Cross, m'annonça-t-il d'emblée. Enfin, j'attendais votre présence pour informer vos collègues ici présents. À compter de ce matin, les inspecteurs Sampson, Thurman et Powell sont suspendus de service actif pour avoir participé à l'insu de leur hiérarchie à des missions d'enquête ne relevant pas de leur compétence. Mes hommes s'efforcent actuellement de déterminer l'étendue de ces activités et de savoir si d'autres enquêteurs y ont pris part.

Je voulus prendre la parole, mais Sampson me saisit le bras, sans ménagement.

— Reste calme, Alex.

Pittman les regarda.

— Inspecteurs Sampson, Thurman, Powell, vous pouvez disposer. Votre délégué syndical a été informé des sanctions qui vous visent. Si vous avez des questions ou des observations à formuler, voyez avec lui.

Mâchoires serrées, Sampson se leva et quitta le bureau. Thurman et Powell lui emboîtèrent le pas, sans dire un mot. Voir d'aussi bons flics se faire traiter ainsi me révoltait...

Restait à savoir pour quelle raison le Big m'avait jusqu'à présent épargné. Shawn Moore n'avait pas été invité à la petite réunion, mais j'entrevoyais une explication : Pittman, en bon cynique, voulait nous monter les uns contre les autres et nous pousser à imaginer que c'était Shawn qui nous avait dénoncés.

Pittman prit sur son bureau un exemplaire du *Washington Post* encore plié.

— Vous avez vu l'article en première page, en bas, à droite ?

Il poussa violemment le journal vers moi ; je dus le saisir au vol.

— L'histoire des meurtres non élucidés à Southeast, lui répondis-je. Oui, je l'ai lu. Chez moi.

— Je pense bien que vous l'avez lu. M. Taylor, du *Post*, cite des sources policières anonymes. (Son regard se durcit.) Avez-vous quoi que ce soit à voir avec cet article ?

— Pourquoi irai-je voir un journaliste du *Washington Post* ? Le problème de Southeast, je vous en ai parlé. Je crois que nous avons peut-être affaire à un tueur en série. Pourquoi aller plus loin ? Ce n'est pas en suspendant mes collègues qu'on aidera à résoudre le problème. Surtout si, comme je le pense, ce détraqué va bientôt péter complètement les plombs.

— Je ne crois pas à votre histoire de tueur en série. Vous êtes le seul à voir une logique dans tous ces meurtres. (Il balançait lourdement la tête, le front bas. Écumant de rage, il avait toutes les peines du monde à se contenir. Il pointa la main vers moi. Ses doigts ressemblaient à des saucisses crues. Sa voix se réduisit à un murmure.) J'aimerais vous écraser une fois pour toutes, Cross, et je le ferai. Provisoirement, je suis obligé de vous laisser sur l'affaire Odenkirk. Si je vous la retirais maintenant, ça ferait mauvais effet et quelque chose me dit que le *Post* s'en ferait immédiatement l'écho. J'attends donc vos rapports quotidiens sur ce que vous appelez l'affaire John Doe. Il y a beaucoup trop de meurtres non élucidés en ce moment, ce n'est pas à vous que je vais l'apprendre. Vous rapporterez directement à moi. Je ne vais plus vous lâcher, Cross. Des questions ?

Je suis sorti. Une minute de plus, et je flanquais mon poing dans la figure de Pittman.

42

Sampson, Thurman et Rakeem Powell avaient déjà quitté le central. Fou de rage, j'étais à deux doigts de retourner dans le bureau du Big pour lui démolir le portrait.

Heureusement, je me suis contenté de rejoindre mon poste. Il fallait que je prenne le temps de réfléchir, que je me calme avant de faire une bêtise. Et je pensais à mes responsabilités à l'égard des habitants de Southeast. Je ne pouvais pas leur faire ça...

J'ai appelé Christine, histoire de décompresser un peu et là, je lui ai demandé tout de go si elle pouvait se libérer dès jeudi soir. Nous avions parlé de nous offrir un week-end prolongé quelque part ; pourquoi pas maintenant ? C'était possible, me répondit-elle. Quelques minutes plus tard, mon préavis de congé se trouvait sur le bureau de Fred Cook. Pittman et lui allaient être extrêmement surpris, mais ma décision était prise : il valait mieux que je prenne un peu le large, le temps de laisser la pression retomber et de préparer ma riposte.

Je m'apprêtais à quitter l'immeuble quand un autre inspecteur m'arrêta :

— Ils sont en train de boire un verre chez Hart's. Sampson m'a dit de vous dire qu'ils vous ont gardé une place.

Hart's est un bar crade et populo de la Deuxième Rue. Ce qui plaît à certains d'entre nous, c'est que ce n'est pas un bar à flics. Il était onze heures du matin, et dans la salle déjà pleine régnait une ambiance presque chaleureuse.

— Ah, le voilà ! lança Jerome Thurman à mon arrivée.

Il me salua en brandissant sa chope à moitié pleine. Une demi-douzaine d'autres inspecteurs et amis avaient fait le déplacement. Dès les suspensions prononcées, la rumeur s'était répandue comme une traînée de poudre. De toutes parts fusaient rires et cris joyeux.

— On enterre ta vie de garçon ! s'exclama Sampson, un sourire jusqu'aux oreilles. Eh oui, ma poule, je sais tout. Nana m'a un peu aidé. Tu devrais voir ta tête !

Pendant l'heure et demie qui suivit, d'autres amis vinrent grossir les rangs. À midi, le bar était déjà bondé, et les habitués du déjeuner commençaient à arriver. Le patron, Mike Hart, était aux anges. Jamais l'idée d'enterrer ma vie de garçon ne m'aurait effleuré, mais cette petite fête improvisée me mettait du baume au cœur. J'étais ravi d'être là. Les hommes dévoilent rarement leurs émotions et leurs sentiments, sauf en ce genre de circonstances. Et j'étais, qui plus est, entouré d'amis.

Pour une fête, ce fut une belle fête. L'espace de quelques heures, tout le monde oublia les suspensions décrétées le matin même. On me félicitait, on m'étreignait, on m'embrassait même parfois. On me donnait du « ma poule », pour imiter Sampson. On me trouvait « formidable »

— mais les qualificatifs étaient décernés, je dois l'avouer, sans grand dicernement. On trinquait à ma santé, on m'honorait de laïus sentimentaux qui me faisaient exploser de rire. Tout le monde avait beaucoup trop bu.

Vers quatre heures de l'après-midi, bras dessus, bras dessous, Sampson et moi retrouvions l'aveuglante lumière du jour. Mike Hart nous avait lui-même appelé un taxi.

L'espace d'un instant, avec une parfaite clarté, je me souvins du taxi pirate bleu et violet que nous recherchions, puis cette vision s'évapora dans la blancheur de l'après-midi.

Au moment où nous montions dans le taxi, Sampson me murmura à un millimètre du crâne :

— Ma poule, tu sais que je t'aime plus que tout ? J'aime tes mômes, j'aime ta mémé Nana, j'aime ta future, la belle Christine. (Et, à l'intention du chauffeur :) On rentre chez nous. Alex va se marier.

— Et c'est lui le témoin, précisai-je.

— Je dirai tout ce que je sais, gloussa Sampson.

43

Jeudi soir, Shafer joua de nouveau aux Quatre Cavaliers. Il s'était enfermé dans son bureau, ce qui ne l'avait pas empêché, en début de soirée, d'entendre sa petite famille vaquer à ses occupations dans toute la maison. Il se sentait coupé de tout, nerveux, frustré, sans savoir pourquoi.

En attendant que s'établisse la connection avec les autres joueurs, il se repassa le film de sa course folle dans les rues de Washington. Une image ne cessait de le hanter : il se voyait entrant en collision avec ce mur, dans une explosion de lumière. Telle une vitre volant en éclats, il s'éparpillait et les mille fragments de son corps retrouvaient leur place initiale dans l'univers. La douleur elle-même se fondait dans ce vaste processus de réorganisation de la matière, qui allait donner naissance à de nouvelles formes fascinantes.

« Je suis suicidaire, conclut-il. Ce n'est qu'une question de temps. Je suis effectivement la Mort. »

À neuf heures pile, il commença à taper son message. Les autres Cavaliers étaient connectés. Ils attendaient sa réaction à la visite de George Bayer, à ses mises en garde. Ils n'allaient pas être déçus. Leur initiative rendait le jeu, à ses yeux, encore plus passionnant. Voici ce qu'il écrivit :

Curieusement, la Mort n'a pas été surprise par l'arrivée de la Famine à Washington. Bien entendu, la Famine avait parfaitement le droit de venir ici, tout comme la Mort aurait pu se rendre à Londres, à Singapour, à Manille ou à Kingston. Ce qu'elle fera peut-être bientôt, d'ailleurs. C'est ce qui fait l'intérêt de notre jeu : tout est possible.
La confiance, je suis sûr que vous serez de cet avis, joue un rôle prépondérant. J'aime croire que vous me laisserez continuer à jouer comme je l'entends. Après tout, c'est la liberté dont nous jouissons qui donne à ce jeu son charme et sa particularité, non ?
Nous avons franchi une nouvelle étape, nous avons augmenté les enjeux — il serait temps de passer à quelque chose d'un peu plus excitant, mes chers Cavaliers. J'ai deux ou trois idées à vous soumettre. L'esprit du jeu est parfaitement respecté, et aucun risque inutile ne sera pris. Jouons comme si notre vie en dépendait. Peut-être est-ce déjà le cas pour moi ?
Comme je vous l'ai annoncé, il y a parmi nous deux nouveaux joueurs. Alex Cross et John

Sampson, deux inspecteurs de police de Washington. De brillants adversaires. Je les tiens à l'œil, mais je me demande si bientôt, ce ne sont pas eux qui me tiendront à l'œil.
Je vais vous exposer le scénario que j'ai mis au point pour fêter leur arrivée. Les photos des inspecteurs Cross et Sampson suivent.

44

Il nous fallut une journée pour organiser notre petit voyage, mais tout le monde était ravi de ce départ impromptu : des vacances tous ensemble, pour la première fois ! Nous avons pris l'avion jeudi après-midi, le 25 août, et en début de soirée, nous atterrissions aux Bermudes. Le moral était au beau fixe.

Ces quelques jours loin de Washington allaient me faire le plus grand bien. Entre l'affaire Smith et les meurtres de Jane Doe, je n'avais quasiment pas eu le temps de souffler. J'avais un copain copropriétaire d'un hôtel aux Bermudes, et le vol n'était pas trop long. C'était la solution parfaite.

Je reverrai toujours cette image, à l'aéroport. Christine en train de chantonner, Jannie collée contre elle. On aurait dit une mère et sa fille, et je trouvais cela extrêmement touchant. Elles étaient si affectueuses, si gaies, si naturelles. En les regardant danser et chanter comme si elles se connaissaient depuis toujours, j'ai tout de suite su que cet instant resterait à jamais gravé dans ma mémoire.

Le temps était extraordinairement beau. Dès le lever du jour, un soleil radieux prenait possession du ciel et, le soir, l'horizon se drapait de rouges, d'ocres et de violets magiques. Pendant la journée, les enfants s'en donnaient à cœur joie. Nous allions nager avec masques et tubas à Elbow Beach et à Horseshoe Bay puis, avec nos cyclomoteurs de location, nous faisions la course sur les petites routes pittoresques.

Le soir, Christine et moi avions quartier libre, ce qui nous permit de faire le tour des endroits les plus sympathiques : le Terrace Bar au Palm Reef, le Gazebo au Princess, le Clay House Inn, Once Upon a Table à Hamilton, ou Horizons à Paget. Aux côtés de Christine, je savourais mon bonheur. J'avais le sentiment que nos liens s'étaient encore renforcés depuis le jour où j'avais fait machine arrière pour la laisser respirer. J'avais retrouvé tous mes moyens. Et je songeais sans cesse au jour où je l'avais aperçue pour la première fois dans la cour, à Sojourner Truth. « C'est elle, Alex. C'est elle. »

Du Terrace Bar, on pouvait admirer la ville et toute la baie, avec ses îlots, ses voiles blanches, ses ferries qui faisaient la navette entre Hamilton, Warwick et Paget. Nous étions là, main dans la main, et mon regard restait rivé au sien.

— Tu es bien songeur, me murmura-t-elle.

— Depuis un moment, je suis en train de me dire que je ferais mieux de retourner dans le privé.

Elle me dévisagea.

— Alex, je ne veux pas que tu fasses ça pour moi. Il ne faut pas que tu quittes la police à cause de moi. Je sais que tu adores. Enfin, presque tous les jours.

— Tu sais, ces derniers temps, je me pose vraiment des questions. Les patrons invivables, ça existe, mais Pittman est bien pire. Je crois qu'il est foncièrement dangereux et malhonnête. La sanction contre Sampson et les autres est ridicule ; ils ne faisaient qu'enquêter sur des affaires non classées, et à leurs heures perdues. J'ai bien envie de tout raconter à Zach Taylor, mais si les gens apprennent la vérité en lisant le *Post*, ils vont mettre la ville à feu et à sang. Donc je m'abstiendrai.

Elle m'a écouté, elle aurait voulu m'aider. Ce que j'appréciais, c'est qu'elle n'essayait pas de m'influencer.

— Tu es vraiment dans une situation impossible, Alex. Moi aussi, je flanquerais bien mon poing dans la figure de Pittman. Au lieu de protéger les citoyens, il fait des calculs politiques. Mais je suis sûr que, l'heure venue, tu sauras faire ce qu'il faut.

Le lendemain matin, je l'ai trouvée en train de se promener dans le jardin, la chevelure piquée de fleurs tropicales. Elle resplendissait encore plus que d'habitude, et je suis de nouveau tombé amoureux d'elle.

— Il y a un dicton, me dit-elle, que je connais depuis que je suis petite. « Si tu n'as que deux pièces, achète un pain avec l'une et un lys avec l'autre. »

J'ai déposé un baiser sur ses cheveux, entre les fleurs. Puis sur ses douces lèvres, sur ses joues, au creux de sa gorge.

Cet après-midi-là, je suis allé de bonne heure à la plage de Horseshoe Bay avec les enfants, impatients de replonger dans les eaux turquoise et de faire des châteaux de sable. Et comme la rentrée était proche, ces instants de bonheur nous paraissaient encore plus précieux.

Christine, elle, partit à Hamilton en cyclomoteur. Ses collègues de Sojourner Truth lui avaient donné une liste d'objets à ramener. Grands gestes d'au revoir, puis direction les vagues, au pas de course

Vers dix-sept heures, nous sommes rentrés à l'hôtel Belmont, planté sur ses hauteurs telle une sentinelle. Autour de nous, une myriade de petites villas aux murs pastel et aux toits blancs perçaient la végétation luxuriante. Nana, assise dans la véranda, bavardait avec ses tout nouveaux amis. C'est le paradis retrouvé, me dis-je. Je sentais une force sourde, presque mystique, renaître en moi.

Je contemplais ce ciel d'azur en regrettant déjà que Christine ne puisse partager le spectacle avec moi. Et j'ai serré Jannie et Damon contre moi. Le même sourire illuminait nos visages, pour la plus simple des raisons : nous étions heureux d'être là ensemble, et nous avions de la chance.

— Elle te manque, me chuchota Jannie — ce n'était pas une question. C'est bien, papa. C'est normal, hein ?

À six heures, Christine n'était toujours pas là. J'hésitais. Devais-je l'attendre à l'hôtel ou me rendre à Hamilton ? Elle avait peut-être eu un accident ? Je commençais déjà à maudire ces fichus cyclos, alors que la veille nous nous étions bien amusés sur ces engins, sans rencontrer le moindre problème.

Voyant une grande et mince jeune femme passer le portail du Belmont, sur fond d'hibiscus et de lauriers-roses, je crus que c'était elle. Mais mon soupir de soulagement était prématuré. Ce n'était pas Christine.

Six heures et demie, sept heures. Toujours pas de nouvelles.

Finalement, j'ai appelé la police.

45

L'inspecteur Patrick Busby arriva au Belmont vers sept heures et demie. C'était un petit bonhomme un peu chauve auquel je donnais, de loin, une petite soixantaine. Lorsque je l'ai vu de près, je me suis rendu compte qu'il ne devait pas avoir beaucoup plus de quarante ans, soit à peu près mon âge.

Il m'écouta, puis me dit qu'aux Bermudes les touristes perdaient fréquemment la notion du temps, quand ils ne s'égaraient pas tout bonnement. Quant aux accidents de deux-roues, ils étaient fréquents sur Middle Road. Il me promit que Christine n'allait pas tarder à réapparaître, avec « quelques légères contusions » ou « une cheville foulée ».

Ses explications ne me satisfaisaient pas. Christine était toujours très ponctuelle. S'il y avait eu le moindre problème, elle m'aurait téléphoné.

J'ai donc accompagné l'inspecteur dans son véhicule, et nous avons fait le tour des rues de la petite capitale, notamment Front et Reid. Silencieux, le visage grave, je scrutais toutes les silhouettes qui déambulaient, espérant entrevoir Christine au loin, devant un étal ou sur le seuil d'une petite boutique. Tout à son shopping, elle aurait oublié l'heure... Mais nous ne la vîmes nulle part, et elle n'avait toujours pas appelé l'hôtel.

À neuf heures du soir, l'inspecteur Busby se résigna à admettre que Christine avait peut-être disparu. Il me posa d'innombrables questions, ce qui prouvait qu'il prenait son travail au sérieux. Il voulut savoir si nous nous étions récemment disputés.

Jusqu'alors, je n'avais pas fait état de ma qualité d'officier de police, pour éviter de heurter la susceptibilité des autorités locales.

— Je suis inspecteur à la brigade criminelle de Washington, lui déclarai-je. J'ai participé à un certain nombre d'enquêtes importantes concernant des meurtres en série. J'ai eu l'occasion de croiser quelques individus particulièrement dangereux. Il y a peut-être un rapport. J'espère que non, mais ce n'est pas impossible.

— Je vois, fit Busby. (Avec sa petite moustache fine et ses gestes calculés, il tenait davantage du prof maniéré que du policier, et ressemblait beaucoup plus à un psychologue que moi.) Avez-vous d'autres révélations à me faire, inspecteur Cross ?

— Non, c'est tout, mais vous comprenez pourquoi je suis inquiet, et pourquoi je vous ai appelé. En ce moment, j'enquête sur une série de meurtres à Washington.

— Je comprends mieux, maintenant. Je vais immédiatement lancer un avis de recherche.

Ensuite, je suis monté parler aux enfants et à Nana en m'efforçant de ne pas les affoler, mais Damon et Jannie ont vite fondu en larmes et Nana s'y est mise, elle aussi.

Minuit arriva, et nous n'avions toujours pas de nouvelles. L'inspecteur Busby finit par prendre congé, mais il eut le tact et la gentillesse de me laisser son numéro de téléphone personnel. Je pouvais l'appeler à n'importe quelle heure si j'avais du nouveau. En partant, il ajouta qu'il nous associerait à ses prières.

À trois heures, j'étais toujours debout à faire les cent pas dans notre chambre et je commençais à prier, moi aussi. Je venais d'avoir Quantico au bout du fil. Le FBI était en train de passer au crible les dossiers de toutes les affaires de meurtres sur lesquelles j'avais travaillé pour voir si l'un de mes suspects pouvait avoir un rapport avec les Bermudes. Le Bureau se concentrait actuellement sur les meurtres non élucidés de Southeast. Je leur avais faxé le profil du Furet.

Aucune raison logique ne me poussait à soupçonner la présence du tueur aux Bermudes, mais le doute était là. Une vague intuition, comme celle qui m'avait conduit à conclure que les meurtres de Southeast étaient liés, et dont le Big ne voulait surtout pas entendre parler.

Selon toute probabilité, le FBI ne rappellerait pas avant la fin de la matinée. J'avais envie d'appeler des copains d'Interpol, mais je me suis retenu. Et puis, finalement, j'ai téléphoné quand même...

La chambre — mobilier de rotin et d'acajou style colonial, moquette rose pâle — me paraissait désespérément vide. Tel un fantôme, devant les hautes fenêtres marquées par la pluie, je regardais les ombres danser sous la lune en repensant à tous les moments où j'avais tenu Christine dans mes bras. Sans elle, je me sentais si seul, si impuissant. Je n'arrivais pas à croire à sa disparition.

Les bras serrés autour de moi, j'ai senti peu à peu une douleur atroce me tarauder la poitrine, près du cœur, comme si un pilier me transperçait du torse au crâne. Je pensais au visage de Christine, à son tendre sourire. Je nous revoyais dansant au Rainbow Room, à New York, dînant chez Kinkead's, à Washington, à la fabuleuse nuit que nous avions passée chez elle et au moment où nous nous étions demandé, en riant, si nous n'avions pas fait un bébé. Je priais pour qu'elle soit toujours sur l'île, saine et sauve. Oui, forcément. Il ne pouvait en être autrement.

Le téléphone sonna. Il était un peu plus de quatre heures.

Le cœur coincé dans la gorge, crispé comme si toute la peau de mon corps s'était subitement rétractée, je me suis précipité pour décrocher avant la deuxième sonnerie. Ma main tremblait.

C'était une voix bizarrement étouffée, terrifiante.

— Vous avez du courrier.

Je n'y comprenais plus rien.

J'avais emporté mon ordinateur portable. Qui pouvait être au courant de ce détail ? Qui avait pu m'épier, moi et ma famille ?

J'ouvre la porte du placard, j'attrape mon portable, je le branche, je me connecte. Je consulte mon dernier message.

Il était court et très concis.

Pour l'instant, elle va bien. Elle est entre nos mains.

Un message laconique qui dépassait en horreur tout ce que j'avais pu imaginer. Chaque mot s'était déjà inscrit dans ma tête en lettres de feu.

« Pour l'instant, elle va bien.

Elle est entre nos mains. »

LIVRE TROIS

ÉLÉGIE

46

Sampson arriva au Belmont le lendemain de la disparition de Christine. En me voyant courir à sa rencontre, il ouvrit ses grands bras, puis me serra contre lui comme si je n'étais qu'un enfant.

— Ça va ? Tu tiens le coup ?

— Non, pas trop, lui répondis-je. J'ai passé une demi-journée à essayer de localiser l'adresse e-mail du courrier que j'ai reçu cette nuit : curtain@mindspring.com. Elle a été piratée. C'est le cauchemar.

— On ramènera Christine. On la trouvera.

Il me disait ce que je voulais entendre, bien sûr, mais je savais également qu'il y croyait. Sampson est l'être le plus optimiste que je connaisse, et on ne le fait pas changer d'avis comme ça.

— Merci d'être venu. C'est important, pour nous. Je suis complètement déboussolé, John, je ne sais vraiment pas quoi faire. Qui a pu faire ça ? Je n'en ai pas la moindre idée. Le Furet, peut-être... je ne sais pas.

— Si tu n'étais pas déboussolé, me dit John, je m'inquiéterais pour toi. C'est pour ça que je suis venu.

— Tu sais, je me doutais que tu viendrais.

— Forcément, puisque je suis Sampson. C'est l'histoire du rasoir d'Occam, et autres conneries philosophiques de ce genre.

Il devait y avoir une demi-douzaine de clients dans le hall de l'hôtel, et tout le monde nous regardait. Le personnel était au courant de la disparition de Christine, et j'avais de bonnes raisons de penser que la nouvelle avait déjà fait le tour de cette petite île où le bouche à oreille fonctionnait bien.

— C'est en première page du journal local, me dit-il. J'ai vu les gens le lire à l'aéroport.

— Les Bermudes, c'est tout petit et excessivement calme. La disparition d'une touriste ou une quelconque agression, et on peut parler d'événement. Je me demande comment le journal a pu être aussi vite informé. Sans doute une fuite au commissariat.

— La police locale ne nous aidera pas, bougonna Sampson. Je crois même qu'elle va nous mettre des bâtons dans les roues.

Après le passage à la réception, on est montés. Il fallait que Nana et les enfants voient qu'oncle John était là.

47

Le lendemain matin, nous passâmes de longues heures au commissariat central de Hamilton. Nos interlocuteurs étaient des professionnels, mais un enlèvement restait pour eux quelque chose de totalement exceptionnel. Ils nous autorisèrent à nous installer dans leurs bureaux, sur Front Street, mais j'avais toutes les peines du monde à me concentrer.

L'île principale des Bermudes couvre une surface de près de 70 km², ce qui est peu, mais nous découvrîmes très vite qu'elle comptait plus de 1 200 voies répertoriées. Nous devions nous séparer pour mieux râtisser le terrain. Les deux jours suivants, de six heures du matin à dix ou onze heures du soir, nous n'avons pas arrêté. Je ne voulais même plus prendre le temps de dormir.

Nos résultats ne semblaient guère plus brillants que ceux de nos collègues insulaires. Personne n'avait rien vu. Nous nous trouvions dans une impasse. Christine s'était volatilisée sans laisser de traces.

Le troisième soir, totalement éreintés, nous décidâmes d'aller nager un peu à Elbow Beach, en bas de la route qui passe devant l'hôtel.

Nous avions tous deux appris à nager à la piscine municipale de Washington, sur l'insistance de Nana. Elle avait cinquante-quatre ans à l'époque, et elle était déjà têtue comme une mule. Elle s'était mis en tête de prendre des leçons en même temps que nous, avec la Croix-Rouge. À l'époque, la plupart des habitants de Southeast ne savaient pas nager, ce qui, pour elle, symbolisait l'injustice dont souffraient les quartiers pauvres.

Et c'est ainsi qu'un bel été, Sampson, Nana et moi sommes allés apprendre à nager à la piscine municipale. Nous prenions des leçons trois matins par semaine, et nous restions généralement une heure de plus pour nous entraîner. Au bout d'un certain temps, Nana fut capable de faire ses cinquante longueurs. Elle avait une pêche extraordinaire, et cela n'a pas changé depuis. Chaque fois que je mets les pieds dans l'eau ou presque, je repense à ma jeunesse et à ces belles journées d'été où je suis devenu assez bon nageur.

La mer était d'huile. Sampson et moi faisions la planche à une centaine de mètres du rivage. Le ciel bleu nuit était constellé d'étoiles, et je voyais l'arc de la plage de sable blanc se perdre dans le lointain, à ma droite comme à ma gauche. Les palmiers et les bougainvillées ondulaient dans la brise.

J'étais anéanti, incapable de croire à l'inconcevable. Les yeux fermés, les yeux ouverts, je ne cessais de voir Christine en luttant contre les larmes. Pourquoi la vie était-elle parfois si injuste ?

Sampson, toujours sur le dos, me demanda :

— Tu veux qu'on parle de l'enquête ? Que je te donne mon opinion ? Que je te parle des petits détails que j'ai appris aujourd'hui ? On discute, ou tu préfères qu'on se taise ?

— J'aime autant qu'on parle. Je n'arrive pas à penser à autre chose qu'à Christine, je ne sais plus du tout où j'en suis. Dis-moi ce qui te passe par la tête. Il y a quelque chose en particulier qui te tracasse ?

— Un tout petit truc, mais c'est peut-être important.

Je n'ai rien dit ; je l'ai laissé poursuivre.

— Ce qui me chiffonne, c'est cet article, dans le journal. (Un silence, puis il reprit.) Busby m'assure qu'il n'a parlé de l'affaire à personne, ce soir-là. Strictement personne. Toi non plus. Et pourtant, c'était à la une le lendemain matin.

— On est sur une toute petite île, John. Je te l'ai dit, et tu as pu t'en rendre compte.

Mais Sampson n'en démordait pas, et je commençais à me dire qu'il avait peut-être soulevé un lièvre.

— Écoute-moi, Alex, les seules personnes au courant étaient toi, Patrick Busby et le type qui a enlevé Christine. C'est forcément lui qui a directement téléphoné au journal. J'ai parlé à la fille qui a pris l'appel. Hier, elle refusait de me dire quoi que ce soit, mais cet après-midi, elle a tout déballé. Elle a cru que c'était simplement un lecteur qui voulait faire acte de civisme. Je crois que quelqu'un est en train de te manipuler, Alex. Quelqu'un a décidé de te jouer un sale tour.

« Elle est entre nos mains. »

Quel genre de sale tour voulait-on me jouer ? Qui étaient les sales joueurs ? Le Furet était-il du nombre ? Se trouvait-il aux Bermudes ?

48

De retour à l'hôtel, je n'ai pas réussi à trouver le sommeil. Incapable de réfléchir, je m'énervais. J'avais l'impression de devenir fou.

Un jeu ? Non, c'était tout sauf un jeu. J'étais en train de vivre un cauchemar sans précédent. Qui avait pu s'en prendre à Christine, et pourquoi ? Quel rôle jouait le Furet ?

Et comme chaque fois, dès que je fermais les yeux pour essayer de dormir, je voyais le visage de Christine, je la voyais me faisant signe sur Middle Road, juste avant son départ, je la voyais traversant les jardins de l'hôtel, des fleurs dans les cheveux.

Toute la nuit, j'ai entendu sa voix. Au matin, mon sentiment de culpabilité avait doublé, sinon triplé.

Il ne nous restait plus qu'à reprendre nos recherches. Middle Road, Harbour Road, South Road, rien. Policiers et militaires nous répétaient que Christine ne pouvait pas s'être évanouie comme par enchantement. Chaque jour, une semaine durant, nous eûmes droit à la même histoire. Aucun commerçant, aucun chauffeur de taxi n'avait aperçu Christine à Hamilton ou à St George. On pouvait donc se demander si elle y avait mis les pieds.

Personne ne se souvenait avoir croisé son cyclomoteur sur Middle Road ou Harbour Road.

Mais le plus inquiétant, c'était qu'on ne m'avait pas recontacté depuis l'e-mail du soir de sa disparition. Un agent du FBI avait établi, après enquête, que l'adresse électronique indiquée n'existait pas. La personne qui m'avait écrit en réussissant à masquer son identité maîtrisait manifestement l'art du piratage informatique. J'avais toujours en tête les mots que j'avais lus sur mon écran.

« Pour l'instant, elle va bien.

Elle est entre nos mains. »

Qui se cachait derrière ce « nous » ? Pourquoi ne m'avait-on pas rappelé ? Que me voulait-on ? Me rendre fou ? Et si, après tout, celui que nous appelions le Furet n'était pas un, mais plusieurs ?

Sampson rentra à Washington dimanche. Nana et les enfants le suivirent, contre leur gré, mais il fallait qu'ils repartent. Moi, je devais rester ici. Je ne voulais pas abandonner Christine.

Le dimanche soir, vers neuf heures, Patrick Busby débarqua sans prévenir au Belmont pour me demander de l'accompagner. Nous allions un peu plus loin que Southampton, à une dizaine de kilomètres. Une histoire de vingt minutes. Les Bermudiens mesurent les distances en lignes droites, mais les routes sont tellement sinueuses que les trajets sont toujours plus longs qu'on ne se l'imagine.

— Qu'y a-t-il, Patrick ? Qu'avez-vous trouvé à Southampton ?

J'avais la gorge nouée. Son silence me faisait peur.

— Nous n'avons toujours pas retrouvé Mme Johnson, mais nous avons peut-être mis la main sur un témoin de l'enlèvement. Je voudrais que vous entendiez ce type. C'est vous, l'inspecteur de la grande ville ; vous pourrez lui poser toutes les questions que vous voudrez. Très officieusement, bien entendu.

L'homme en question, qui s'appelait Perri Graham, travaillait au Port Royal Golf Club. C'était un grand échalas, si maigre qu'il faisait pitié, avec un bouc un peu long. Il ne semblait pas ravi de nous voir à la porte de son minuscule logement de service.

Le club l'avait engagé comme porteur et agent de maintenance. Originaire de Londres, il avait notamment vécu à New York, où on l'avait déjà arrêté pour trafic de crack, et à Miami.

— Je vous ai déjà dit tout ce que je savais, bafouillat-il, sur la défensive. Allez-vous-en, laissez-moi tranquille. Si je savais quelque chose de plus, vous pensez bien que je vous l'aurais déjà dit, et puis...

Je ne l'ai pas laissé achever.

— Je m'appelle Alex Cross. Inspecteur à la brigade

criminelle de Washington. La femme que vous avez vue est ma fiancée, monsieur Graham. Pouvons-nous entrer ? Nous n'en aurons que pour quelques minutes.

L'autre, désespéré :

— Bon, je vais vous dire tout ce que je sais. Ça fera que la deuxième fois. Je vous laisse entrer, mais c'est bien parce que vous m'avez appelé « monsieur » Graham.

— Je n'en demande pas plus. Je ne suis pas venu vous ennuyer pour autre chose.

La pièce avait les dimensions d'un placard. Le sol carrelé et les meubles étaient jonchés de vêtements et de linge de corps.

— Il y a une femme que je connais, expliqua Graham d'une voix lasse, elle habite à Hamilton. Mardi dernier, je suis allé la voir. On a bu pas mal de vin et je suis resté le soir. Enfin, vous savez ce que c'est. Le lendemain, j'ai fini par me lever. Fallait que je sois au club pour midi, mais je savais que je serais en retard et qu'on me retirerait de l'argent de ma paie. Vu que j'ai pas de bagnole ni rien, je suis reparti d'Hamilton en stop et on m'a déposé sur la route de la côte. J'ai continué à pied, je devais pas être loin de Paget. Je me souviens qu'il faisait super chaud.

« Je voulais aller me tremper un peu dans l'eau, histoire de me rafraîchir. Fallait que je me tape la colline avant d'arriver à la plage, et de là-haut, j'ai vu un accident sur la route, à peut-être cinq cents mètres. Vous voyez où c'est ?

J'ai hoché la tête. Je me rappelais parfaitement la chaleur étouffante de cet après-midi. Je revoyais Christine sur son rutilant cyclomoteur bleu, en train de me faire signe. Et ce sourire, ce sourire qui m'avait apporté tant de bonheur. J'en avais mal au ventre.

— J'ai vu une camionnette blanche renverser une femme sur une mobylette bleue. Je suis pas sûr à cent pour cent, mais on aurait vraiment dit que c'était voulu. Le chauffeur, il est sorti tout de suite pour aider la femme à se relever. Apparemment, elle avait pas grand-chose. Et puis il l'a fait monter dans la camionnette. Il a chargé la bécane aussi, et il est parti. Moi, je me suis dit qu'il l'emmenait à l'hosto, quoi.

— Vous êtes sûr qu'elle n'était pas blessée ? voulus-je savoir.

— Sûr, non, mais en tout cas, elle s'est relevée tout de suite et elle tenait sur ses jambes.

— Et vous n'avez parlé de cet accident à personne, même quand l'enlèvement a été annoncé dans la presse ?

— Moi, j'étais pas au courant. Les infos du coin, ça me branche pas tellement. Y a que des bricoles sans intérêt, des petites conneries locales. Mais ma copine, elle arrêtait pas d'en parler. Je voulais pas aller voir les flics, c'est elle qui m'a obligé, alors j'ai vu votre collègue, là.

— Vous vous souvenez de la camionnette ?

— Elle était blanche. Peut-être qu'elle avait été louée, parce qu'elle était nickel.

— Vous avez vu l'immatriculation ?

Graham secoua la tête.

— Alors là...

— À quoi ressemblait le type au volant ? Le moindre détail peut nous aider, monsieur Graham. Vous nous avez déjà bien rendu service.

Il haussa les épaules, mais je voyais qu'il tentait de se remémorer tout ce qu'il avait vu ce jour-là.

— Non, il avait rien de spécial. Il était assez grand, mais pas autant que vous. Il ressemblait à n'importe qui. C'était un Noir comme les autres, quoi.

49

Dans son petit appartement de Mount Rainier, dans la banlieue de Washington, l'inspecteur Patsy Hampton feuilletait nerveusement le *Post*, allongée sur son lit. Elle ne parvenait pas à trouver le sommeil, ce qui lui arrivait souvent. Ce problème remontait à son enfance. Petite fille, déjà, à Harrisburg, Pennsylvanie, elle entendait sa mère lui dire : « C'est que t'as sûrement quelque chose à te reprocher. »

Elle regarda un épisode d'*Urgences* qu'elle avait déjà vu, alla se chercher un yaourt aux myrtilles et se connecta sur AOL. Elle avait du courrier. Le premier message émanait de son père, qui vivait désormais en Floride, à Delray Beach. Le second, curieusement, d'une ancienne camarade de chambrée de l'université de Richmond, avec laquelle elle ne s'était jamais sentie énormément d'affinités.

L'ex-copine de fac venait d'apprendre, par une amie commune, que Patsy faisait une belle carrière dans la police à Washington et qu'elle ne devait pas s'ennuyer. Elle, elle avait quatre gosses, elle habitait à côté de Charlotte, en Caroline du Nord, et ses journées étaient si calmes qu'elle n'en pouvait plus. Alors que Patsy Hampton aurait tout donné pour avoir un enfant...

Elle retourna à la cuisine prendre une bouteille d'Évian fraîche. Sa vie était vraiment devenue ridicule. Elle consacrait beaucoup trop de temps à son métier, et elle restait trop souvent seule chez elle, surtout le week-end. Pas par manque d'occasions, mais pour la simple raison que, depuis un certain temps, elle trouvait les hommes de moins en moins excitants.

Elle rêvait toujours de trouver le bon compagnon et d'avoir des enfants, mais essayer de rencontrer quelqu'un d'intéressant était une telle galère qu'elle avait fini par renoncer. Elle tombait toujours soit sur des types mortellement ennuyeux, soit des frimeurs de trente, quarante ans qui se comportaient encore comme des jeunes sans en avoir le charme. « C'est sans espoir », se dit-elle tout en envoyant un message gai et rassurant à son père.

Le téléphone. Elle regarda sa montre. Minuit vingt.
Elle décrocha brutalement.
— Oui, Hampton.
— C'est Chuck, Patsy. Excuse-moi de t'appeler aussi tard. J'espère que je ne te réveille pas.

— Non, non, pas de problème, mon petit Chucky. Je suis debout, comme tous les vampires. Dont tu fais partie, je suis sûr.

Malgré l'heure tardive, elle était contente d'entendre la voix de Chuck Hufstedler, un des experts en informatique du FBI. Ils s'étaient déjà rendu mutuellement service, et elle lui avait récemment parlé des meurtres non résolus de Washington. Chuck lui avait signalé qu'il était également en contact avec Alex Cross, et que celui-ci avait actuellement des problèmes. Sa petite amie avait été enlevée. Patsy Hampton s'interrogeait. Y avait-il un rapport avec les homicides de Southeast ?

— Alors, Chuck, quoi de neuf ? Qu'est-ce que ton brillant esprit a encore découvert ?

L'intéressé commença par réfuter le qualificatif, ce qui en disait long sur ses tendances à l'auto-dénigrement.

— Ce n'est peut-être rien, mais il est possible que j'aie trouvé quelque chose d'intéressant sur les meurtres de Southeast, et notamment celui des deux filles de Shaw. Cela dit, c'est un peu tiré par les cheveux.

— Normal, Chuck ; avec ce genre de tueur, il faut s'attendre à tout. Dis-moi ce que tu as. Je suis réveillée, je suis tout ouïe. Accouche, mon petit Chucky.

Chuck s'étrangla. C'était un type bien, mais d'une timidité maladive.

— Les jeux de rôles, tu connais ?

— J'en ai entendu parler. Je crois que le plus connu s'appelle Dragons et Donjons, ou l'inverse.

— C'est Donjons et Dragons, et il y a différentes versions. Moi-même, je joue de temps en temps à un autre jeu de rôles, Millenium's End. J'y passe en général une ou deux heures par jour, et un peu plus le week-end.

— Connais pas. Continue, Chuck.

Allons bon, songea-t-elle, me voilà en train de parler cyberculture en pleine nuit !

— C'est un jeu qui a beaucoup de succès, même chez les soi-disant adultes. Les personnages travaillent pour Black Eagle Security, une société privée qui fournit des agents à différents services d'enquête dans le monde entier. Ce sont tous des gentils, ils sont du côté du Bien.

— C'est ça, Chuck. Maintenant, dis-moi six Ave Maria, fais ton acte de contrition, et viens-en au fait. Je te signale qu'il est presque minuit et demi.

— Tu as raison, je suis vraiment désolé. J'ai honte. Enfin, bref, sur le Net, je suis allé visiter un forum qui s'appelle le Forum des joueurs. C'est sur AOL. En ce moment, il y a un débat extrêmement intéressant autour d'un jeu d'un genre nouveau. Ou plutôt un anti-jeu. Tous les jeux de rôles mettent en scène des *bons* qui essaient de vaincre les forces du chaos et du Mal. Dans ce jeu-là, ce sont des *méchants* qui luttent contre le Bien. Écoute bien, Patsy : l'un des personnages attaque et tue des femmes à Washington, et plus précisément à Southeast. Il y a énormément de détails scabreux sur les meurtres. Les intervenants ne sont pas les vrais joueurs, mais ils connaissent le jeu qui doit, en fait, être verrouillé. Je me suis dit qu'il valait mieux te mettre au courant. Le jeu s'appelle les Quatre Cavaliers.

Patsy Hampton n'avait plus du tout sommeil.

— Je vais m'en occuper. Merci, Chuck. Pour le moment, ça reste entre nous, d'accord ?

— D'accord.

Il lui fallut à peine quelques minutes pour rejoindre le Forum des joueurs. Elle ne prit pas part aux discussions, et se contenta de lire les échanges. Très intéressant... Peut-être venait-elle de mettre au jour la première piste sérieuse dans l'affaire des Jane Doe.

Les participants s'appelaient Vipère, Enclave, J-Boy et Lancelot. La conversation tournait autour des derniers jeux de rôles en vogue et des magazines spécialisés les plus pointus, et Patsy Hampton faillit se rendormir. Il fut deux fois question des Quatre Cavaliers, très brièvement. La référence émanait de Lancelot. Chuck avait sans doute vu juste : ces cinglés n'étaient pas les joueurs, mais ils connaissaient l'existence du jeu.

Vers une heure moins le quart, à bout de patience, Patsy Hampton pianota un message à l'intention du groupe. Comme pseudonyme, elle choisit Sapho.

JE DÉBARQUE UN PEU TARD, MAIS CE JEU DES QUATRE CAVALIERS M'A L'AIR VRAIMENT INCROYABLE, LANCELOT.

Ca va drôlement loin, non ?
La réponse de Lancelot ne se fit pas attendre.
Pas vraiment, Sapo. Il y en a pas mal, ces temps-ci. Des antihéros, des psychos, surtout du côté des jeux de vampires.
Hampton réagit immédiatement :
Mais je crois que la presse a parlé de meurtres de ce genre, non ? Au fait, mon pseudo, c'est sapho, comme la poétesse.
Deux secondes plus tard, elle lut sur son écran :
Oui, mais beaucoup de jeux de rôles sont basés sur des événements en cours. Pas de quoi s'affoler, Sapo.

Hampton sourit. Ce petit crétin l'énervait, mais elle avait réussi à l'accrocher, provisoirement. Et elle avait besoin de lui. Que savait-il du jeu des Quatre Cavaliers ? Elle tenta de lire le CV de Lancelot, mais l'accès était protégé par un mot de passe.

T'es un marrant, Lancelot. Tu fais partie des joueurs, ou t'es juste critique d'art ?
J'aime pas le principe des quatre cavaliers. De toute façon, c'est un jeu privé, complètement privé. Il est crypté.
Tu connais des joueurs ? J'aimerais bien essayer.

Pas de réponse. Patsy se fit la réflexion qu'elle était peut-être allée trop vite en besogne. Quelle idiote ! Non, c'était trop bête. Allez, Lancelot, reviens. Houston appelle Lancelot. Houston appelle Lancelot.

Elle revint à la charge.
Oui, j'aimerais bien jouer aux quatre cavaliers, mais bon, si je peux pas, c'est pas grave. Lancelot ?

Elle attendit et puis, au bout d'un moment, Lancelot quitta le forum. Adieu, Lancelot. Patsy Hampton venait de perdre son seul lien avec un jeu de rôles d'un genre particulier dont les acteurs étaient censés commettre des meurtres sordides à Washington. Et ces meurtres avaient été réellement commis.

50

Je suis rentré à Washington la première semaine de septembre en ayant l'impression de ne plus être moi-même. J'étais parti en vacances aux Bermudes avec ma famille et Christine, et je revenais seul, sans elle. Celui qui l'avait enlevée ne m'avait contacté qu'une seule et unique fois. Un vide atroce me dévorait à chaque instant.

À mon arrivée, il faisait étonnamment frais. Un vent aigrelet soufflait sur la ville comme si, de l'été, nous étions passés au cœur de l'automne sans la moindre transition, comme si je revenais d'un séjour de plusieurs mois. Tout me paraissait aussi flou, aussi irréel qu'aux Bermudes. Jamais je n'avais connu une telle détresse. Tous mes repères avaient disparu. Je n'étais plus que l'ombre de moi-même.

Mille questions me taraudaient l'esprit. Christine et moi étions-nous victimes d'un psychopathe calculateur, obsédé par ce que les profileurs appellent « un fantasme graduel » ? S'agissait-il d'un homme que j'avais déjà croisé ? « Elle est entre nos mains », m'avait écrit cette charogne. Et depuis, plus rien. Un silence assourdissant.

J'ai pris un taxi à l'aéroport en me rappelant la triste mésaventure de Frank Odenkirk qui, innocemment, un soir d'août, avait fait de même et fini assassiné sur Alabama Avenue, près de Dupont Park. Tous ces meurtres, auxquels j'avais cessé de penser lorsque j'étais aux Bermudes, ressurgissaient à présent. Nous n'étions pas les seuls à souffrir.

Je me demandais si l'enquête avait progressé et qui en avait la charge, mais je ne me sentais pas capable de m'y replonger pour l'instant. Ma place était toujours aux Bermudes. J'ai failli demander au taxi de faire demi-tour, pour reprendre le premier avion.

En arrivant dans la Cinquième Rue, j'ai vu qu'il se passait quelque chose de bizarre. Toute une foule s'était rassemblée devant chez moi.

51

Il y avait du monde sur la terrasse et devant la maison. La rue était encombrée de véhicules garés en double file.

Je reconnus tante Tia, ma belle-sœur Cilla qui se trouvait avec Nana et les enfants, Sampson accompagné d'une amie, Millie, avocat au ministère de la Justice.

Aux signes que l'on m'adressait, je compris que tout allait bien. Mais que se passait-il ?

Ma nièce, Naomi, et son mari, Seth Taylor, avaient fait le déplacement depuis Durham, en Caroline du Nord. Jerome Thurman, Rakeem Powell et Shawn Moore étaient venus, eux aussi.

— Salut, Alex, on est contents de te voir ! me lança au passage Jerome, avec sa grosse voix.

Le temps de poser mon sac, et tout le monde se précipita vers moi pour me serrer la main, me taper dans le dos, m'embrasser.

— On est tous venus pour toi, me dit Naomi en me serrant dans ses bras. On t'aime tellement, tu sais. Mais si tu préfères être seul, on peut s'en aller.

— Non, non, Scootchie, je suis heureux de vous voir, toi et Seth. Et ça me fait vraiment plaisir de voir tout le monde. Tu n'imagines pas le bien que ça me fait.

Scootchie, c'était le surnom que nous lui donnions.

Quelques années plus tôt, un sadique l'avait enlevée et séquestrée dans la région de Durham. Heureusement, Sampson et moi étions là.

Ce festival d'embrassades me rappela que j'avais la chance d'être entouré de gens merveilleux : mes proches, ma grand-mère, mes deux enfants. Deux institutrices de l'école Sojourner Truth, des amies de Christine, étaient également venues. Elles s'approchèrent de moi, les larmes aux yeux, en me demandant s'il y avait du nouveau et si elles pouvaient faire quelque chose.

Je leur répondis que tous les espoirs étaient permis, car nous disposions désormais d'un témoignage. Elles repartirent réconfortées, mais j'avais volontairement enjolivé le tableau. Les déclarations de notre unique témoin n'avaient pas fait évoluer l'enquête. Personne n'avait jamais revu la camionnette blanche dans laquelle Christine avait été enlevée.

Vers neuf heures du soir, alors que je venais de passer une demi-heure à parler d'homme à homme avec Damon, en mimant quelques échanges, Jannie réussit à me prendre à part dans le jardin.

Damon m'avait dit qu'il avait du mal à se souvenir avec précision du visage de Christine, et je lui avais répondu que c'était normal, que ça arrivait. On s'était jetés l'un contre l'autre et on était restés comme ça, sans bouger, un bon moment.

Pendant ce temps, Jannie, patiemment, attendait son tour.

— C'est à moi, maintenant ? me demanda-t-elle.

— Absolument, ma chérie.

Elle me prit par la main et m'entraîna à l'intérieur de la maison. À l'étage, elle me poussa doucement, non pas dans sa chambre, mais dans la mienne, et referma la porte en murmurant :

— Tu sais, cette nuit, si tu te sens seul, tu peux venir dans ma chambre, hein. Sérieux.

À l'instar de Damon, elle ne manque ni de bon sens, ni de recul dans sa vision du monde. Ce sont vraiment des enfants adorables. Des esprits sains, comme dit Nana, et qui évoluent bien. Pourvu que ça dure...

— Je te remercie, ma puce. Je viendrai dans ta chambre si je commence à me sentir mal ici. C'est très gentil de ta part de penser à moi.

— Normal, papa, c'est un peu grâce à toi que je suis comme ça. Maintenant, j'ai une question importante à te poser. Ça va pas être facile, mais il faut vraiment que je te la pose.

Son petit regard grave me faisait un peu peur ; encore en plein brouillard, je n'étais pas sûr de pouvoir encaisser ce qui m'attendait.

— Vas-y, ma chérie, je t'écoute. Dis-moi tout.

— Dis, papa, Christine, elle est morte ? Tu peux me dire, tu sais. Je veux que ce soit la vérité vraie, je veux savoir.

J'étais là, assis au bord du lit à côté d'elle, et j'ai failli m'effondrer. Jannie ne se rendait pas compte. Comment répondre à une question aussi terrible ?

Je suis resté un instant figé au bord du gouffre, et puis je me suis repris, j'ai respiré à fond et je me suis efforcé de répondre du mieux que je le pouvais aux légitimes interrogations de cette petite.

— Je ne sais pas encore, lui dis-je. C'est la vérité. On espère encore la retrouver, ma puce. Pour l'instant, on a réussi à mettre la main sur un témoin.

— Mais elle est peut-être morte, hein, papa ?

— Écoute, je vais te dire ce qu'il y a de bien avec la mort. La seule chose qu'il y a de bien, d'ailleurs.

— On part au ciel et, après, on est avec Jésus pour toujours...

Au ton de sa voix, je devinais un certain scepticisme. Cela ressemblait aux fameuses « vérités du gospel » selon Nana. À moins qu'elle n'eût entendu ces mots à l'église.

— Oui, ma chérie, c'est rassurant, mais je pensais à autre chose. En fait, ça revient peut-être au même, mais c'est une façon différente de voir la mort.

Ses petits yeux ardents ne me lâchaient plus.

— Tu peux me le dire, papa. S'il te plaît, dis-le-moi. Ça m'intéresse beaucoup.

— Ce n'est pas quelque chose de pénible, et ça m'aide chaque fois que quelqu'un meurt. Essaie de voir les choses de cette manière : on vient si facilement au monde — d'où, je ne sais pas... Dieu, l'univers, enfin, peu importe... pourquoi ne repartirait-on pas aussi facilement ? On arrive d'un bel endroit et quand on s'en va, on retourne dans un bel endroit. Est-ce que tu trouves ça logique, Jannie ?

Elle hocha la tête sans cesser de me fixer des yeux et répondit dans un chuchotement :

— Je comprends. C'est comme une espèce d'équilibre, quoi. (Elle s'arrêta une seconde, pensive, puis ajouta :) Mais tu sais, papa, Christine est pas morte. Je le sais, elle est pas morte. Elle est pas encore allée dans le bel endroit dont tu parles. Alors tu dois pas te décourager.

52

Shafer se faisait la réflexion que la Mort, par ses traits de caractère, lui ressemblait beaucoup. Ce n'était pas un génie, mais il agissait toujours avec méthode et finissait toujours par gagner.

La Jaguar noire fonçait sur l'I-95, plein sud, sans se soucier des sorties vers les petits patelins de banlieue. Shafer s'interrogeait : voulait-il se faire arrêter maintenant, devait-il tomber le masque, montrer son vrai visage à tout le monde ? Boo Cassidy avait la conviction qu'il fuyait l'autre, qu'il la fuyait elle, qu'il se fuyait lui-même. Peut-être avait-elle raison. Peut-être rêvait-il, au fond de lui-même, de dévoiler sa véritable personnalité à Lucy et aux enfants. À la police. Et surtout au personnel de l'ambassade, confit dans ses grands principes.

« Je suis la Mort. Je suis un tueur en série. Je ne suis plus Geoffrey Shafer. Peut-être ne l'ai-je jamais été, ou alors, il y a très, très longtemps. »

Shafer avait toujours eu un mauvais fond, un côté aigri et agressif. Depuis sa plus jeune enfance, à l'époque où il voyageait avec ses parents à travers l'Europe, puis l'Asie, avant leur installation définitive en Grande-Bretagne. Son père, militaire, menait sa maisonnée d'une main de fer. Shafer et ses deux frères avaient souvent pris des coups, mais moins que sa mère, morte des suites d'une chute dans l'escalier, alors qu'il avait douze ans.

C'était un garçon fort pour son âge, un vrai petit dur qui faisait peur aux autres, même à ses frères. Charles et George le croyaient capable de tout. Ils n'avaient pas tort.

Rien, dans sa jeunesse, ne l'avait cependant préparé à la grande révélation de sa vie : une fois entré au MI6, il avait découvert qu'il pouvait tuer un autre être humain, et qu'il adorait ça. Il avait trouvé sa vocation, la passion de sa vie. Il était le dur des durs, la mort incarnée.

L'autoroute défilait à bonne allure. À cette heure tardive, la circulation était fluide, et Shafer se laissait tranquillement doubler par les poids lourds qui fonçaient — vers la Floride, sans doute — en se moquant royalement, comme à leur habitude, des limitations de vitesse.

Shafer s'imagina envoyant un message à ses partenaires de jeu.

Ce soir, la Mort se rend à Fredericksburg, dans le Maryland. Il y a là-bas une belle femme de 37 ans et sa fille de 15 ans, qui lui ressemble trait pour trait. La femme, divorcée, est substitut au tribunal local. La fille, brillante collégienne, fait partie des pom-pom girls de l' équipe de foot. Elles seront toutes les deux en train de dormir. La Mort doit aller dans le Maryland parce que Washington est devenu trop dangereux. (Eh oui, comme vous le voyez, j'ai pris vos avertissements très au sérieux.) La police veut absolument mettre la main sur le tueur de Jane Doe. une enquêtrice réputée du nom de Patsy Hampton est sur l'affaire, et l'inspecteur Cross vient de

RENTRER DES BERMUDES. IL SERAIT INTÉRESSANT DE VOIR SI SON PERSONNAGE A CHANGÉ D'UNE QUELCONQUE MANIÈRE. CE QUI COMPTE, CE SONT LES PERSONNAGES, NON ?
J'APERÇOIS DÉJÀ LA MAISON. J'IMAGINE PARFAITEMENT LA FILLE ET SA MÈRE, AUSSI MIGNONNES L'UNE QUE L'AUTRE. ELLES VIVENT DANS UNE GRANDE VILLA DE STYLE RANCH, AVEC QUATRE CHAMBRES. ICI, À L'ÉCART DES GRANDS AXES, À UNE HEURE DU MATIN, IL N'Y A QUASIMENT PAS UN BRUIT. QUI POURRAIT ÉTABLIR UN LIEN ENTRE CES DEUX MEURTRES ET LES JANE DOE ? JE REGRETTE QUE VOUS NE SOYEZ PAS AVEC MOI, QUE VOUS NE PUISSIEZ PAS RESSENTIR TOUT CE QUE JE RESSENS.

53

Shafer gara sa Jaguar loin des réverbères. Il se sentait étrangement seul, un peu angoissé. La vérité était qu'il se faisait peur. Personne n'avait un esprit aussi tordu que le sien, personne ne délirait comme lui. Avoir des fantasmes aussi extrêmes, puis les mettre à exécution, personne ne l'avait jamais fait.

Bien sûr, les autres joueurs mettaient eux aussi en scène des fantasmes complexes et pervers, mais la comparaison s'arrêtait là. La Famine prétendait être l'auteur d'une série de meurtres psychosexuels en Thaïlande et aux Philippines. La Guerre, qui se voyait volontiers en leader officieux du groupe, se vantait d'influencer les aventures de ses partenaires. Quant au Conquérant, cloué sur son fauteuil roulant, il s'inventait des histoires dans lesquelles il jouait de son infirmité pour mieux attirer les proies qu'il allait tuer.

Shafer doutait qu'aucun d'entre eux eût le courage de passer du fantasme à la réalité.

Mais il n'était pas à l'abri d'une surprise. Peut-être avaient-ils tous décidé de passer à l'acte. Auquel cas on n'allait pas s'ennuyer.

Et ces deux petites bourges qui s'imaginaient en parfaite sécurité dans leur villa, à une cinquantaine de mètres de lui... Il distinguait la clôture en bois, la terrasse en pierre de taille, la grande piscine à l'arrière, à laquelle on accédait depuis la véranda par une porte coulissante. Tant de possibilités s'offraient à lui...

Il pouvait pénétrer dans la maison et les abattre toutes les deux, comme s'il s'agissait d'une exécution, puis rentrer directement à Washington.

La police locale et le FBI n'y comprendraient rien. Le drame aurait peut-être même les honneurs des chaînes nationales. Dans une petite ville sans histoires, une mère et sa fille que tout le monde admire exécutées froidement, sans mobile apparent. Pas de suspect.

Shafer se rendit compte que son érection était si violente qu'elle l'empêchait de marcher droit, et le comique de la situation fit naître un sourire sur ses lèvres.

Deux ou trois maisons plus loin, un chien hurlait. Ce devait être un de ces petits toutous geignards. Puis un autre, plus gros, donna à son tour de la voix. Ils avaient dû flairer une odeur de mort. Ils savaient qu'il était là.

Shafer s'accroupit à l'ombre d'un érable, à la lisière du jardin éclairé par une lune blême.

Il sortit de sa poche son dé à vingt faces et le lança sur la pelouse. « Nous y voici. Jouons selon les règles et voyons ce que nous propose cette belle soirée. » Dans la pénombre, il distinguait mal les numéros.

Quoi ? Non, ce n'était pas possible ! Shafer eut envie de hurler comme les chiens fous du quartier.

Il avait fait un cinq.

La Mort devait repartir ! Sur-le-champ ! Pas de meurtre ce soir !

Non, pas question ! Tant pis pour le dé. Il refusait de partir, il en était incapable. Il ne parvenait plus à maîtriser ses pulsions ? Eh bien, soit. *Alea jacta est*, comme avait dit César avant de franchir le Rubicon. Les dés sont jetés.

Cette nuit s'annonçait exceptionnelle. Pour la première fois, il enfreignait les règles, et le jeu allait s'en retrouver irrémédiablement modifié.

Il fallait qu'il tue quelqu'un, et ce besoin le dévorait littéralement.

Il courut vers la villa avant de changer d'avis, et sentit l'adrénaline envahir son corps. Il choisit une petite vitre qu'il attaqua avec un diamant de miroitier, avant de la fracasser d'un coup de poing, ganté.

Il transpirait, ce qui ne lui ressemblait pas. Une fois à l'intérieur de la maison, sans perdre une seconde, il suivit le couloir et pénétra dans la chambre de Deirdre. La jeune femme dormait toujours profondément, les bras au-dessus de la tête, comme en signe de reddition.

— Superbe, chuchota-t-il.

Elle portait un soutien-gorge et une petite culotte blanche, et ses longues jambes délicatement écartées semblaient n'attendre que lui. Du fond de son rêve, Deirdre devait savoir qu'il allait venir. Shafer en avait la conviction : les rêves disaient vrai, et mieux valait les écouter.

Il bandait toujours. Il ne regrettait décidément pas d'avoir cessé de respecter les règles.

Soudain, derrière lui, une voix.

— Hé, qui vous êtes ?

Shafer fit volte-face.

C'était Lindsay, la fille, en sous-vêtements rose corail. Il leva lentement son arme, visa entre les deux yeux et, calmement, sans prendre la peine de dissimuler son accent anglais, répondit à l'intruse :

— Chut, Lindsay, ça ne te regarde pas. Mais je vais quand même te le dire.

Il pressa la détente.

54

Pour la deuxième fois de ma vie, j'ai ressenti ce que pouvaient éprouver les victimes des crimes odieux sur lesquels j'enquêtais d'ordinaire. J'étais totalement déphasé. Il fallait absolument que je m'attelle à une tâche concrète. Une nouvelle enquête, ou mon travail bénévole à la soupe populaire de St Anthony, tout ce qui pouvait me faire penser à autre chose.

Oui, il fallait que je m'occupe, mais j'avais perdu mes facultés de concentration, et j'en avais conscience. Je suis tombé sur une affaire de double meurtre dans le Maryland qui, pour je ne sais quelle raison, m'intriguait. Malheureusement, je n'ai pas donné suite. J'aurais dû.

Je n'étais plus moi-même, j'avais perdu mes repères. Je passais des heures et des heures à penser à Christine, à tous les instants que nous avions passés ensemble. Je voyais son visage partout.

Sampson faisait ce qu'il pouvait pour me secouer, avec un certain succès. On s'est remis à quadriller Southeast, en faisant savoir que nous recherchions un taxi bleu et violet, peut-être un taxi travaillant au noir. Nous frappions à toutes les portes de Shaw, où les corps de Tori Glover et Marion Cardinal avaient été retrouvés, et il nous arrivait souvent de prolonger nos journées jusqu'à dix ou onze heures du soir.

Peu m'importait. De toute manière, je n'arrivais pas à dormir.

Sampson, lui, prenait cela très à cœur. En ami de toujours. « Tu es censé suivre l'affaire Odenkirk, non ? Et moi, je ne suis même pas censé travailler. S'il savait, le Big serait vert. Ça me plaît bien. » Il était tard et nous étions en train de nous taper S Street, épuisés. Sampson, qui avait longtemps habité le quartier, connaissait tous les types qui traînaient dans la rue. Il interpella un jeune à barbichette assis dans le noir sur le perron d'un vieil immeuble.

— Eh, Jamal, t'es au courant de quelque chose qui pourrait m'intéresser ?

— J'sais rien. Je m'aère juste la tête, quoi, je profite qu'il y a un peu de fraîcheur. Et vous, ça roule ?

Sampson se tourna vers moi.

— Plus moyen de faire dix mètres sans tomber sur un dealer de crack. C'est vraiment l'endroit idéal pour plomber quelqu'un sans se faire coincer. Tu as eu des nouvelles des flics des Bermudes ?

Le regard dans le vide, je lui ai répondu que Patrick Busby m'avait signalé que la disparition de Christine ne faisait plus la une de la presse. Ce qui, pour moi, était plutôt mauvais signe.

— Oui, convint-il, ça va leur permettre de souffler. Tu comptes y retourner ?

— Pas tout de suite, mais il faudra bien. Il faut que je sache ce qui s'est passé.

Il me regarda droit dans les yeux.

— Dis, tu es toujours avec moi, là, ou tu planes complètement ?

— Non, non, je suis là. La plupart du temps, je fonctionne à peu près normalement. (Je pointe le doigt vers un bâtiment de brique rouge.) De là-bas, on doit voir l'entrée de l'immeuble des filles depuis toutes les fenêtres. Allez, au boulot.

Et Sampson qui acquiesce.

— Je suis là aussi longtemps que tu veux.

Oui, ce soir-là, j'aurais pu encore rester des heures de plus dans la rue, je n'avais plus envie d'arrêter. La moitié des locataires de la baraque étaient chez eux, mais personne n'avait aperçu notre taxi, ni les filles. Du moins, c'était ce qu'on nous répondait.

On venait de se faire quatre étages et les marches étaient redoutables. En redescendant, j'ai demandé à Sampson :

— Toi, je ne sais pas, mais moi, je suis toujours dans le brouillard. Je me dis que j'ai forcément loupé quelque chose, mais quoi ?

— Non, Alex, je ne pense pas que tu aies loupé quoi que ce soit. Le Furet ne laisse jamais d'indices, c'est tout.

En bas, on est tombés sur un petit vieux qui trimballait trois sacs en plastique transparent remplis de provisions.

— Nous sommes de la brigade criminelle, lui dis-je. Deux jeunes filles ont été assassinées en face.

Il hocha la tête.

— Tori et Marion. Oui, je les connais. Voulez que je vous cause du type qu'arrêtait pas de mater l'immeuble ? Il est resté là presque toute la nuit, dans sa bagnole. Une grosse cylindrée, noire. Une Mercedes, je dirais. Vous croyez que ça pourrait être lui, le tueur ?

55

— J'étais parti un bout de temps, vous voyez, nous expliqua-t-il dans l'escalier. Une semaine chez mes deux sœurs ; on a ressorti les vieilles histoires, on s'est fait des bons petits plats. C'est pour ça que vos collègues, ils m'ont pas vu, la première fois.

Évidemment, il fallait qu'il habite au quatrième. Je me faisais la réflexion que c'était du travail de police à l'ancienne et que, malheureusement, nous étions de moins en moins nombreux à accepter d'en passer par là. Notre témoin, qui s'appelait DeWitt Luke, était un retraité de Bell Atlantic, la compagnie de téléphone qui dessert presque tout le nord-est des États-Unis. Avant lui, j'avais interrogé sans succès cinquante-deux autres riverains.

— Je l'ai vu, assis là, dans sa voiture, vers une heure du matin. Au début, j'ai pas trop fait attention, je me suis dit qu'il devait attendre quelqu'un. Il faisait pas d'histoires, il bougeait pas. Mais à deux heures, il était toujours là, derrière son volant et là, j'ai commencé à trouver ça bizarre.

Il s'interrompit pour mieux fouiller dans sa mémoire. Moi, je ne pouvais pas attendre.

— Et alors ?

— Je me suis endormi, mais vers les trois heures et demie, quand je me suis levé pour aller pisser, il était toujours là, dans sa belle voiture noire. Alors, ce coup-là, je l'ai bien regardé. Il surveillait le trottoir d'en face, comme un espion, quoi. Je savais pas ce qu'il regardait, mais en tout cas, il regardait bien. Un moment, j'ai cru que c'était un flic, mais une bagnole aussi belle, ça collait pas.

— Vous pouvez le dire, ricana Sampson. Dans mon garage, il n'y a pas de Mercedes.

— J'ai mis une chaise près de la fenêtre et je me suis installé pour voir ce qu'il faisait, en faisant bien attention à pas allumer la lumière. Un peu comme le vieux dans *Fenêtre sur cour*, vous voyez ? Je me demandais ce qu'il pouvait bien goupiller à poireauter, là, sans bouger. C'était peut-être un amant ou un mari jaloux, il guettait quelqu'un, je sais pas, moi, mais en tout cas, il faisait pas d'histoires.

J'interviens :

— Et vous n'avez pas réussi à le voir mieux que ça ? Juste un homme assis dans sa voiture ?

— Quand je me suis levé pour aller pisser, il est sorti de la voiture. Il a ouvert la portière, mais l'éclairage s'est pas allumé, ce que je trouvais un peu bizarre pour une bagnole aussi chère. Du coup, ça m'a intrigué encore plus, et j'ai bien regardé.

Un long silence.

— Et ?

— Et c'était un grand blond, bien habillé. Un Blanc. On n'en voit pas des masses ici, la nuit. Dans la journée non plus, d'ailleurs.

56

L'enquête sur les meurtres de Jane Doe commençait enfin à progresser. L'inspecteur Patsy Hampton avait la conviction de détenir une piste sérieuse. Elle parviendrait à élucider ces crimes. Elle savait, par expérience, qu'elle était plus forte que ses collègues.

Bien sûr, elle bénéficiait d'un avantage non négligeable : l'appui du chef Pittman, qui mettait à sa disposition tous les moyens nécessaires. Elle venait de passer une journée et demie au FBI, avec Chuck Hufstedler. Il était clair qu'elle se servait un peu de lui, mais cela ne semblait pas le gêner. Il n'avait personne, et elle appréciait réellement sa compagnie. Ils étaient toujours plantés devant l'écran, à quinze heures trente, lorsque Lancelot réapparut sur le Forum des joueurs.

— C'était plus fort que lui, hein ? fit Hampton. Je te tiens, maintenant, le fondu de jeux de rôles.

Hufstedler leva ses grands sourcils noirs.

— Il est trois heures et demie, Patsy. Voilà ce que j'en déduis : soit c'est un type qui joue depuis son bureau, soit — ce qui, à mon avis, est plus probable — c'est un jeune, un collégien.

— Soit, ajouta-t-elle, presque choquée par sa propre suggestion, c'est un type qui aime jouer avec les collégiens.

Cette fois-ci, elle ne tenta pas d'entrer en contact avec Lancelot, mais se borna à assister à de soporifiques discussions autour des jeux de rôles tandis que Chuck, de son côté, essayait de localiser notre internaute.

— Il est balaise, ce Lancelot. Son accès est hyper crypté, mais avec un peu de chance, on arrivera quand même à l'avoir.

— Je te fais confiance, mon petit Chucky.

Une heure plus tard, ils avaient obtenu son nom et son adresse. Michael Ormson, Hutchins Place, Foxhall.

Il n'était pas encore cinq heures lorsque deux fourgonnettes bleu marine pilèrent devant la maison des Ormson, dans les environs de Georgetown. Accompagnés de l'inspecteur Patsy Hampton, cinq agents aux blousons frappés du sigle FBI encerclèrent la demeure de style Tudor qui trônait au milieu de plusieurs hectares de pelouse, offrant à ses occupants de somptueux points de vue.

L'agent principal Brigid Dwyer et Hampton se présentèrent à la porte, qui n'était pas fermée à clé. Arme au poing, elles pénétrèrent sans bruit dans la maison et découvrirent Lancelot dans une pièce aménagée en bureau.

C'était un gamin d'une douzaine d'années, un petit génie du Net, collé devant son clavier, en caleçon et chaussettes noires.

— Hé, c'est quoi, ça ? s'écria-t-il d'une voix de fausset, haut perchée et tremblante. Hé, qu'est-ce que vous faites chez moi ? J'ai rien fait de mal ! Qui vous êtes ?

Chuck avait vu juste. Maigre comme un clou, le visage dévoré par l'acné, le dos et les épaules couverts de plaques rouges, vraisemblablement d'eczéma, Lancelot n'était qu'un adolescent, un surdoué de l'informatique qui se jetait sur son bel ordinateur dès qu'il rentrait de l'école, et certainement pas le Furet.

— Tu es Michael Ormson ? lui demanda Patsy Hampton en abaissant son arme.

Tête basse, au bord des larmes, le gosse gémit :

— Oh, putain, c'est pas vrai... Oui, c'est moi, Michael Ormson. Vous êtes qui, vous ? Vous allez tout dire à mes parents ?

57

On contacta immédiatement le père de Michael, radiologue au centre hospitalier universitaire de Georgetown, puis sa mère à l'Observatoire de la marine. Les Ormson étaient séparés, mais tous deux furent sur place en moins de dix minutes malgré la circulation de plus en plus dense. Les deux autres filles du couple, Laura et Anne Marie, étaient déjà rentrées du collège.

Patsy Hampton persuada les parents de la laisser interroger leur fils sur place ; ils avaient la possibilité d'assister à l'entretien, et même d'y mettre un terme à tout instant. S'ils refusaient, elle et l'agent Dwyer se verraient dans l'obligation d'emmener Michael au siège du FBI pour qu'il puisse répondre à leurs questions.

Mark et Cindy acceptèrent donc la proposition. Le FBI les impressionnait manifestement beaucoup, mais Patsy Hampton semblait avoir réussi à gagner leur confiance. Elle avait l'habitude. Elle était jolie, sincère, et arborait chaque fois qu'il le fallait un sourire parfaitement désarmant.

— Je m'intéresse au jeu qui s'appelle les Quatre Cavaliers, expliqua-t-elle à l'adolescent. C'est la seule raison de ma présence ici, Michael, et j'ai besoin de ton aide.

Michael courba l'échine, secoua nerveusement la tête. Hampton décida de tenter quelque chose. Elle avait une intuition.

— Michael, quoi que tu penses avoir fait de mal, pour nous, ce n'est rien. Je dis bien : rien. Ce que tu as trafiqué sur ton ordinateur, on s'en fiche. Il ne s'agit pas de toi, ni de ta famille, ni des systèmes dans lesquels tu as pu pénétrer. Des meurtres ignobles ont été commis à Washington, et il est possible qu'ils aient un rapport avec ce fameux jeu, les Quatre Cavaliers. Je t'en prie, Michael, aide-nous. Tu es le seul qui puisses le faire, vraiment le seul.

Sur son canapé de cuir noir, Mark Ormson paraissait encore plus inquiet qu'au début. Il se pencha en avant et déclara :

— Je commence à me dire qu'il vaudrait peut-être mieux que j'appelle un avocat.

Patsy Hampton rassura les parents d'un sourire.

— Cela ne concerne pas votre fils, monsieur et madame Ormson. Je vous assure que nous n'avons rien à lui reprocher.

Puis, se tournant vers le garçon :

— Michael, que sais-tu au sujet des Quatre Cavaliers ? Nous savons que tu ne fais pas partie des joueurs, nous savons que c'est un jeu dont l'accès est extrêmement limité.

L'adolescent leva les yeux. Elle comprit alors qu'elle avait la cote et qu'il avait même relativement confiance en elle.

— Pas grand-chose, m'dame. J'sais presque rien, en fait.

Elle hocha la tête.

— C'est très important pour nous, Michael. Quelqu'un est en train de tuer des gens dans le sud-est de Washington, et pour de bon, Michael. Il ne s'agit plus d'un jeu de rôles. Je crois que tu peux nous aider. Tu pourrais empêcher d'autres personnes de se faire tuer.

Michael n'avait quasiment pas regardé ses parents depuis leur arrivée. Il baissa une nouvelle fois la tête.

— Je suis assez doué en informatique. Vous le savez sûrement déjà.

L'inspecteur Hampton opinait continuellement pour encourager le garçon.

— On le sait, Michael. On a eu du mal à remonter jusqu'à toi. Je dirais même que tu es *extrêmement* doué. Tu as fait une grosse impression sur mon copain Chuck Hufstedler, au FBI. Quand cette histoire sera terminée, tu pourras voir l'endroit où il travaille. Je suis sûr qu'il te plaira, et tu vas adorer son matos.

Michael sourit, dévoilant du même coup un superbe appareil dentaire.

— Tout au début de l'été, quelque chose comme fin juin, il y a un mec qui est entré dans le Forum des joueurs — là où vous m'avez trouvé.

Patsy Hampton fixait le collégien du regard. L'instant était crucial. Son enquête allait peut-être enfin connaître une avancée spectaculaire.

— Il s'est comme qui dirait imposé, poursuivit Michael d'une voix timide. En fait, au bout d'un moment, il voulait systématiquement avoir raison. Il arrêtait pas de démolir Highlander, D & D, Millenium, tous les grands jeux. Personne pouvait placer un mot. On aurait dit qu'il avait pris quelque chose.

« Il faisait tout le temps des allusions à un jeu auquel il participait, un jeu complètement différent appelé les Quatre Cavaliers. Il voulait pas nous dire exactement ce que c'était, mais il nous balançait quelques petits détails de temps en temps. Il était hyper bavard.

« Il disait que les personnages de Donjons et Dragons, de Dune et de Condottiere étaient prévisibles et chiants. Bon, admettons, c'est pas toujours faux. Mais ensuite, il nous a raconté que dans son jeu à lui certains personnages défendaient les forces du mal et du chaos, au lieu de représenter le bien et la justice. Que c'étaient pas des héros bidon comme dans la plupart des jeux de rôles, qu'ils ressemblaient plus à ce qui se passe dans la réalité. Qu'ils étaient très égoïstes, qu'ils se foutaient des autres, qu'ils suivaient pas les règles de la société. Pour lui, les Cavaliers, c'est le plus grand des jeux de rôles. Il a pas voulu nous en dire plus, mais bon, ça suffisait pour comprendre que c'est un jeu pour déjantés, quoi.

— Et comment se faisait appeler ce type ? voulut savoir l'agent Dwyer.

— Vous parlez de son pseudo ou de son vrai nom ? demanda Michael avec un petit sourire supérieur.

Hampton et sa collègue du FBI se regardèrent. « Son pseudo ou son vrai nom ? » Elles se tournèrent vers Michael.

— Je l'ai localisé, comme vous m'avez localisé moi.

J'ai cassé toutes ses sécurités. Je connais son nom, je sais où il habite. Et même où il bosse. C'est Shafer, Geoffrey Shafer. Il travaille à l'ambassade de Grande-Bretagne, sur Massachusetts Avenue. D'après leur site web, il fait de l'analyse de renseignements. Il a quarante-quatre ans.

Le front bas, Michael Ormson balaya la pièce du regard, vit ses parents afficher leur soulagement, se tourna vers Hampton.

— Ça peut vous aider, tout ce que je viens de vous dire ?

— Oui, Lancelot, tu nous as rendu un immense service.

58

Geoffrey Shafer s'était juré que ce soir il ne recourrait pas aux substances pharmaceutiques qu'il avait pris l'habitude de consommer. Il avait également décidé de maîtriser ses fantasmes, de les mettre au frais un certain temps. Il avait une idée très précise de ce que pensaient les psychologues chargés d'établir son profil : ses délires montaient en puissance et il allait bientôt atteindre le stade de la fureur. Ils avaient totalement raison. C'était bien pour cela qu'il s'efforçait de calmer le jeu, provisoirement.

La cuisine était l'un des nombreux domaines dans lesquels il aimait faire la démonstration de ses talents. Il lui arrivait ainsi de concocter de savants menus pour sa petite famille, voire de se mettre aux fourneaux lorsqu'ils invitaient du monde. En cuisine, il aimait que tout le monde soit là. Il était ravi d'avoir du public, même si ce n'était que sa femme et ses gosses.

— Ce soir, cuisine traditionnelle thaï, annonça-t-il.

Ils le regardaient s'affairer. Il se sentait vaguement surexcité, mais gardait constamment à l'esprit qu'ici, chez lui, il devait impérativement éviter de déraper. Peut-être qu'un Valium, avant d'attaquer les choses sérieuses... Pour l'instant, il n'avait pris qu'un petit Xanax.

Tout en préparant une assiette de légumes sculptés, il expliqua :

— Ce qui différencie la cuisine thaï des autres cuisines du Sud-Est asiatique, ce sont les règles très précises qui déterminent la proportion des ingrédients, notamment en ce qui concerne les assaisonnements.

« La cuisine thaï ne ressemble à aucune autre, mais on y retrouve des influences chinoise, indonésienne, indiennes, portugaise et malaisienne. Je parie que vous ne le saviez pas, Tricia et Erica.

Les fillettes rirent sans trop comprendre. Elles ressemblaient tellement à leur mère.

Shafer planta des fleurs de jasmin dans la chevelure de Lucy, puis dans celle de chacune des jumelles. Robert, lui, se déroba en riant.

— Pas trop épicé, hein, chéri ? fit Lucy. Pense aux enfants.

— Bien sûr que je pense aux enfants. À propos d'épices, ce qui pique, c'est la capsaïcine renfermée dans les nervures de ces piments rouges. La capsaïcine est un irritant qui brûle au contact, même la peau. La sagesse voudrait donc qu'on mette des gants mais évidemment, je n'en porte pas puisque je ne suis pas sage.

« Je suis même un petit peu fou », ajouta-t-il en riant, vite imité par toute la famille. Mais une ombre d'inquiétude glissa sur le visage de Lucy.

Shafer servit lui-même le repas, sans aucune aide, en annonçant le nom thaï et anglais de chaque plat.

— *Plaa meuk yaang*, encornets grillés. Délicieux. *Mieng kum*, rouleaux de feuilles farçis. Miam. *Plaa yaang kaeng phet*, dorade grillée avec une sauce au curry rouge. Un régal. C'est un tout petit peu relevé, mais bon...

Il les regarda goûter à tous les mets. Quand vint le tour de la dorade, les yeux se mirent à larmoyer. Erica s'étrangla.

— C'est trop fort, papa ! glapit Robert, la bouche en feu.

Shafer hocha la tête en souriant, l'air indifférent. Il était aux anges. Tout le monde pleurait, et il ne voulait pas perdre une miette du spectacle. Voir souffrir sa petite famille idéale était un plaisir trop rare. Il avait finalement réussi à faire de ce dîner un jeu assez excitant.

À neuf heures moins le quart, il embrassa Lucy et partit faire, comme tous les soirs, ce qu'il appelait « son petit tour ». Il prit la Jaguar, se rendit à Phelps Place, à peine quelques rues plus loin. L'endroit était calme et peu éclairé.

Il avala une généreuse quantité de Thorazine et de Librium, s'injecta une dose de Toradol puis, pour faire bonne mesure, s'offrit un autre Xanax.

Après quoi il se rendit chez son médecin.

59

Shafer n'aimait pas les portiers de la résidence de Boo Cassidy. Il les trouvait cons et arrogants. Et à son avis, ils ne l'aimaient pas non plus.

Mais qui se souciait de leur opinion ? Ce n'étaient que de pauvres fainéants totalement incompétents, tout juste bons à ouvrir des portes et à faire des courbettes devant les riches locataires de l'immeuble.

— J'ai rendez-vous avec le Dr. Cassady, annonça Shafer.

Le larbin noir portait un énorme badge au revers de la veste. Sans doute pour ne pas oublier son nom. *Mal*.

— Entendu, fit Mal.

— Vous voulez dire, « entendu, *monsieur* » ?

— Entendu, monsieur. J'appelle le Dr. Cassady. Si vous voulez bien patienter un instant.

Shafer perçut la voix de Boo au milieu des crachotements de l'interphone. Sans doute avait-elle laissé des instructions pour qu'on le fasse immédiatement monter. Elle savait qu'il venait ; ils s'étaient parlé pendant le trajet.

— Vous pouvez monter, monsieur.

— Je vais la baiser à mort, Mal, lui dit Shafer en valsant jusqu'aux ascenseurs avec un grand sourire. Vous, continuez à surveiller la porte. Il ne s'agirait pas qu'on vous la fauche.

La cabine s'arrêta en douceur et sans un bruit au dixième étage. Boo était dans le couloir, en tenue d'apparat griffée Escada. Il y en avait bien pour cinq mille dollars. Elle avait un corps superbe, mais sa panoplie ridicule lui donnait des allures de torero ou de majorette. Deux divorces, chaque fois à la demande du mari. Pas étonnant. Boo n'en restait pas moins une bonne maîtresse, très fiable, qui donnait bien plus qu'elle ne recevait. Et surtout, elle lui procurait Librium, Thorazine, Ativan et Xanax. Généralement des échantillons laissés par son dernier époux, médecin-psychiatre, lors de leur séparation. La quantité invraisemblable de produits ainsi offerts par les délégués médicaux le stupéfiait, mais c'était une pratique courante, l'assurait-elle. Elle avait d'autres « amis » médecins, avec lesquels, à en croire ses allusions, elle couchait de temps à autre en échange de menus services. Bref, elle pouvait lui obtenir tout ce qu'il voulait.

Shafer aurait aimé la prendre tout de suite, là, dans le couloir. Il savait qu'elle aurait adoré, elle dont la vie manquait si cruellement de spontanéité et de passion. Mais non, pas ce soir. Ce soir, il avait d'abord besoin de ses médicaments.

— Tu n'as pas l'air enchanté de me voir, Geoff, lui dit-elle en posant sur son visage ses doigts manucurés dont les longs ongles vernis lui faisaient peur. Que s'est-il passé, mon chéri ? Il s'est passé quelque chose. Raconte tout à Boo.

Il la prit dans ses bras, la serra avec force contre sa poitrine. Elle avait des seins doux et généreux, et de superbes jambes. Il caressa ses cheveux blonds laqués, frotta son menton contre son crâne. Le pouvoir qu'il exerçait sur sa psy le grisait.

— Je n'ai pas envie d'en parler maintenant. Je suis ici, avec toi, et je me sens déjà mieux.

— Que s'est-il passé, mon chéri ? Quel est le problème ? Il faut que tu te confies.

Alors il inventa une histoire. Un numéro d'improvisation dont il s'acquitta avec une grande facilité.

— Lucy prétend être au courant pour nous deux. Attends, elle était déjà parano avant que je te connaisse. Toujours les mêmes menaces : elle va foutre toute ma vie en l'air, elle va me plaquer, m'assigner au tribunal pour réclamer le peu que je possède. Son père me fera virer de l'ambassade, puis mettre sur une liste noire dans le public aussi bien que dans le privé, ce qu'il est parfaitement capable de faire, soi dit en passant. Le pire, c'est qu'elle est aussi en train de pourrir les gosses et de les retourner contre moi. Ils ont repris son vocabulaire. J'ai droit à des amabilités comme « raté », « tricard » ou « trouve-toi un vrai boulot, papa ». Il y a des jours où je me demande s'ils n'ont pas raison.

Boo déposa un baiser sur son front.

— Mais non, mais non, mon lapin. Tu as bonne réputation à l'ambassade, et je sais que tu es un bon père. Ton seul problème, c'est ta femme, cette salope gâtée-pourrie qui finit par te saper le moral. Ne te laisse pas faire.

Il savait déjà ce qu'elle voulait entendre. C'était si facile. Il lui dit :

— Eh bien, cette salope, je ne vais plus la supporter longtemps, Boo, je te le garantis. Je tiens trop à toi. Bientôt, je quitterai Lucy.

Il regarda les larmes se former et ravager son maquillage peu discret. « Je t'aime, Geoff », murmura-t-elle, et Shafer sourit comme si ces mots le ravissaient.

Il était devenu un véritable expert en mensonges.

En fantasmes.

Et en jeux de rôles.

Il déboutonna le chemisier de soie mauve, caressa les seins de Boo, puis la porta jusqu'à l'intérieur, la déposa sur le divan et lui murmura à l'oreille, d'une voix torride :

— Tu vas voir ce que j'appelle une thérapie, une vraie. C'est exactement ce qu'il me faut.

60

J'étais debout depuis cinq heures du matin. Il fallait que j'appelle l'inspecteur Patrick Busby, aux Bermudes. J'aurais pu lui téléphoner tous les jours, et pas qu'une fois, mais j'essayais de me discipliner. Cela n'aurait servi à rien, sinon à compliquer mes rapports avec les autorités locales, en suggérant que je ne les estimais pas capables de mener correctement l'enquête.

— Patrick, c'est Alex Cross, à Washington. Je ne vous dérange pas ? Avez-vous un instant à m'accorder ?

Je m'efforçais de paraître aussi optimiste que possible, comme toujours, mais ce n'était qu'une façade. Je faisais les cent pas depuis l'aube et j'avais pris mon petit déjeuner avec Nana en attendant huit heures et demie pour pouvoir appeler Busby à Hamilton. C'était un homme organisé, et je savais qu'on pouvait le joindre à son bureau dès huit heures chaque matin.

Je l'imaginais, maigre comme un clou, dans le placard cubique qui lui tenait de bureau, devant sa table ensevelie sous les documents. Je revoyais Christine me faisant signe sur son cyclomoteur, par ce bel après-midi ensoleillé.

— Mon contact d'Interpol m'a communiqué deux ou trois petites choses qui peuvent vous intéresser, lui dis-je.

Une femme avait été enlevée en Jamaïque au début de l'été, et une autre à la Barbade. Les deux affaires présentaient des similarités avec la disparition de Christine. Je doutais qu'il y eût un lien, mais je voulais fournir quelque chose à Busby, n'importe quoi.

C'était un homme patient et réfléchi. Il m'écouta sans dire un mot, puis me posa son quota habituel de questions logiques. J'avais déjà remarqué que son extrême politesse nuisait à l'efficacité de ses interrogatoires, mais lui, au moins, n'avait pas abandonné.

— J'imagine que ces affaires n'ont jamais été résolues, Alex. Mais les victimes, on les a retrouvées ?

— Non, on ne les a jamais revues. Elles se sont volatilisées.

Je l'ai entendu soupirer.

— J'espère que ces informations vont pouvoir nous aider, Alex. Je vais appeler les autres îles et vérifier. Rien d'autre, du côté d'Interpol ou du FBI ?

Je voulais désespérément le garder au bout du fil, ce fil qui me rattachait à l'espoir.

— On a relevé quelques enlèvements bizarres à Bangkok, aux Philippines et en Malaisie. Des femmes kidnappées et tuées, sans mobile particulier. Mais de là à affirmer qu'il peut y avoir un rapport... Pour être franc, à l'heure actuelle, nous n'avons rien de très concret.

Je l'imaginais ourlant ses fines lèvres, hochant la tête, pensif.

— Je comprends, Alex. Quoi qu'il en soit, continuez à me communiquer ce que vous pouvez. Vous savez, nous, ici, sur notre petite île, on a du mal à se faire épauler. Quand je passe un coup de fil pour demander de l'aide, une fois sur deux, on ne me rappelle pas. J'aimerais bien pouvoir vous apporter de bonnes nouvelles, mais malheureusement, je suis bredouille.

« À part Perri Graham, personne n'a vu le type à la camionnette. Et personne, apparemment, n'aurait aperçu Christine Johnson, que ce soit à Hamilton ou à St George. Je n'y comprends vraiment rien. Je pense qu'elle n'est jamais arrivée à Hamilton. Cette histoire nous mine, nous aussi. Mes prières vous accompagnent, vous et votre merveilleuse. Et John Sampson, bien sûr.

Je l'ai remercié avant de raccrocher, puis je suis monté m'habiller.

Je n'avais toujours rien de sérieux sur le meurtre de Frank Odenkirk, et le Big m'inondait de courrier électronique. Je me mettais à la place de la famille de la victime. Comme d'habitude, le drame avait cessé d'intéresser la presse. Et malheureusement, les meurtres inexpliqués de Southeast avaient eux aussi disparu de la une du *Post*.

J'ai pris une douche brûlante en pensant à DeWitt Luke et au mystérieux conducteur de la Mercedes garée dans S Street. Que guettait cet homme ? Sa présence était-elle liée aux meurtres de Tori Glover et Marion Cardinal ? Impossible de rassembler les pièces du puzzle. Le problème, avec le Furet, c'est qu'il ne ressemblait pas aux autres tueurs en série. Ce n'était pas un génie du crime, comme Gary Soneji, mais il était efficace. Il parvenait toujours à ses fins.

Qui pouvait bien être resté aussi longtemps en planque devant l'appartement de Glover ? Un détective privé ? Un maniaque ? L'assassin ? Et s'il s'agissait d'un complice du tueur ? J'avais déjà eu l'occasion de traquer, en Caroline du Nord, deux criminels agissant de concert.

J'ai augmenté la température de l'eau. Cela m'aiderait à me concentrer, à dégager mon crâne des toiles d'araignée qui l'encombraient. À me ramener dans le monde des vivants.

En dessous, dans la cuisine, j'entends Nana marteler la tuyauterie, en hurlant :

— Descends et va travailler, Alex ! Tu me prends toute mon eau chaude !

Et moi, je rétorque :

— Aux dernières nouvelles, les factures d'eau et de gaz sont toujours à mon nom !

— Ça fait rien, elle insiste. C'est quand même mon eau chaude, et ça sera toujours comme ça.

61

Je passais mes journées et mes nuits à ratisser Southeast. Jamais je n'avais autant payé de ma personne, mais les résultats se faisaient attendre. Il fallait pourtant que je mette la main sur ce mystérieux taxi et sur la Mercedes noire que DeWitt Luke avait aperçue.

Je me faisais parfois l'effet d'un somnambule, mais cela ne m'empêchait pas de continuer à arpenter les rues, et sans traîner. Rien de précis ne semblait vouloir se dessiner. Je recevais quotidiennement des indications qui, en fait, ne menaient nulle part.

Ce soir-là, je suis rentré chez moi un peu après sept heures. J'étais lessivé, mais j'ai tout de même laissé les enfants m'entraîner au sous-sol pour leur leçon de boxe. Damon frappait de plus en plus vite. Son jeu de jambes et sa puissance m'impressionnaient déjà beaucoup, mais comme il avait la tête bien faite, je savais qu'il n'abuserait pas de ses jeunes talents de puncheur dans la cour d'école.

Jannie, elle, étudiait plus qu'elle ne pratiquait le noble art, ce qui ne l'empêchait pas de reconnaître les vertus de l'autodéfense. Elle assimilait rapidement la technique et les enchaînements, même si le cœur n'y était pas tout à fait. Ce qu'elle préférait, c'était nous torturer, son frère et moi, à coups de bons mots et d'allusions assassines.

— Alex, téléphone ! lança Nana du haut de l'escalier.

Ma montre indiquait huit heures moins vingt.

— Bon, vous allez me travailler votre jeu de jambes, dis-je aux enfants avant de remonter. Qui c'est ?

— Il a pas voulu dire son nom, me répondit Nana depuis la cuisine.

Elle était en train de préparer des crevettes accompagnées de beignets de maïs, alors qu'une formidable odeur de pommes caramélisées et de pain d'épices sortait encore du four. Nous allions dîner tard. Nana avait attendu mon retour.

J'ai décroché le téléphone de la cuisine.

— Oui, Alex Cross.

— Je sais qui vous êtes, inspecteur Cross.

J'ai immédiatement reconnu la voix. Je ne l'avais entendue qu'une seule fois, à l'hôtel Belmont, aux Bermudes. J'ai senti un frisson me zébrer le corps. Mes mains se sont mises à trembler.

— Il y a un téléphone à pièces devant le drugstore Budget, sur la Quatrième Rue. *Pour l'instant, elle va bien. Elle est entre nos mains.* Mais surtout, faites vite ! Elle est peut-être déjà au bout du fil ! Je suis sérieux. Dépêchez-vous !

62

Je me suis précipité dehors par la porte de derrière sans prendre le temps d'expliquer où j'allais, ni pourquoi. Je ne savais même pas exactement, d'ailleurs, ce qui se passait. Venais-je de parler au Furet ?

« Dépêchez-vous ! Elle est peut-être déjà au bout du fil ! Je suis sérieux. »

J'ai traversé la Cinquième Rue en courant, j'ai rejoint la Quatrième par une ruelle, puis j'ai foncé vers l'Anacostia, au sud. Il me restait encore quatre rues à franchir. Les gens me regardaient traverser Southeast comme une tornade.

De loin, j'ai aperçu le caisson du téléphone, près du drugstore. Une fille était en train de bavarder dans le combiné, adossée au mur couvert de tags.

J'ai sorti mon insigne une centaine de mètres avant d'arriver.

Ces téléphones-là sont toujours très sollicités. Il y a des gens, dans le coin, qui n'ont pas le téléphone.

— Police. Brigade criminelle. Raccrochez, s'il vous plaît !

Le fille devait avoir autour de dix-neuf ans. Elle me regarde. Visiblement, mon problème ne la concernait pas.

— Je suis en train de téléphoner, monsieur. Je me fous de qui vous êtes. Vous avez qu'à attendre votre tour, comme tout le monde. (Elle me tourne le dos.) Je parie que c'est juste pour appeler votre copine.

Je lui arrache l'appareil et je coupe la communication.

— Pour qui vous vous prenez ? me hurle-t-elle, les traits déformés par la colère. J'étais en train de discuter. Vous êtes pas bien, ou quoi ?

— C'est vous qui n'allez pas être bien si vous ne dégagez pas immédiatement. Il y a une vie en jeu. Éloignez-vous de ce téléphone, et tout de suite ! Tirez-vous, merde ! Il s'agit d'un kidnapping !

Je criais comme un malade. Elle a fini par s'éloigner en se disant qu'elle avait peut-être affaire à un déséquilibré. Elle n'avait pas forcément tort.

Je suis resté là, tremblant, en attendant le coup de fil. Le souffle court, je ruisselais de transpiration.

J'ai scruté la rue. Rien d'anormal. Pas de taxi violet et bleu garé à proximité. Personne ne me surveillait. Le type qui m'avait appelé au Belmont, puis chez moi, savait parfaitement qui j'étais.

J'entendais encore ses mots. Cette voix à la fois profonde et éraillée qui m'avait hanté des semaines durant.

« Pour l'instant, elle va bien.

Elle est entre nos mains. »

J'avais l'impression que les battements de mon cœur s'amplifiaient. Mes oreilles bourdonnaient. Je n'en pouvais plus. « Vite », avait précisé mon interlocuteur.

Un jeune homme s'approche du téléphone, regarde ma main posé sur le combiné.

— Tu fais quoi, mec ? Faut que j'appelle ? Le téléphone ? Hé, t'entends c'que j'te dis ?

— Réquisition, lui fais-je, le regard noir. Police. Ne restez pas là !

Il s'éloigne en bougonnant :

— La police. Mon œil, oui.

J'étais là, totalement impuissant, comme le voulait sans doute celui qui m'avait appelé. J'étais à sa merci. S'il avait laissé autant de temps s'écouler depuis les Bermudes, c'était vraisemblablement pour faire la démonstration de son pouvoir. Et voici qu'il remettait ça ! Que voulait-il ? Et pourquoi s'exprimait-il toujours à la première personne du pluriel ?

Je suis resté planté là dix, quinze, vingt minutes. Il y avait de quoi devenir fou, mais j'étais prêt à attendre toute la nuit s'il le fallait. Je commençais même à me demander si je me trouvais bien devant le bon téléphone. Pourtant, le ton était net, les instructions précises.

Pour la première fois depuis de longues semaines, je reprenais sérieusement espoir. J'imaginais le visage de Christine, ses yeux couleur café qui irradiaient l'amour et l'affection. Peut-être, qui sait, allais-je même pouvoir lui parler...

Ma colère montait, mais au bout d'un moment, j'ai décidé de me calmer et de continuer à attendre, la tête froide.

Des gens entraient et sortaient du magasin. Certains voulaient téléphoner, mais à mon regard, ils comprenaient vite qu'ils avaient tout intérêt à tenter leur chance ailleurs.

À neuf heures moins cinq, enfin, le téléphone sonne. Je décroche.

— Alex Cross.

— Oui, je sais qui vous êtes. C'est un point sur lequel il est inutile que nous revenions. Voici ce que vous allez faire : *Laissez tomber. Purement et simplement. Avant de perdre tout ce que vous aimez.* C'est si facile. Il suffit d'un instant. Vous êtes suffisamment intelligent pour comprendre, non ?

Et il a raccroché.

J'ai balancé le combiné en jurant comme un charretier. Le gérant du drugstore était sorti. Il me fixait des yeux.

— Je vais appeler la police, me dit-il. C'est un téléphone public.

Je n'ai même pas pris la peine de lui répondre que c'était moi, la police.

63

Si ce second message me glaçait le sang autant que le premier, il me redonnait également l'espoir de retrouver Christine en vie.

Le plus cruel, dans cette situation, était que je n'avais pas pu entendre sa voix.

On voulait que je laisse tomber. Que je laisse tomber quoi ?

L'enquête sur le meurtre d'Odenkirk ? Celle sur les Jane Doe ? Voire celle sur la disparition de Christine ? Interpol ou le FBI avaient-ils considérablement progressé dans leurs investigations alors même que Sampson et moi piétinions ?

Le mercredi, en début de matinée, nous nous rendîmes à Eckington, où une femme disait avoir régulièrement vu un taxi violet et bleu sortir d'un garage. Nous avions déjà exploré une douzaine de pistes du même genre, mais nous ne pouvions négliger la moindre information.

— Le propriétaire du taxi s'appelle Arthur Marshall, dis-je à Sampson tandis que nous nous dirigions vers un pavillon en brique rouge qui avait connu des jours meilleurs. L'ennui, c'est que c'est un faux nom. D'après la proprio, il travaille dans une boutique Target, mais la direction de Target m'assure qu'il n'a jamais travaillé chez eux. Toujours d'après la proprio, on ne l'a pas vu dans le coin depuis un moment.

— On lui a peut-être fait peur, observa Sampson.

— J'espère que non.

Dans le ciel bleu azur, il n'y avait quasiment pas un nuage. Devant les petites maisons mitoyennes de ce quartier plutôt populaire, les boîtes aux lettres étaient hérissées du même prospectus publicitaire d'un orange criard à souhait. Depuis chaque fenêtre, quelqu'un avait pu apercevoir le Furet. « Laissez tomber. » Non, je ne pouvais pas laisser tomber. Pas après ce qu'il m'avait fait. Et évidemment, je prenais un risque.

Il avait dû nous voir quadriller les rues. Il était passé maître dans l'art de tuer discrètement et de se faufiler entre les mailles du filet.

La propriétaire de l'appartement nous dit ce qu'elle savait d'Arthur Marshall, ce qui se limitait, en gros, aux renseignements pris lors de la location du deux-pièces et du garage attenant. Elle nous donna le trousseau de clés. Nous pouvions visiter les lieux.

La petite maison était identique à celle de la propriétaire, mais de couleur bleu roi, comme les rubans d'œuf de Pâques. Nous sommes entrés par le garage.

Le taxi violet et bleu était là.

Arthur Marshall avait déclaré à la propriétaire que le véhicule lui appartenait et qu'il s'en servait de temps en temps pour compléter ses revenus. C'était plausible, mais peu probable. Le Furet n'était pas loin, je le sentais. Et sans doute savait-il que nous découvririons son taxi. Que comptait-il faire à présent ? Quel était son prochain fantasme ?

— Il faut qu'on fasse venir le labo, dis-je. Il y a forcément quelque chose dans la bagnole, ou dans l'appart. Des cheveux, des fibres, des empreintes.

— Pas de pièces détachées, j'espère, grimaça Sampson, en vieux routier de l'humour flic. Dans ces affaires, on tombe toujours sur des pièces détachées et moi, je n'ai pas envie d'en voir. J'aime bien que les pieds soient attachés à des chevilles, les têtes à des cous, même si l'ensemble des pièces est mort.

Il enfila ses gants en latex et inspecta l'avant du véhicule.

— Il y a des papiers, des emballages de bonbons et de chewing-gums. Pourquoi ne pas demander un coup de main à Kyle Craig ? Il pourrait venir avec ses troupes.

— Je lui ai parlé hier soir. Le FBI est sur le coup depuis un moment. Il suffit qu'on appelle, et il vient nous épauler.

Sampson me lança une autre paire de gants pour que je puisse examiner l'arrière du taxi. Il y avait des taches sur la banquette, peut-être du sang. Nous le saurions bientôt.

Ensuite, nous sommes montés à l'appartement, juste au-dessus. L'endroit était sinistre, poussiéreux, sommairement meublé. Il s'en dégageait une atmosphère étrange, inquiétante. On aurait dit que l'appartement était inoccupé. Dans le cas contraire, le locataire était quelqu'un de très bizarre, comme semblait le penser la propriétaire.

La cuisine était quasiment vide. Seule touche personnelle dans ce décor vide, un presse-agrumes très haut de gamme. J'ai sorti mon mouchoir et ouvert le réfrigérateur. Il ne renfermait que des bouteilles d'eau minérale et quelques fruits pourris. J'appréhendais déjà les autres découvertes qui nous attendaient dans cet appartement.

— Je vois que notre ami prend soin de son corps, observa Sampson.

— Ce qui m'inquiète, moi, c'est ce qu'il a dans le

crâne. Il y a de la peur animale dans l'air. Quand il vient ici, il est hyper tendu, en état d'excitation.

— Oui, je vois ce que tu veux dire.

Dans la chambre, il n'y avait qu'un petit lit et deux chaises. Et toujours cette odeur de peur.

En ouvrant le placard, je me suis figé net. Un pantalon kaki, une chemise en lin bleue, un veston marine, et puis...

— John, viens voir ! John !

— Oh, merde. Je suis vraiment obligé ? Ne me dis pas que tu as encore trouvé un cadavre.

— Viens voir, je te dis. C'est bien lui. On est chez le Furet, j'en suis sûr. C'est pire qu'un cadavre.

J'ai ouvert la porte en grand pour que Sampson puisse contempler ce que je venais de trouver.

— Oh, putain, Alex.

On avait collé sur le mur du fond une demi-douzaine de photos noir et blanc. Ce n'était pas une cache. Le tueur avait prévu notre visite.

Sur ces photos, on voyait Nana, Damon, Jannie, moi et Christine. Christine qui semblait presque sourire à l'objectif. Son incroyable sourire, ses grands yeux si doux.

« Laissez tomber.

Avant de perdre tout ce que vous aimez. »

Et toujours cette odeur de peur. Ma propre peur.

64

Patsy Hampton estimait qu'il était trop tôt pour confier au chef George Pittman les derniers éléments de son enquête. Elle ne voulait pas que le Big la gêne. Elle ne l'aimait pas, et elle ne lui faisait aucunement confiance.

Elle ne savait quelle attitude adopter à l'égard d'Alex Cross, qui lui posait un énorme problème. Plus elle l'observait, plus elle l'appréciait. Tout indiquait que c'était un enquêteur de premier ordre, entièrement voué à son travail, et elle éprouvait quelques scrupules à lui dissimuler les informations fournies par Chuck Hufstedler. Chuck avait lui-même souvent renseigné Cross, jusqu'au jour où elle était entrée dans le jeu en usant de ses charmes pour prendre l'avantage. Un succès dont elle n'était pas très fière.

Cet après-midi-là, elle prit sa Jeep pour se rendre à l'ambassade de Grande-Bretagne. Elle avait en effet placé Geoffrey Shafer sous surveillance limitée — autrement dit, elle était seule sur le coup. Elle aurait pu obtenir des hommes, mais elle ne tenait pas à aller trouver Pittman maintenant. Elle ne voulait pas divulguer ce qu'elle savait et préférait opérer en toute liberté.

Elle avait commencé à se renseigner sur Shafer. Il appartenait au Security Service, ce qui signifiait qu'il travaillait pour le renseignement britannique à l'étranger. En bref, selon toute probabilité, c'était un espion basé à l'ambassade. Il avait plutôt bonne réputation. Officiellement, sa mission concernait le respect des droits de l'homme ; bien entendu, il ne s'agissait que d'une couverture. Il résidait à Kalorama, où les loyers étaient exorbitants. D'où tirait-il ses revenus complémentaires ?

Hampton gara son 4x4 sur California Street, à quelques pas de l'ambassade, alluma une Malboro light et réfléchit. Il fallait vraiment qu'elle trouve un moyen de parler avec Cross. Où en était son enquête ? Possédait-il des renseignements susceptibles de l'aider ? Et s'il filait Shafer, lui aussi ? Priver Cross des informations que lui avait communiquées Chuck lui paraissait aujourd'hui presque criminel.

Tout le monde savait que Pittman ne supportait pas Cross, qui lui faisait de l'ombre. Elle ne connaissait pas bien Cross, mais une chose était sûre : il était beaucoup trop médiatique. Il n'en restait pas moins qu'elle aurait tout donné pour savoir ce qu'il avait récolté sur Shafer depuis que celui-ci avait surgi sur son radar.

Devant la chancellerie turque, de l'autre côté de la rue, les travaux faisaient un vacarme épouvantable. Hampton avait déjà mal à la tête ; d'ailleurs, sa vie tout entière n'était qu'une gigantesque migraine. Et ça tapait, et ça creusait, et ça criait, et ça sciait... Un peu plus loin, les abords de la mosquée grouillaient de monde.

Peu après dix-sept heures, Shafer arriva sur le parking, devant la Rotonde aux parois de verre, et monta dans sa Jaguar.

Patsy Hampton l'avait déjà aperçu à deux reprises. Il était plutôt bel homme, et bien conservé, mais n'était pas son genre. En tout cas, il semblait pressé de partir. Ou il avait rendez-vous quelque part, ou il détestait vraiment son boulot. Les deux, peut-être.

Elle suivit la Jaguar noire à bonne distance. La circulation était dense. Shafer n'avait pas l'air de rentrer chez lui. Ni d'aller à Southeast.

Où nous rendons-nous ce soir ? se demanda-t-elle en se rapprochant de la luxueuse berline. Et quel rapport avec les Quatre Cavaliers ? À quel jeu joues-tu ? Quels sont tes fantasmes ?

Es-tu un type dangereux, Geoffrey, un assassin ? On ne dirait pas, blondinet. C'est une voiture bien trop classe pour un tueur aussi pourri.

65

C'était l'heure de sortie des bureaux et, comme d'habitude, les voitures roulaient pare-chocs contre pare-chocs. En sortant du parking de l'ambassade, Geoffrey Shafer avait immédiatement repéré la Jeep noire.

Sur Massachusetts Avenue, elle le suivait toujours.

Qui est au volant de cette voiture ? Un des autres joueurs ? Un flic de Washington ? Alex Cross ? Ils ont découvert le garage, à Eckington, et ils sont remontés jusqu'à moi. C'est forcément la police.

La Jeep noire était toujours là, à quatre longueurs. Le conducteur était seul. Ou plutôt, la conductrice. Lucy ? Avait-elle fini par apprendre la vérité ? Savait-elle qui il était réellement ?

Pour en avoir le cœur net, il prit son téléphone et appela chez lui. À son grand soulagement, ce fut Lucy qui décrocha au bout de quelques sonneries.

— Chérie, je rentre. Il ne se passe pas grand-chose au bureau. On pourrait se faire livrer le repas, à moins que toi et les enfants n'ayez déjà prévu quelque chose.

Elle se mit à jacasser comme une folle. C'était une de ses grandes spécialités. Elle avait prévu d'aller au cinéma avec les jumelles pour voir *Fourmiz*, mais elles préféraient rester à la maison avec lui. Ils commanderaient des pizzas. Ce serait sympa, ça changerait un peu.

— Oui, bonne idée, fit Shafer, mortifié à l'idée de voir Pizza Hut leur livrer leur indigeste rondelle de carton imbibé de mauvaise sauce tomate.

Il raccrocha, puis avala deux comprimés de Vicodin et un Xanax. Il avait l'impression de sentir son crâne se fendiller. Au mépris de la bande d'interdiction séparant la chaussée, il effectua brutalement un demi-tour et prit la direction de sa maison. En croisant la Jeep, il faillit faire un grand signe. C'était bien une femme qui la conduisait. Mais qui ?

La pizza fut livrée vers sept heures, et Shafer ouvrit une bouteille de vin, un cabernet assez cher dont il but un verre dans la salle de bains du rez-de-chaussée pour faire passer un autre Xanax. Il commençait à avoir le cerveau légèrement embrumé. Pas de quoi s'inquiéter.

Le vrai problème, c'était sa famille. Il ne supportait plus Lucy et la marmaille, au point d'avoir l'impression que sa peau allait se détacher. C'était un rêve qu'il faisait depuis son enfance en Angleterre : il était un reptile, capable de muer. Un rêve bien antérieur à ses premières lectures de Kafka, et qui le hantait toujours.

À table, tout en sirotant son vin, il fit rouler trois dés dans sa main. Il allait rejouer. Si le dix-sept sortait, il les tuerait tous, ce soir. Juré. D'abord les jumelles, puis Robert, et ensuite Lucy.

Elle n'en finissait plus de raconter sa journée par le menu tandis qu'il se forçait à afficher un sourire béat. Lucy était allée au centre commercial. Lucy avait fait des achats chez Bloomingdale's, au Bath & Body Works et chez Bruno Cipriani. « Je me bourre d'antidépresseurs, songea Shafer, et je suis de plus en plus déprimé. Quel gag ! » Il était de nouveau en train de plonger. Jusqu'où pouvait-il descendre ?

— Allez, un dix-sept ! s'exclama-t-il.

— Pardon, chéri ? fit Lucy. Tu as dis quelque chose ?

— Il est déjà en train de jouer au jeu de ce soir, ricana Robert. Hein, c'est vrai, papa ? C'est ton jeu de rôles. J'ai raison, dis ?

— Tout à fait, lui répondit Shafer qui songea au même instant : « Je suis devenu complètement fou ! »

Il n'en lança pas moins les dés sur la table. Oui, si le chiffre fatidique sortait, il les tuerait. Les dés roulèrent, roulèrent, roulèrent, puis s'arrêtèrent contre le carton de la pizza, que la graisse avait rendu presque translucide.

— Ah, papa et ses jeux... commenta Lucy en riant, vite imitée par toute la maisonnée.

— Six, cinq, un, compta Shafer. Et merde.

— Tu vas jouer avec moi, ce soir ? demanda Robert.

Une fois de plus, Shafer se contraignit à sourire.
— Pas ce soir, mon petit Rob. J'aimerais bien, mais je ne peux pas. Il faut que je ressorte.

66

Cela devenait de plus en plus intéressant. Il était huit heures et demie lorsque Patsy Hampton vit Shafer quitter sa belle villa de Kalorama pour s'offrir une de ces virées nocturnes qu'il affectionnait tant. Ce type était un vrai vampire.

Elle savait que Cross et ses amis avaient donné au tueur le surnom de « Furet », lequel s'appliquait parfaitement à Shafer. Il émanait de cet homme un indéfinissable malaise, quelque chose de pervers.

À la grande déception de Patsy Hampton, la Jaguar ne poursuivit pas sa route en direction de Southeast, mais bifurqua à Dupont Circle et ralentit à l'approche d'un supermarché de luxe, Sutton on the Run. Tout y était plus cher qu'ailleurs.

Shafer gara sa voiture sans tenir compte des emplacements réservés et entra d'un pas rapide dans le magasin. « Immunité diplomatique », se rappela Hampton, furieuse. Oui, décidément, ce sale con d'Européen avait toute d'un furet.

Hampton profita de l'intermède pour prendre une importante décision. Oui, elle allait parler à Alex Cross. Elle y songeait depuis un bon moment, avait longuement soupesé le pour et le contre, et avait fini par arriver à la conclusion qu'en gardant pour elle tous les renseignements qu'elle avait obtenus, elle risquait de mettre en danger la vie de certaines personnes à Southeast. L'idée que quelqu'un pût trouver la mort par sa faute lui était insupportable. Par ailleurs, elle devait bien admettre que Cross aurait lui-même eu accès à ces informations si elle ne l'avait pas court-circuité.

Shafer ressortit tranquillement du magasin et lança un regard vers la place noire de monde. Il serrait sous son bras un petit sac à provisions bourré jusqu'à la gueule. Pour qui, ces comestibles hors de prix ?

Patsy Hampton reprit sa filature, en prenant garde de ne pas trop coller la Jaguar. Selon elle, Shafer ne l'avait pas repérée, mais elle devait rester prudente. Après tout, il appartenait au MI6.

La circulation était devenue plus fluide. Shafer rejoignit Connecticut Avenue, et se rapprochait du quartier des ambassades. Il n'allait tout de même pas retourner à son bureau après avoir fait les courses ?

Quelques secondes plus tard, la Jaguar s'engageait dans le parking souterrain d'un immeuble cossu de Woodley Park. Une belle plaque de cuivre annonçait THE FARRAGUT.

Hampton laissa passer quelques minutes, puis pénétra à son tour dans le parking qui était ouvert aux visiteurs, ce qui allait lui faciliter la tâche. Elle descendit de la Jeep et se présenta à l'employé en faction dans son kiosque.

— La Jaguar qui vient d'entrer, vous l'avez déjà vue ? l'interrogea-t-elle.

Le gardien opina. Il devait avoir à peu près le même âge qu'elle et, visiblement, était prêt à tout faire pour l'impressionner.

— Oh, oui, mais je connais pas assez bien ce monsieur pour lui parler. Il vient voir une dame au dixième, le Dr. Elizabeth Cassady. C'est une psy. Je me dis que ça doit être un de ses patients. Il a un drôle d'air, mais bon, la plupart des gens, c'est pareil.

— Et moi, vous trouvez aussi que j'ai un drôle d'air ?

— Non... (Et il ajouta avec un rictus narquois :) Enfin, peut-être qu'en cherchant bien...

Shafer passa deux heures dans le cabinet du Dr. Cassady, puis il rentra directement chez lui, à Kalorama.

Patsy Hampton le suivit. Elle surveilla la maison pendant une demi-heure puis, jugeant que Shafer ne ressortirait sans doute plus, se rendit dans un petit restaurant proche. Avant d'entrer dans l'établissement, elle prit son téléphone. Il fallait qu'elle agisse pendant qu'elle en avait encore le courage. Elle savait dans quelle rue habitait Cross ; les renseignements lui fournirent son numéro de téléphone. N'était-il pas trop tard pour appeler ? Tant pis, il fallait se lancer.

Elle eut la surprise d'entendre quelqu'un décrocher dès la première sonnerie. Une belle voix d'homme, puissante et grave, fit :

— Oui, Alex Cross.

Elle faillit raccrocher sur-le-champ. Il avait réussi à l'intimider. Intéressant...

— Bonsoir, je suis l'inspecteur Patsy Hampton. Je travaille sur les Jane Doe. Depuis un certain temps, je file un suspect. Je crois que nous devrions nous rencontrer pour en parler.

— Où êtes-vous, Patsy ? demanda Cross sans la moindre hésitation. Je vous rejoins. Dites-moi simplement où.

— Je me trouve au restaurant City Limits, sur Connecticut Avenue.

— Je suis parti, dit Cross.

67

Ainsi donc, Pittman avait demandé à quelqu'un de se pencher sur l'affaire des Jane Doe... Cela ne me surprenait qu'à moitié, surtout après l'article de Zachary Taylor dans le *Washington Post*. Tous les éléments recueillis par l'inspecteur Hampton m'intéressaient.

Je l'avais déjà croisée à plusieurs reprises et elle savait manifestement qui j'étais. On la disait promise à une belle et rapide carrière. Inspecteur principal formée à la brigade criminelle, elle était intelligente et efficace, mais avait la réputation de ne travailler qu'en solo. À ma connaissance, elle n'avait pas d'amis dans la police de Washington.

J'avais cependant oublié qu'elle était aussi jolie. La jeune trentaine, une silhouette superbe, un corps visiblement bien entretenu, des cheveux blonds, courts, et des yeux bleus si perçants qu'on les voyait à dix mètres dans le boui-boui enfumé où elle m'avait donné rendez-vous.

Je me demandais si elle avait mis son rouge à lèvres écarlate en prévision de ma venue, ou si elle le portait en permanence. Qu'avait-elle en tête ? Quelles étaient ses motivations ? Quelque chose me disait qu'il était encore trop tôt pour lui faire confiance.

Nous étions assis près de la fenêtre, et nous venions de commander du café.

— Qui commence ? demanda-t-elle.

— J'ai peur de ne pas trop comprendre, lui répondis-je.

Elle but une gorgée de café, me regarda par-dessus son gobelet. Son regard était éloquent : j'avais affaire à une femme déterminée et très sûre d'elle.

— Vous ignoriez réellement que quelqu'un d'autre enquêtait sur les Jane Doe ?

J'ai secoué la tête.

— D'après Pittman, ces affaires étaient classées. Je

l'ai pris au mot. Il a suspendu plusieurs inspecteurs chevronnés qui avaient eu le malheur d'y mettre le nez en dehors de leurs heures de service.

Elle reposa son gobelet.

— Je sais qu'il se passe des choses vraiment débiles chez nous. Cela dit, avez-vous du nouveau ? (Énorme soupir.) Je pensais pouvoir m'en sortir seule, mais je commence à me poser des questions.

— Pittman vous a confié l'enquête sur les Jane Doe ? À vous, personnellement ?

Elle hocha la tête. Ses paupières se plissèrent.

— Il m'a demandé de m'occuper des meurtres de Glover et Cardinal, et de tous ceux que je voudrais. J'ai carte blanche.

— Et vous dites avoir découvert quelque chose ?

— Peut-être. J'ai un suspect en vue. Il participe à un jeu de rôles dans lequel des victimes se font assassiner, surtout à Southeast. Les faits ayant toujours déjà eu lieu, il peut très bien avoir lu les articles dans la presse et inventé ses récits après. Il travaille à l'ambassade de Grande-Bretagne.

Pour une surprise, c'était une surprise...

— Et à partir de là, qu'avez-vous fait ?

— Je ne suis pas allée voir Pittman, si c'est ce que vous voulez savoir. J'ai discrètement pris quelques renseignements sur le suspect. Le problème, c'est qu'apparemment, nous avons affaire à un citoyen au-dessus de tout soupçon. Excellent collaborateur, pour reprendre le terme officiel de l'ambassade. Une petite famille sympathique à Kalorama. J'ai commencé à surveiller Shafer en espérant qu'il commettrait un faux pas. Il se prénomme Geoffrey.

Je connaissais sa réputation d'électron libre et je savais qu'elle ne supportait pas les imbéciles, mais elle m'étonnait.

— Ce soir, vous êtes en mission toute seule ?

— C'est ainsi que je fonctionne généralement, me répondit-elle avec un haussement d'épaules. Les équipiers me ralentissent. Le chef Pittman connaît mes préférences, il m'a donné le feu vert. Je fais ce que je veux, quand je veux.

Elle attendait que je lui donne quelque chose. Si tant était que j'avais quelque chose à donner. J'ai décidé de jouer le jeu.

— On a retrouvé un taxi dont le tueur se serait servi à Southeast. Dans un garage, à Eckington.

— Quelqu'un a aperçu le suspect dans le quartier ?

C'était évidemment la question qu'il fallait poser.

— La proprio l'a vu. J'aimerais lui montrer des photos de votre type. À moins que vous ne préfériez le faire vous-même ?

— Je m'en occupe, me répondit-elle, le visage de marbre. Demain, dès la première heure. Quoi que ce soit d'intéressant dans l'appartement ?

Je voulais être réglo avec elle. Après tout, c'était elle qui avait organisé le rendez-vous.

— Le fond d'un placard était entièrement tapissé de photos de moi et de ma famille, qui ont été prises aux Bermudes. Nous étions en vacances. Il n'a pas cessé de nous épier.

Les traits de son visage s'adoucirent.

— J'ai appris que votre fiancée avait disparu là-bas. Les bruits courent vite.

— Il y avait également des photos de Christine.

Une ombre de tristesse glissa dans ses yeux bleus. Il y avait quelque chose, derrière ce masque.

— Je suis vraiment désolée pour vous.

— Je n'ai pas encore renoncé. Écoutez-moi : je ne cherche pas à tirer la couverture à moi, je voudrais juste faire avancer les choses. Le type m'a appelé chez moi, hier soir. Enfin, quelqu'un m'a appelé, en me demandant de laisser tomber. Je suppose qu'il parle de l'enquête sur les filles de Southeast, mais je ne suis pas censé m'en occuper. Si Pittman apprend qu'on s'est vus et que...

Elle ne me laissa pas poursuivre.

— Il faut que je réfléchisse à tout ce que vous venez de me dire. Comme vous le dites, Pittman me clouera au pilori si jamais cette histoire arrive à ses oreilles. Vous n'avez pas idée de ce qu'il est capable de faire, et je ne lui fais pas du tout confiance. Ne dites rien à vos collègues, ni même à Sampson. On ne sait jamais. La nuit porte conseil.

Demain, je ferai ce qu'il faut. Je ne suis pas aussi dure que j'en ai l'air, en fait. Je suis juste un petit peu bizarre.

— On l'est tous.

Hampton me faisait sourire. Elle n'était pas du genre facile, mais je la sentais bien. J'ai sorti mon bipeur de ma poche.

— Prenez ça. Si vous avez des ennuis ou s'il y a du nouveau, vous pouvez me prévenir à n'importe quelle heure. Si vous découvrez quoi que ce soit, tenez-moi au courant. Moi, je ferai de même. Si Shafer est notre homme, je veux lui parler avant qu'on le boucle. Cette affaire me concerne à titre personnel, à un point que vous ne pouvez pas imaginer.

Hampton me dévisageait toujours. Elle me rappelait quelqu'un que j'avais connu jadis, une autre femme-flic compliquée du nom de Jezzie Flanagan.

— Je vais y réfléchir, me dit-elle. Je vous tiens au courant.

— D'accord. Merci à de m'avoir mis dans le coup.

Elle se lève.

— Vous n'êtes pas encore dans le coup. Je vous l'ai dit, je vous tient au courant. (Elle m'effleure la main.) Vraiment, je suis désolée pour votre amie.

68

Nous savions bien, en réalité, que j'étais désormais de la partie. Nous venions de passer un accord tacite. Il ne me restait qu'à espérer que Pittman, Hampton ou encore Dieu sait qui ne cherchaient pas à me piéger.

Nous nous sommes parlé quatre fois au cours des deux jours suivants. Je n'étais pas encore vraiment certain de pouvoir faire confiance à ma collègue, mais je n'avais pas le choix, il fallait avancer. Elle était immédiatement allée rendre visite à la propriétaire du garage, à Eckington, mais celle-ci n'avait pas reconnu Shafer sur les photos. Peut-être avait-il pris la précaution de se déguiser lorsqu'il l'avait contactée.

S'il s'avérait que Patsy Hampton m'avait attiré dans un traquenard, je devais reconnaître qu'elle pratiquait l'art du mensonge avec un génie qu'il m'avait rarement été donné de rencontrer au cours de ma carrière. Au cours de l'un de nos échanges téléphoniques, elle m'avoua que Chuck Hufstedler la renseignait et qu'elle lui avait demandé de ne pas me communiquer certaines informations. Pas grave, lui dis-je. Je n'avais ni le temps ni la force de m'énerver.

Moi, pendant ce temps-là, je passais le plus clair de mes journées chez moi. Le tueur, qui avait déjà Christine, ne viendrait sans doute pas s'attaquer à ma famille, mais je ne pouvais pas prendre de risques. Lorsque je m'absentais, je demandais à Sampson ou quelqu'un d'autre de jeter un coup d'œil sur la maison.

Trois jours après notre première rencontre, la situation évolua. Patsy Hampton me proposa de planquer avec elle devant la maison de Shafer à Kalorama Heights.

Il était rentré chez lui avant six heures, y était resté jusqu'à neuf heures et quelques. Sa famille avait tout de la parfaite famille expatriée : trois enfants, une femme, une nounou. Il vivait très bien. Rien ne laissait suggérer qu'il pût être un tueur.

— Il sort à peu près tous les soirs à la même heure, m'indiqua Hampton tandis que nous le regardions monter dans sa somptueuse Jaguar noire garée dans l'allée gravillonnée qui longeait la maison.

— Il a ses petites manies, dis-je en l'imaginant dans le rôle du Furet.

— C'est peut-être un grand maniaque, renchérit-elle avec un sourire.

Nos relations se dégelaient peu à peu. Elle admettait s'être sérieusement renseignée sur mon compte. Et finissait par reconnaître que dans cette histoire, c'était le chef Pittman qui posait problème, pas moi.

La Jaguar quitta l'allée. Nous suivîmes Shafer jusqu'à un bar de nuit de Georgetown. Il ne semblait pas nous avoir repérés, mais notre marge de manœuvre était faible : n'ayant aucune preuve contre lui, nous devions le prendre en flagrant délit.

Il s'installa au bar, ce qui nous permit de continuer à le surveiller de la voiture. S'était-il volontairement placé en vitrine ? Savait-il déjà que nous avions les yeux braqués sur lui ? J'avais le désagréable pressentiment qu'il nous manipulait. Tout cela, pour lui, n'était qu'une sorte de jeu malsain.

Vers minuit moins le quart, il quitta le bar et rentra chez lui.

— Enfoiré, grimaça Patsy, manifestement déçue.

J'aimais bien le mouvement souple de ses cheveux blonds lorsqu'elle secouait la tête. Elle me rappelait vraiment l'agent Jezzie Flanagan, une femme des services secrets avec laquelle j'avais travaillé dans le cadre d'un double enlèvement d'enfant à Georgetown.

— Et maintenant, il va rester chez lui ? À quoi ça rime ? Il sort pour aller regarder un match de base-ball dans un bar de Georgetown ?

— C'est comme ça depuis plusieurs jours, me répondit-elle. Je pense qu'il sait qu'on est là.

— C'est un officier de renseignement. Les filatures, il connaît. Et nous savons également qu'il a un faible pour les jeux de rôles. Quoi qu'il en soit, il va passer la nuit chez lui et je pense que je vais l'imiter. Je n'aime pas trop laisser ma famille toute seule aussi longtemps.

— Bonne nuit, Alex. Merci d'être venu. On finira par l'avoir. Et peut-être qu'on récupérera bientôt votre amie.

— Je l'espère.

Au retour, je me suis fait la réflexion que Patsy Hampton souffrait de solitude. C'était une femme intéressante et dotée de réelles qualités humaines, mais la carapace qu'elle maintenait autour d'elle devait décourager bien des volontés.

Quand je me suis engagé dans l'allée, il y avait de la lumière dans la cuisine. Je suis passé par l'arrière, j'ai aperçu Damon et Nana en peignoir, près de la cuisinière. Apparemment, tout se passait bien. Je suis rentré tout doucement, pour les surprendre.

— Je ne savais pas que vous aviez prévu une soirée pyjama.

— Damon est un peu barbouillé. Je l'ai entendu dans la cuisine, alors je suis venue m'occuper un peu de lui.

— Je me sens bien, protesta Damon. C'est juste que j'arrivais pas à dormir. Il était minuit et t'étais toujours pas rentré.

Je lui trouvais une mine soucieuse, et un peu triste. Damon aimait beaucoup Christine, et à plusieurs reprises il m'avait dit qu'il était pressé de retrouver une maman. Car il la voyait déjà ainsi. Jannie et lui supportaient très mal l'absence de Christine ; c'était la deuxième fois qu'on leur arrachait une femme qui, pour eux, comptait énormément.

— J'ai travaillé un peu tard, c'est tout. C'est une affaire très complexe, Damon, mais je crois que je progresse.

J'ai sorti deux sachets de thé du placard.

— Je vais te le faire, ton thé, proposa Nana.

— Je suis capable de le faire moi-même.

Mais elle me prit les sachets des mains, et je dus la laisser faire. Il ne faut pas chercher à contredire Nana, surtout dans sa cuisine. J'ai demandé à Damon :

— Tu veux un thé au lait, mon grand ?

— Impec, me répondit-il en étirant les syllabes.

Il avait dû apprendre ça sur un terrain, ou même à l'école.

— On croirait entendre Allen Iverson, ce nul de la NBA, commenta Nana.

Elle n'aimait pas l'argot. De son expérience de professeur d'anglais, elle avait conservé l'amour des livres et de la langue. Elle vénérait Toni Morrison, Alice Walker, Maya

Angelou, et savait gré à Oprah Winfrey d'avoir rendu leurs œuvres accessibles au grand public grâce à ses émissions.

Damon ne tarda pas à contre-attaquer :

— Je te signale que c'est le défenseur le plus rapide du championnat, miss Mathusalem. On voit que t'y connais rien, au basket. Je suis sûr que tu crois que Magic Johnson joue encore. Et Wilt Chamberlain, aussi, pendant qu'on y est.

— J'ai un faible pour Marbury, qui joue avec les Timberwolves, répliqua-t-elle avec un petit sourire triomphant. Et j'aime aussi Stoudamire, qui est à Portland, mais qui jouait avant à Toronto. Alors, impec ?

Damon, vaincu, se mit à rire. Nana en savait sans doute davantage sur les défenseurs de la NBA que nous tous réunis. On ne pouvait pas la battre quand elle avait décidé de nous tenir tête.

Alors on a bu notre thé au lait, avec beaucoup trop de sucre, sans dire grand-chose, mais c'était sympa. J'ai toujours aimé la vie de famille. Tout ce que je suis découle de là. Puis Damon finit par bâiller, et se leva pour aller rincer sa tasse à l'évier.

— Je crois que je vais pouvoir dormir, maintenant. En tout cas, je vais essayer.

Il revint à la table pour nous embrasser avant de retourner se coucher et en effleurant ma joue, me glissa :

— Elle te manque, dis, papa ?

— Bien sûr qu'elle me manque. Je pense tout le temps à elle.

Je me suis gardé d'ajouter que j'étais rentré tard parce que j'avais passé la soirée à surveiller le salopard qui l'avait peut-être enlevée. En compagnie d'un autre inspecteur du nom de Patsy Hampton.

Après son départ, Nana posa sa main sur la mienne, et nous sommes restés comme ça, sans bouger, jusqu'à ce qu'à mon tour, j'aille me coucher.

Et elle me déclara enfin :

— Tu sais, elle me manque, à moi aussi. Je prie pour vous deux, Alex.

69

Le lendemain soir, vers six heures, j'ai quitté le bureau de bonne heure pour assister aux répétitions de la chorale de Damon. J'avais déjà un dossier conséquent sur Geoffrey Shafer, mais rien ne me permettait d'établir un rapport concret entre les meurtres et lui. Patsy Hampton en était au même point que moi. Peut-être avions-nous affaire à un simple amateur de jeux de rôles. Ou alors le Furet redoublait de précaution depuis que nous avions retrouvé son taxi.

La perspective de retrouver l'école Sojourner Truth sans Christine, sa directrice, me déchirait le cœur, mais je n'avais pas le choix. Je me rendais à présent compte de ce que devaient endurer chaque matin Damon et Jannie. Les souvenirs refluaient. J'avais l'impression d'étouffer, et un voile de transpiration me glaçait le front et la nuque.

Un peu après le début de la séance, Jannie vint me prendre la main. Je l'entendais soupirer doucement. Depuis les Bermudes, nous nous touchions beaucoup plus, nous laissions nos sentiments s'exprimer. Je ne pense pas que notre famille ait jamais été aussi unie qu'en ces instants.

Nous nous sommes ainsi tenu la main pendant presque toutes les répétitions, qui comprenaient notamment une vieille chanson galloise, *All Through the Night*, du Bach et un arrangement très spécial du negro spiritual *O Fix Me*.

Je ne cessais de m'imaginer Christine surgissant brusquement et, une ou deux fois, je me suis retourné pour lancer un regard vers la galerie qui menait à son bureau. Bien sûr, elle n'était pas là, et je me suis senti gagné par une infinie tristesse. Il y avait en moi comme un immense vide. Alors j'ai chassé toutes les pensées qui m'envahissaient le crâne, et je me suis entièrement livré aux chants mélodieux de ces jeunes voix.

À notre retour, Patsy Hampton m'appela depuis sa planque. Il était un peu plus de huit heures. Nana et les enfants préparaient un repas froid : poulet, tranches de poires et de pommes, cheddar, salade d'endives et de laitue.

Patsy me signala que Shafer se trouvait toujours chez lui et que, comble de l'ironie, une fête d'anniversaire battait son plein.

— J'ai vu entrer je ne sais combien d'enfants du quartier qui ont l'air de s'amuser comme des fous, et Silly Billy, un clown qui se produit à domicile. Je me demande si nous ne sommes pas en train de faire fausse route, Alex.

— Je ne pense pas. Je suis sûr que nos intuitions sont bonnes.

Puis j'ai ajouté que je viendrais lui tenir compagnie vers neuf heures, heure à laquelle Shafer sortait généralement.

Peu après huit heures et demie, le téléphone de la cuisine sonna alors que nous étions en train de faire un sort au poulet froid délicieusement épicé. Nana me regarda décrocher, le sourcil réprobateur.

J'ai aussitôt reconnu la voix.

— Je vous avais dit de laisser tomber, non ? Vous m'avez désobéi, vous allez devoir en payer les conséquences. C'est de votre faute ! Il y a un téléphone public à la maison des Singes, au zoo. Le zoo ferme à huit heures, mais vous pouvez entrer en passant par la porte du personnel d'entretien des espaces verts. Christine Johnson est peut-être en train de vous attendre. Je serais vous, je me dépêcherais de venir vérifier. Allez, Cross, on file ! Ne perdez pas de temps. Elle est entre nos mains.

Le correspondant avait à peine raccroché que je fonçais déjà récupérer mon Glock au premier. J'ai appelé Patsy Hampton pour l'informer que je venais de recevoir un autre appel émanant sans doute du Furet, et que je me rendais au zoo.

— Shafer n'a pas quitté la fête, mais il peut très bien

avoir appelé de chez lui. Le fourgon du clown est toujours là.

— Gardez le contact, Patsy. Par téléphone ou par messagerie. N'utilisez le bipeur qu'en cas d'urgence. Soyez prudente, ce type est dangereux.

— D'accord. Tout va bien, Alex. Je ne crois pas que Silly Billy représente une menace sérieuse. Il ne va rien se passer chez Shafer. Allez au zoo. C'est plutôt à vous qu'il faut dire d'être prudent.

70

À neuf heures moins dix, j'étais sur place. Le National Zoo n'était pas très éloigné de la résidence Farragut, où habitait le Dr. Cassady. Une coïncidence ? Non, je ne croyais plus aux coïncidences.

J'ai rappelé Patsy Hampton avant de sortir de la voiture. Pas de réponse.

Ce zoo, je le connaissais bien. Bien sûr, j'y étais souvent allé avec Damon et Jannie, mais Nana m'y avait encore plus souvent emmené quand j'étais enfant, parfois accompagné de Sampson qui, à l'âge de onze ans, mesurait déjà presque un mètre quatre-vingts. L'entrée principale se trouvait à l'angle des avenues Connecticut et Hawthorne, mais il fallait parcourir encore plus d'un kilomètre et demi pour rejoindre la maison des Singes.

Il n'y avait pas âme qui vive, mais le portail de l'entrée du personnel n'était pas verrouillé. Comme prévu. Notre homme connaissait bien le zoo, lui aussi. Il continuait à nous manipuler. Décidément, nous avions affaire à un joueur invétéré.

À mesure que je m'enfonçais dans le parc, au pas de course, les arbres et le relief masquaient les feux de la ville. Seules quelques balises, au ras du sol, étaient allumées. Il y avait quelque chose d'étrange et d'inquiétant à être là, seul, au milieu de cet immense espace. Mais je savais bien que je n'étais pas *vraiment* seul.

La maison des Singes me paraissait plus éloignée que dans mes souvenirs, mais j'ai fini par la retrouver malgré l'obscurité. Elle ressemblait à une gare de l'époque victorienne. Une petite esplanade pavée la séparait d'un bâtiment plus moderne qui abritait les reptiles.

Au-dessus de la double porte, l'avertissement était clair : *Attention : quarantaine — Défense absolue d'entrer !* De moins en moins rassurant. J'ai poussé, mais la porte était verrouillée.

Juste à côté, un pictogramme défraîchi indiquait la présence d'un téléphone à l'intérieur. Était-ce celui que j'étais censé utiliser ?

Les vieux battants de bois grinçants persistaient à résister à mes efforts. À l'intérieur, j'entendais les singes qui commençaient à s'agiter. D'abord les petits, macaques, chimpanzés et gibbons. Puis un gorille, au grognement puissant, caractéristique.

De l'autre côté de la place, j'ai aperçu une lueur rouge. Là-bas aussi, il y avait un téléphone.

J'ai traversé l'espace en courant. Neuf heures et deux minutes.

La dernière fois, il m'avait fait attendre.

Tout cela faisait-il partie d'un jeu de rôles ? Comment s'y prenait-il pour gagner ou perdre ?

Ce qui m'inquiétait le plus, c'est que je n'étais pas sûr d'être au bon endroit. Il y avait au moins deux téléphones, celui-ci, et celui auquel je ne pouvais pas accéder, dans la maison des Singes.

Aaaaaahhh. Une immense et longue clameur, telle celle d'un stade au moment du coup d'envoi d'un match de football, me fit sursauter. Il me fallut quelques secondes pour comprendre que ce n'était que les singes.

Que se passait-il dans la maison des Singes ? Un intrus ? Quelqu'un près du téléphone ?

J'ai attendu cinq minutes, puis dix. Je devenais fou, je n'en pouvais plus. J'étais en train de songer à contacter Patsy Hampton sur sa messagerie quand mon bipeur sonna. J'ai fait un bond sur place.

C'était Patsy. Il y avait urgence, forcément.

J'ai regardé le téléphone, toujours muet. J'ai attendu une demi-minute, et j'ai décroché. J'ai appelé le numéro qui s'affichait sur mon écran, j'ai laissé celui de la cabine et j'ai attendu.

Patsy ne me rappelait pas.

Et pas de nouvelles de mon mystérieux correspondant.

Je transpirais à grosses gouttes.

Il fallait que je prenne une décision. Je ne pouvais pas rester coincé dans un endroit pareil. Dans ma tête, les pensées se bousculaient.

Soudain, le téléphone sonne. Le cœur battant à tout rompre, je me précipite dessus en manquant de lâcher le combiné.

— Elle est entre nos mains.
— Où ? je hurle.
— Elle se trouve au Farragut, bien évidemment.

Et le Furet raccroche. Il n'avait pas dit qu'elle allait bien.

71

J'imaginais mal pour quelle raison Christine pouvait se trouver dans cette résidence, à Washington, mais c'était pourtant bien ce que j'avais entendu. À quoi jouait son ravisseur ?

Je me suis mis à courir dans la direction qui me semblait être celle de Cathedral Avenue, mais il faisait presque nuit noire, et il m'était difficile de me repérer. Mon champ visuel se rétrécissait, ce qui indiquait peut-être que l'état de choc n'était pas loin. J'étais complètement déboussolé.

L'esprit embrumé, j'ai trébuché sur une dalle de roche et je suis tombé sur un genou. Mains écorchées, pantalon déchiré, je me suis relevé pour me frayer un chemin à travers les bosquets, dont les branches m'égratignaient le visage et les bras.

Les occupants du zoo, sentant qu'il se passait quelque chose d'anormal, hurlaient, grondaient, gémissaient à qui mieux, mieux. Je distinguais les grognements des grizzlis et des éléphants de mer. Je devais me trouver à proximité du Cercle arctique, mais cela ne me permettait pas de me situer par rapport au reste du zoo et aux rues de Washington.

Un grand rocher se dressait devant moi, façon Gibraltar. Je l'ai escaladé pour essayer de m'orienter.

En contrebas, j'apercevais des cages, des boutiques de souvenirs et des snack-bars aux rideaux baissés, ainsi que deux grands enclos à la végétation rase. Maintenant, je savais où j'étais. Je suis redescendu et je suis reparti, toujours en courant. Christine se trouvait au Farragut. Allais-je enfin la revoir ? Ou n'était-ce qu'un rêve ?

J'ai dépassé l'allée de l'Afrique, puis le refuge Cheetah, avant d'atteindre un pré qui semblait couvert de meules de foin. Je n'ai pas tardé à me rendre compte qu'il s'agissait en fait de bisons. Je ne devais pas être loin de la route des Grandes Plaines.

Dans ma poche, le bipeur se manifesta de nouveau.

Patsy ! Où était-elle ? Pourquoi ne m'avait-elle pas rappelé au numéro que j'avais laissé ?

Trempé de sueur, j'étais au bord de l'hyperventilation. Heureusement, j'apercevais enfin devant moi Cathedral Avenue et Woodley Road.

La résidence Farragut n'était plus très loin.

Encore une centaine de mètres à parcourir dans l'obscurité, puis j'ai réussi à franchir le mur d'enceinte du zoo. J'avais les mains en sang. Des sirènes miaulaient dans le lointain. Il était un peu plus de dix heures.

Et dans ma poche de chemise, le bipeur s'est remis à sonner.

72

La résidence Farragut venait d'être le théâtre d'un drame. Le hululement haché des sirènes se rapprochait. J'avais la tête qui tournait, je n'arrivais plus à réfléchir. Je me suis alors rendu compte que, pour la première fois depuis de nombreuses années, j'étais sur le point de paniquer.

La police et les secours ne se trouvaient pas encore sur place. J'allais être le premier sur les lieux.

Deux portiers et quelques locataires en peignoir s'étaient rassemblés devant l'entrée du parking souterrain.

Non, pas Christine, c'était impossible ! J'ai pris un raccourci à travers les pelouses.

En me voyant foncer vers eux, ils ont eu peur. J'étais tombé une ou deux fois, et je ne devais pas être beau à voir. On pouvait me prendre pour un déséquilibré, ou même un assassin. J'avais les mains ensanglantées, mais il y avait peut-être aussi du sang sur le reste de mes vêtements.

J'ai sorti mon étui pour que tout le monde puisse voir ma plaque.

— Police. Que s'est-il passé ? Je suis l'inspecteur Alex Cross.

— Quelqu'un a été tué, inspecteur, finit par me répondre l'un des portiers. C'est par là. Si vous voulez me suivre.

Je lui ai emboîté le pas. Arrivé au pied de la rampe de béton, il m'a dit :

— C'est une femme. Je suis sûr qu'elle est morte. J'ai appelé les secours.

— Mon Dieu, ai-je hoqueté, l'estomac brusquement broyé.

La Jeep de Patsy Hampton était garée dans un coin, portière ouverte, l'habitacle éclairé.

Effaré, j'ai fait le tour du véhicule. Patsy Hampton gisait à l'avant, et j'ai tout de suite compris qu'elle était morte, probablement.

« Elle est entre nos mains », disait le message. Voilà ce que cela signifiait. Mon Dieu, non. Ils avaient assassiné Patsy Hampton. On m'avait demandé de laisser tomber, et je m'étais entêté. Mon Dieu, non...

Ses jambes nues étaient tordues et coincées sous le volant, alors que le haut du corps était couché, quasiment à angle droit. La tête, penchée en arrière, dépassait du siège passager. Patsy Hampton, chevelure blonde souillée de sang, me regardait de ses yeux aussi bleus que vides.

Elle était vêtue d'un polo blanc. Sa gorge portait des marques de lacération profondes et un sang rouge vif suintait encore de ses blessures. Sous la ceinture, elle était nue. Je ne voyais nulle part ses autres vêtements. Peut-être avait-elle été violée.

Sans doute l'avait-on étranglée avec un fil d'acier ou

quelque chose de ce genre ; sa mort ne devait remonter qu'à quelques minutes. L'assassin des Jane Doe avait plusieurs fois fait usage d'une cordelette ou d'un garot. Le Furet aimait se servir de ses mains et opérer à quelques centimètres de ses victimes, peut-être pour mieux les observer et les sentir souffrir. Peut-être aimait-il violer et tuer en même temps.

Autour des profondes entailles de son cou, il y avait comme des éclats de peinture. Étrange...

Autre incongruité : l'autoradio, à moitié arraché. Ce n'était qu'un détail sans grande importance pour l'instant, mais j'avais du mal à comprendre. Je me suis relevé.

— Vous avez vérifié si personne d'autre n'a été blessé ?

— Je ne crois pas, répondit le portier, mais je vais m'en assurer.

Les sirènes et les rampes de gyrophares firent enfin irruption dans le parking. Des badauds imbéciles, attirés par l'odeur du sang, accompagnaient les ambulances et les voitures de police.

Une idée atroce me traversa l'esprit. Sortant de la Jeep, j'ai arraché les clés de contact et me suis précipité à l'arrière pour ouvrir le hayon. Mon cœur battait si fort que je n'entendais plus rien. Je ne voulais pas regarder à l'intérieur, mais il le fallait. Rien. Mon Dieu. « Elle est entre nos mains », avait-il dit. Où se trouvait Christine ?

J'ai regardé tout autour de moi et un peu plus haut, près de l'entrée, j'ai aperçu la Jaguar noire de Geoffrey Shafer. Il était ici, au Farragut. Patsy avait dû le suivre.

Je me suis rué vers la voiture. Le capot et le pot d'échappement étaient encore chauds, ce qui signifiait que la Jaguar venait d'arriver. Les portières étaient verrouillées. Impossible de fouiller la voiture. Je connaissais trop les règles contraignantes des procédures de perquisition.

J'ai regardé à l'intérieur. Sur la banquette arrière, des chemises de soirée et des cintres en fil d'acier peint. Je pensais aux écailles de peinture retrouvées sur le cou de Patsy Hampton...

J'ai dit deux mots aux premiers hommes de patrouille arrivés sur les lieux, et je leur ai demandé de me suivre.

Le portier, très coopératif, m'informa que la psy de Shafer occupait le 10D, un appartement en terrasse. Comme tous les immeubles de Washington, le Farragut ne devait pas dépasser le dôme du Capitole.

Les deux flics qui m'accompagnèrent dans l'ascenseur étaient des jeunes — je leur donnais moins de trente ans — et, visiblement, ils n'en menaient pas large. Moi, j'étais à deux doigts de péter les plombs. Je savais qu'il fallait que je reste prudent, que j'agisse en professionnel, que je domine mes sentiments. Si je procédais à une arrestation, on me poserait des questions, et la première concernerait ma présence sur les lieux. Après quoi, Pittman me réduirait en charpie.

Si je parlais aux deux jeunes flics, c'était surtout pour essayer de me calmer.

— Ça ira, inspecteur ? me demanda l'un d'eux.

— Oui, moi, ça va. Il est possible que le meurtrier soit encore dans l'immeuble. La victime était une collègue en planque. Le suspect a une liaison avec la personne que nous allons voir.

Leurs visages se raidirent. Ils venaient de voir un cadavre, et c'était celui d'une femme policier en mission de surveillance. Ils allaient affronter un tueur de flics.

Dès que les portes de l'ascenseur se sont effacées, je me suis précipité vers le 10D. Près de la porte, la moquette était tachetée de sang. J'ai martelé la porte du poing.

— Police, ouvrez ! Police !

J'entendais une femme crier. J'avais sorti mon Glock. J'étais dans un tel état de fureur que j'aurais pu abattre Shafer. Je ne savais pas si je réussirais à me maîtriser.

Les hommes en tenue dégainèrent à leur tour. Quelques secondes s'écoulèrent. Mandat ou pas, j'étais prêt à défoncer la porte. Je revoyais le visage de Patsy Hampton, son regard figé, les horribles plaies de sa gorge.

Finalement, la porte s'ouvrit, lentement.

Il y avait là une jeune femme blonde, sans doute le Dr. Cassady, vêtue d'un élégant tailleur bleu ciel piqueté de boutons dorés, mais pieds nus.

L'air inquiet, mais contrarié, elle me demanda sèchement :

— Que voulez-vous ? C'est quoi, ce cirque ? Savez-vous ce que vous avez fait ? Vous avez interrompu une séance de thérapie.

73

Geoffrey Shafer fit son apparition derrière le Dr. Cassady. Il était grand, imposant, très, très blond. Le Furet, forcément.

— Quel est le problème ? Qui êtes-vous, et que voulez-vous ?

Il avait un accent anglais à couper au couteau, prétentieux à l'extrême.

— Il y a eu un meurtre. Je suis l'inspecteur Cross.

Tout en exhibant ma plaque, je regardais derrière eux dans l'espoir d'apercevoir quelque chose pouvant justifier mon entrée dans l'appartement. Les fenêtres étaient envahies de plantes. Des philodendrons, des azalées, du lierre. Je distinguais des tapis couleur pastel, des fauteuils de salon.

— Non, il n'y a pas de meurtrier ici, répondit la psychiatre. Veuillez partir. Immédiatement.

Shafer n'avait pas une allure de tueur. Costume bleu marine, chemise blanche, cravate moirée, pochette, il était d'une parfaite élégance et affichait un calme désarmant.

Mais en regardant ses pieds, j'ai eu un choc. La chance avait enfin tourné.

J'ai pointé mon Glock sur Shafer, sur le Furet. Je me suis avancé, j'ai mis un genou au sol et, en tremblant de tout mon corps, j'ai examiné la jambe droite de son pantalon.

— Que faites-vous ? s'indigna-t-il en s'écartant. C'est totalement ridicule. J'appartiens à l'ambassade de Grande-Bretagne. Je vous le répète : j'appartiens à l'ambassade de Grande-Bretagne. Vous n'avez aucun droit ici.

Les deux hommes en tenue étaient restés sur le pas de la porte. Moi, je faisais des efforts surhumains pour conserver mon calme, du moins en apparence.

— Entrez. Regardez. Vous voyez cela ?

Ils se rapprochèrent de Shafer, pénétrèrent dans le salon.

— Sortez de cet appartement ! glapit la psy.

— Enlevez votre pantalon, intimai-je à Shafer. Vous êtes en état d'arrestation.

Shafer leva la jambe droite, regarda, vit une tache noire. Le revers de son pantalon était imbibé du sang de Patsy Hampton. L'ombre de la peur passa dans le regard de Shafer, qui perdit sa belle contenance.

— C'est vous qui avez mis ce sang là ! C'est vous ! me cria-t-il en me montrant un laisser-passer. J'occupe un poste officiel à l'ambassade de Grande-Bretagne, et je n'ai pas à subir ce genre d'ignominie. Je jouis de l'immunité diplomatique. Il est hors de question que j'enlève mon pantalon pour vous. Appelez immédiatement l'ambassade ! J'exige que me soit accordée l'immunité diplomatique.

— Sortez immédiatement d'ici ! renchérit le Dr. Cassady, qui poussa alors l'un des agents en tenue.

Shafer, qui n'attendait que cela, se dégagea, traversa le salon, s'engouffra dans le couloir, se réfugia dans la première pièce, referma et verrouilla la porte derrière lui.

Le Furet voulait s'enfuir, mais je l'en empêcherais. Quelques secondes plus tard, j'étais devant la porte.

— Shafer, sortez de là ! Je vous arrête pour le meurtre de Patsy Hampton.

Le Dr. Cassady se rua sur moi en hurlant.

Et là, j'ai entendu un bruit de chasse d'eau. Oh, non ! J'ai reculé pour enfoncer la porte d'un grand coup de pied.

Shafer, sur une jambe, était en train d'enlever son pantalon. Je me suis jeté sur lui, je l'ai plaqué au sol, la tête contre le carrelage. Comme il se débattait de toutes ses forces, en m'insultant, j'ai augmenté la pression sur son crâne.

La psy voulut me faire lâcher prise en me griffant le visage, en me martelant le dos, et il fallut toute l'énergie de mes deux collègues en tenue pour la maîtriser.

— Vous n'avez pas le droit de me traiter comme ça ! beuglait Shafer qui, malgré sa puissance et ses convulsions désespérées, ne parvenait pas à se libérer. C'est illégal ! J'ai droit à l'immunité diplomatique !

Je me suis tourné vers les deux agents.

— Passez-lui les menottes.

74

Ce fut un long et sinistre soir. Je suis reparti bien après trois heures du matin. J'avais déjà frôlé la catastrophe avec Sampson, une fois, en Caroline du Nord, mais c'était la première fois que je perdais réellement un équipier. À mes yeux, Patsy Hampton, qui avait planqué à mes côtés, méritait bien ce titre.

Je me suis offert le luxe de me lever tard. J'avais coupé le réveil, ce qui ne m'a pas empêché de me réveiller à sept heures. Dans mes rêves, il y avait Patsy Hampton, et Christine. Des scènes différentes, très réalistes, le genre de rêve qui fait que vous vous réveillez aussi épuisé que la veille. J'ai dit une prière pour chacune d'elles avant de me résoudre à mettre les pieds hors du lit. Nous tenions le Furet, et maintenant il me restait à lui faire avouer toute la vérité.

Élégie

J'ai enfilé le vieux peignoir de satin blanc que Mohammed Ali avait porté pendant l'entraînement, à Manille, avant son combat contre Joe Frazier. Sampson me l'avait offert pour mes quarante ans. N'importe qui l'aurait exposé dans son salon telle une relique, mais je le mettais pour prendre mon petit déjeuner, sans égards particuliers, sacrilège que Sampson appréciait à sa juste valeur.

Moi qui ne suis pas particulièrement fétichiste, ni amateur de souvenirs, je voue une certaine tendresse à ce peignoir élimé. En partie, j'imagine, parce qu'il paraît que je ressemble à Mohammed Ali. En mieux, peut-être. Enfin, hors du ring.

Quand je suis descendu, Nana et les enfants étaient dans la cuisine, en train de regarder la télé. Nana a installé un petit portable, mais elle l'allume rarement. Elle préfère lire, bavarder et, bien sûr, faire la cuisine.

— Ali, fit Jannie en levant les yeux avec un sourire avant de se replanter devant l'écran. Tu devrais regarder ça, papa.

— Ce matin, il n'y en a que pour ton assassin anglais, marmonna Nana dans sa tasse de thé. Les infos, les journaux. « Le suspect de l'ambassade de Grande-Bretagne pourrait profiter de son immunité diplomatique pour échapper aux poursuites », « Un espion mêlé au meurtre d'un policier ». Ils ont déjà interviewé des gens à la gare principale et sur Pennsylvania Avenue. Tout le monde est outré. Cette histoire d'immunité diplomatique est un vrai scandale.

— Moi, pareil, renchérit Damon. Je trouve que c'est pas normal. Enfin, si c'est lui le coupable. C'est lui, papa, dis ?

J'ai versé du lait dans mon café. Je n'étais pas en état de parler de Geoffrey Shafer et du meurtre effroyable de Patsy Hampton, ni d'affronter les enfants.

— Oui, c'est lui. Et à part ça, quoi de neuf ?

— Les Wizards ont cartonné, me dit-il, le visage grave. Rod Strickland a marqué quatre fois de suite.

— Chut ! nous intima Nana, le sourcil irrité. Sur CNN, ils disent qu'à Londres on compare déjà cette affaire à celle de la baby-sitter du Massachusetts. Geoffrey Shafer est un héros de la guerre, médaillé, qui prétend à juste titre faire l'objet d'une manipulation policière. C'est toi qui es visé, je suppose, Alex.

— Absolument. On va regarder CNN, justement.

Personne n'ayant soulevé la moindre objection, j'ai changé de chaîne. J'avais déjà le ventre noué. Ce que je voyais et ce que j'entendais ne me plaisait pas du tout.

Dans les secondes qui suivirent, un correspondant en direct de Londres se présenta et entreprit de résumer, d'un ton ampoulé, les événements de la veille. Puis il fixa gravement la caméra et ajouta : « Cette affaire vient de connaître un nouveau rebondissement. Nous avons en effet appris qu'une enquête était actuellement en cours au sein même des services de police de Washington. L'inspecteur principal ayant procédé à l'arrestation de Geoffrey Shafer pourrait, selon certaines sources, être lui-même impliqué dans le meurtre de Patsy Hampton. C'est en tout cas ce que laisse entendre la presse américaine.

Consterné, je secouais la tête.

— Je suis innocent.

Cela, Nana et les enfants le savaient déjà.

— *Présumé* innocent, nuança Jannie avec un clin d'œil espiègle.

75

Nous entendîmes une rumeur dans la rue. Jannie courut mettre le nez à la fenêtre du salon, et revint dans la cuisine, les yeux grands comme des soucoupes, en soufflant :

— C'est plein de journalistes et d'équipes de télé, dehors. CNN, NBC, ils sont tous là, comme la dernière fois, pour Gary Soneji. Vous vous rappelez ?

— Bien sûr, qu'on se rappelle, ricana Damon. Je te signale que s'il y a une demeurée dans cette maison, c'est toi.

Nana, écœurée, roulait déjà des yeux.

— Seigneur, les braves gens n'ont plus le droit de prendre leur petit déjeuner en paix, maintenant ? Les charognards sont de retour. Je devrais peut-être leur jeter des restes de viande devant la porte.

— Non, c'est toi qui vas aller leur parler, Jannie.

Sur quoi je me suis remis devant la télé. Je ne sais pas pourquoi j'ai réagi de façon aussi cynique ; ça m'est venu comme ça. Jannie a mis un certain temps à comprendre que je plaisantais. Elle s'est alors désignée du doigt.

— Tu m'as eue !

Comme je savais que la meute ne décamperait pas d'elle-même, je suis sorti, ma tasse à la main. C'était une belle matinée d'automne. Un petit vent frais jouait dans la ramure des ormes et des érables, et quelques rayons de soleil inoffensifs effleuraient les visages des journalistes et reporters d'images agglutinés autour de la maison.

Les charognards.

Je les ai regardés, j'ai bu une gorgée de café et, tranquillement, j'ai fait :

— Ce qu'on a raconté est absurde et ridicule. Ce n'est certainement pas moi qui ai tué l'inspecteur Patsy Hampton, et je n'ai cherché à piéger personne.

Puis je leur ai tourné le dos et je suis rentré sans répondre à la moindre question.

Nana et les enfants m'avaient épié derrière la grosse porte en bois.

— Pas mal, me complimenta-t-elle, l'œil pétillant, un sourire jusqu'aux deux oreilles.

Je suis monté m'habiller en lançant à mes deux terreurs :

— Bon, maintenant, à l'école ! Je ne veux voir que des

bonnes notes. Soyez gentils quand vous jouez avec vos copains, et ne faites pas attention à tout ce cirque.

— D'accord, papa !

76

Geoffrey Shafer avait invoqué l'immunité diplomatique. Nous n'étions donc pas autorisés à le questionner, que ce soit au sujet du meurtre de Patsy Hampton ou dans le cadre d'une autre affaire, ce qui m'énervait au plus haut point. Nous tenions le Furet, mais nous étions impuissants.

Au commissariat, les enquêteurs faisaient déjà la queue pour me voir. J'ai compris que la journée s'annonçait longue et extrêmement pénible. Les Affaires internes, autrement dit la police des polices. Le principal avocat de la ville de Washington. Et Mike Kersee, du bureau du procureur.

Ne faites pas attention à tout ce cirque. J'avais beau me répéter le conseil que j'avais dispensé à Damon et Jannie, je trouvais que c'était beaucoup plus facile à dire qu'à faire.

Vers quinze heures, le procureur lui-même m'honora de sa visite. Ron Coleman est un homme grand, mince, taillé comme un athlète. Nous avions souvent eu l'occasion de travailler ensemble alors qu'il était substitut. Je l'avais toujours estimé consciencieux, bien informé et de bon sens. Les manœuvres politiques ne semblaient guère l'intéresser, et tout le monde avait donc appris avec étonnement sa nomination au poste de procureur. Monroe, le maire, adore prendre les gens par surprise.

— M. Shafer a déjà un avocat, annonça Coleman, et c'est l'un des ténors du barreau américain. Il a fait appel à Jules Halpern, ni plus ni moins. C'est sans doute Halpern qui a fait courir le bruit que tu étais suspecté, ce qui n'est pas le cas, pour autant que je sache.

Je l'ai regardé. Je n'en croyais pas mes oreilles.

— Pour autant que tu saches ? Que veux-tu dire, Ron ?

Il haussa les épaules.

— Nous, nous allons sûrement envoyer Cathy Fitzgibbon. Je pense que c'est notre meilleure juriste. Pour l'épauler, je lui donnerai Lynda Cole et peut-être Stephan Apt, qui sont tous les deux très compétents. Voilà où nous en sommes ce matin.

Je connaissais les trois substituts, qui jouissaient d'une bonne réputation, notamment Fitzgibbon. Ils étaient encore un peu jeunes, mais leur énergie, leur intelligence et leur volonté de bien faire compensaient largement ce léger handicap. Et en cela, ils ressemblaient à Coleman lui-même.

— On a l'impression que tu te prépares à mener une guerre, Ron.

— Comme je te l'ai dit, opina-t-il, Shafer a pris Jules Halpern comme avocat. Halpern perd rarement. D'ailleurs, je ne suis pas sûr qu'il ait jamais perdu un gros procès comme celui-ci. Quand l'affaire est trop risquée, il ne la prend pas.

Je l'ai dévisagé.

— Attends, Ron, on a le sang de Patsy Hampton sur ses vêtements. On a retrouvé du sang dans la salle de bains et je suis prêt à parier qu'on va retrouver les empreintes de Shafer dans la Jeep d'ici ce soir. On a peut-être même le cintre dont il s'est servi pour étrangler la victime.

— Oui, Alex, je sais ce que tu vas me dire. Je me pose la même question que toi.

— Shafer jouit de l'immunité diplomatique. Alors pourquoi avoir fait appel à Jules Halpern ?

— Eh oui, tout est là. Quelque chose me dit qu'il a

engagé Halpern pour nous forcer à abandonner toutes les poursuites.

— Nous disposons de preuves directes. Il a essayé de laver les taches de sang sur son pantalon. Le sang de Patsy Hampton, dont on a retrouvé des traces dans le lavabo.

Songeur, Coleman se renfonça dans son fauteuil.

— Je ne comprends pas ce que Jules Halpern vient faire là-dedans, mais je suis sûr qu'on le saura bientôt.

— C'est bien ce qui me fait peur.

J'avais décidé de sortir par-derrière, histoire d'éviter les journalistes qui auraient pu me guetter devant l'entrée principale d'Alabama Avenue. Je venais à peine de franchir la porte quand un inconnu en costume vert clair, pas très grand et le crâne dégarni, fit brusquement irruption devant moi.

— Un de ces jours, vous allez vous faire descendre, lui dis-je en ne plaisantant qu'à moitié.

— Les risques du métier, zézaya-t-il. Il ne faut pas tirer sur le messager, inspecteur. (Avec un sourire narquois, il me tendit une enveloppe blanche, format lettre.) Alex Cross, j'ai l'honneur de vous remettre en mains propres une notification de plainte. Je vous souhaite une bonne soirée, inspecteur.

Et il disparut aussi subrepticement qu'il avait surgi devant moi.

J'ai ouvert l'enveloppe, lu la lettre en diagonale. Un juron m'échappa. Je savais maintenant pourquoi Shafer s'était attaché les services de Jules Halpern, et ce qui nous attendait.

On m'attaquait au civil pour « arrestation injustifiée » et « diffamation à l'encontre du colonel Geoffrey Shafer ». Au titre des dommages et intérêts, on me réclamait cinquante millions de dollars...

77

Le lendemain matin, j'étais convoqué à la chancellerie. Je commençais à m'inquiéter. L'avocat principal de la municipalité, James Dowd, et Mike Kersee, du bureau du procureur, m'attendaient, calés dans leurs fauteuils club rouge sang.

Et au premier rang, mon vénéré patron, le chef Pittman, se donnait déjà en spectacle.

— Vous êtes en train de me dire que grâce à son statut de diplomate, Shafer peut échapper aux poursuites pénales, mais qu'il peut, si ça lui chante, porter plainte au civil pour arrestation injustifiée et diffamation ?

Kersee hocha la tête en faisant claquer sa langue contre ses dents.

— Eh oui, eh oui, eh oui, c'est exactement ça. Nos ambassadeurs et leurs collaborateurs jouissent des mêmes privilèges en Grande-Bretagne comme dans n'importe quel autre pays du monde. Et ce ne sont pas les pressions politiques qui feront plier les Anglais. Shafer est un héros de la guerre des Malouines, et on le dit bien vu de sa hiérarchie, quoiqu'il semble avoir eu des problèmes récemment.

— Quel genre de problèmes ?

— On refuse de nous le dire.

— Mais l'autre rigolo, insista Pittman, le type qui appartenait à l'ambassade d'un pays balte ? Celui qui a fait un carton à une terrasse de café ? Il a bien été jugé, non ?

Mike Kersee haussa les épaules.

— Là, il s'agissait d'un employé subalterne et d'un petit pays que nous pouvions menacer. Avec la Grande-Bretagne, difficile de jouer les gros bras.

— Et pourquoi ? s'écria Pittman, rageur, en tapant du poinf sur son accoudoir. L'Angleterre ne pèse plus rien, aujourd'hui.

Sur le bureau de James Dowd, le téléphone sonna. L'avocat leva la main pour demander le silence.

— C'est sans doute Jules Halpern. Il a dit qu'il appellerait à dix heures, et en général cet enfoiré ne traîne pas. Si c'est lui, je mets le haut-parleur. Ça va être aussi passionnant qu'un examen rectal fait avec un cactus.

Dowd décrocha et passa les trente premières secondes à échanger des amabilités avec son confrère. Puis Halpern le coupa :

— Je crois savoir que nous avons des sujets importants à aborder et je vous avouerai que j'ai une journée particulièrement chargée. Je suis sûr que vous êtes tout aussi sollicité, M. Dowd.

Dowd haussa ses gros sourcils noirs et bouclés.

— Oui, vous avez raison, passons aux choses sérieuses. Comme vous le savez, la police est fondée à procéder à l'interpellation de tout citoyen si des indices le désignent comme l'auteur probable d'un délit ou d'un crime. Vous n'avez pas de quoi nous attaquer au civil, maître...

Halpern ne le laissa pas poursuivre.

— Sauf si ledit citoyen s'est immédiatement prévalu de son immunité diplomatique, ce qu'a fait mon client. Le colonel Shafer se trouvait dans l'entrée de l'appartement *de sa psychiatre* et il a agité sa carte du Security Service sous le nez du policier en précisant très clairement qu'il jouissait de l'immunité diplomatique.

Soupir bruyant de Dowd.

— Son pantalon était taché de sang, maître. Cet homme est un assassin, maître, et qui plus est un tueur de flic. Je ne pense pas devoir m'étendre davantage sur le sujet. Quant à cette prétendue diffamation, je vous rappelerai que la police est également fondée à s'adresser à la presse lorsqu'un crime a été commis.

— Parce que pour vous, les déclarations du chef des inspecteurs devant les journalistes et plusieurs millions de téléspectateurs n'ont rien de diffamatoire ?

— Absolument rien. Votre client est un personnage public.

— Mon client n'est pas un personnage public, M. Dowd. C'est un particulier, qui se trouve exercer la profession d'agent de renseignement. Sa carrière, voire sa vie, dépend de son anonymat.

La rapidité avec laquelle Halpern répliquait à toutes ses remarques sans jamais se départir de son calme finissait par exaspérer l'avocat de la ville.

— Bien, maître, si tel est le cas, pourquoi nous avez-vous appelés ?

Halpern observa un silence suffisamment long pour soulever la curiosité de Dowd, puis annonça :

— Mon client m'a autorisé à vous soumettre une proposition des plus inhabituelles. J'ai vigoureusement tenté de l'en dissuader, mais il tient à le faire, comme il en a le droit.

La surprise s'afficha sur le visage de Dowd. Personne ne s'attendait à une offre de transaction.

— Je vous écoute, maître Halpern.

— Je n'en doute pas, et je suis certain que vos estimés collègues en font autant.

Je me suis penché pour ne pas perdre une miette de l'échange.

— Mon client, poursuivit Halpern, exige la promesse qu'aucune action civile ne sera intentée contre lui.

J'ai levé les yeux au ciel. Halpern voulait s'assurer que nul n'attaquerait son client au civil une fois le procès pénal achevé. Sans doute avait-il encore en mémoire les déboires d'O. J. Simpson qui, après avoir échappé à la condamnation par un jury populaire, s'était vu ruiné par un jugement d'instance civile.

— Impossible ! s'exclama Dowd. C'est totalement hors de question ! Impensable !

— Écoutez-moi. Ce n'est pas impossible, sans quoi je ne me serais pas donné la peine d'aborder la question. S'il obtient satisfaction et si on nous donne l'assurance que la procédure ne sera pas trop longue, mon client renoncera à son immunité diplomatique pour comparaître devant la cour. Oui, vous m'avez bien entendu. Geoffrey Shafer veut faire la preuve de son innocence devant une cour de justice. Il insiste, d'ailleurs.

Dowd secouait la tête, incrédule, tout comme Mike

Kersee, qui, éberlué, me lança de l'autre bout de la pièce un regard vitreux.

Nous ne pouvions en croire nos oreilles.

Geoffrey Shafer voulait passer en jugement.

LIVRE QUATRE

JUGEMENTS HÂTIFS

78

Elle travaillait sur High Street, à Kensington, et le Conquérant l'observait depuis près de six semaines. Elle était devenue son obsession, sa créature de rêve, celle qu'il rêvait d'inscrire à son tableau de chasse. D'elle il savait tout ce qu'il y avait à savoir. Il commençait à imiter Shafer, et il s'en rendait compte. Comme les autres.

La fille s'appelait Noreen Anne. À une lointaine époque, c'est-à-dire trois ans plus tôt, elle avait quitté sa ville de Cork, en Irlande, pour Londres. Elle rêvait de devenir mannequin international.

Elle avait alors dix-sept ans. Un mètre soixante-quinze, une silhouette fine, des cheveux blonds, et un visage qui, à en croire ses copains et même les hommes mûrs de son quartier, lui promettait une belle carrière en couverture des magazines, voire au cinéma.

Que faisait-elle alors ici, sur High Street, à une heure et demie du matin ? se demandait-t-elle tout en se forçant à lancer des sourires coquins, qu'elle accompagnait parfois d'un geste de la main, aux automobilistes qui suivaient la boucle High Street, DeVere Gardens et Exhibition Road en la reluquant d'un œil gras.

Oh, oui, ils devaient la trouver mignonne, mais pas assez belle pour faire la couverture des magazines anglais ou américains, et pas assez bien, pas assez classe, pour devenir leur femme ou leur maîtresse.

Heureusement, elle avait un grand projet, et elle y croyait. Depuis qu'elle avait commencé à tapiner, Noreen Anne avait réussi à mettre environ deux mille livres de côté. Encore trois mille et elle rentrerait en Irlande pour y ouvrir un petit salon d'esthéticienne, parce qu'elle connaissait les secrets de la beauté et avait aussi beaucoup appris sur les rêves.

En attendant, songea-t-elle, me voilà à me geler mon beau petit cul devant le Kensington Palace Hotel.

— Excusez-moi, mademoiselle.

Surprise, elle se retourna. Elle n'avait pas entendu l'homme arriver.

— Je n'ai pas pu ne pas vous remarquer. Vous êtes d'une beauté extraordinaire, mais je suis sûr que vous le savez. Dites-moi si je me trompe.

En voyant de qui il s'agissait, Noreen Anne se sentit soulagée. Celui-là ne risquait pas de lui faire mal, même s'il lui en prenait l'envie. C'était plutôt elle qui pourrait lui en faire.

C'était un vieux d'au moins soixante, voire soixante-dix ans, horriblement obèse, dans un fauteuil roulant.

Elle partit donc avec le Conquérant.

C'était le jeu.

79

Les Américains avaient promis une procédure accélérée, et ces imbéciles avaient tenu parole.

Cinq mois s'étaient écoulés depuis le meurtre de l'inspecteur Patsy Hampton. Malgré ses innombrables voyages aux Bermudes, Alex Cross ignorait toujours où Christine pouvait être. Shafer était libre, mais étroitement surveillé. Il n'avait pas rejoué depuis la mort de Patsy Hampton. Le jeu des jeux était en suspens, et cela le rendait fou.

Dans le parking souterrain du tribunal, au volant de sa Jaguar noire, Shafer se sentait enclin à l'optimisme. Il avait hâte de se présenter à la barre pour répondre aux accusations d'assassinat. Les règles du jeu avaient été fixées une fois pour toutes, et il s'en réjouissait.

Il se souvenait encore dans le moindre détail de l'audience préliminaire qui s'était tenue quelques semaines plus tôt. Un vrai régal. Cette audience, dans les vastes bureaux du juge Michael Fescoe, en présence des jurés, avait pour but de déterminer quelles preuves seraient admises lors du procès. C'était le juge qui fixait les règles, ce qui faisait de lui une sorte de maître du jeu. Quelle délicieuse ironie...

Le défenseur de Shafer, Jules Halpern, avait fait valoir qu'au moment de son interpellation, son client était en consultation chez le Dr. Cassady et qu'il avait donc le droit au respect de sa vie privée. « Or il s'agit manifestement d'un cas d'atteinte à la vie privée. Premièrement, le Dr. Cassady a refusé de laisser entrer l'inspecteur Cross et les autres policiers. Deuxièmement, le colonel Shafer a montré à l'inspecteur sa carte prouvant qu'il appartenait aux services de l'ambassade de Grande-Bretagne et qu'il jouissait de l'immunité diplomatique. Cross n'en a pas moins pénétré de force dans le cabinet de la psychiatre. En conséquence, les pièces à conviction, si tant est qu'il y en ait, ne peuvent avoir été découvertes que dans le cadre d'une perquisition illégale. »

Le juge Fescoe s'était accordé le reste de la journée pour réfléchir, et avait annoncé sa décision le lendemain matin :

— En écoutant les deux parties, il m'a semblé que les données du problème étaient simples et, somme toute, moins inhabituelles qu'il n'y paraît dans le cadre d'une affaire criminelle. M. Shafer bénéficie effectivement de l'immunité diplomatique. Toutefois, à mon sens, l'inspecteur Cross a agi raisonnablement et dans le respect de la loi en se rendant chez le Dr. Cassady. Il soupçonnait qu'un crime grave venait d'être commis. Le Dr. Cassady a ouvert sa porte, ce qui a permis à l'inspecteur Cross de voir les vêtements que portait M. Shafer. Le colonel Shafer, quant à lui, rappelle qu'il était couvert par son immunité diplomatique et que, de ce fait, il était en droit de refuser à l'inspecteur Cross de pénétrer dans les lieux.

« En conséquence, j'autorise l'accusation à utiliser comme preuves les vêtements que le colonel Shafer portait le soir du meurtre, ainsi que le sang retrouvé sur la moquette du couloir, devant la porte de l'appartement.

« L'accusation pourra également faire usage de toutes les pièces relevées dans le parking souterrain, dans le véhicule de l'inspecteur Hampton aussi bien que dans celui du colonel Shafer. En revanche, je ne tiendrai aucun compte des pièces relevées après que l'inspecteur Cross a pénétré dans l'appartement contre la volonté, clairement exprimée, du colonel Shafer et du Dr. Cassady. La cour refusera donc de prendre en considération tout ce qui aura pu être trouvé durant cette première fouille ou celles qui ont suivi.

L'accusation s'était vu également interdire toute référence à d'autres crimes ou délits que Shafer pouvait être soupçonné d'avoir commis à Washington. Le jury devait comprendre que l'enquête visant Shafer concernait exclusivement le meurtre de l'inspecteur principal Patricia Hampton. Au terme de cette audience préliminaire, l'accusation et la défense avaient simultanément crié victoire.

Au premier matin du procès, les marches du tribunal

furent envahies par une bruyante foule. Des « sympathisants » de Shafer arboraient des badges probritanniques et agitaient des petits drapeaux flambant neufs. Ravi du soutien que lui apportaient ces charmants crétins, Shafer leva les mains au-dessus de sa tête et les noua triomphalement. Son statut de héros l'enchantait.

Ah, quels délicieux instants ! Même si le cocktail pharmaceutique qu'il avait ingurgité n'était sans doute pas totalement étranger à son état d'euphorie.

Chaque camp prédisait une victoire écrasante. Décidément, il n'y avait pas plus bonimenteur qu'un avocat.

Pour la presse, cette grotesque mise en scène était déjà le « procès de la décennie ». Rien de très original, mais cette surenchère journalistique presque rituelle n'en restait pas moins grisante. Shafer y voyait une forme d'hommage et de vénération. On le lui devait bien.

Soucieux d'impressionner son monde, il prit soin de soigner son apparence. Complet gris sans épaulettes et chemise rayée de chez Budd, le tout sur mesure, et chaussures Oxford noires griffées Lobb's, de St. James. On prit des centaines de photos de lui en l'espace de quelques secondes.

Il pénétra dans l'enceinte du tribunal en ayant l'impression d'évoluer dans un rêve. Et le comble, c'était qu'il risquait de tout perdre.

La salle d'audience 4, la plus vaste, se trouvait au troisième étage. La double porte d'accès du public s'ouvrait sur une galerie destinée à accueillir environ cent quarante personnes. Ensuite, les tables des avocats, la barre, et le « banc du juge » qui occupait le quart de la salle.

Le procès débuta à dix heures du matin et, pour Shafer, ce ne fut qu'un immense brouhaha. Il brûlait déjà d'envie de trucider Catherine Marie Fitzgibbon, l'adjoint au procureur qui dirigeait l'accusation. Était-ce envisageable ? Il aurait tant aimé porter son scalp à la ceinture. Elle avait à peine trente-six ans. Catholique d'origine irlandaise, célibataire, plutôt sexy malgré un côté cul serré, et évidemment, comme souvent chez les poils de carotte, de grands idéaux plein la tête. Elle manifestait une nette préférence pour les ensembles Ann Taylor bleu nuit ou gris et ne s'exhibait jamais sans sa petite croix et sa petite chaîne en or. Dans l'univers des prétoires, on la surnommait la « reine du théâtre ». Elle avait l'art de relater les détails les plus sordides avec une emphase extraordinaire pour mieux emporter l'adhésion du jury. Oui, c'était une adversaire de valeur. Et une proie tout aussi intéressante.

À la table des accusés, Shafer essayait de se concentrer. Il écoutait, regardait, ressentait tout avec une acuité inhabituelle. Il savait que tout le monde l'observait. C'était bien la moindre des choses.

Shafer n'était qu'un simple spectateur, mais son esprit bouillonnait. Lorsque son cher et estimé avocat, Jules Halpern, prit la parole, il entendit prononcer son nom. Voilà qui devenait plus intéressant. N'était-il pas, après tout, la vedette ?

En dépit de sa petite taille, Jules Halpern était un personnage imposant. Cheveux teints en noir et plaqués en arrière sur le crâne, costume coupé à Londres, comme celui de Shafer, qui songea malicieusement : « Tu t'habilles british, mais tu penses yiddish. » Halpern se faisait assister par sa fille Jane, grande et mince, mais le cheveu aussi noir et le nez aussi crochu.

Jules Halpern avait peut-être un physique modeste, mais sa voix portait de façon étonnante.

— Mon client, Geoffrey Shafer, est un époux attentionné. C'est également un très bon père, et je ferai remarquer à mesdames et messieurs les jurés qu'une demi-heure seulement avant le meurtre de l'inspecteur Patricia Hampton, il participait à l'anniversaire de deux de ses enfants.

« Vous apprendrez que le colonel Shafer est un membre apprécié des services de renseignement anglais, qu'il a été décoré, et qu'il peut également se prévaloir d'excellents états de service dans les forces armées.

« Il est manifeste que le colonel Shafer est victime d'une machination. Si une accusation de meurtre pèse aujourd'hui sur lui, c'est uniquement parce que la police de Washington devait absolument trouver un coupable après la mort, dans d'affreuses circonstances, de l'inspecteur Hampton. Je vais vous en donner la démonstration, et plus le moindre doute ne subsistera. M. Shafer a été littéralement piégé parce qu'un enquêteur de la brigade criminelle, qui traverse actuellement une période particulièrement difficile sur le plan personnel, s'est laissé dépasser par les événements.

« Enfin — et c'est là, je crois, le plus important des faits à retenir —, le colonel Shafer est ici parce qu'il l'a voulu, et non par obligation, puisqu'il jouit de l'immunité diplomatique. Geoffrey Shafer, mesdames et messieurs, n'est venu dans ce tribunal que pour laver son honneur.

Shafer faillit se lever pour applaudir.

80

J'ai volontairement, et sans doute judicieusement, laissé passer le premier, puis le deuxième et troisième jours du procès. Je ne tenais pas à fréquenter la presse internationale et le public plus qu'il n'était nécessaire. J'avais l'impression de passer moi aussi en jugement.

On était en train de faire le procès d'un criminel qui tuait de sang-froid, mais, de mon côté, l'enquête se poursuivait à un rythme fébrile. L'énigme des Jane Doe n'était toujours pas résolue, et il fallait absolument que je sache ce qu'était devenue Christine. J'étais prêt à tout faire pour que Shafer passe sa vie derrière les barreaux, mais les perversions du droit diplomatique m'avaient empêché de l'interroger, et trop de questions restaient sans réponse. Chaque instant était une véritable torture. J'aurais tant donné pour pouvoir passer quelques heures avec lui...

Au grenier, côté sud, il y avait de l'espace inutilisé :

j'ai donc décidé d'y installer une salle de guerre. J'ai ressorti une vieille table d'acajou, réussi à brancher un ventilateur de fenêtre antédiluvien, et ma tanière improvisée devenait quasiment vivable, surtout tôt le matin et tard le soir, périodes pendant lesquelles j'étais le plus productif.

J'ai installé mon portable sur la table et au mur, j'ai punaisé des fiches de couleur afin d'avoir toujours devant les yeux les éléments qui me paraissaient le plus important. Le reste, je l'avais entassé un peu n'importe comment dans des boîtes en carton.

L'ensemble formait une sorte de rébus réparti sur plusieurs années. Comment le décrypter ? J'avais affaire à un adversaire redoutable, mais j'ignorais les règles du jeu. Shafer disposait d'un avantage qui rendait la partie terriblement inégale.

Grâce aux notes de Patsy Hampton, j'ai pu entrer en contact avec Michael Ormson, l'adolescent qui avait eu un échange avec Shafer sur Internet, au sujet des Quatre Cavaliers. Je continuais à travailler en étroite collaboration avec Chuck Hufstedler, du FBI. Chuck s'en voulait d'avoir renseigné Patsy Hampton alors que j'étais le premier à être venu le trouver. J'ai mis son sentiment de culpabilité à profit.

Le FBI et Interpol écumaient la Toile pour retrouver la trace du jeu. J'avais moi-même visité d'innombrables forums de discussion, sans succès. Le jeune Ormson était apparemment le seul à connaître l'existence du mystérieux jeu des Quatre Cavaliers. Shafer n'avait été découvert qu'après s'être aventuré dans un forum. Avait-il pris d'autres risques ?

Après son arrestation au Farragut, nous avions fouillé sa Jaguar et j'ai passé près d'une heure à son domicile — avant que ses avocats n'apprennent ma présence. J'ai interrogé sa femme, Lucy, et son fils, Robert, qui m'a confirmé que son père pratiquait depuis sept ou huit ans un jeu nommé les Quatre Cavaliers.

Ils ne connaissaient pas les autres joueurs et ignoraient tout d'eux. Pour eux, Geoffrey Shafer n'avait rien fait de mal.

Le fils jugeait que son père était « réglo de chez

réglo ». Lucy Shafer avait la conviction que son mari était un homme bien.

Dans le bureau de Shafer, j'ai découvert des magazines de jeux de rôles et des dizaines de dés de toutes sortes, mais aucun élément concret se rapportant à son jeu. Shafer était un homme prudent, qui prenait soin d'effacer ses traces. Il n'appartenait pas au monde du renseignement pour rien. Je l'imaginais mal lancer des dés pour choisir ses victimes, mais peut-être fallait-il malgré tout chercher de ce côté l'explication du caractère irrégulier des meurtres de Jane Doe.

Son avocat, Jules Halpern, se plaignit violemment. Je n'étais pas censé perquisitionner le domicile de Shafer et si j'avais mis la main sur des pièces à conviction, le tribunal aurait, selon toute vraisemblance, refusé de les prendre en compte. Faute de temps, je n'avais rien trouvé. De toute manière, Shafer était trop rusé pour laisser traîner chez lui des documents compromettants. Il avait commis une grosse erreur et n'avait sans doute pas l'intention de recommencer de sitôt.

Parfois, au cœur de la nuit, quand je travaillais au grenier, il m'arrivait de m'arrêter un instant et de penser à Christine. Et curieusement, pour douloureux qu'ils fussent, ces souvenirs m'apaisaient. J'en arrivais à attendre ces moments privilégiés où je pouvais retrouver, sans être dérangé, toutes les images que j'avais conservées d'elle. Certains soirs, je descendais m'installer au piano, sur la terrasse, et je jouais nos morceaux préférés, comme *Unforgettable*, *Mooglow* ou *'S Wonderful*. Je la revoyais, chez elle, pieds nus, avec son jean délavé, son T-shirt ou son vieux pull ras du cou couleur paille, son peigne en écaille de tortue et ses longs cheveux qui sentaient bon le shampoing.

Je ne voulais pas m'apitoyer sur mon sort, mais je me sentais horriblement mal. J'étais comme paralysé par l'inquiétude. Qu'était-il arrivé à Christine ? Je ne pouvais pas l'abandonner.

En moi, il n'y avait plus qu'un abîme de tristesse, et j'avais l'impression d'avoir été réduit à l'état d'une ombre. Il fallait pourtant que je m'occupe de ma vie, je le savais bien, mais comment vivre alors que tant de questions me hantaient ? Le jeu mystérieux de Shafer m'obsédait. J'avais la conviction d'en faire partie. Et Christine ? Je l'espérais également, d'une certaine manière. Pour conserver l'espoir de la revoir en vie.

81

Et c'est ainsi que j'ai fini par prendre part à un jeu des plus étranges, un jeu auquel on pouvait prendre vite goût pour des raisons hélas assez malsaines. J'ai commencé à établir mes propres règles. J'ai fait entrer de nouveaux joueurs. J'étais là pour gagner.

Chuck Hufstedler, au FBI, me fournissait toujours une aide précieuse. Au fil de nos échanges, j'ai compris qu'il s'était sérieusement entiché de l'inspecteur Hampton. Sa disparition et l'enlèvement de Christine nous avaient rapprochés.

Vendredi soir, après avoir regardé *Le Masque de Zorro* avec Damon, Jannie, Nana et Rosie, je suis monté au grenier. J'avais encore deux, trois petites choses à faire.

J'allume l'ordinateur, je me connecte et là, j'entends le message familier : *vous avez du courrier*. Depuis cette nuit tragique, aux Bermudes, ces mots me glaçaient d'effroi et me faisaient frissonner de la tête aux pieds.

C'était Sandy Greenberg, d'Interpol, qui répondait à l'un de mes messages. Une véritable amitié était née de notre collaboration sur l'affaire Smith, et je lui avais demandé d'effectuer quelques recherches.

APPELLE-MOI CE SOIR, ALEX, À N'IMPORTE QUELLE HEURE. J'AI

BIEN DIT À N'IMPORTE QUELLE HEURE. TON INSUPPORTABLE OBSTINATION A PEUT-ÊTRE FINI PAR PAYER. APPELLE-MOI, C'EST DE LA PLUS HAUTE IMPORTANCE.

SANDY.

Je l'ai donc appelée en Europe.

Elle décrocha dès la seconde sonnerie.

— Alex ? Je crois qu'on en a trouvé un. Ton idée était tirée par les cheveux, mais ça a fonctionné. Shafer avait au moins un ancien collègue du MI6 comme partenaire de jeu. Tu avais vu juste.

— Tu es sûre que c'est l'un des joueurs ?

— Quasiment certaine, me répondit-elle. Je suis en train de regarder une reproduction des *Quatre Cavaliers* de Dürer, sur mon Mac. Comme tu le sais, il y a le Conquérant, la Famine, la Guerre et la Mort. Tu parles d'une joyeuse équipe... Quoi qu'il en soit, j'ai fait ce que tu me demandais. J'ai pris contact avec mes correspondants du MI6, et ils ont découvert que Shafer et ce type correspondaient régulièrement sur Internet. J'ai lu aussi toutes tes notes, et je les trouve excellentes. Je suis stupéfaite de voir tout ce que tu as réussi à trouver depuis ton trou perdu des colonies. Il faut vraiment être malade...

— Merci, lui dis-je en la laissant s'épancher quelques minutes.

Je savais depuis un certain temps déjà qu'elle se sentait seule et que derrière son attitude parfois désagréable se cachait un profond besoin d'affection.

— Dans le jeu, le type se fait appeler le Conquérant, m'expliqua Sandy. Le Conquérant vit à Dorking, dans le Surrey. Un retraité du MI6, de son vrai nom Oliver Highsmith. Il était responsable de plusieurs agents en Asie à l'époque où Shafer s'y trouvait. Shafer a travaillé sous ses ordres. Ici, il est huit heures du matin. Tu n'as qu'à appeler ce connard. Ou lui envoyer un e-mail. J'ai son adresse.

Je m'interrogeais. Y avait-il vraiment quatre joueurs, ou n'était-ce que le nom du jeu ? Qui étaient-ils ? Comment jouait-on ? Les joueurs mettaient-ils leurs fantasmes à exécution ?

J'ai donc envoyé au Conquérant un message simple,

direct et, je l'espérais, pas trop agressif. Je voyais mal comment il pourrait résister à la tentation de me répondre.

Cher monsieur Highsmith,
J'appartiens à la brigade criminelle de Washington et je recherche des informations sur le colonel Geoffrey Shafer et le jeu des quatre cavaliers. J'ai cru comprendre que Shafer a travaillé pour vous, en Asie. Le temps presse. J'ai besoin de votre aide. Merci de bien vouloir contacter l'inspecteur Alex Cross.

82

À ma grande surprise, la réponse arriva presque immédiatement. Oliver Highsmith, alias le Conquérant, devait être connecté au moment où j'avais envoyé mon message.

Inspecteur Cross, votre nom m'est déjà familier car le procès qui se déroule en ce moment a fait la une des journaux en Angleterre comme dans le reste de l'Europe. Je connais G.S. depuis au moins douze ans, il a travaillé sous mes ordres. Disons qu'il s'agit davantage d'une connaissance que d'un ami proche, je suis donc assez mal placé pour émettre un avis mais j'espère, bien sûr, qu'il est innocent.
En ce qui concerne le jeu des quatre cavaliers, je tiens à préciser qu'il s'agit bien d'un jeu d'imagination et que sa grande originalité réside dans le fait que tous les joueurs endossent le

Jugements hâtifs

rôle du maître de jeu. En d'autres termes, chacun de nous est maître de son destin, de son scénario. Le scénario de G.S. est de loin le plus audacieux et le plus insolite. Son personnage, celui qui chevauche le cheval gris — la Mort — est foncièrement pervers. On peut même dire qu'il est maléfique. Ce personnage ressemble par certains points à la personne que l'on juge actuellement à Washington, du moins est-ce mon impression. Je dois toutefois apporter quelques précisions importantes. Chaque fois qu'il a été question de meurtre dans ce jeu, il s'agissait de crimes annoncés dans la presse plusieurs jours auparavant. Je peux vous assurer que nous l'avons vérifié après la mise en accusation de G.S. Ce fait a même été porté à la connaissance du contrôleur Jones, au service de sécurité, à Londres, et je suis surpris que vous n'en ayez pas été informé. Le service est venu me voir au sujet de G.S. et mes réponses ont dû être jugées satisfaisantes, étant donné que je n'ai pas eu de nouvelles depuis...

Par ailleurs, les autres joueurs — qui ont tous été contrôlés par le service — ont tous adopté des personnages positifs et je tiens à redire que le jeu des quatre cavaliers, quel que soit son pouvoir de fascination, n'en reste pas moins un jeu et rien de plus. Au fait, le saviez-vous, de savants calculs prouvent qu'il y a un cinquième cavalier ? *Serait-ce vous, docteur Cross ?*

Enfin, le contact au service est M. Andrew Jones. Je suis sûr qu'il se fera un plaisir de confirmer mes déclarations. Si vous souhaitez poursuivre cet entretien, ce sera à vos risques et périls. J'ai 67 ans, je suis à la retraite et j'ai la réputation d'être un grand bavard. Je vous souhaite bonne chance dans votre quête de vérité et de justice. Je ne poursuis plus personne et franchement, ça me manque.

le Conquérant

J'ai lu le message, je l'ai relu. « Bonne chance dans votre quête de vérité et de justice. » Il en faisait un peu trop, non ?

Mais il y avait plus important : étais-je devenu le cinquième Cavalier ?

83

La semaine suivante, je me suis rendu chaque jour au tribunal et pour moi comme pour bien d'autres, ce procès est vite devenu une véritable drogue. Jamais je n'avais vu officier dans un prétoire un orateur aussi brillant que Jules Halpern, mais Catherine Fitzgibbon était tout aussi impressionnante. Restait à savoir qui serait le plus persuasif des deux. Tout cela n'était qu'un jeu, une gigantesque pièce de théâtre. Enfant, avec Nana, je regardais souvent une série télé qui se passait dans un tribunal, intitulée *The Defenders*. Au début de chaque épisode, on entendait un narrateur à la voix grave énoncer en substance : « La justice américaine est loin d'être parfaite, mais elle n'en reste pas moins la meilleure justice du monde. »

Peut-être est-ce vrai, mais moi, dans cette salle d'audience de Washington, je ne pouvais m'empêcher de penser que ce procès, ce juge, ces jurés, ces avocats et toutes ces dispositions ne constituaient qu'un jeu de plus, un jeux extrêmement élaboré, et que Geoffrey Shafer préparait déjà son prochain coup en savourant chacune des manœuvres de l'accusation.

Il contrôlait toujours la partie. Il était le maître du jeu. Il le savait, et moi aussi.

Je regardais Jules Halpern interroger les témoins avec une habileté déroutante, de manière à donner l'impression que son client, monstre psychopathe, était aussi innocent qu'un nouveau-né. La longueur des débats contradictoires ne facilitait pas la concentration, mais je ne risquais guère de manquer quelque chose, car tous les points importants était répétés *ad nauseam*.

— Alex Cross...

À l'énoncé de mon nom, toute mon attention se concentra sur Jules Halpern. Celui-ci produisit l'agrandissement d'une photo publiée dans le *Post* au lendemain du meurtre. L'un des locataires du Farragut avait pris le cliché et l'avait vendu au journal.

Halpern se pencha vers le témoin présent à la barre, un homme du nom de Carmine Lopez. Le portier de nuit de la résidence où Patsy Hampton avait trouvé la mort.

— M. Lopez, voici la pièce à conviction J de la défense, un cliché photographique représentant mon client et l'inspecteur Alex Cross. Cette photo a été prise dans le couloir du dixième étage peu après la découverte du corps de l'inspecteur Hampton.

L'agrandissement me permettait de distinguer la plupart des détails depuis ma place au quatrième rang. Cette photo, je la connaissais, et elle m'écœurait.

Shafer donnait l'impression de sortir des pages d'un magazine chic et branché, style *GQ*. En comparaison, mes vêtements paraissaient sales et en piteux état. Je venais de traverser tout le zoo au pas de course, et je revenais du garage où j'avais découvert le corps de la pauvre Patsy. Les poings terriblement serrés, je donnais l'impression d'être en train d'exploser de colère devant Shafer. Les images mentent, nous le savons. J'avais le sentiment que cette photographie, par sa nature incendiaire, risquait d'influencer les jurés.

— Est-ce là une représentation fidèle de l'apparence des deux témoins ce soir-là, à dix-heures et demie ? demanda Halpern au portier.

— Oui, monsieur. C'est assez fidèle. La photo correspond à ce dont je me souviens.

Jules Halpern opina, comme si on venait, pour la première fois, de lui communiquer un renseignement vital. Puis il poursuivit son interrogatoire :

— Voulez-vous nous décrire, à votre manière, l'apparence de l'inspecteur Cross au moment des faits ?

Le portier hésita ; la question paraissait le déconcerter. Je devinais désormais le stratagème de Halpern.

— Était-il sale ? proposa sans attendre l'avocat.

La plus simple des questions...

— Euh... sale, oui. Il n'était pas très beau à voir.

— Et était-il en sueur ? poursuivit Halpern.

— En sueur... oui, il transpirait. Nous tous, d'ailleurs. Parce qu'on était descendus au garage, je pense. Il faisait vraiment lourd, ce soir-là.

— Avait-il le nez qui coulait ?

— Oui, monsieur.

— Les vêtements de l'inspecteur Cross étaient-ils déchirés, M. Lopez ?

— Oui, ils étaient déchirés, et sales.

Jules Halpern regarda d'abord les jurés, puis son témoin.

— Les vêtements de l'inspecteur Cross étaient-ils tachés de sang ?

— Oui... ça, oui. C'est la première chose que j'ai remarquée, le sang.

— Y avait-il du sang ailleurs que sur ses vêtements, M. Lopez ?

— Sur ses mains. On le voyait bien. Moi, en tout cas, je l'ai bien vu.

— Et M. Shafer, quelle apparence avait-il ?

— Ses vêtements étaient propres et pas du tout froissés. Il avait l'air très calme et maître de lui-même.

— Avez-vous vu du sang sur M. Shafer ?

— Non, monsieur. Pas de sang.

Halpern hocha la tête, puis se tourna vers les jurés.

— Monsieur Lopez, selon vous, lequel des deux témoins ressemblait le plus à un homme venant de commettre un crime ?

— L'inspecteur Cross, répondit sans hésitation le portier.
— Objection ! hurla le procureur.
C'était hélas trop tard. Le mal était fait.

84

Cet après-midi-là, la défense devait faire venir à la barre le chef Pittman. Le substitut, Catherine Fitzgibbon, savait que Pittman figurait sur les rôles, et elle proposa que nous déjeunions ensemble, en ajoutant : « Si l'idée d'écouter Pittman ne vous coupe pas l'appétit. »

Catherine était une femme intelligente et consciencieuse. Elle avait fait incarcérer presque autant de malfrats que Jules Halpern en avait fait libérer. Nous nous étions donné rendez-vous dans un delicatessen noir de monde, à deux pas du palais de justice. Ni elle ni moi n'étions enchantés à l'idée de voir témoigner Pittman. La défense était en train de saccager ma réputation de policier, et j'assistais, impuissant, à ce numéro de destruction en règle.

Catherine mordit dans son sandwich, un Reuben d'une hauteur impressionnante, et la moutarde gicla entre son index et son pouce. Elle sourit.

— Pas très esthétique, mais quel régal ! Pittman et vous n'êtes vraiment pas sur la même longueur d'ondes, hein ? Ou devrais-je plutôt dire que vous vous détestez carrément ?

— On pourrait parler d'antipathie réciproque, répondis-je. Il a essayé de me couler à deux reprises. Il croit que je représente une menace pour sa carrière.

— *Mmmm*, fit Catherine, qui s'acharnait sur son sandwich. Ce serait une idée. Feriez-vous un meilleur patron ?

— Je ne suis pas candidat, et c'est un poste dont je ne voudrais pas même si on me l'offrait. Je ne servirais à rien, coincé dans un bureau, à jouer au ping-pong politique.

Catherine se mit à rire. Elle faisait partie de ces gens capables de déceler l'humour presque partout.

— C'est génial, Alex. La défense a convoqué Pittman comme témoin à décharge. Officiellement, il est contre nous, mais je ne pense pas que ce soit vrai.

Je l'ai aidée à achever son Reuben.

— Bon, conclut-elle, allons voir ce que ce cher Me Halpern nous réserve.

En début d'audience, l'avocat commença par exposer longuement et soigneusement les états de service de Pittman qui, sur le papier, avaient de quoi impressionner. Étudiant à George Washington avant de faire son droit à American, il avait passé vingt-quatre ans dans la police et trois maires différents lui avaient décerné des médailles de bravoure et des citations.

— Chef Pittman, demanda Halpern, comment décririez-vous la carrière de l'inspecteur Cross ?

Je me suis recroquevillé sur mon siège. J'ai senti mon front se plisser, mes yeux se rétrécir. C'est parti, me suis-je dit.

Pittman se contenta de répondre :

— L'inspecteur Cross a pris part à plusieurs enquêtes de première importance qui ont été menées à leur terme.

On ne pouvait guère parler d'éloges, mais au moins n'avait-il pas essayé de m'enfoncer.

Halpern opina sagement.

— Est-ce que, professionnellement parlant, son attitude a changé récemment, et si oui, pourquoi ?

Pittman regarda dans ma direction avant de répondre :

— La jeune femme avec laquelle il entretenait une liaison a disparu aux Bermudes, alors qu'ils étaient en vacances. Depuis ce jour, il est distrait, distant et s'emporte facilement. Il n'est plus lui-même.

J'ai eu brusquement envie de me lever pour hurler en plein tribunal. Pittman ignorait tout de Christine et moi.

— Chef Pittman, l'inspecteur Cross a-t-il été appelé à témoigner après la disparition de son amie, Mme Christine Johnson ?

— C'est la procédure habituelle, opina Pittman. Je suis certain qu'on l'a interrogé.

— Mais son comportement en service a changé depuis cette disparition ?

— Oui. Il n'a plus la même concentration. Il a plusieurs fois été absent. Disons que ça apparaît sur les feuilles de présence.

— A-t-on demandé à l'inspecteur Cross de consulter un psychologue ?

— Oui.

— Lui avez-vous personnellement demandé de voir quelqu'un ?

— Tout à fait. Nous avons travaillé ensemble durant un certain nombre d'années. Il souffrait de stress.

— Pourrions-nous dire que ce stress était *intense* ?

— Oui. Il n'a pas mené une seule enquête à son terme depuis un certain temps.

Halpern hocha la tête.

— Deux semaines avant le meurtre de Patsy Hampton, vous avez suspendu plusieurs collègues de l'inspecteur Cross, des policiers avec lesquels il s'entendait particulièrement bien.

Le visage de Pittman s'assombrit.

— Oui, j'y ai malheureusement été contraint.

— Pourquoi avoir suspendu ces inspecteurs ?

— Ils menaient des investigations hors du cadre officiel de nos services.

— Peut-on raisonnablement affirmer que ces inspecteurs établissaient leurs propres règles et formaient, en quelque sorte, une milice ?

Catherine Fitzgibbon bondit de son siège pour faire objection, mais le juge Fescoe autorisa la question.

— C'est difficile à dire, répondit Pittman. Le terme de

milice me semble un peu fort, mais en tout cas ils agissaient sans en informer leur hiérarchie. L'enquête sur ces dysfonctionnements est toujours en cours.

— L'inspecteur Cross faisait-il partie du groupe qui enquêtait sur des meurtres de sa propre initiative et selon ses propres méthodes ?

— Je n'en suis pas sûr, mais il a été informé du problème. Sur le moment, je me suis dit qu'une suspension lui ferait trop mal. Je l'ai simplement averti, et j'ai laissé passer. J'ai eu tort.

— Je n'ai plus d'autres questions.

Moi, je trouvais que ce n'était déjà pas mal.

85

Ce soir-là, Shafer quitta le tribunal dans un état d'extrême euphorie. Il avait le sentiment d'être en train de remporter la partie, et l'excitation à laquelle il était en proie le réjouissait autant qu'elle l'inquiétait. Il était garé dans l'obscurité du parking souterrain de la résidence de Boo Cassady. La plupart des sujets souffrant de troubles maniaco-dépressifs ne remarquaient pas les symptômes de leurs crises ; Shafer, si. Ses spirales, comme il les appelait, ne survenaient pas de manière brutale. Elles naissaient discrètement puis, petit à petit, prenaient de l'ampleur.

Il avait parfaitement conscience des risques qu'il prenait et de l'ironie de la situation : il était revenu sur les lieux du crime. Clichés et compagnie. Il aurait aimé aller à Southeast, mais c'était trop dangereux. Il ne pouvait pas se mettre en chasse à un pareil moment. Il avait autre chose en tête. Il fallait qu'il prépare ses prochains coups.

Même si ce n'était pas la première fois, il n'était pas courant qu'un individu inculpé d'assassinat se promène dans les rues en toute liberté, mais cela faisait partie des conditions qu'il avait posées avant d'accepter de renoncer à son immunité. Bien évidemment, l'accusation n'avait pas eu le choix. Si le procureur n'avait pas accepté, il aurait fait jouer son statut diplomatique, en étant certain d'échapper à la prison.

Shafer suivit un locataire de la tour — il l'avait déjà croisé à plusieurs reprises — et l'ascenseur le conduisit directement du parking à l'appartement de Boo. Il sonna. Attendit. Entendit un petit bruit de pas sur le parquet. Oui, le premier acte de la pièce de ce soir allait commencer.

Il comprit qu'elle l'épiait par le judas de la porte, tout comme il avait épié Alex Cross le soir où Patsy Hampton avait eu ce qu'elle méritait. Il avait vu Boo deux ou trois fois après avoir été relâché, puis il avait coupé les ponts.

Dès lors, elle était devenue hystérique. Elle n'avait cessé de l'appeler au bureau, puis chez lui, et dans la voiture, jusqu'à ce qu'il change de numéro. Dans ses pires moments, elle lui rappelait la folle furieuse interprétée par Glen Close dans *Liaison fatale*.

Il se demanda s'il pouvait encore la manipuler. C'était une femme plutôt intelligente, et là résidait une grande partie de son problème. Elle réfléchissait beaucoup trop, anticipait toujours, ce qui ne plaisait pas à la plupart des hommes, surtout lorsqu'il s'agissait d'Américains au cerveau atrophié.

Il colla son visage contre la porte, sentit la fraîcheur du bois sur sa joue. C'était l'heure du lever de rideau.

— J'avais tellement peur de te revoir, Boo. Tu n'imagines pas ce que j'ai vécu. Le moindre faux pas, la moindre faille, et je suis fichu. Et c'est d'autant plus horrible que je suis innocent. Toi, tu le sais. Ce soir-là, entre chez moi et chez toi, on n'a pas arrêté de se parler au téléphone. Tu le sais, que je n'ai pas tué cet inspecteur. Elizabeth ? Boo ?

Je t'en prie, dis-moi quelque chose. Je ne sais pas, moi, insulte-moi, au moins. Évacue ta colère... Docteur ?

Pas de réponse. Tant mieux. Il la respectait davantage maintenant. Après tout, elle était encore plus givrée que lui.

— Tu sais parfaitement ce que je suis en train de vivre, reprit-il. Tu es la seule personne qui comprenne mes crises. J'ai besoin de toi, Boo. Tu sais bien que je suis maniaco-dépressif, ou bipolaire, enfin vous, les psys, vous avez un terme pour ça.

Sur quoi il se mit à pleurer, ce qui faillit le faire rire. De grands sanglots déchirants montèrent de sa gorge. Il s'accroupit, se prit la tête dans les mains. Il se savait bien meilleur acteur que la plupart des tâcherons surpayés qu'il voyait au cinéma.

La porte s'ouvrit lentement.

— Boo-hoo, murmura Boo. Mon pauvre Geoff souffre. Oh, comme c'est triste...

Quelle salope, songea-t-il, mais il fallait qu'il la voie. Elle allait témoigner bientôt. Il avait besoin d'elle ce soir, et il aurait besoin d'elle au tribunal.

— Bonsoir, Boo, fit-il d'une voix blanche.

86

Acte deux de la représentation.

Elle le dévisageait de ses grands yeux à la prunelle sombre, comme les perles d'ambre qu'elle achetait dans ses boutiques de luxe. Elle avait perdu du poids, mais Shafer ne l'en trouvait que plus sexy, plus désespérée. Elle était vêtue d'un short bleu marine et d'un élégant caraco de soie rose, qui ne dissimulaient pas sa détresse.

— Jamais quelqu'un ne m'avait fait autant souffrir, murmura-t-elle.

Parfaitement maître de lui-même, il interpréta son rôle avec une conviction digne des seigneurs de la scène :

— Je me bats pour survivre. Je te le jure, je n'ai qu'une idée en tête : en finir. Tu n'as donc rien écouté de ce que je t'ai dit ? Et tu tiens absolument à revoir ta photo dans toute la presse populaire ? Tu ne comprends pas que c'est pour ça que je t'évite ?

Un rire amer et arrogant la secoua.

— De toute façon, tout recommencera quand je viendrai témoigner. Les photographes ne me lâcheront pas.

Shafer ferma les yeux.

— Cette fois-ci, c'est toi qui vas pouvoir me faire souffrir, ma chérie.

Elle fonça les sourcils, secoua la tête.

— Tu sais très bien que je ne ferais jamais une chose pareille. Oh, Geoff, pourquoi ne m'as-tu pas au moins appelée ? Tu es vraiment un salaud.

Shafer courba la tête comme un garnement repentant.

— Tu sais que j'étais déjà limite avant que tout ceci n'arrive. Maintenant, c'est encore pire. Et tu voudrais que je me comporte en adulte responsable ?

Elle eut un petit sourire espiègle. Sur la console du couloir, derrière elle, il aperçut un livre. *L'Homme et ses symboles*, de Carl Jung. Tout à fait de circonstance...

— Tu as sans doute raison, Geoff. Tu veux quoi ? Des produits ?

— J'ai besoin de toi. Je veux te tenir dans mes bras, Boo. C'est tout.

Ce soir-là, elle lui donna ce qu'il voulait. Ils firent l'amour comme des bêtes sur la loveuse de velours gris qui accueillait les patients de Boo, puis sur le rocking chair style JFK dans lequel elle s'installait pendant les séances. Il prit son corps — et son âme.

Ensuite, elle lui donna presque tous ses échantillons d'antidépresseurs et d'antalgiques. Son ex, lui-même psychiatre, continuait à l'approvisionner. Quel genre de rapports entretenaient-ils ? Shafer n'en savait rien, et il s'en fichait d'ailleurs éperdument. Il avala du Librium, s'injecta de la Vicodine.

Puis il prit Boo une nouvelle fois, sur le plan de travail de la cuisine. Sur le billot de boucher, songea-t-il. Ils étaient nus, ils transpiraient à grosses gouttes, ils s'entremêlaient frénétiquement.

Il quitta l'appartement vers onze heures du soir. Il se sentait encore plus mal qu'à son arrivée, mais savait ce qu'il allait faire ensuite. Il avait tout prévu avant d'aller voir Boo. Les journalistes et les jurés, avec leur petit cerveau, n'allaient pas en revenir.

Tout était prêt pour l'acte trois.

87

Peu après minuit, j'ai reçu un appel d'urgence. Je n'en croyais pas mes oreilles. Quelques minutes plus tard, ma vieille Porsche fonçait à plus de cent trente sur Rock Creek Parkway, sirène en marche, comme pour interpeller la nuit. Ou bien Geoffrey Shafer.

Je suis arrivé à Kalorama à minuit vingt-cinq. La rue était encombrée de véhicules de secours, de voitures de police et de camions de retransmission TV.

Plusieurs voisins des Shafer étaient sortis de leurs vastes et luxueuses villas pour contempler, incrédules, la scène cauchemardesque qui se déroulait dans leur quartier huppé, d'ordinaire si tranquille.

Jugements hâtifs

Les radios de police crachotaient dans la nuit. Un hélicoptère d'une chaîne de télévision tournait déjà au-dessus de la zone. Un camion CNN vint se garer juste derrière moi.

Je suis allé rejoindre un inspecteur du nom de Malcolm Ainsley devant la maison, sur la pelouse. Nous nous étions souvent croisés sur des scènes de crime, et même dans certaines soirées. La porte d'entrée de la maison de Shafer s'ouvrit brutalement.

Deux infirmiers tiraient une civière. Des dizaines de flashes trouèrent la nuit.

— C'est Shafer, m'expliqua Ainsley. Cet enfoiré a essayé de se suicider, Alex. Il s'est entaillé les poignets et bourré de médicaments. On a retrouvé des emballages dans toute la baraque. Cela dit, il a dû avoir des remords ; c'est lui qui a demandé de l'aide.

Mes premiers entretiens avec Shafer et les recherches que j'avais faites pour tenter d'établir son profil me permettaient d'échafauder plusieurs hypothèses. Soit il était atteint d'une psychose bipolaire qui déclenchait chez lui des crises et maniaques et dépressives. Soit il était cyclothymique, ce qui pouvait se traduire par des périodes répétées d'hypomanie ainsi que des symptômes dépressifs. Cette pathologie pouvait s'accompagner de symptômes tels qu'un amour-propre démesuré, une diminution des besoins de sommeil, une participation excessive à des activités jugées « agréables » et une augmentation de l'activité dirigée vers un but précis — en l'occurrence, peut-être un effort accru pour gagner la partie dans laquelle il était engagé.

J'avançais en ayant l'impression de flotter dans un mauvais rêve. Difficile d'imaginer pire. J'ai reconnu l'une des secouristes, Nina Disesa. J'avais travaillé plusieurs fois avec elle à Georgetown.

— On est arrivés juste à temps pour sauver ce salopard, m'expliqua-t-elle, le regard noir. Dommage, hein ?

— Sa tentative de suicide, c'était du sérieux ?

Elle haussa les épaules.

— Je ne sais pas trop. Il s'est bien entaillé les veines, mais juste du côté gauche. Ensuite, il a absorbé des tranquillisants, en quantité phénoménale. Des échantillons destinés aux médecins.

J'étais atterré.

— Mais il a bien demandé de l'aide ?

— Sa femme et son fils disent l'avoir entendu crier, depuis son bureau : « Papa a besoin d'aide, papa va mourir, papa se sent mal. »

— Sur ce point-là, il n'a pas tort. Papa est extrêmement malade. Bon à enfermer.

Je me suis dirigé vers l'ambulance rouge et blanc. Les caméras balayaient toujours la rue. J'avais l'impression d'être dans un état second. Pour lui, tout était un jeu. Les victimes de Southeast. Patsy Hampton, Christine. Et maintenant, ça. Il jouait même avec sa vie.

— Les pulsations sont encore bonnes, entendis-je en m'approchant du véhicule.

Un médecin était en train de contrôler l'électrocardiogramme à l'intérieur du fourgon, et les bips de l'appareil parvenaient jusqu'à mes oreilles.

Puis j'ai aperçu la tête de Shafer. Les cheveux trempés de sueur, il avait le visage blanc comme un linge. Il essaya de me fixer des yeux, puis me reconnut.

— C'est vous qui m'avez fait ça ! glapit-il en rassemblant ce qu'il lui restait de forces et en tentant brusquement de se redresser sur son brancard. Vous avez détruit ma vie pour faire avancer votre carrière. C'est vous le responsable ! Oh, mon Dieu ! Oh, mon Dieu ! Ma pauvre famille ! Qu'est-ce qu'il nous arrive ?

Les caméras de télévision ne perdirent pas une miette de cette interprétation digne d'un Oscar. Geoffrey Shafer avait bien calculé son coup.

88

La tentative de suicide de Shafer interrompit bien évidemment le déroulement du procès. Les audiences ne reprendraient vraisemblablement que la semaine suivante.

Pendant ce temps, la presse s'en donnait à cœur joie, et l'affaire faisait même les gros titres du *Washington Post*, du *New York Times* et de *USA Today*. Cela me laissait au moins le temps de travailler sur d'autres aspects de l'affaire.

J'étais presque tous les soirs en communication avec Sandy Greenberg, qui m'aidait à collecter des renseignements sur les autres joueurs. Elle était allée jusqu'à entrer en contact avec le Conquérant. Selon elle, il y avait peu de chances pour qu'Oliver Highsmith fût un tueur. Bientôt septuagénaire, obèse, il ne quittait jamais son fauteuil roulant.

Ce soir-là, elle appela chez moi à sept heures. C'est vraiment une amie précieuse. Elle se mettait en quatre pour moi. Je pris l'appel dans le sanctuaire de mon grenier.

— Andrew Jones, du Security Service, accepte de vous rencontrer, m'annonça-t-elle, toujours aussi vive, avec comme une pointe d'agressivité dans la voix. C'est génial, non ? Si, je vous assure. En fait, Alex, il est pressé de vous voir. Il ne me l'a pas dit directement, mais je ne pense pas que le colonel Shafer lui plaise beaucoup. J'ignore pour quelles raisons. Et figurez-vous que, le hasard faisant bien les choses, il se trouve à Washington en ce moment. Il s'agit d'un très haut responsable du renseignement. Il est extrêmement compétent, Alex, et franc du collier.

Après avoir remercié Sandy, j'ai immédiatement appelé Jones à son hôtel. Il était dans sa chambre.

— Oui, c'est Andew Jones. Qui êtes-vous ?
— Inspecteur Alex Cross, de la police de Washington. Je viens de parler à Sandy Greeberg. Comment ça va ?
— Bien, très bien. En fait, euh... pas vraiment. J'ai connu des jours meilleurs. Enfin, des semaines, des mois. Pour tout vous dire, je suis resté dans ma chambre en espérant votre appel. Aimeriez-vous que nous nous rencontrions, Alex ? Connaissez-vous un endroit un peu discret ?

Je lui ai suggéré un bar sur M Street. Nous avions rendez-vous une demi-heure plus tard, je suis arrivé avec une ou deux minutes d'avance. Je n'ai eu aucune peine à reconnaître Jones, qui s'était décrit au téléphone : « Les épaules larges, plutôt fort, rougeaud, genre ancien rugbyman, bien que je n'ai jamais pratiqué. Ces conneries, je ne les regarde même pas. Ah, et puis, aussi, je suis tout ce qu'il y a plus roux, et j'ai la moustache assortie. Ça devrait vous aider, non ? »

Effectivement, ça facilitait la tâche. On s'est installés dans un box pas trop éclairé, dans le fond, et on a fait connaissance. Jones m'expliqua un certain nombre de choses importantes, et notamment les subtilités du fonctionnement des services de renseignement et de la police britanniques. J'ai appris ainsi que le père de Lucy Shafer était un militaire de haut rang, très respecté, qui craignait de voir sa réputation ternie, et que le gouvernement anglais ne tenait pas à ce que l'affaire en cours se transforme en véritable affaire d'État.

— Alex, s'il s'avérait qu'un de nos agents en poste à l'étranger a commis des assassinats sans même que le renseignement anglais soit au courant, ce serait absolument horrible et très gênant pour nous tous. Mais si le MI6 était un tant soit peu au courant des agissements reprochés au colonel Shafer... ! Non, impensable...

— Est-ce que le MI6 l'était ? lui ai-je demandé. Est-ce vraiment impensable ?

— Je ne répondrai pas à cette question, Alex, vous savez bien que je ne peux pas. Mais je suis prêt à vous aider dans la mesure de mes moyens.

— Pourquoi ? Pourquoi maintenant ? C'est avant le procès que votre aide nous aurait été utile.

— Très bonne question. Nous sommes prêts à vous aider parce que vous possédez aujourd'hui des informations qui pourraient nous créer d'énormes problèmes. Vous êtes au fait de l'*impensable*.

Je n'ai rien dit, mais j'avais une petite idée de ce à quoi il faisait allusion. Il poursuivit :

— Vous avez mis au jour un jeu de rôles appelé les Quatre Cavaliers. Il y a quatre joueurs, dont Shafer. Nous savons que vous avez déjà contacté Oliver Highsmith. Ce que vous ne savez sans doute pas encore, mais que vous finirez par découvrir, c'est que tous les joueurs sont des agents, en activité ou à la retraite. Autrement dit, Geoffrey Shafer pourrait n'être que le début de nos soucis.

— Ce sont tous les quatre des assassins ? voulus-je savoir.

Andrew Jones ne répondit pas. C'était inutile.

89

— Nous pensons que ce « jeu » a pris naissance à Bangkok, où trois des quatre joueurs étaient en poste en 1991. Le quatrième, Highsmith, était le mentor de George Bayer, qui interprète le rôle de la Famine. Highsmith a toujours été basé à Londres.

— Parlez-moi de lui.

— Comme je vous l'ai dit, il n'a jamais quitté le bureau central, à Londres. C'était un analyste de premier rang ; ensuite, on lui a demandé de chapeauter plusieurs agents. Un type extrêmement brillant, très apprécié.

— D'après lui, les Quatre Cavaliers n'était qu'un jeu de rôles inoffensif.

— Pour lui, peut-être. Il est peut-être sincère. Il se déplace en fauteuil roulant depuis 1985. Accident de voiture. Sa femme venait de le quitter, et il a craqué. Il est énorme, il doit faire dans les cent cinquante kilos. Je le vois mal se balader dans les quartiers chauds de Londres pour assassiner des jeunes femmes. Car c'est bien ce que vous soupçonnez Shafer de faire à Washington ? Les meurtres de Jane Doe, comme vous les appelez ?

Jones avait raison, je n'allais pas le contredire.

— Nous savons qu'il est impliqué dans plusieurs affaires de meurtre, et je crois que nous étions à deux doigts de le coincer. Il embarquait ses victimes dans un taxi pirate, et on a retrouvé la voiture. Oui, nous étions au courant, Andrew.

Jones forma un triangle de ses doigts boudinés, ourla les lèvres.

— Pensez-vous que Shafer a su que vous et l'inspecteur Hampton approchiez du but ?

— C'est possible, mais il faut bien voir qu'il était sous pression. Il a commis des fautes qui nous ont permis de remonter jusqu'à l'appartement qu'il louait.

Jones opina. Il semblait en savoir très long sur Shafer, ce qui prouvait, à mes yeux, qu'il le surveillait depuis longtemps. Et j'aurais aimé savoir depuis combien de temps il s'intéressait à moi.

— Selon vous, quelle sera la réaction des autres joueurs après les dérapages de Shafer ? lui ai-je demandé.

— Je suis sûr qu'ils se sont sentis menacés, me répondit-il. Normal, puisqu'ils les mettait tous en danger. Et c'est toujours le cas aujourd'hui. Nous avons donc Shafer, qui a vraisemblablement commis plusieurs meurtres ici, à Washington, en mettant ses fantasmes à exécution. Highsmith, qui n'en a sans doute pas fait autant, mais pourrait très bien superviser le jeu. Ensuite, il y a un nommé James Whitehead, qui opère à la Jamaïque. Pour l'instant, on n'a pas relevé sur l'île, ni dans les îles de la région, de meurtres style Jane Doe. On a bien vérifié. Et enfin, il y a George Bayer, en Extrême-Orient.

— J'imagine que vous avez également enquêté sur lui...

— Évidemment. On n'a rien trouvé de spécial dans son dossier, mais il y a un fait divers qui pourrait avoir un rapport avec lui. L'an dernier, à Bangkok, deux filles d'un bar de Pat Pong ont disparu. Elles se sont volatilisées dans la foule, en pleine rue. Elles avaient respectivement seize et dix-huit ans, elles dansaient et faisaient la pute. Alex, on les a retrouvées clouées ensemble dans la position du missionnaire, et elles ne portaient que des bas et des porte-jarretelles. Même à Bangkok où tout le monde s'en donne à cœur joie, cette histoire a fait énormément de vagues. Et elle rappelle étrangement l'affaire de ces deux filles assassinées à Eckington, vous ne trouvez pas ?

— Si, acquiesçai-je. Nous voici avec au moins deux Jane Doe non élucidées à Bangkok. Quelqu'un a-t-il interrogé Bayer ?

— Pour le moment, non, mais il est sous surveillance. Je vous ai parlé de la politique de la maison et de la peur du scandale. Il y a une enquête en cours sur Bayer et les autres, mais notre marge de manœuvre est très limitée.

— Pas la mienne, lui dis-je. C'est ce que vous vouliez entendre, n'est-ce pas ? Vous vous y attendiez ? Est-ce pour ça que vous avez organisé le rendez-vous ?

Jones prit soudain un air grave.

— Ainsi va le monde, je le crains. Je propose qu'à partir de maintenant, on travaille ensemble. Si vous nous aidez... je vous promets de faire ce que je peux pour savoir ce qu'est devenue Christine Johnson.

90

Le procès reprit en fait le mercredi suivant, plus tôt que prévu. La presse s'interrogeait sur la gravité des blessures que Shafer s'était infligées, mais l'intérêt malsain du grand public pour l'affaire ne semblait pas faiblir.

Impossible d'en prédire l'issue, mais j'essayais de ne pas penser au pire. Shafer et moi étions tous deux présents lors de la reprise des audiences. Il avait l'air pâle, faible, ce qui pouvait lui attirer la sympathie de certains jurés. Et moi, je n'arrivais pas à le quitter des yeux.

En ce qui me concernait, les choses devenaient de plus en plus étranges. Ce matin-là, le sergent Walter Jamieson fut appelé à la barre. Jamieson, je l'avais eu comme instructeur à l'école de police. C'était lui qui m'avait appris les rudiments de mon métier, et il formait toujours de jeunes recrues. Je me demandais bien pourquoi on lui demandait de témoigner dans le procès d'un homme accusé d'avoir tué Patsy Hampton.

Jules Halpern s'approcha du témoin, les bras chargé d'un imposant volume ouvert.

— Je vais vous citer des extraits d'un ouvrage intitulé *Préserver la scène de crime : le manuel de l'enquêteur*, que vous avez écrit il y a vingt ans, et dont vous vous servez toujours : « L'enquêteur doit *impérativement* s'abstenir de déranger la scène de crime avant l'arrivée de ses collègues, lesquels pourront corroborer les gestes destinés à collecter les pièces à conviction, faute de quoi ces mêmes gestes risqueraient d'être attribués à l'auteur des faits. Sur une scène de crime, le port de gants est *indispensable*. » Est-ce vous qui avez écrit cela, sergent Jamieson ?

— Oui, c'est moi. Sans le moindre doute. Il y a une vingtaine d'années, comme vous venez de le dire.

— Et ce que vous avez écrit à l'époque reste-t-il toujours valable aujourd'hui ? demanda Halpern.

— Oui, bien sûr. Beaucoup de choses ont changé, mais pas cela.

— Et avez-vous, lors d'un précédent témoignage, entendu l'inspecteur Cross affirmer qu'il portait des gants à l'intérieur du véhicule de l'inspecteur Hampton comme dans l'appartement du Dr. Cassady ?

— Oui, j'ai entendu ce témoignage. J'ai également lu les motivations du jury d'accusation.

Halpern alluma le projecteur installé dans la salle d'audience.

— Je vous demanderai de vous intéresser particulièrement aux clichés n° 176 et n° 211 fournis par le bureau du procureur. Les distinguez-vous ?

— N° 176 et 211. Oui, je les vois.

— Ces deux photos sont intitulés « Boucle de ceinture de l'inspecteur Hampton. Relevé : Alex Cross / pouce droit » et « Planche de bord, côté gauche. Relevé : Alex Cross / index gauche ». Que signifient ces termes ? Pouvez-vous nous expliquer de quoi il s'agit ?

— Cela veut dire qu'on a retrouvé les empreintes digitales d'Alex Cross sur la ceinture de l'inspecteur Hampton ainsi que sur la planche de bord de sa voiture.

Jules Halpern garda le silence dix bonnes secondes avant de reprendre :

— Ne pourrions-nous donc pas en conclure, sergent Jamieson, que l'inspecteur Cross pourrait fort bien être lui-même l'auteur du viol et du meurtre de Patsy Hampton.

— Objection ! s'écria Catherine Fitzgibbon, qui s'était levée d'un bond.

— Je retire ce que je viens de dire, fit l'avocat de la défense. J'en ai terminé.

91

Substituts et avocats de la défense se relayaient chez Larry King et dans d'autres émissions télévisées, avec chaque fois le même discours : la victoire était acquise.

Le regard pénétré et les gestes de Jules Halpern en disaient long sur son assurance et sa détermination. Il défendait son client avec l'acharnement d'un jockey bien décidé à fouetter son pur-sang jusqu'à la victoire.

Le greffier se leva pour annoncer :

— La défense appelle M. William Payaz.

Ce nom ne me disait strictement rien. Quelle surprise me réservait-on encore ?

Aucune réaction dans la salle.

Personne ne s'avança.

Les cous se tendirent. Personne ne se manifestait. Qui était le témoin mystérieux ?

Le greffier répéta, en haussant le ton :

— Monsieur Payaz, monsieur Payaz.

La double porte du fond s'ouvrit soudain, et apparut un clown. Un clown de cirque. Le public se mit à chuchoter bruyamment, et on entendit quelques rires. Dans quel monde vivions-nous ? C'était bien le cas de le dire : quel cirque...

Le clown se présenta à la barre. Aussitôt, le juge Fescoe prit la défense et le ministère public à part, et s'ensuivit une discussion très animée dont nous ne pûmes saisir le contenu. La question du clown fut apparemment résolue au bénéfice de la défense et le clown, après avoir prêté serment, fut invité à décliner son identité.

La main droite ganté de blanc levée, il déclara :

— Billy.

— Nom de famille, s'il vous plaît, demanda le greffier.

— Prénom, Silly, répondit le clown. Nom, Billy. (Et,

se tournant vers le juge, il confia : C'est mon nom officiel. Je l'ai fait changer.

Silly Billy, autrement dit Gros Bêta...

Jules Halpern reprit alors la parole et s'adressa au clown avec respect et sérieux. Il lui demanda tout d'abord de détailler son état-civil, ce que le clown fit, poliment. Puis il lui demanda :

— Peut-on connaître la raison de votre présence dans ce tribunal ?

— J'ai fait une animation pour M. Shafer, à Kalorama, le soir de ce terrible meurtre. Ses jumelles fêtaient leurs cinq ans. J'étais déjà venu pour leurs quatre ans. (Et il ajouta, comme s'il s'adressait à un auditoire de bambins :) J'ai apporté une cassette. Vous voulez la voir ?

— Bien sûr, dit l'avocat.

— Objection ! cria Catherine Fitzgibbon.

Malgré les protestations du substitut et au terme d'un nouvel apparté relativement long, la défense fut autorisée à produire l'enregistrement. À en croire la presse, Jules Halpern intimidait le juge Fescoe, et je commençais à le croire.

La bande démarrait par l'étonnant gros plan d'un visage de clown peint. Ensuite, le caméscope reculait, et toute la salle vit alors qu'il s'agissait de l'enseigne décorant le van de Silly Billy. Le véhicule était garé devant une belle villa de brique rouge flanquée d'un jardin d'hiver. La demeure de la famille Shafer.

Le plan suivant montrait Silly Billy sonnant à la porte et les enfants de Shafer, apparemment surpris.

Le substitut formula une nouvelle objection, qui entraîna un nouvel apparté. Puis chacun retourna à sa place, et le visionnage de la bande put reprendre.

On voyait les autres enfants invités à la fête se précipiter vers la porte. Le clown leur donnait des jouets puisés dans un sac de toile qu'il portait à l'épaule — ours en peluche, poupées, camions de pompier rouge vif.

Silly Billy exécutait ensuite des tours de prestidigitation et des gags sur la véranda côté jardin. La pelouse était superbe. On voyait des orangers en pot, des roses trémières blanches, des massifs de jasmin.

— Attendez ! J'entends quelque chose, dehors ! criait-il en se tournant vers l'objectif. On le voyait courir et sortir du champ.

Les enfants s'élançaient à sa poursuite. On lisait l'émerveillement dans leur regard impatient.

Un poney gris faisait son apparition au coin de la maison. Il était chevauché par Silly Billy.

Mais lorsque le clown descendait de monture, les enfants comprenaient qu'il s'agissait en fait de Geoffrey Shafer ! C'était le délire parmi les enfants, et surtout pour les jumelles, qui couraient se pendre au cou de leur papa, qui donnait l'image du père idéal.

Suivaient des plans gentillets où l'on voyait les enfants manger le gâteau d'anniversaire et jouer à des jeux de société, puis d'autres dans lesquels Shafer riait et s'amusait avec plusieurs de ses petits invités. Je soupçonnais Jules Halpern d'avoir supervisé le montage final de cette bande, décidément très convaincante.

Les invités adultes, tous élégamment vêtus et très BCBG, se répandaient en témoignages chaleureux : Geoffrey Shafer et son épouse étaient de merveilleux parents. Shafer, qui avait troqué ses habits de clown contre un superbe costume bleu marine, réfutait modestement tous les compliments. Sa tenue était celle qu'il portait le soir de son arrestation, au Farragut.

L'enregistrement s'achevait sur le sourire des jumelles, radieuses, déclarant qu'elles adoraient maman et papa, grâce à qui « leur rêve était devenu une réalité ».

La lumière revint. Le juge autorisa une brève interruption d'audience.

La diffusion de cette cassette m'avait mis en rage. Shafer donnait désormais l'image d'un excellent père — et d'une parfaite victime.

Les jurés souriaient, à l'instar de Jules Halpern. Le ténor du barreau avait très ingénieusement soutenu que cet enregistrement était d'une importance vitale, car il donnait une indication de l'état d'esprit de Geoffrey Shafer peu avant la mort brutale de Patsy Hampton. La cassette n'aurait jamais dû être montrée puisqu'elle ne faisait pas partie des pièces versées officiellement au dossier, mais ses talents d'orateur lui avaient permis de faire passer pour logique une requête aberrante. De toute manière, ce point était maintenant purement académique.

Shafer lui-même affichait un grand sourire, tout comme sa femme et son fils. Et un détail me traversa brusquement l'esprit : à l'anniversaire de ses deux filles, il chevauchait un poney gris. Il jouait la Mort, l'un des Quatre Cavaliers.

Pour lui, la vie n'était que théâtre et jeux.

92

J'avais parfois envie de fermer les yeux et de ne pas les rouvrir avant la fin du procès. Je voulais que le monde redevienne ce qu'il était avant l'apparition du Furet.

Catherine Fitzgibbon interrogea les témoins avec beaucoup d'intelligence, mais le juge donnait l'impression de favoriser la défense chaque fois qu'il le pouvait. Cela avait commencé avec la validation du choix des témoins, étape cruciale, et ce n'était pas fini.

En début d'après-midi, Lucy Shafer fut appelée à la barre, alors que les jurés avaient encore à l'esprit les images joyeuses de la vidéo amateur tournée au domicile de la famille.

Depuis que je l'avais vue, le soir du meurtre de Patsy Hampton, j'essayais de comprendre quelle pouvait être la nature de ses rapports avec son mari. J'étais perplexe. Quel genre de femme pouvait partager la vie d'un homme aussi monstrueux et aussi cynique que Shafer sans s'en rendre compte ? Ou existait-il une autre motivation, quelque chose qui la retenait prisonnière ? Au cours de ma carrière de psychologue, j'avais vu toutes sortes de relations conjugales, mais ce couple-là me dépassait.

Ce fut Jane Halpern qui interrogea Lucy Shafer. Elle paraissait aussi sûre d'elle, aussi battante que son père. C'était une jeune femme mince et plutôt grande, aux cheveux noirs et fins noués par un ruban cramoisi. Elle avait vingt-huit ans, et cela faisait quatre ans à peine qu'elle exerçait, après avoir fait son droit à Yale, mais on sentait chez elle une maturité qui la vieillissait un peu.

— Madame Shafer, depuis combien de temps connaissez-vous votre mari ?

D'une voix douce mais parfaitement audible, Lucy Shafer répondit :

— Quasiment depuis que je suis adulte. Mon père était son supérieur dans l'armée. Je crois que j'avais à peine quatorze ans lorsque je l'ai rencontré. Il avait neuf ans de plus que moi. Nous nous sommes mariés quand j'avais dix-neuf ans, après ma deuxième année à Cambridge. Un jour, alors que je révisais en prévision de mes examens, il est venu à la fac en tenue d'apparat, avec son sabre étincelant, ses médailles, ses bottes de cuir noir toutes brillantes, et je l'ai vu arriver comme ça en pleine bibliothèque. Moi, j'étais plongée dans mes bouquins, je portais un vieux pull ou je ne sais quel truc informe que j'avais mis en me levant, et je n'avais pas dû me laver les cheveux depuis des jours. Geoff m'a dit que ça n'avait aucune importance, que les apparences, il s'en moquait. Il m'a dit qu'il m'aimait et m'aimerait toujours, et je peux vous dire qu'il a tenu parole.

— C'est admirable, commenta Jane Halpern en faisant mine d'être sous le charme, comme si elle entendait ce récit pour la première fois. Et est-il resté aussi romantique, aussi attentionné ?

— Oh, oui, il l'est même plus encore aujourd'hui. Il ne se passe pour ainsi dire pas une semaine sans qu'il m'offre des fleurs, ou parfois un carré Hermès. Je les collectionne, ils sont magnifiques. Et puis, il y a nos escapades « aïe ».

Le nez de Jane Halpern se plissa, et une lueur de curiosité brilla dans ses yeux marron.

— Qu'appelez-vous des escapades « aïe » ? demanda-t-elle avec l'exubérance d'une animatrice de talk-show matinal.

— Geoff m'emmène à New York, ou à Paris, ou encore Londres d'où il est originaire, et je fais les boutiques jusqu'à ce qu'il dise « aïe ». Il est très généreux sur ce plan-là.

— C'est un bon mari, donc ?

— Le meilleur qu'on puisse imaginer. Il travaille énormément, mais pas au point de négliger sa famille. Les enfants l'adorent.

— Effectivement, madame Shafer, l'enregistrement vidéo que nous avons pu voir ce matin en témoigne. Cette petite fête d'anniversaire, était-ce quelque chose d'exceptionnel ?

— Non, Geoffrey aime beaucoup recevoir. Il est d'un tempérament joyeux, il apprécie la vie, il adore s'amuser et faire des surprises. C'est un homme sensible et très créatif.

Mon regard glissa de Lucy Shafer au box des jurés. Elle les avait subjugués, et ils ne la quittaient plus des yeux. Et elle était crédible. J'avais moi-même le sentiment qu'elle aimait réellement son mari et, surtout, qu'elle était persuadée que lui l'aimait.

Jane Halpern épuisa toutes les ressources de son témoin. Je la comprenais. Lucy Shafer était une belle femme apparemment dotée d'une grande gentillesse, visiblement très amoureuse de son mari et aux petits soins pour ses enfants, mais elle n'avait rien de la bourgeoise écervelée. Elle donnait simplement l'impression d'avoir trouvé l'homme idéal et de le vénérer. Et cet homme n'était autre que Geoffrey Shafer.

Telle était l'image indélébile que les jurés emportèrent avec eux au terme de l'audience.

Ce n'était qu'un stupéfiant mensonge, conçu par un expert.

93

En rentrant chez moi, en fin d'après-midi, j'ai rappelé Andrew Jones pour faire le point. J'avais tenté de recontacter Oliver Highsmith, sans succès. Et nous ne disposions d'aucun élément nouveau susceptible de nous permettre d'établir un lien entre Shafer et les meurtres de Jane Doe à Washington. Apparemment, il n'avait assassiné personne au cours des derniers mois. Tout au moins dans la région.

Après le dîner — tourte au poulet, salade et tarte à la rhubarbe — Nana libéra les enfants de leur corvée de vaisselle, les envoya se coucher, et me demanda de rester lui donner un coup de main. La cuisine était « en odeur de saleté », comme nous disions souvent.

— Comme dans le bon vieux temps, lui dis-je en trempant les couverts et la vaisselle dans l'eau savonneuse d'un évier de faïence aussi vieux que la maison.

Nana, dont les doigts étaient aussi alertes que le cerveau, essuyait plus vite que je ne lavais.

— Je persiste à me dire qu'on devient plus intelligent avec l'âge, gloussa-t-elle.

— Je ne sais pas. C'est toujours moi qui me retrouve à faire la vaisselle.

— Il y a quelque chose que je ne t'ai pas dit, mais j'aurais dû.

Là, elle ne plaisantait plus.

— D'accord. (J'ai cessé d'éclabousser le pourtour de l'évier avec ma mousse.) Vas-y, je t'écoute.

— Ce que je voulais dire, c'est que je suis fière de la façon dont tu as réagi à toutes les horreurs que tu viens de vivre. Ta force et ta patience m'ont donné de l'inspiration, et tu sais que je ne me laisse pas facilement inspirer, surtout par des énergumènes de ton espèce. Je sais que ton attitude a eu le même effet sur Damon et Jannie. Rien ne leur échappe.

Je me suis penché au-dessus de l'évier. J'étais d'humeur à me confesser.

— Je suis en train de vivre la pire période de ma vie. Jamais je n'ai eu à affronter quelque chose d'aussi difficile. Tu sais, Nana, c'est encore pire qu'à la mort de Maria. C'est dire... Au moins, je savais qu'elle était morte. J'ai pu faire mon deuil. Au bout d'un moment, j'ai réussi à me détacher d'elle et j'ai recommencé à respirer.

Nana s'approcha de moi et me prit dans ses bras, dont la vigueur me surprenait toujours.

Elle me regarda droit dans les yeux, comme elle le faisait depuis que j'avais neuf ans, et me dit :

— Fais ton deuil, Alex. Détache-toi d'elle.

94

Geoffrey Shafer avait une femme aussi séduisante qu'adorable, et cette injustice, cette monstrueuse incongruité me révoltaient. Le psychologue que j'étais ne comprenait pas, le flic non plus.

Le judicieux témoignage de Lucy Shafer reprit le lendemain matin, dès l'ouverture de l'audience, et se prolongea environ une heure. Jane Halpern trouvait que son témoin n'avait pas encore suffisamment expliqué aux jurés à quel point son mari était un homme formidable.

Puis vint enfin le tour de Catherine Fitzgibbon. À sa

manière, elle se révélait aussi pugnace, et peut-être aussi impressionnante, que Jules Halpern.

— Madame Shafer, nous vous avons toutes et tous écoutée avec beaucoup d'attention, et tout cela semble absolument charmant et idyllique, mais une chose me laisse perplexe. Voici ce qui me préoccupe : votre mari a fait il y a huit jours une tentative de suicide. Votre mari a tenté de mettre fin à ses jours. Alors peut-être n'est-il pas exactement celui qu'il donne l'impression d'être. Peut-être n'est-il pas aussi équilibré, aussi sain d'esprit qu'il le paraît. Peut-être vous trompez-vous sur sa véritable nature.

Lucy Shafer riva son regard à celui du substitut.

— Au cours des derniers mois, mon mari a vu sa vie, sa carrière et sa réputation menacées, et tout cela à tort. Mon mari n'arrivait pas à croire qu'on puisse porter contre lui des accusations aussi horribles. Et ce cauchemar kafkaïen l'a littéralement mené au désespoir. Vous n'avez pas idée de ce que c'est, de voir son nom traîné dans la boue.

Catherine Fitzgibbon sourit, et rétorqua :

— Bien sûr que si. Vous n'avez pas lu la presse à scandale, ces temps derniers ? Le *National Enquirer* ?

Des rires fusèrent dans la salle, puis gagnèrent le box des jurés. Catherine avait manifestement réussi à s'attirer leur sympathie.

— N'est-il pas exact, reprit-elle, que votre mari se faisait soigner pour ce fameux « désespoir » depuis de nombreuses années ? Il consultait une psychologue, madame Shafer. Il souffre d'une psychose maniaco-dépressive, ou psychose bipolaire. Est-ce bien cela ?

Lucy secoua la tête.

— Il a traversé une crise, c'est tout. Le cap de la cinquantaine. Ça n'a rien d'extraordinaire pour quelqu'un de son âge.

— Je vois. Et avez-vous pu l'aider à franchir ce cap difficile ?

— Bien entendu, sauf en ce qui concerne son travail. Une grande partie de ce qu'il fait est ultra-confidentiel, classé secret-défense. Il faut que vous compreniez cela.

— J'entends bien, fit la représentante du ministère

public avant d'enchaîner : Ainsi donc, votre mari vous cache beaucoup de secrets ?

Exaspérée par les redoutables questions de Catherine Fitzgibbon, Lucy darda dans sa direction un regard noir.

— En ce qui concerne son *travail*, oui.

— Saviez-vous qu'il voyait le Dr. Cassady ? Boo Cassady ?

— Oui, bien sûr que je le savais. On en avons souvent discuté.

— La voyait-il souvent ? Le savez-vous ? Vous le disait-il, ou bien était-ce classé *secret-défense* ?

Jane Halpern se dressa d'un bond.

— Objection !

— Accordée. (Le sourcil menaçant, le juge Fescoe tonna :) Madame Fitzgibbon !

— Veuillez m'excuser, Votre Honneur. Pardonnez-moi, Lucy. Bien, votre mari voyait-il souvent Boo Cassady ?

— Il la voyait aussi souvent que nécessaire, j'imagine. Je crois que son prénom est en fait *Elizabeth*.

— Une fois par semaine ? proposa le substitut sans laisser le moindre répit au témoin. Deux fois ? Tous les jours ?

— Une fois par semaine, je crois. En général, c'était une fois par semaine.

— Pourtant, les portiers du Farragut déclarent qu'ils voyaient votre mari beaucoup plus souvent. Trois ou quatre fois par semaine, en moyenne.

Lucy Shafer dodelina de la tête, l'air las.

— Je fais entièrement confiance à Geoffrey. Je ne le tiens pas en laisse. Ce n'est pas moi qui irais compter ses séances de psy.

— Le fait que le Dr. Cassady — ou plutôt *Elizabeth* — fût une aussi jolie femme vous gênait-il ?

— Non, ne soyez pas absurde.

Une expression d'étonnement non feinte glissa sur le visage de Fitzgibbon.

— Pourquoi serait-ce absurde ? Je ne le pense pas. Pour ma part, je crois que si mon mari avait rendez-vous deux, trois, voire quatre fois par semaine avec une jolie femme dans son cabinet, qui se trouve être également son appartement, cela me gênerait. (Puis, sans attendre, elle fonça dans la brèche :) Boo Cassady recevait votre mari dans le cadre de séances de sexothérapie, et cela ne vous gênait pas ?

Lucy Shafer hésita, apparemment surprise. Elle lança un regard vers son mari. *Elle n'était pas au courant*. Il était difficile de ne pas avoir pitié d'elle.

Jane Halpern bondit.

— Objection ! Votre Honneur, rien ne permet d'affirmer que mon client consultait une sexothérapeute.

Chacun put voir Lucy Shafer se ressaisir. Visiblement, elle était plus forte qu'elle ne le paraissait. Avait-elle, elle aussi, un faible pour les jeux ? Pouvait-elle faire partie du petit cercle des mystérieux joueurs ? Ou elle et son mari pratiquaient-ils des jeux totalement différents ?

Elle décida d'intervenir.

— J'aimerais répondre à cette question. Madame le substitut, mon mari, Geoffrey Shafer s'est toujours montré si bon époux et si bon père que même s'il jugeait nécessaire de consulter une sexothérapeute, sans me le dire, de peur de me blesser, ou par honte, je le comprendrais.

— Et s'il commettait *un meurtre de sang-froid* sans vous le dire ?

Ayant prononcé ces mots, Catherine Fitzgibbon se tourna vers les jurés.

95

Elizabeth « Boo » Cassady, allait bientôt avoir quarante ans. C'était une belle plante, mince, restée fidèle à sa longue et soyeuse chevelure de jeune fille, couleur châtain. Elle aimait faire ses achats chez Neiman Marcus, Saks, Nordstrom, Bloomingdale's et dans un certain nombre de boutiques chic de Washington. Cela se voyait.

On avait pris l'habitude de l'appeler Boo parce que, toute petite, elle riait toujours sans pouvoir s'arrêter chaque fois que quelqu'un jouait à la surprendre en lui faisant « Boo ! », un mot qu'elle avait fini par retenir et répéter. Et si, de la maternelle à l'université, elle avait conservé ce surnom, c'était, au dire de ses amis, parce qu'elle leur faisait parfois un peu peur.

Aujourd'hui, elle était appelée à témoigner, et pour ce jour important, elle avait choisi un tailleur-pantalon magnifiquement coupé, extrêmement léger et fluide, et opté pour des tons café et beige. On sentait la femme qui exerçait une profession libérale et avait réussi.

Jules Halpern lui demanda, pour la forme, son nom et son activité. Le ton était cordial, mais impersonnel, un peu plus distant que celui employé jusqu'alors à l'égard des autres témoins.

— Dr. Elizabeth Cassady, répondit-elle très calmement. Je suis psychothérapeute.

— Docteur Cassady, quelles sont vos relations avec le colonel Shafer ?

— Il est l'un de mes patients, depuis plus d'un an. Il vient en consultation à mon cabinet, au 1208 Woodley Avenue, une ou deux fois par semaine. Récemment, après la tentative de suicide de M. Shafer, nous avons augmenté la fréquence des séances.

Halpern hocha la tête.

— À quelle heure ces séances ont-elles lieu ?

— En général, en début de soirée. L'horaire peut varier en fonction de l'agenda professionnel de M. Shafer.

— Docteur Cassady, je voudrais que nous nous intéressions plus particulièrement au soir où l'inspecteur Hampton a été assassiné. Geoffrey Shafer avait-il rendez-vous ce soir-là pour une séance de thérapie ?

— Oui, tout à fait. À vingt et une heures. Je crois me souvenir qu'il est arrivé avec un peu d'avance. Mais la séance était prévue à neuf heures du soir.

— Est-il possible qu'il soit arrivé beaucoup plus tôt, vers vingt heures trente ?

— Non, c'est impossible. Il m'a appelé avec son mobile en partant de chez lui, à Kalorama, et nous nous sommes parlé jusqu'à son arrivée en bas de l'immeuble. Il culpabilisait énormément parce que son moral était au plus bas alors que c'était l'anniversaire de ses filles.

— Je vois. Et cette conversation téléphonique avec le colonel Shafer a-t-elle été, à un moment quelconque, interrompue ?

— Oui, mais très brièvement.

Halpern semblait décidé à interroger son témoin au pas de charge.

— Combien de temps s'est écoulé entre le moment où vous avez cessé de vous parler au téléphone et celui de son arrivée ?

— Deux ou trois minutes, cinq au grand maximum. Le temps de se garer et de monter. Pas davantage.

— Lorsqu'il s'est présenté, Geoffrey Shafer avait-il l'air dans son état normal ?

— Oui, absolument. En fait, il m'a paru plutôt guilleret. Il venait juste d'organiser un beau goûter d'anniversaire pour ses jumelles. Pour lui, la fête s'était très bien déroulée. Il est fou de ses enfants.

— Était-il essoufflé, tendu ? Transpirait-il ?

— Non. Comme je l'ai dit, il était calme et avait l'air parfaitement bien. Je m'en souviens très nettement. Et après l'intrusion de la police, j'ai pris soin de prendre des notes pour que tout soit bien net et précis.

Son regard se porta vers la table de l'accusation.

— Ainsi donc, vous avez pris des notes par souci d'exactitude ?
— Oui, en effet.
— Docteur Cassady, avez-vous remarqué de quelconques traces de sang sur les vêtements du colonel Shafer ?
— Non.
— Je vois. Vous n'avez pas vu de sang sur Shafer. Et quand l'inspecteur Cross est arrivé, avez-vous remarqué du sang sur lui ?
— Oui, j'ai vu des taches et des traînées de sang sur sa chemise et sa veste. Sur ses mains, également.

Jules Halpern marqua une pause, le temps de laisser les jurés méditer ce qu'ils venaient d'entendre. Puis il posa une dernière question :
— Le colonel Shafer avait-il l'air d'une personne venant de commettre un meurtre ?
— Non, absolument pas.
— J'en ai terminé, conclut l'avocat de la défense.

Ce fut Daniel Weston qui mena les débats contradictoires pour l'accusation. Âgé de vingt-neuf ans, brillant et l'esprit vif, c'était l'une des étoiles montantes du parquet. Au bureau du procureur, il avait une réputation de tueur.

Il était aussi bel homme, blond et solidement bâti, ce qui en faisait un peu l'homologue de Boo Cassady sur le plan physique. À eux deux, ils formaient un couple assez séduisant, et c'était précisément l'image qu'il souhaitait communiquer.
— Madame Cassady, commença-t-il, vous n'étiez pas la *psychiatre* de M. Shafer, n'est-ce pas ?

Boo Cassady fronça les sourcils avant de parvenir à esquisser un sourire.
— Non, un psychiatre est un médecin. Je suis certaine que vous le savez.
— Et vous n'êtes pas médecin ?
— Non, je ne le suis pas. Je possède un doctorat de sociologie. Cela aussi, vous le savez.
— Êtes-vous *psychologue* ?
— Les psychologues ont en général un diplôme de psychologie, parfois un doctorat de troisième cycle.
— Possédez-vous un diplôme de psychologie ?

— Non, je suis psychothérapeute.
— Je vois. Où avez-vous fait vos études de psychothérapie ?
— À l'American University. J'ai passé un doctorat de troisième cycle en action sociale.

Daniel Weston ne laissait pas au témoin le temps de souffler entre deux réponses.

— Ce « cabinet de psychothérapie », dans la tour Farragut, comment est-il meublé ?
— Il y a un divan, un bureau, une lampe. Le décor est assez spartiate, mais je tiens à ce qu'il y ait beaucoup de plantes vertes. Mes patients trouvent ce cadre fonctionnel, mais apaisant.
— Pas de distributeur de mouchoirs en papier près du divan ? s'enquit Weston avec un sourire narquois. Je pensais que c'était indispensable.
— Je prends mon travail très au sérieux, protesta le témoin, que l'on sentait irrité, voire déstabilisé. Mes patients également.
— Quelqu'un vous a-t-il recommandée à Geoffrey Shafer ?
— En réalité, nous nous sommes rencontrés à la National Gallery... au moment de l'exposition des dessins érotiques de Picasso. La presse s'en est largement fait l'écho.

Weston hocha la tête, et un petit sourire apparut sur ses lèvres.

— Ah, je vois. Et vos séances avec Geoffrey Shafer, sont-elles érotiques ? Vous arrive-t-il de parler de sexe ?

Tel un diable bondissant de sa boîte, Jules Halpern intervint :

— Objection ! La nature des propos entre un médecin et son patient n'a pas à être dévoilée ! Tout cela est d'ordre confidentiel !

Le jeune substitut se contenta de hausser les épaules et de ramener ses mèches blondes en arrière.

— Je retire ma question. Aucun problème. Êtes-vous sexothérapeute ?
— Non, ce n'est pas le cas. Comme je vous l'ai déjà, je suis psychothérapeute.

— Le soir du meurtre de l'inspecteur Hampton, Geoffrey Shafer et vous avez-vous évoqué...

Jules Halpern ne le laissa pas poursuivre.

— Objection ! Si l'accusation cherche à extorquer au témoin des propos couverts par le...

Weston leva les bras en signe de déception, et sourit à l'intention des jurés, en espérant qu'ils partageaient sa frustration.

— D'accord, d'accord. Voyons... Je vais donc retirer tout cela de l'univers des relations entre un patient et son médecin pour vous demander tout simplement si vous, madame Cassady, femme, avez eu des rapports sexuels avec Geoffrey Shafer, homme ?

Elizabeth « Boo » Cassady pencha la tête et contempla ses genoux.

Daniel Weston souriait. Jules Halpern venait d'élever une objection, aussitôt retenue par le juge Fescoe, mais le message avait eu le temps de passer.

96

— L'inspecteur Alex Cross est appelé à la barre des témoins.

Le temps de respirer à fond et de me préparer mentalement et physiquement, et j'ai remonté la grande allée centrale de la salle d'audience pour aller témoigner. Tout le monde m'observait, mais moi je ne distinguais à vrai dire qu'une seule personne, Geoffrey Shafer. Le Furet. Il s'accrochait à son rôle d'innocent accusé à tort, et je voulais le démasquer. J'aurais voulu l'interroger moi-même, poser les vraies questions, expliquer au jury comment il avait détruit les preuves, faire en sorte que la justice s'abatte sur lui de tout son poids phénoménal.

Je venais de vivre des jours terribles. Avoir travaillé honnêtement, pendant de si longues années, pour me voir aujourd'hui accusé d'être un mouton noir, un flic ayant falsifié des preuves, voire pire... Mais peut-être allais-je pouvoir enfin rétablir la vérité et retrouver mon honneur.

Jules Halpern m'octroya un sourire cordial tandis que je prenais place. Il me dévisagea brièvement, lança un regard en direction des jurés et se tourna de nouveau vers moi. L'intelligence de ses yeux sombres m'incitait à penser qu'il gâchait son talent en travaillant pour Shafer.

— Je voudrais dire, pour commencer, que c'est un honneur de vous voir, inspecteur Cross. Pendant des années, comme, je n'en doute pas, la plupart des membres de ce jury, j'ai lu dans la presse de Washington d'innombrables articles sur les affaires criminelles que vous avez contribué à résoudre. Sachez que votre palmarès jusqu'à ce jour nous laisse admiratifs.

J'ai hoché la tête et réussi, tant bien que mal, à articuler un vague sourire.

— Je vous remercie. J'ose espérer que vous admirerez également mon palmarès à venir.

— Souhaitons-le, inspecteur.

Les amabilités se prolongèrent, et ce n'est qu'au bout d'une demi-heure qu'il passa réellement à l'offensive.

— Peu avant l'arrestation du colonel Shafer, vous avez vécu un terrible drame personnel. Pourriez-vous nous en parler ?

Luttant contre l'envie de saisir ce petit sournois si poli par le col, je me suis penché vers le micro en essayant de me maîtriser.

— Une personne qui m'est chère a été enlevée pendant que nous étions en vacances aux Bermudes. On ne l'a toujours pas retrouvée, mais je ne perds pas espoir. Chaque jour, je prie pour qu'elle soit encore en vie.

Halpern émit un gargouillis compatissant. Il était très doué, à l'image de son client.

— Je suis vraiment désolé pour vous. Votre hiérarchie vous a-t-elle accordé un congé adéquat ?

— Elle s'est montrée compréhensive, on m'a aidé.

Je sentais ma mâchoire se crisper de colère en voyant Halpern se servir du drame de la disparition de Christine pour me déstabiliser.

— Inspecteur, aviez-vous officiellement repris le service actif au moment de la mort de l'inspecteur Hampton ?

— Oui, j'ai recommencé à travailler à temps plein environ une semaine avant le meurtre.

— Vous avait-on demandé de prolonger vos congés ?

— On m'a laissé le choix. Le commissaire se demandait effectivement si j'étais apte à reprendre le service, mais c'était à moi de prendre la décision.

Halpern opina, songeur.

— Il pensait que vous aviez peut-être la tête ailleurs ? Et qui aurait pu vous le reprocher ?

— J'étais perturbé, et je le suis toujours, mais ce n'est pas ce qui m'empêche de travailler. Bien au contraire, ça me fait du bien. Je ne regrette pas d'avoir repris le service.

Suivirent d'autres questions sur mon état psychologique. Puis Halper me demanda :

— Lorsque vous avez découvert le meurtre de l'inspecteur Hampton, étiez-vous très perturbé ?

— J'ai fait ce que j'avais à faire, répondis-je en me disant : « Ton client est un boucher. Tu tiens vraiment à ce qu'il reste en liberté. Te rends-tu compte de ce que tu es en train de faire ? » Ce n'était pas beau à voir.

— On a relevé vos empreintes sur la ceinture de l'inspecteur Hampton et sur la planche de bord de son véhicule. Et son sang sur vos vêtements.

J'ai laissé s'écouler plusieurs secondes avant de tenter de m'expliquer.

— La veine jugulaire de l'inspecteur Hampton était largement entaillée et il y avait du sang dans toute la voiture, ainsi que sur le ciment. J'ai essayé de secourir l'inspecteur Hampton jusqu'au moment où j'ai eu la certitude qu'elle était morte. Ce qui explique la présence de mes empreintes dans le véhicule et du sang de l'inspecteur Hampton sur mes vêtements.

— Vous avez ramené du sang dans les étages ?

— Non, absolument pas. J'ai bien regardé mes chaussures avant de quitter le garage. J'ai vérifié deux fois. Et j'ai vérifié justement parce que je ne voulais pas ramener du sang dans l'immeuble.

— Mais vous étiez perturbé, vous l'admettez. Un officier de police venait d'être assassiné. Vous avez oublié de mettre des gants lorsque vous avez commencé à fouiller les lieux. Il y avait du sang sur vos vêtements. Comment pouvez-vous être si catégorique ?

Je l'ai regardé dans les yeux en m'efforçant de rester aussi calme que lui.

— Je sais exactement ce qui s'est passé ce soir-là. Je sais qui a tué Patsy Hampton de sang-froid.

Brusquement, il haussa le ton.

— Non, monsieur, vous ne le savez pas, et tout le problème est là. *Vous ne le savez pas*. Lorsque vous avez fouillé le colonel Geoffrey Shafer, peut-on raisonnablement affirmer que vous étiez en contact avec lui, physiquement ?

— Oui.

— Et n'est-il pas possible, dans ce cas, que le sang qui se trouvait sur *vos* vêtements ait taché *les siens* ? Ne serait-ce même pas probable ?

Je refusais de me laisser manipuler. Il fallait que je me défende pied à pied.

— Non, c'est impossible. Le sang se trouvait sur le pantalon de Geoffrey Shafer *avant* mon arrivée.

Halpern s'écarta de moi. Il voulait me faire transpirer. Il se dirigea vers le box des jurés en se retournant de temps en temps dans ma direction. Il posa plusieurs autres questions concernant la scène de crime, puis :

— Mais le Dr. Cassady, elle, n'a pas vu de sang. Les deux autres officiers de police non plus, d'ailleurs — en tout cas, pas avant votre contact avec le colonel Shafer. Le colonel Shafer était au téléphone trois à cinq minutes avant d'arriver chez sa thérapeute. Il venait de quitter la fête organisée pour l'anniversaire de ses enfants. Vous ne disposez d'aucune preuve, inspecteur Cross ! À l'exception de celles que vous avez vous-même introduites dans l'appartement du Dr. Cassady. Vous n'avez strictement aucune preuve, inspecteur ! Vous avez interpellé la mauvaise personne ! Vous vous êtes acharné sur un innocent !

Jules Halpern leva les mains au ciel en signe d'écœurement.

— Je n'ai plus aucune question.

97

J'ai quitté le palais de justice par une sortie dérobée. Comme d'habitude, certes, mais aujourd'hui, cette précaution était plus indispensable que jamais. Il fallait que j'éviter la foule et la presse, et j'avais absolument besoin d'être un peu seul pour me remettre de mes émotions à la barre des témoins.

Je venais de me faire descendre en flammes par un ténor du barreau. Demain, Catherine Fitzgibbon s'efforcerait de réparer les dégâts en m'interrogeant à son tour.

Sans me presser, j'ai emprunté un escalier de service habituellement utilisé par le personnel de maintenance et de nettoyage, et qui tenait également lieu d'escalier de secours.

Je commençais à comprendre que Geoffrey Shafer avait des chances d'être acquitté. Il avait les meilleurs avocats, et l'audience préliminaire nous avait privés d'un certain nombre de preuves.

Et pour ne rien arranger, j'avais effectivement commis une grave erreur sur la scène de crime en oubliant, dans mon empressement à venir en aide à Patsy Hampton, de mettre mes gants.

J'étais de bonne foi, mais cette bévue avait sans doute installé le doute dans l'esprit des jurés. On avait retrouvé davantage de sang sur moi que sur Shafer, je ne pouvais le nier. Et l'idée de voir cet assassin échapper à la condamnation m'était insupportable. J'avais envie de hurler dans l'escalier en colimaçon.

Et c'est exactement ce que j'ai fait. Je me suis mis à hurler à pleins poumons, et cela m'a immédiatement fait un bien fou. Je me sentais soudain soulagé, même si c'était provisoire.

L'escalier menait au sous-sol du tribunal. Une fois en bas, je n'avais plus qu'à suivre un immense et sombre couloir pour rejoindre le parking annexe, où j'avais garé ma Porsche. J'étais toujours perdu dans mes pensées, mais plus calme. Crier à tue-tête m'avait libéré.

Et brusquement, juste au bout du couloir, dans l'angle, je l'aperçois. Je n'en croyais pas mes yeux. Le Furet était là.

C'est lui qui parla le premier.

— Quelle surprise, docteur Cross. On s'éclipse pour échapper à la foule devenue insupportable ? On repart la queue entre les jambes, aujourd'hui ? Non, ne vous inquiétez pas, vous vous en êtes très bien sorti. Est-ce vous que j'entendais hurler dans les couloirs ? Rien ne vaut un bon cri primal, hein ?

— Que voulez-vous, Shafer ? Nous ne sommes pas autorisés à nous voir ni à nous parler.

Il haussa ses larges épaules, chassa de ses yeux sa chevelure blonde.

— Parce que vous vous imaginez que je respecte les règles ? Les règles, je m'en moque. Vous savez ce que je veux ? Ce que je veux, c'est être blanchi. Je ne veux plus que ma famille continue à subir tout cela. Je veux tout.

— Alors il ne fallait pas tuer toutes ces personnes. Surtout pas Patsy Hampton.

— Vous êtes très sûr de vous, n'est-ce pas ? me rétorqua Shafer avec un sourire. Vous ne reculez pas. D'une certaine manière, j'admire votre attitude. J'ai moi-même joué au héros, jadis. Dans l'armée. C'est intéressant. Enfin, un certain temps.

— Mais il est bien plus intéressant d'interpréter un assassin totalement psychopathe.

— Vous voyez ? Vous vous cramponnez à vos préjugés. J'adore. Vous êtes merveilleux.

— Il ne s'agit pas de préjugés, Shafer, et vous le savez aussi bien que moi.

— Prouvez-le, dans ce cas, Cross. Faites-moi le plaisir de remporter votre pauvre, lamentable procès. Infligez-moi une cuisante défaite devant cette cour. Je vous ai même concédé un avantage, puisque vous jouez à domicile.

Je me suis avancé vers lui ; c'était plus fort que moi. Il ne bougeait pas.

— Pour vous, Shafer, tout ceci n'est qu'un jeu pervers. J'ai déjà eu affaire à des connards de votre espèce, et j'en ai battu des plus doués que vous. Je vous battrai aussi.

Il me rit au visage.

— Honnêtement, j'en doute.

Je l'ai dépassé dans le couloir étroit.

Il me poussa violemment dans le dos. C'était un homme de forte carrure, mais sa puissance me surprit.

J'ai trébuché, j'ai failli m'étaler de tout mon long. Je ne m'attendais pas à cette explosion de colère. À la barre, il ne laissait rien paraître, mais il s'en fallait de peu pour que la folie, la violence de Geoffrey Shafer n'affleurent à la surface.

— Allez-y, alors ! se mit-il à beugler. Essayez donc de me battre, là, tout de suite ! Je ne pense pas que vous puissiez y arriver, Cross. Vous en êtes incapable.

Il avança d'un pas vers moi, avec une étonnante prestance ; il était non seulement fort, mais aussi agile et athlétique. Nos gabarits étaient proches : plus d'un mètre quatre-vingt-quinze, et une centaine de kilos. Il me revint à l'esprit qu'il avait été officier dans l'armée, avant de travailler pour le MI6. Il paraissait être toujours en excellente condition physique.

Shafer me poussa de nouveau des deux mains, en lâchant une espèce de grognement tonitruant.

— Si vous en avez battu des plus forts, avec moi, ça ne devrait être qu'un jeu d'enfant, non ? Un jeu d'enfant !

J'ai bien failli lui expédier un coup de poing. J'avais trop envie d'effacer ce sourire méprisant.

Au lieu de cela, je l'ai agrippé de toutes mes forces, je l'ai plaqué contre le mur. Je l'ai maintenu comme ça, et je lui ai soufflé au visage :

— Non, pas maintenant, pas ici. Je ne vais pas vous frapper, Shafer. Quoi, vous avez déjà alerté les journaux et la télé ? Mais ne vous inquiétez pas, je vais vous régler votre compte. Bientôt.

Il partit d'un rire hystérique.

— Vous êtes vraiment à mourir, vous, vous le savez ? Vous êtes absolument génial. J'adore.

Je l'ai laissé là, dans l'obscurité du couloir. Une épreuve comme j'en avais rarement connu. J'aurais voulu le rouer de coups pour le forcer à répondre à mes questions, à tout avouer. Je voulais savoir ce qu'était devenue Christine. J'avais tellement de questions à lui poser, mais je savais qu'il n'y répondrait pas. Il était là pour m'appâter, pour jouer.

— Vous êtes en train de perdre... de perdre tout, siffla-t-il dans mon dos.

Je crois que j'aurais pu le tuer sur place.

J'ai failli me retourner, mais je me suis retenu. J'ai ouvert la porte qui grinçait, je suis sorti. Je me suis brusquement retrouvé en plein soleil, aveuglé au point de ne plus savoir où j'étais. Le bras en visière, j'ai attaqué les quelques marches qui me séparaient du parking. Et là m'attendait une autre surprise, dont je me serais bien passé.

Une douzaine de journalistes au visage sinistre, dont certains étaient connus, s'étaient donné rendez-vous sur le parking. Quelqu'un les avait prévenus de mon arrivée.

Je me suis retourné vers la porte métallique grise, mais Shafer avait disparu.

— Inspecteur Cross, lança un journaliste. Vous êtes en train de perdre ce procès. Vous le savez, n'est-ce pas ?

Oui, je le savais. J'étais en train de tout perdre, et je ne savais pas comment faire pour arrêter le massacre.

98

La journée fut consacrée à mon audition par Catherine Fitzgibbon qui, brillamment, parvint à redresser un peu la situation, sans toutefois réussir à réparer tous les dommages causés par la dernière intervention de Jules Halpern. Celui-ci ne cessait de la freiner dans son élan en interjetant des objections. Ce procès hautement médiatisé me rendait fou. Faire condamner Geoffrey Shafer à la prison allait se révéler beaucoup plus difficile que prévu.

Deux jours plus tard, notre meilleure chance d'emporter l'adhésion du jury se présenta enfin, à l'instigation de Shafer lui-même, comme s'il voulait nous narguer. Nous comprîmes alors qu'il était encore plus fou que nous ne l'avions supposé jusqu'alors. Jouer, c'était toute sa vie, et rien d'autre ne lui importait.

Shafer accepta de comparaître à la barre, et je crois que dans la salle, j'étais le seul à ne pas être abasourdi de le voir témoigner, de le voir se livrer à ses petits jeux devant nous.

Catherine Fitzgibbon était persuadée que son avocat l'avait mis en garde, l'avait supplié de ne pas le faire, mais cela n'empêcha pas Shafer de se diriger d'un pas assuré vers la barre. À le voir, on aurait cru qu'il s'apprêtait à être annobli par la reine, en grande cérémonie.

Ah, comment résister à l'appel des planches, quand on est acteur-né... Il paraissait aussi confiant, aussi sûr de lui que le soir de son arrestation. Costume bleu marine, veste croisée, chemise blanche, cravate or. Les cheveux blonds étaient parfaitement coiffés, et rien, dans cette tenue impeccable, ne pouvait laisser deviner que, juste sous la surface, écumait un océan de rage.

Jules Halpern l'interrogea sur le ton de la conversation mais, j'en avais la conviction, cet inutile coup de poker le mettait très mal à l'aise.

— Colonel Shafer, j'aimerais tout d'abord vous remercier d'avoir accepté de venir témoigner ici. J'insiste sur le fait qu'il s'agit d'une démarche totalement volontaire et que dès le début de ce procès, vous avez clairement fait savoir que vous souhaitiez être entendu par cette cour afin d'être blanchi.

Shafer afficha un sourire poli avant d'interrompre son défenseur d'un geste. Les avocats des deux parties échangèrent un regard. Que se passait-il ? Qu'allait faire l'inculpé ?

Je me suis penché en avant, en me faisant la réflexion que Jules Halpern savait peut-être que son client était coupable. Auquel cas il ne pouvait l'interroger lui-même. La loi lui interdisait en effet de poser des questions masquant des faits dont il aurait eu connaissance.

C'était le seul moyen, pour Shafer, de s'offrir un moment de gloire. Un soliloque. Une fois appelé à la barre, il pouvait faire son discours. La procédure n'était pas courante, mais tout à fait légale. Et la possibilité lui était ainsi offerte de s'exprimer en toute liberté sans risquer d'être dénoncé par son propre avocat.

Shafer tenait son public.

— Si vous voulez bien m'excuser, Me Halpern, je pense être en mesure de m'adresser moi-même à ces braves gens ici présents. Ne vous inquiétez pas pour moi. Vous savez, pour dire la simple vérité, je n'ai pas réellement besoin d'aide, quelles que soient les compétences offertes.

Halpern recula d'un pas et opina sagement en s'efforçant de ne rien perdre de son aplomb. Que pouvait-il faire d'autre en pareilles circonstances ?

Shafer se tourna vers les jurés.

— Il a été déclaré, devant cette cour, que j'appartenais aux services de renseignement britanniques, et plus particulièrement au MI6. Que j'étais, en quelque sorte, un espion. Pour être tout à fait honnête, je dois vous avouer que mon métier n'a rien de très excitant. Oubliez James Bond. Moi, ce serait plutôt l'agent zéro zéro deux et demi.

Cet adroit numéro d'autodérision souleva des rires dans la salle.

— Je ne suis qu'un gratte-papier comme tant d'autres à Washington. Mes activités à l'ambassade sont extrêmement balisées, et chacune de mes initiatives, ou presque, doit être validée. Ma vie privée est tout aussi simple, tout aussi banale. Ma femme et moi sommes mariés depuis seize ans. Nous formons un couple très uni, et nous avons trois enfants qui sont tout pour nous.

« C'est pourquoi je voudrais présenter mes excuses à mon épouse et à mes enfants. Je regrette terriblement qu'ils aient été soumis à des épreuves aussi cauchemardesques. Je demande pardon à Rob, mon fils, ainsi qu'à mes filles jumelles, Tricia et Erica. Je suis vraiment désolé. Si j'avais eu la moindre idée des proportions délirantes que cette affaire allait prendre, j'aurais insisté pour conserver mon immunité diplomatique au lieu de vouloir à tout prix sauvegarder ma réputation, notre réputation, leur réputation.

« Et je profite de ces excuses les plus sincères pour en adresser également à vous tous et toutes ici présents. Je me rends bien compte que mon intervention n'a rien de très passionnant, mais quand on est accusé de meurtre, d'un crime aussi haineux, aussi impensable, on a qu'une envie, c'est se libérer, hurler la vérité. Et voici pourquoi je suis venu à la barre.

« On vous a exposé les preuves retenues contre moi — elles sont quasiment inexistantes. Vous avez entendu les témoins. Et vous m'entendez à présent. Je n'ai pas tué l'inspecteur Patsy Hampton. Je pense que vous le savez tous, mais je tenais à vous le dire moi-même. Je vous remercie de m'avoir écouté.

Et en conclusion, il salua les jurés de la tête.

Shafer venait d'offrir avec beaucoup d'assurance une prestation brève mais claire et, malheureusement, parfaitement convaincante. Il n'avait jamais cessé de regarder les jurés dans les yeux, et l'efficacité de son allocution tenait davantage au style qu'au fond.

Catherine Fitzgibbon s'avança pour l'audition contradictoire. Au début, sachant que Shafer avait su s'attirer provisoirement la sympathie du jury, elle préféra se montrer prudente, réservant son attaque pour les toutes dernières questions. Et elle savait où se trouvait le défaut de la cuirasse.

— Vos déclarations nous ont beaucoup intéressés, monsieur Shafer. Je voudrais cependant revenir sur un point. Devant ce jury, vous affirmez que vos rapports avec le Dr. Cassady étaient d'ordre strictement professionnel. Que vous n'avez jamais eu de relations sexuelles avec le Dr. Cassady, c'est bien cela ? Je vous rappelle que vous êtes sous serment.

— Absolument. Elle était et, je l'espère, sera toujours ma thérapeute.

— En dépit du fait qu'elle admet avoir eu des relations sexuelles avec vous ?

D'un geste de la main, Shafer demanda à son défenseur de ne pas élever d'objection.

— Je ne pense pas que le registre d'audience fasse état d'une telle déclaration.

Fitzgibbon fronça les sourcils.

— Je ne vous suis pas. Pourquoi, à votre avis, n'a-t-elle pas répondu à la question très précise qui lui a été posée ?

— Cela me paraît évident, rétorqua Shafer. Cette question ne lui paraissait pas digne de réponse.

— Et lorsqu'elle a baissé la tête en regardant ses genoux, monsieur Shafer ? Il s'agissait bien d'un acquiescement.

Shafer lança un regard en direction du jury, secoua la tête d'un air interloqué.

— Vous avez mal interprété son attitude, madame le substitut. Une fois de plus, vous faites fausse route. Si vous me le permettez, pour illustrer mon propos, je vais citer le roi Charles qui déclarait, au moment d'être décapité : « Qu'on me donne ma cape, ou l'on va penser que je tremble de peur. » Le Dr. Elizabeth Cassady s'est sentie extrêmement gênée par les suggestions très crues de votre confrère. Ma famille a également été choquée. J'avoue que j'ai moi-même été choqué. (Geoffrey Shafer fixa la magis-

trate d'un regard résolu, puis répéta à l'adresse des jurés :)
J'ai moi-même été choqué.

99

Le procès arrivait à son terme, et le plus pénible restait à venir : l'attente du verdict. Ce mardi-là, les jurés se retirèrent dans la salle des délibérations pour décider du sort de Geoffrey Shafer, accusé de meurtre. Et pour la première fois, je commençais à envisager l'inimaginable : la relaxe.

J'étais avec Sampson sur le dernier banc de la salle d'audience et nous regardions les douze membres du jury s'en aller. Huit hommes, quatre femmes. John avait assisté à plusieurs audiences — « le spectacle le plus chaud du moment, après la Maison-Blanche », disait-il, mais je savais bien qu'il venait avant tout pour m'épauler.

Il regardait Shafer.

— Ce salopard est coupable ; il est aussi barge que le petit Davey Berkowitz — tu te souviens, le tueur en série ? Mais il a de bons comédiens dans sa troupe : une femme dévouée, une maîtresse dévouée, des avocats bien payés, Silly Billy. Il peut très bien s'en sortir.

— Cela arrive, ai-je convenu. Difficile de savoir comment les jurés vont voter. Ils sont de plus en plus imprévisibles.

Shafer serrait courtoisement la main de ses défenseurs. Je voyais de loin les sourires forcés de Jane et Jules

Halpern. Ils savent, n'est-ce pas ? Leur client est un tueur psychopathe, et ils le savent...

J'ai ajouté :

— Geoffrey Shafer a le don de se montrer extrêmement convaincant chaque fois que c'est nécessaire. Jamais je n'ai vu un pareil acteur.

Puis John s'en alla. Moi, je me suis une nouvelle fois éclipsé par le parking, mais cette fois ni Shafer ni la presse ne m'avaient tendu de guet-apens.

En arrivant près de ma voiture, en entendant une voix de femme, je m'immobilise. L'espace d'un instant, j'avais cru entendre Christine. Une douzaine de personnes étaient en train de regagner leurs véhicules sans prêter attention à moi. Je les observe une à une, comme électrisé. Rien. D'où venait cette voix ?

Alors j'ai pris ma vieille Porsche et je suis allé faire un tour en écoutant un CD de George Benson. Je pensais au rapport de police sur le petit rodéo auquel s'était livré Shafer avant d'être interpellé près de Dupont Circle. J'étais presque tenté de l'imiter. Mieux valait ne pas chercher à deviner la décision du jury. Tout était possible.

Puis c'est Christine qui est revenue me hanter, et j'ai senti ma gorge se serrer. C'était trop pénible. J'ai fondu en larmes, et j'ai dû me garer.

Il fallait que je respire profondément. La douleur qui me broyait la poitrine n'avait rien perdu de son intensité depuis le jour de la disparition de Christine. Christine voulait prendre un peu de recul et moi, au lieu de la laisser, j'étais revenu à la charge. J'étais responsable de ce qui lui était arrivé.

Alors pendant deux heures et demie, j'ai fait des boucles dans Washington, au hasard, sans rouler trop vite.

En arrivant à la maison, j'ai vu Nana accourir dans l'allée. Elle devait guetter mon retour.

Je me suis penché à la vitre, côté passager. À la radio, le DJ conversait joyeusement avec ses auditeurs.

— Qu'est-ce qu'il se passe, vieille femme ? Quoi encore ?

— Alex, Mme Fitzgibbon a appelé. Les jurés ont fini de délibérer. Ils vont prononcer le verdict.

100

Malade d'appréhension et de curiosité, j'ai fait marche arrière et il m'a fallu moins d'un quart d'heure pour rejoindre le tribunal. Sur E Street s'agglutinait une foule encore plus nombreuse et plus agitée qu'aux plus beaux jours du procès. Cinq ou six drapeaux britanniques claquaient dans le vent, nargués par des bannières étoilées parfois peintes sur des visages ou des torses nus.

J'ai eu toutes les peines du monde à me frayer un passage jusqu'à la salle d'audience. J'ignorais toutes les questions qu'on pouvait me lancer, j'évitais les objectifs et les regards rapaces des journalistes.

La salle était bondée. Je suis arrivé à me faufiler à l'intérieur juste avant le retour des jurés, en me faisant la réflexion que j'avais bien failli manquer cet instant décisif.

Dès que tout le monde fut assis, le juge Fescoe s'adressa au public d'une voix mesurée, mais parfaitement nette.

— Je ne tolérerai aucun débordement à la lecture de ce verdict. Si besoin est, je ferai évacuer la salle sur-le-champ.

Quelques rangées derrière l'équipe du procureur, j'essayais de respirer normalement. Que Geoffrey pût ressortir libre de cette enceinte me paraissait inconcevable. Dans mon esprit, il n'y avait pas de place pour le doute : il avait tué plusieurs personnes. Patsy Hampton, bien sûr, et quelques pauvres jeunes filles avant elle. C'était un tueur en série, un passionné du crime gratuit, et depuis des années il passait à travers les mailles du filet. Je me rendais compte, aujourd'hui, que de tous les fauves que j'avais traqués, celui-ci était sans doute le plus monstrueux, le plus audacieux. Il jouait pied au plancher, et refusait d'envisager la défaite.

— Monsieur le premier juré, avez-vous un verdict à nous communiquer ? s'enquit le juge Frescoe, le ton grave.

Et Raymond Horton, l'intéressé, lui répondit :

— Votre Honneur, nous sommes parvenus à un verdict.

Shafer, élégamment vêtu comme chaque jour depuis le début du procès — costume sur mesure, chemise blanche, cravate — affichait une assurance à toute épreuve. Dépourvu de conscience, il se moquait bien de ce qui pouvait lui arriver. Peut-être était-ce la raison pour laquelle il avait pu sévir si longtemps en toute impunité.

Le juge Fescoe, lui, semblait particulièrement sombre.

— Très bien. L'accusé veut-il bien se lever ?

Geoffrey Shafer se leva. Ses cheveux blonds, assez longs, brillaient sous les feux des plafonniers. Il dominait ses défenseurs d'une bonne tête, et tenait les mains dans le dos comme s'il était menotté. Renfermaient-elles une paire de dés à vingt faces comme ceux que j'avais aperçus dans son bureau ?

Le juge Fescoe s'adressa une nouvelle fois au premier juré.

— En ce qui concerne le premier chef d'accusation, meurtre au premier degré avec préméditation et circonstances aggravantes, qu'avez-vous décidé ?

— Non coupable, Votre Honneur, répondit le juré.

J'eus l'impression qu'on m'arrachait la tête. Un vent de folie s'empara de la petite salle d'audience. Les journalistes se précipitèrent à la barre. Malgré ses menaces de faire évacuer la salle en cas désordre, le juge était déjà en train de rejoindre ses bureaux.

Je vis Shafer s'avancer vers les journalistes, puis les dépasser d'un pas rapide. Que manigançait-il encore ? Il repéra dans la foule un homme dont le visage m'était inconnu, lui adressa un petit signe de tête presque mécanique, puis continua dans ma direction. J'aurais voulu enjamber tous les bancs pour me jeter sur lui. Je rêvais d'avoir sa peau, et je venais de laisser passer ma chance de le faire dans les règles.

— Inspecteur Cross, m'apostropha-t-il, toujours suitant de dédain. Inspecteur Cross, j'ai quelque chose à vous dire. Il y a des mois que j'attends cela.

La meute des journalistes se resserra autour de nous ; l'atmosphère devenait électrique, et il y avait beaucoup trop de monde à mon goût. Ça mitraillait de toute part. Le procès s'étant achevé, on pouvait désormais filmer et prendre des photos à l'intérieur même de la salle d'audience, et Shafer n'allait pas laisser passer une aussi belle occasion de se faire de la publicité. Tout le monde s'était regroupé autour de nous, et au milieu d'un silence aussi soudain que lourd, il me dit, les yeux dans les yeux, comme pour me transpercer le crâne :

— C'est vous qui l'avez tuée. *C'est vous qui l'avez tuée.*

J'ai brusquement perdu toutes mes forces. Mes jambes se dérobaient sous moi. Je savais qu'il ne parlait pas de Patsy Hampton.

Il parlait de Christine.

Elle était morte.

Geoffrey Shafer l'avait assassinée. Il m'avait tout pris, conformément à ses menaces.

Il avait gagné.

101

Shafer était un homme libre, et il se délectait de cette grisante sensation. Il avait mis sa vie en jeu, il avait parié, et il avait gagné gros. Le jackpot ! Jamais il n'avait connu d'instants aussi délicieux que les quelques minutes qui avaient suivi le verdict.

Accompagné de Lucy et de ses enfants, il se rendit à une conférence de presse sur invitation, sous les prétentieux lambris de la salle qui accueillait d'ordinaire la chambre de mise en accusation. Il posa pour les photographes, aux côtés de sa famille. Ses enfants ne cessaient de se prendre à son cou, et Lucy pleurait comme une fontaine, en petite fille idiote, trop gâtée et folle à lier qu'elle était. Si quelqu'un trouvait qu'il forçait sur les stupéfiants, il fallait voir ce qu'elle absorbait, elle, quotidiennement. C'était d'ailleurs de cette manière qu'il avait découvert le monde étonnant des produits pharmaceutiques.

Finalement, il brandit le poing comme en signe de victoire, et les photographes s'en donnèrent à cœur joie. Près d'une centaine de journalistes se bousculaient dans la salle, et les femmes, surtout, l'adoraient. Pour les médias, il était devenu une vraie star. Il avait retrouvé son statut de héros.

Quelques agents plus ou moins artistiques avaient trouvé le moyen de passer, et on lui fourrait des cartes de visite dans la main en lui promettant des fortunes pour les droits de son histoire. Ces propositions relativement douteuses ne l'intéressaient pas. Quelques mois plus tôt, il avait déjà pris contact avec un agent ayant pignon sur rue à Hollywood comme à New York.

Libre, libre comme l'oiseau ! Et il avait réellement l'impression de planer. Une fois la conférence de presse terminée, invoquant des raisons de sécurité, il demanda à sa femme et ses enfants de le devancer et de rentrer sans lui.

Dans la bibliothèque du palais de justice, il retrouva Jules Halpern et des représentants du groupe d'édition Bertelsmann, le plus puissant du monde, pour négocier les conditions d'un contrat. Il leur avait promis l'exclusivité de son histoire, mais pas question, bien entendu, de leur donner ne fût-ce qu'un début de vérité. N'était-ce pas la règle, aujourd'hui, avec toutes ces pseudo-biographies dont les auteurs prétendaient tout dévoiler ? Les gens de Bertelsmann le savaient bien, mais cela ne les empêchait pas de le payer royalement.

Après la réunion, il prit l'ascenseur lymphatique

menant au parking souterrain du palais de justice. Il se sentait toujours en proie à une dangereuse euphorie. Les dés à vingt faces étaient en train de brûler la poche de son pantalon.

Il mourait d'envie de jouer, tout de suite ! Aux Quatre Cavaliers. Ou, mieux, au Solipsis, sa propre version du jeu. Mais il allait tout faire pour résister à la tentation. C'était trop dangereux, même pour lui.

Depuis le début du procès, il avait toujours garé sa Jaguar au même endroit. Après tout, il avait ses habitudes. Jamais il ne s'était soucié, en revanche, de mettre des pièces dans le parcmètre, et le soir, il retrouvait sous ses essuie-glaces des paquets de contraventions à cinq dollars.

Aujourd'hui comme la veille.

Il arracha les tickets qui souillaient son pare-brise, les chiffonna en boule et les jeta sur le béton maculé d'huile.

— Je jouis de l'immunité diplomatique, clama-t-il.

Et il s'installa en souriant au volant de sa Jaguar.

LIVRE CINQ

FIN DE PARTIE

102

Shafer n'y croyait pas. Il avait commis une faute extrêmement grave et peut-être irréparable. Le résultat n'était pas celui qu'il avait prévu, et il avait maintenant l'impression de voir tout son univers s'écrouler. Il en arrivait à se dire, à certains moments, que cela n'aurait pas été pire si on l'avait incarcéré pour le meurtre de Patsy Hampton.

Shafer savait que ce n'était pas de la paranoïa, qu'il n'était pas devenu fou. Chaque fois qu'il mettait les pieds hors de son bureau, certains des pauvres nuls qui faisaient semblant de travailler à l'ambassade l'observaient d'un air mauvais, avec un mépris affiché, surtout les femmes. Qui les avait montés contre lui ? Il y avait forcément un responsable.

Il était le O. J. Simpson blanc et anglais. Le type un peu bizarre et décalé qui faisait rire ses collègues. Présumé coupable.

Shafer passa donc le plus clair de son temps cloîtré dans son bureau, dont il fermait parfois la porte à clé. Il s'acquitta de ce qu'il lui restait à faire avec une exaspération et une frustration croissantes, tout en se disant que cette histoire confinait à l'absurde. Être ainsi coincé au vu et au su de tout le personnel de l'ambassade le rendait fou. Quel spectacle pathétique !

Il pianota distraitement sur le clavier de son ordinateur en attendant que le jeu des Quatre Cavaliers reprenne son cours. Malheureusement, les autres joueurs l'avaient déconnecté, arguant qu'il était trop dangereux pour eux de jouer, et même de communiquer, avec lui. Aucun d'entre eux ne comprenait qu'au contraire, c'était le meilleur moment...

Shafer resta de longs moments le nez collé à la fenêtre, à contempler Massachusetts Avenue, et le temps lui paraissait interminablement long. À la radio, il écoutait les animateurs de talk-show prendre des appels. Il sentait la colère s'accumuler en lui. Il fallait qu'il joue.

On frappait à la porte de son bureau. Il tourna brusquement la tête, et un éclair de douleur lui cisailla la nuque. Le téléphone s'était mis à sonner. Il décrocha. C'était la secrétaire intérimaire qu'on lui avait assignée. Mlle Wynne Hamerman l'appela sur l'interphone.

— M. Andrew Jones désire vous voir.

Andrew Jones ? Shafer eut comme un choc. Jones était l'un des grands responsables du Security Service, à Londres. Shafer ignorait sa présence à Washington. Que lui voulait-il ? Un cadre de cette importance, qui n'avait pas la réputation d'être un tendre, ne se déplaçait pas pour prendre le thé. Il ne faut pas que je le fasse trop attendre, songea Shafer.

Jones était planté là, l'air impatient, presque furieux. Ses yeux bleu acier exprimaient détermination et froideur, et il avait les traits figés d'un soldat anglais en poste à Belfast. Par contraste, sa crinière et sa moustache rousses lui conféraient un côté aimable, presque jovial. À Londres, on le surnommait Andrew le rouquin.

— Allons dans votre bureau, vous voulez bien ? lui intima Jones d'une voix feutrée. Et fermez la porte derrière vous.

Shafer, à peine revenu de sa surprise initiale, sentait déjà la moutarde lui monter au nez. Pour qui se prenait ce connard prétentieux qui osait débarquer dans son bureau sans prévenir en lui donnant des ordres ? De quel droit était-il ici ? Quel culot ! Espèce de crapaud. Le laquais de Londres, dans toute sa splendeur.

— Asseyez-vous, Shafer, fit Jones, toujours aussi impérieux. Je serai bref et j'en viendrai directement au fait.

— Bien sûr, répondit Shafer tout en s'obstinant à rester debout. Soyez effectivement bref et venez-en directement au fait. Je suis sûr que nous sommes l'un comme l'autre très occupés.

Jones alluma une cigarette, tira une longue bouffée et recracha lentement la fumée.

— À Washington, c'est interdit, l'aiguillonna Shafer.

Jones feignit de ne rien avoir entendu.

— D'ici trente jours, vous allez recevoir l'ordre de rentrer en Grande-Bretagne. Vous nous mettez dans l'embarras à Washington, et ce sera pareil à Londres. Évidemment, là-bas, la presse populaire a fait de vous un martyr de la police et de la justice américaine, aussi brutales qu'inefficaces. On pense que vous êtes victime d'une magouille comme Washington les aime ; un exemple de plus de la corruption à grande échelle et de la naïveté qui prévalent aux États-Unis. Alors que nous savons tous deux que ce ne sont que de monstrueuses conneries.

— Qu'est-ce qui vous permet de venir ici me parler de cette manière, Jones ? ricana Shafer. J'ai été piégé, on a voulu me faire porter le chapeau d'un crime horrible que je n'ai pas commis. J'ai été acquitté par un jury américain. L'auriez-vous oublié ?

Jones, visiblement peu convaincu, le dévisagea d'un regard accusateur.

— Uniquement parce que des preuves accablantes n'ont pas été admises au procès. Le sang sur votre pantalon ? Le sang de cette pauvre femme dans le siphon de la baignoire, chez votre maîtresse ? (Du coin des lèvres, il souffla un panache de fumée.) Nous sommes au courant de tout, lamentable imbécile. Nous savons que vous aimez bien tuer de sang-froid. Alors vous allez rentrer à Londres et vous y resterez, jusqu'à ce qu'on vous coince. Et ce jour arrivera, Shafer. S'il le faut, on mettra même la main à la pâte.

« Le simple fait de me trouver avec vous dans cette pièce me donne envie de vomir. Légalement, pour cette fois, vous avez échappé à la sanction, mais à partir de maintenant on vous tient à l'œil. On vous aura quelque part, et bientôt.

Shafer prit un air amusé, sans pouvoir réprimer un sourire. Il savait qu'il avait tort, mais ce petit jeu était trop tentant.

— Essayez toujours, espèce d'insupportable merde pontifiante. Essayez donc, mais prenez la file d'attente. Et maintenant, si cela ne vous dérange pas, j'ai du travail.

Andrew Jones fit non de la tête.

— En réalité, vous n'avez strictement rien à faire, Shafer, mais je suis ravi de m'en aller. La puanteur qui règne dans cette pièce est absolument épouvantable. À quand remonte votre dernière douche ? (Et, concluant sur un rire chargé de mépris :) Putain, vous êtes vraiment devenu complètement barge.

103

Cet après-midi-là, je devais rencontrer Jones et trois de ses agents au Willard Hotel, à deux pas de la Maison-Blanche. C'était moi qui avais suggéré le rendez-vous. Sampson était également présent. Il avait été réintégré, et bien entendu, avait aussitôt repris les activités qui lui avaient valu d'être suspendu.

— Je suis persuadé qu'il est fou, commentait Jones. Il sent les chiottes de campagne. Il a complètement pété les plombs. Vous, sur le plan psychique, vous l'évaluez comment ?

Je connaissais désormais Geoffrey Shafer par cœur. J'avais consulté toutes les notes sur sa famille : ses frères, sa mère qui avait si longtemps souffert, son père autoritaire. Leurs déménagements de base en base jusqu'à l'âge de douze ans.

— Voici ce que je pense. Tout a commencé par une grave psychose bipolaire — qu'on appelait avant maniaco-dépressive — au moment de son adolescence. Aujourd'hui, il est accro aux médicaments style Xanax, Benadryl, Haldol, Valium, Librium et autres. Méchant cocktail. Facile à obtenir auprès d'un médecin de quartier si on est généreux. Je m'étonne qu'il réussisse à fonctionner avec tout ça, mais il tient le coup. Il ne faiblit pas. Il gagne toujours.

— J'ai annoncé à Geoff qu'il devait quitter Washington. Comment va-t-il réagir, à votre avis ? Je vous jure que dans son bureau, ça puait comme si on y avait laissé un cadavre depuis des jours.

— En fait, sa psychose peut effectivement s'accompagner d'un dégagement d'odeur, mais en général il s'agit plutôt d'une odeur un peu métallique, très acide, qui colle aux narines. Il ne doit pas se laver. Mais quand il s'agit de jouer à son jeu, de gagner et de survivre, son instinct reste phénoménal. Il ne va pas s'arrêter.

— Et que deviennent les autres joueurs ? voulut savoir Sampson. Les prétendus Cavaliers ?

Jones lui répondit :

— Ils prétendent que la partie est terminée et que, pour eux, ce n'était qu'un jeu de rôles. Olivier Highsmith est en contact avec nous, mais je crois que c'est surtout pour pouvoir surveiller notre progression. Lui aussi, dans son genre, c'est une belle ordure. Il dit que le meurtre de l'inspecteur Hampton lui a fait de la peine, et qu'il n'est pas encore totalement sûr que Shafer soit l'assassin. Il me demande de ne pas tirer de conclusions trop vite.

J'ai regardé tout le monde.

— Trop vite ?

Jones n'eut pas une seconde d'hésitation.

— J'ai l'absolue certitude que Geoffrey Shafer a déjà

tué plusieurs fois. J'en ai vu suffisamment, je vous ai suffisamment écouté. Il est possible que nous ayons affaire à un criminel psychopathe tel que l'Histoire n'en a jamais connu. Et j'ai également la certitude qu'il finira par craquer.

J'approuvais.

— Je suis d'accord avec tout de ce que vous venez de dire. Et surtout en ce qui concerne le criminel psychopathe.

104

Une fois de plus, Shafer parlait tout seul. C'était plus fort que lui, et lorsqu'il tentait de s'arrêter, cela ne faisait qu'empirer. Plus il s'en voulait, plus il soliloquait.

« Ils peuvent aller se faire foutre, Jones, Cross, Lucy et les gosses, Boo Cassady, les autres joueurs, cette bande de mauviettes. Je les emmerde tous. Il y avait un motif aux Quatre Cavaliers, ce n'était pas qu'un jeu, il ne s'agissait pas de faire simplement mumuse avec des petits chevaux. »

Ce soir-là, la maison de Kalorama était déserte et beaucoup trop calme. Il n'y avait que les Américains pour bâtir des maisons aussi vastes et aussi ridicules, avec l'indispensable « rareté » architecturale, le double séjour, les six cheminées, les fleurs de chez Aster, fânées depuis longtemps, les livres reliés plein cuir doré à l'or fin que personne n'avait jamais ouverts, et la marmite de Lucy. De quoi grimper aux murs.

Il passa près d'une heure à tenter de se convaincre qu'il n'était pas fou — ou, plus précisément, qu'il n'était pas entièrement drogué. Il avait récemment inscrit un nouveau médecin du Maryland sur sa liste de fournisseurs. Malheureusement, ces ordonnances illicites lui coûtaient une fortune. Il ne pouvait pas continuer indéfiniment à ce rythme-là. Le Lithium et le Haldol servaient à réguler ses changements d'humeur, qui étaient bien réels. Le Narcan également. La Thorazine, elle, l'aidait à surmonter ses crises d'angoisse, qu'il n'inventait pas non plus. Quant aux injections de Loradol, elles étaient destinées à calmer une douleur remontant à une période dont il ne se souvenait plus. Il savait également qu'il avait de bonnes raisons de prendre du Xanax, de la Companine et du Benadryl.

Lucy avait déjà pris la fuite pour Londres, en emmenant les enfants, ces traîtres. Ils étaient partis une semaine exactement après la fin du procès. Le père de Lucy était à l'origine de cette défection subite. Il était venu à Washington pour parler à sa fille. Et moins d'une heure après, Lucy avait fait ses valises. Juste avant de se sauver, cette nunuche avait eu le culot de dire à Shafer qu'elle l'avait soutenu par égard pour les enfants et son père, mais que son « devoir » s'arrêtait là. Contrairement à son père, elle ne le croyait pas coupable de meurtre, mais elle savait désormais qu'il la trompait et elle ne voulait pas supporter cette situation un instant de plus.

Vraiment, Lucy, sa petite femme, le dégoûtait. Avant son départ, il lui avait bien fait comprendre qu'elle s'était acquittée de son fameux « devoir » uniquement de peur qu'il ne révèle à la presse son inquiétante dépendance aux médicaments, ce qu'il aurait sans doute fait et qu'il se réservait, d'ailleurs, le droit de faire.

Vers onze heures, il ne put résister à l'envie d'aller faire un tour en voiture. Sa petite promenade, comme chaque soir. Il ne tenait pas en place, en proie à un insupportable sentiment de claustrophobie. Réussirait-il à se maîtriser une nuit de plus, une minute de plus ? Sa peau le démangeait, et il ne parvenait pas à se débarrasser de dizaines de petits tics irritants. Comme ce pied, qui n'arrêtait pas de marteler le sol...

Les dés lui brûlaient la poche. Ses pensées filaient dans toutes les directions, là où il ne fallait pas. Il fallait qu'il tue quelqu'un. Cela ne changeait pas. Tel était son vilain petit secret. Les autres Cavaliers connaissaient l'histoire, et savaient même de quelle manière elle avait commencé. Shafer avait commencé sa carrière dans l'armée anglaise. Soldat bien noté par ses supérieurs, il s'était vite, cependant, montré trop ambitieux. Grâce à l'intervention de son beau-père, il avait obtenu son transfert au MI6 où, pensait-il, les possibilités d'avancement étaient plus nombreuses.

Sa première affectation avait été Bangkok. C'était là qu'il avait fait la connaissance de James Whitehead, George Bayer puis, enfin, Oliver Highsmith. Whitehead et Bayer avaient passé plusieurs semaines à le préparer. Il s'agissait d'un recrutement très pointu : il serait leur assassin, leur tueur à gages personnel, chargé des missions les plus ignobles. En deux ans, il avait exécuté trois sanctions en Asie, et découvert par la même occasion que tuer lui procurait un délicieux sentiment de puissance. Oliver Highsmith, l'officier traitant de Bayer et Whitehead, qui opérait depuis Londres, lui avait un jour conseillé de dépersonnaliser l'acte, de le considérer comme un jeu, et il avait suivi ses consignes à la lettre. Il n'avait jamais cessé d'être un assassin.

Shafer monta le son du lecteur de CD afin de noyer les voix qui hurlaient à l'intérieur de son crâne. Jimmy Page et Robert Plant, dinosaures du rock anglais, entamèrent un duo dans l'habitacle de la Jaguar.

Il sortit de l'allée en marche arrière et prit la direction de Tracy Place. Il écrasa l'accélérateur et atteignit le cent avant la Vingt-quatrième Rue. *Et si je m'offrais une petite course-suicide ?* se dit-il.

Du coin de l'œil, il vit s'animer une rampe de gyrophares. Une voiture de patrouille de la police de Washington déboucha de la rue adjacente et s'approcha lentement de lui. *Merde !*

Il gara sa Jaguar le long du trottoir et attendit, le cerveau en ébullition. Bande de sales cons ! maugréa-t-il. Et toi aussi, tu es un con. Reprends-toi, Geoff, fais un effort. Allez, du nerf, tout de suite !

La voiture s'arrêta juste derrière la sienne. Il vit les deux flics qui l'épiaient.

L'un d'eux sortit lentement et se dirigea vers la Jaguar, d'une démarche bravache. Encore un de ces Américains qui devait se croire au cinéma. Shafer l'aurait bien descendu sur place. Rien ne l'en empêchait. Il y avait toujours, sous le siège, son redoutable semi-automatique. Il en effleura la crosse. Qu'elle était agréable au toucher !

— Votre permis et les papiers du véhicule, s'il vous plaît, lui dit le flic.

Son attitude arrogante l'exaspérait. Shafer entendit une voix intérieure, stridente et déformée, lui crier : « Abats-le maintenant. Si tu descends un autre flic, personne n'en reviendra. »

Il tendit néanmoins ses papiers, en assortissant son geste d'un sourire niais.

— On n'avait plus de Pampers, j'allais au supermarché. Je sais que je roulais trop vite, monsieur l'agent. Excusez-moi. Vous savez ce que c'est, quand on a un bébé. Vous avez des enfants ?

Le flic n'ouvrit pas la bouche. Cet enfoiré ignorait visiblement la politesse. Il rédigea son procès-verbal, en prenant tout son temps.

— Tenez, monsieur Shafer, lui dit-il en lui tendant la contravention. (Et il ajouta :) Ah, au fait, on te tient à l'œil, connard. On ne va pas te quitter des yeux. Si tu croyais t'en tirer comme ça après le meurtre de Patsy Hampton, tu te fais des illusions.

Dans l'autre rue, à l'endroit où la voiture de patrouille l'avait repéré, quelqu'un faisait des appels de phares.

Shafer essaya de distinguer le véhicule. C'était une Porsche noire.

Alex Cross était en train de l'observer. Il refusait de lâcher prise.

105

Andrew Jones avait pris place à côté de moi dans la pénombre et le silence de la Porsche. Nous travaillions main dans la main depuis près de deux semaines. Jones et le Security Service voulaient absolument arrêter Shafer avant qu'il ne commette un autre crime. Parallèlement, ils filaient la Guerre, la Famine et le Conquérant.

Sans dire un mot, nous avons regardé Shafer faire demi-tour et retourner chez lui.

— Il nous a vus, dis-je. Il connaît ma voiture. Parfait.

Je ne distinguais pas le visage de Shafer dans la nuit, mais je sentais presque la chaleur qui se dégageait de son crâne. Je savais qu'il était en plein délire. Le terme de « criminel psychopathe » me revenait sans cesse à l'esprit. Nous en avions un devant nous, et il était toujours en liberté. Après avoir déjà commis un... plusieurs meurtres.

— Alex, ne craignez-vous pas de le pousser à un geste désespéré ? s'inquiéta Jones.

La Jaguar s'arrêta devant la maison. L'allée n'était pas éclairée. Impossible, durant quelques secondes, de voir si Geoffrey Shafer était rentré chez lui.

— Il est déjà désespéré. Il a perdu son poste, sa femme, ses enfants, et le jeu qui était toute sa vie. Pire encore, sa liberté d'aller et venir a été restreinte. Or Shafer ne supporte pas les contraintes, il a horreur d'être contingenté. Et il refuse de perdre.

— Donc vous pensez qu'il va agir sur un coup de folie ?

— Je n'irai pas jusque-là, mais il va passer à l'action. C'est ainsi que le jeu fonctionne.

— Et là, on recommence à lui mettre la pression ?

— Oui, absolument.

En fin de soirée, sur la route du retour, j'ai décidé de

faire une halte à St Anthony's. Cette église a une particularité qui mérite d'être signalée à notre époque : elle est ouverte la nuit. Monseigneur John Kelliher estime que c'est normal, et il est prêt à tolérer un peu de vandalisme et des larcins. Mais ce sont surtout les habitants du quartier qui veillent sur St Anthony's.

Vers minuit, quand j'ai pénétré dans l'église éclairée à la lumière des cierges, deux ou trois fidèles se recueillaient. Il y a toujours, en général, quelques « paroissiens » présents sur les bancs. Les sans-abris n'ont pas le droit d'y dormir, mais ils vont et viennent toute la nuit.

Je me suis assis et j'ai regardé danser les flammes des cierges en respirant à pleins poumons les parfums d'encens de la bénédiction. J'ai levé les yeux vers l'immense crucifix doré, et les magnifiques vitraux que j'admirais depuis mon enfance.

J'ai allumé un cierge pour Christine, en espérant secrètement qu'elle fût encore en vie. C'était hélas peu probable. Son souvenir commençait à s'effacer, et je n'aimais pas du tout cela. La douleur qui me transperçait du ventre à la poitrine m'empêchait presque de respirer, et c'était comme ça depuis sa disparition, qui remontait à près d'un an.

Et là, pour la première fois, je me suis rendu à l'évidence : elle n'était plus. Je ne la reverrais jamais. J'avais l'impression qu'un éclat de verre s'était logé dans ma gorge et, les yeux mouillés de larmes, j'ai murmuré : « Si tu savais comme je t'aime, si tu savais comme tu me manques. »

J'ai encore dit quelques prières avant de me lever de cet immense banc de bois et, sans faire de bruit, je me suis dirigé vers les portes. Je n'ai pas fait attention à la femme recroquevillée dans la travée. J'ai sursauté en la voyant bouger.

Je la connaissais : c'était une habituée de la soupe populaire. Elle s'appelait Magnolia. Je ne connaissais d'elle que ce curieux prénom, sans doute emprunté.

— Hé, beurre de cacahuète, maintenant tu sais ce que c'est, m'a-t-elle soudain lancé.

106

Avec l'aide de Sandy Greenberg, d'Interpol, Andrew Jones et ses hommes avaient placé les trois autres Cavaliers sous surveillance. Le filet mis en place était impressionnant, à la mesure des captures espérées.

Les services secrets britanniques restaient sur le qui-vive, car le scandale risquait d'être sans précédent. S'il s'avérait que quatre agents anglais s'étaient livrés à des meurtres gratuits dans le contexte d'un jeu pervers, les retombées de l'affaire pouvaient durablement mettre à mal les services de renseignement.

Le mercredi et le jeudi, Shafer se rendit à l'ambassade comme si de rien n'était. Il arriva juste avant neuf heures, repartit à dix-sept heures. Il ne mit pas les pieds hors de son bureau, même à l'heure du déjeuner. Il passa des heures à surfer sur le Net, via AOL. Là aussi, nous avions les moyens de savoir tout ce qu'il faisait.

Chaque jour, il portait les mêmes vêtements froissés et négligés, alors qu'il était d'ordinaire si attentif à sa tenue. Pantalon sport de couleur grise, veston croisé bleu marine. Les rafales de vent qui balayaient la ville ne parvenaient même plus à soulever ses cheveux blonds lissés en arrière, visiblement gras et sales. Il paraissait livide, nerveux, ne tenait pas en place.

Allait-il bientôt craquer ?

Vendredi soir, après le dîner, j'ai bavardé un peu avec Nana sur la terrasse de derrière. Il y avait des années que nous n'avions passé autant de temps ensemble. Je savais qu'elle se faisait du souci pour moi, et j'avais décidé de la laisser me soutenir. Il n'y avait pas qu'à elle que ça faisait du bien.

Jannie et Damon étaient en train de faire la vaisselle sans trop se chamailler, ce qui tenait presque du miracle.

Damon lavait, Jannie essuyait. Ils écoutaient la jolie bande originale du film *Beloved* sur le radio-cassette de Damon.

— De nos jours, la plupart des familles ont un lave-vaisselle, observa Nana après avoir bu une gorgée de thé. Je te signale que l'Amérique a aboli l'esclavage, Alex. Tu étais au courant ?

— On a un lave-vaisselle. Une partie qui lave, une partie qui sèche. Il est en parfait état de marche. Peu de frais d'entretien. On peut difficilement faire mieux.

— Il faut voir combien de temps il va tenir, gloussa Nana.

— Écoute, si tu veux un lave-vaisselle, on peut en acheter un, mais tu veux peut-être simplement t'entraîner à l'art de la dialectique avant d'aborder un sujet réellement digne de tes talents ? Si je me souviens, tu as toujours été une grande disciple de Démosthène et de Cicéron.

Elle me poussa du coude.

— Tu es fier de toi ? Toujours plus malin que les autres, hein ?

— Non, Nana, pas vraiment. Ça n'a jamais été un mes grands problèmes.

— Non, c'est vrai, tu n'as pas la grosse tête. (Elle me regarda dans les yeux, et j'avais presque l'impression qu'elle lisait en moi. Elle a toujours eu la capacité d'aller au plus profond des choses.) Quand vas-tu arrêter de t'en vouloir ? Si tu voyais ta mine...

— Merci, lui ai-je répondu en souriant. Et toi, quand vas-tu arrêter de me casser les pieds ?

Nana avait l'art de me dérider en toutes circonstances, mais elle s'y prenait d'une manière un peu particulière.

— Ça viendra, fit-elle en hochant la tête. Un jour, je m'arrêterai. Personne n'est éternel, petit-fils.

— Oh, avec toi, on ne sait jamais. Je parie que tu vivras plus longtemps que moi ou les enfants.

Elle afficha un grand sourire en dévoilant une dentition considérable — et d'origine.

— C'est vrai que je me sens relativement en forme. Tu es toujours sur les traces de ce type, hein ? Voilà ce que tu fais le soir. Avec John Sampson et cet Anglais, Andrew Jones.

— Oui, j'ai soupiré, c'est ce que je fais. Et nous allons finir par l'avoir. Il y a peut-être quatre hommes impliqués dans une série de meurtres ici, en Asie, à la Jamaïque et à Londres.

D'un doigt crochu, elle me fit signe de m'approcher.

— Viens ici.

Je l'ai regardée en souriant. Elle est adorable, c'est un amour, mais parfois elle est vraiment têtue comme une mule.

— Tu veux vraiment que je vienne m'asseoir sur tes genoux, vieille femme ? Tu es sûre ?

— Seigneur Dieu, non. Ne t'assois pas sur moi, Alex. J'aimerais juste que tu te penches un peu, que tu témoignes un peu de respect pour mon âge et ma sagesse. Et que tu me serres dans tes grands bras, pendant que tu y es.

J'ai fait ce qu'elle me demandait, et j'ai alors remarqué qu'on n'entendait plus de chuchotements ni de bruits de vaisselle dans la cuisine. J'ai regardé la porte, et là, j'ai vu mes deux petits espions, le visage collé contre le grillage anti-moustiques. Je leur ai fait signe de déguerpir, et ils disparurent.

Alors, au creux de mes bras, Nana me chuchota :

— Je veux que tu sois très, très prudent, mais je veux aussi que tu trouves le moyen d'arrêter cet homme. C'est le pire de tous, Alex. Il n'y a pas plus dangereux, il n'y a pas plus maléfique que Geoffrey Shafer.

107

Le jeu n'avait jamais réellement pris fin, mais les paramètres avaient considérablement changé depuis le procès de Washington.

Il était dix-sept heures trente à Londres, et le Conquérant attendait devant l'écran de son ordinateur. Son impatience le rendait fébrile. Le jeu des Quatre Cavaliers allait bientôt reprendre.

Il était une heure trente du matin à Manille. La Famine était prêt à recevoir un premier message et à se replonger dans le jeu qui le passionnait tant.

Dans sa vaste villa de la Jamaïque, la Guerre guettait lui aussi des nouvelles des Quatre Cavaliers. Comme les autres, il n'avait qu'une idée en tête : gagner la partie.

Il était midi et demi à Washington. Geoffrey Shafer venait de quitter l'ambassade pour se rendre au centre commercial de White Flint. Il roulait vite. Il avait mille choses à faire cet après-midi, et il était remonté à bloc.

Il remonta Massachusetts Avenue, passa devant la maison du vice-président. Était-il suivi ? Possible. Alex Cross et les autres flics le guettaient, prêts à lui sauter dessus. Et s'il ne les avait pas encore repérés, c'était simplement parce qu'ils avaient décidé de passer à la vitesse supérieure.

Il tourna rapidement à droite et, après le rond-point, s'engagea sur Nebraska Avenue, en direction de l'American University. Il s'enfonça dans le dédale de petites rues autour de l'université, puis prit Wisconsin et fonça vers le centre commercial.

Chez Bloomingdale's, où il n'y avait pas grand monde, l'ambiance était un peu sinistre. Tant mieux. Shafer n'aimait pas les magasins américains ; ils lui rappelaient Lucy et sa marmaille. Il déambula au rayon hommes, choisit deux polos Ralph Lauren hors de prix et deux pantalons de couleur sombre.

Le bras drapé d'un costume Armani noir, il se dirigea vers l'espace réservé aux cabines d'essayage. Une fois à l'intérieur, il tendit tous les vêtements qu'il venait de prendre à l'employé de la sécurité chargé de décourager les clients indélicats.

— Je viens de changer d'avis.

— Sans problème, monsieur.

Il suivit au pas de course un petit couloir débouchant sur une sortie de service et, une fois les portes de verre franchies, se retrouva sur un parking, derrière le centre. Des panneaux signalaient les boutiques Bruno Cipriani et Lord & Taylor. Il suivait la bonne direction.

Près du poteau F l'attendait une Ford Taurus. Il bondit à l'intérieur, mit le contact, remonta le Rockville Turnpike jusqu'à l'échangeur de Montrose, deux kilomètres plus loin.

Il ne devait plus être suivi, à présent. Juste après Montrose, il prit la direction du nord et sortit au centre commercial Federal Plaza. Une fois sur place, il se rendit au Cyber Exchange, où l'on vendait toutes sortes d'ordinateurs et de logiciels neufs ou d'occasion.

Il passa rapidement au crible tous les rayons avant de trouver précisément ce qu'il cherchait.

— J'aimerais faire un essai sur le nouvel iMac, dit-il au vendeur venu se mettre à sa disposition.

— Je vous en prie. Si vous avez besoin d'aide, vous criez au secours. C'est simple.

— D'accord. Je pense que je vais réussir à me débrouiller. Je vous appelle si je suis coincé, mais je crois bien que je vais l'acheter, ce iMac.

— Excellent choix.

— Oui. Excellent, excellent.

Ravi de le laisser seul, le vendeur s'éloigna et Shafer alluma l'ordinateur sans perdre de temps. Ce modèle d'exposition était connecté à Internet. Avec un frisson d'excitation mêlé d'une pointe de tristesse, Shafer tapa le message destiné aux autres joueurs. Il l'avait longuement mûri.

BIEN LE BONJOUR À TOUS. L'ÉTONNANTE ET GRANDIOSE

AVENTURE DES QUATRE CAVALIERS A DEBUTÉ IL Y A HUIT ANS ET ELLE VA BIENTÔT PRENDRE FIN. VOUS AVEZ EXPOSÉ VOS ARGUMENTS DE MANIÈRE TRÈS LOGIQUE ET J'ACCEPTE, MÊME SI JE LES DÉPLORE, LES CONCLUSIONS AUXQUELLES VOUS ÊTES PARVENUS. CE JEU ÉTANT DONC DEVENU TROP DANGEREUX, JE PROPOSE QUE NOUS LUI DONNIONS UNE FIN MÉMORABLE. JE CROIS QU'UN FACE-À-FACE S'IMPOSE. C'EST LA SEULE ISSUE QUE JE PUISSE ACCEPTER. C'ÉTAIT INÉVITABLE, J'IMAGINE, ET NOUS EN AVONS DÉJÀ SOUVENT DISCUTÉ. VOUS SAVEZ OU LE JEU S'ACHÈVE. JE PROPOSE QUE NOUS COMMENÇONS À JOUER JEUDI. FAITES-MOI CONFIANCE, JE SERAI LÀ POUR LE GRAND FINAL. SI NÉCESSAIRE, JE PEUX COMMENCER SANS VOUS. NE M'OBLIGEZ PAS À LE FAIRE....
LA MORT

108

Le lundi matin, à neuf heures, Shafer rejoignit comme d'habitude le flot des voitures qui roulaient au pas vers le quartier des ambassades. Tous ces crétins en route pour le bureau lui donnaient envie de vomir. Lui, il partait travailler pour la dernière fois, et cette idée lui procura un doux sentiment d'euphorie. Toute sa vie allait changer. Il ne pouvait plus faire marche arrière.

Le cœur battant à tout rompre, il s'arrêta au feu vert, sur Massachusetts Avenue, tout près de l'ambassade. Les automobilistes qui le suivaient, furieux, se mirent à klaxonner, et il songea alors à son rodéo suicidaire, un an plus tôt. Ah, c'était le bon temps... Puis, quand le feu passa au rouge, il démarra sur les chapeaux de roue. Il avait répété toutes les phases de sa cavale. Ce coup-ci, on ne plaisantait plus.

Il aperçut deux tronçons de route dégagés et écrasa l'accélérateur. La Jaguar bondit tel un fauve avec toute sa puissance de mâle, et fila vers le dédale des petites rues autour de l'université.

Dix minutes plus tard, il était au centre commercial de White Flint. Il poussa la Jaguar à plus de cent dix sur le parking quasiment désert. Il en avait désormais la certitude : personne ne l'avait suivi.

Il prit la direction du Borders Books & Music, tourna à droite et fonça dans la ruelle.

Il connaissait cinq des points de sortie du centre commercial. Il accéléra encore en faisant hurler les pneus.

Le quartier, tout autour, tenait du labyrinthe. Et il n'y avait pas une seule voiture derrière lui.

Il avait remarqué un sens unique peu fréquenté par lequel on pouvait rejoindre le Rockville Pike. Il s'engagea sur l'autoroute à péage. En face, les banlieusards patientaient dans les embouteillages. Il n'était toujours pas suivi.

Sans doute les flics ne lui avaient-il affecté qu'une ou deux voitures, ce qui semblait assez logique. Ni la police de Washington ni les services secrets britanniques n'auraient voulu engager des moyens plus importants pour une simple mission de surveillance.

Il avait dû les semer. Il poussa un cri de joie et tambourina sur sa commande de klaxon pour narguer tous les pauvres abrutis qui allaient mettre des heures pour rejoindre leur lieu de travail. Il attendait cet instant depuis huit ans.

Et le grand jour était enfin arrivé.
Fin de partie.

109

— On l'a toujours ?

Ma question s'adressait à Jones. Je regardais nerveusement la demi-douzaine d'agents qui s'affairaient au PC de crise de l'ambassade britannique. La pièce était remplie de matériel électronique et d'écrans vidéo.

— On l'a toujours. Il ne peut pas nous échapper aussi facilement. Qui plus est, on a une idée de l'endroit où lui et les autres vont se retrouver.

Nous avions réussi à placer une minuscule balise sur la Jaguar, mais il n'était pas totalement exclu que Shafer la découvre. Pour l'instant, la chance était avec nous. Il était en train de filer avec l'appât dans la gueule — ou du moins était-ce ce que nous nous imaginions.

Les Cavaliers s'étaient tous mis en selle. Oliver Highsmith avait été suivi depuis son domicile, dans le Surrey, jusqu'à l'aéroport de Gatwick, non loin de Londres, où on l'avait vu prendre un vol British Airways à destination de New York. Washington avait été prévenu de l'arrivée prochaine du Conquérant sur le sol américain.

Quelques heures plus tard, un agent téléphona des Philippines pour signaler que George Bayer se trouvait à l'aéroport Ninoy Aquino, à Manille, et qu'il venait d'acheter un billet d'avion pour la Jamaïque, avec arrêt à New York.

Nous savions déjà que James Whitehead passait ses vieux jours sur cette île, et qu'il s'y trouvait actuellement. La Guerre s'apprêtait à accueillir les autres joueurs.

— J'essaie de comprendre le fonctionnement du jeu, expliquai-je à Jones tandis que nous attendions d'autres renseignements, mais il varie en fonction de chaque joueur. C'est justement ce qui les excite à ce point-là.

« Nous savons qu'ils sont au moins trois à jouer aux Quatre Cavaliers depuis leur affectation en Thaïlande, vers

1991. Et c'est à partir de cette époque que des entraîneuses et des prostituées ont commencé à disparaître à Bangkok. On ne peut pas dire que la police locale ait enquêté avec beaucoup de zèle. Des filles avaient déjà disparu à Pat Pong. En fait, les flics thaïlandais réagissent un peu comme ceux d'ici par rapport aux meurtres de Jane Doe. Ces filles étaient sans importance, on les a vite oubliées. Un crime ou une disparition ne fait pas l'objet des mêmes attentions selon qu'on se trouve à Southeast ou bien à Georgetown ou au Capitole. C'est l'un des petits secrets honteux de Washington.

Jones alluma une cigarette avec le mégot de la précédente, tira une bouffée, et répondit :

— Alex, il est possible que seul Shafer soit impliqué dans les meurtres. Ou alors, les autres se montrent beaucoup plus prudents que lui.

J'ai haussé les épaules. Je n'étais pas de son avis, mais je ne disposais pas d'éléments suffisants pour convaincre Jones, qui n'était pas le dernier des enquêteurs.

— Le jeu des Quatre Cavaliers tire à sa fin, c'est bien cela ? voulut savoir Sampson. Ils sont réellement capables de tirer un trait sur leur petit jeu de rôles ?

— En tout cas, ils vont se réunir, lui ai-je répondu. Quatre anciens agents britanniques, quatre adultes qui adorent pratiquer un jeu diabolique. À mon avis, nous avons affaire à quatre criminels.

— C'est possible, admit finalement Andrew Jones, qui n'excluait plus l'inimaginable. Vous avez peut-être raison, Alex.

110

Sans doute avaient-ils choisi la Jamaïque par souci de discrétion, et parce que James Whitehead y possédait une belle villa en bord de mer, mais peut-être y avait-il une autre explication, liée au fonctionnement du jeu. J'espérais que nous saurions bientôt la vérité.

Oliver Highsmith et George Bayer débarquèrent sur l'île à quelques minutes d'intervalle. Ils se retrouvèrent à la livraison des bagages, dans l'aéroport Donald Sangster, et une voiture les conduisit au Jamaïca Inn, un des plus beaux hôtels de Ocho Rios.

Sampson et moi étions arrivés le matin même, de bonne heure, par un temps de rêve. Ciel d'azur et petit vent chaud. Nous entendions flotter des bribes d'anglais et de créole, des échos de reggae et de ska, et la brise marine chantait, elle aussi, dans les feuilles de bananiers.

Le Jamaïca Inn était un luxueux hôtel de charme dont les quarante-cinq chambres — pas une de plus — donnaient sur la mer. Nous étions arrivés en même temps que quatre équipes anglaises. Deux équipes d'enquêteurs venues de Kingston étaient déjà sur place.

Le bureau de l'English High Commission, dans la capitale, avait été informé de notre présence et de nos intentions. On nous avait promis une totale coopération. Nous étions tous bien décidés à mettre un terme aux activités des quatre joueurs, quelles qu'en fussent les conséquences, et le professionnalisme des Anglais, comme celui des inspecteurs jamaïcains, m'impressionnait beaucoup.

Nous attendions Geoffrey Shafer. Sampson et moi avions choisi une position stratégique, au milieu des jardins luxuriants séparant l'hôtel des miroitantes eaux d'émeraude de la mer des Caraïbes, de façon à pouvoir surveiller la petite route d'accès en partie ombragée.

Andrew Jones planquait en compagnie d'un collègue dans un second véhicule dissimulé près de l'entrée située sur l'arrière de l'établissement. Six autres de ses agents s'étaient déguisés en porteurs ou en employés de maintenance. Les policiers jamaïcains avaient également pris position dans la propriété.

Nous n'avions plus de nouvelles de Shafer, qui avait finalement réussi à nous semer, mais nous avions la conviction qu'il rejoindrait ses comparses. Jones s'inquiétait : si Shafer décidait de s'attaquer aux autres, nous ne serions pas assez nombreux pour l'arrêter. Je partageais son avis. Si notre homme jouait les kamikazes, il nous serait difficile d'éviter les pertes.

Alors nous n'en finissions plus d'attendre. La radio à ondes courtes nous permettait d'être constamment informés de l'évolution de la situation. Les messages se succédaient sans interruption, rythmant comme des battements de cœur électronique nos longues heures de planque.

« Oliver Highsmith est toujours dans sa chambre. Apparemment, il ne veut pas qu'on le dérange... »

« Bayer est également dans sa chambre. On l'a aperçu sur sa terrasse il y a une dizaine de minutes. Il regardait la plage avec des jumelles... »

« Bayer a quitté sa chambre. Il se baigne dans l'océan. Il porte un maillot de bain à rayures rouges. Difficile de le perdre. On le repère plus facilement, mais esthétiquement, c'est moyen... »

« Une Mercedes noire vient de passer la grille. Le conducteur est un homme blond, de grande taille. Il se pourrait que ce soit Shafer. Vous le voyez, Alex ? »

J'ai immédiatement répondu :

— Le blond n'est pas Geoffrey Shafer. Je répète : ce n'est pas Shafer. Il est trop jeune, c'est sûrement un Américain. Il y a une jeune femme et deux gosses avec lui. Fausse alerte. Ce n'est pas Shafer.

Les rapports radio se poursuivirent.

« Highsmith vient d'appeler le service d'étage. Il veut deux petits déjeuners anglais, alors qu'il est midi passé. Un de nos hommes va les lui apporter... »

« Bayer est rentré de sa baignade. Il est bien bronzé.

C'est un petit gabarit, mais musclé. Il a essayé de draguer deux, trois filles, il s'est planté... »

Et pour finir, vers dix-huit heures, c'est moi qui ai signalé :

— James Whitehead vient d'arriver au volant d'un Range Rover vert ! Il entre dans l'hôtel. La Guerre est là.

Un seul joueur manquait encore à l'appel.

Nous devions nous armer de patience. La Mort se faisait attendre.

111

Shafer n'était pas particulièrement pressé de donner le signal du départ. Il étudia tous les scénarios possibles, en prenant tout son temps. La côte jamaïcaine, il l'avait aperçue à l'horizon depuis déjà plusieurs heures. Il avait pris un vol pour Porto Rico, puis loué un bateau pour rejoindre la Jamaïque afin de pouvoir repartir par air ou par mer.

Il attendait tranquillement la tombée de la nuit en laissant le voilier dériver au gré des alizés. C'était la fameuse « heure bleue », juste après le coucher du soleil, un moment d'une sérénité, d'une beauté extraordinaires, un instant magique, presque irréel. Shafer venait de faire cinq cent pompes supplémentaires sur le pont du bateau, et il n'était même pas épuisé. Il apercevait une demi-douzaine de navires de croisière ancrés au large d'Ochos Rios, et cernés d'une nuée d'embarcations plus modestes, un peu comme la sienne.

Il se rappelait avoir lu quelque part que l'île de la Jamaïque avait jadis appartenu à Christophe Colomb, et il lui était agréable de se dire qu'à une certaine époque, certains hommes pouvaient s'approprier tout ce qui leur plaisait, et souvent le faisaient. Son corps était sec et ferme, et au bout de trois jours de navigation, il arborait un bronzage absolument parfait. Le soleil avait décoloré ses cheveux blonds. Depuis près d'une semaine, il avait considérablement réduit sa consommation de stupéfiants. C'était une question de volonté, et il avait relevé le défi. Il voulait absolument gagner.

Shafer se sentait dans la peau d'un dieu. Non, il était un dieu. Il maîtrisait tous les éléments de sa vie et certains éléments de la vie des autres. Il allait encore en surprendre quelques-uns, se dit-il en s'aspergeant lentement le corps d'eau fraîche. Et notamment tous ceux qui avaient choisi de faire partie du jeu.

Son jeu.

Son plan.

Sa fin.

Parce qu'il ne s'agissait pas d'un simple jeu, et ce depuis le début. Les autres joueurs devaient s'en être rendu compte, maintenant. Ils comprenaient ce qu'ils avaient fait, et la nécessité de faire les comptes. Telle avait toujours été la raison d'être du jeu des Quatre Cavaliers. La partie s'achève, et il faut faire les comptes. Qui est créditeur ? Moi... ou eux ? Comment en être sûr ?

Son père avait appris la voile à ses enfants. Sans doute était-ce la seule chose utile qu'il eût jamais fait pour Shafer. En mer, Shafer était capable de trouver la paix, et c'est surtout pour cette raison qu'il avait choisi de louer un bateau pour gagner la Jamaïque.

À huit heures du soir, il rejoignit la côte à la nage en frôlant quelques petits voiliers et bateaux à moteur. Cet exercice physique se révéla être un parfait antidote à son angoisse et à sa nervosité. Solide nageur et bon plongeur, il avait toujours été un sportif accompli.

L'air de la nuit, calme et paisible, embaumait. Pas une vague ne venait rider la surface de l'océan. Les vagues, ce serait pour plus tard...

Un véhicule l'attendait près de la route côtière. Une Ford Mustang dont la carrosserie noire brillait sous la lune.

En l'apercevant, il sourit. La partie se déroulait de la meilleure manière.

La Famine était venu à sa rencontre.

Non, la Famine était là pour une autre raison, n'est-ce pas ?

George Bayer l'attendait sur le rivage pour le tuer.

112

« George Bayer n'est pas dans sa chambre. Il n'est pas avec Oliver Highsmith, ni avec James Whitehead. Merde ! On l'a perdu. »

Quand Sampson et moi avons entendu le message d'alerte, huit heures s'étaient déjà écoulées. Huit longues heures passées à surveiller le flanc sud de l'hôtel. Ce n'était pas par là que George Bayer avait pu s'éclipser.

Puis, ce fut la voix d'Andrew Jones, teintée d'inquiétude :

— N'oubliez pas que les Cavaliers sont tous des agents, comme nous. Ils sont avisés, et redoutables. Il faut immédiatement retrouver Bayer et ouvrir l'œil pour Shafer, qui reste, à notre sens, le joueur le plus dangereux.

Nous nous sommes empressés de sortir de notre voiture de location, l'arme au poing, en nous sentant un petit peu décalés dans ce cadre si magnifique et si serein. J'avais ressenti la même chose un an plus tôt, aux Bermudes.

— Bayer n'est pas passé par ici, signala Sampson.

Ce couac le perturbait. Nous, nous n'aurions pas commis une telle erreur, mais nous étions considérés comme des renforts, et nous ne faisions pas partie de la première équipe d'intervention.

Il ne nous restait plus qu'à grimper au sommet d'une butte d'où l'on avait une vue imprenable sur les pelouses immaculées dégringolant jusqu'à la plage privée de l'hôtel. Il commençait à faire nuit, mais les abords de l'établissement étaient relativement bien éclairés. Un couple en peignoirs et maillots de bain s'avançait lentement dans notre direction. Ils se tenaient la main, ignorant du danger. Aucun signe de George Bayer et de Shafer.

— À ton avis, me demanda Sampson, comment ce jeu est-il censé s'achever ?

— Je pense qu'eux-mêmes ne le savent pas vraiment. Ils ont probablement prévu quelque chose, mais tout peut arriver à partir de maintenant. Tout dépend de Shafer. Va-t-il suivre les règles ? Moi, je crois qu'il a dépassé ce stade, et que les autres le savent.

Nous remontions le petit sentier sinueux au trot, et les clients de l'hôtel commençaient à nous jeter des regards inquiets.

— Ce sont tous des tueurs. Même Jones l'admet. Ils ont tué en mission, et ils n'ont plus envie que ça s'arrête. Ils y ont pris goût. Maintenant, ils comptent peut-être se tuer les uns les autres. Tout ira au gagnant.

— Et Geoffrey Shafer a horreur de perdre, conclut Sampson.

— Il ne perd jamais, on a pu s'en rendre compte. C'est sa signature, John. On a mis du temps à le comprendre.

— Ce coup-ci, ma poule, il ne s'en tirera pas. Shafer ne repartira pas d'ici.

Je n'ai rien répondu.

113

Lorsqu'il atteignit enfin la plage de sable blanc, Shafer n'était même pas essoufflé. George Bayer descendit de la Mustang. Guettant l'apparition d'une arme, Shafer continua d'avancer. C'était le jeu des jeux, et il avait misé sa vie.

— Ne me dites pas que vous êtes venu à la nage ? fit Bayer, interloqué, le ton à la fois jovial et railleur.

— Oh, par une aussi belle soirée, c'était l'idéal, lui répondit Shafer.

Et il s'ébroua le plus naturellement du monde, en attendant que Bayer prenne l'initiative. Il observait sa main droite qui se crispait régulièrement, surveillait sa posture légèrement voûtée.

D'un sac étanche, il sortit des vêtements secs et une paire de chaussures. Ses armes se trouvaient désormais à portée de main.

— Laissez-moi deviner. Oliver a proposé que vous vous alliiez tous contre moi. Trois contre un.

Un sourire espiègle se dessina sur le visage de Bayer.

— Bien sûr. Nous y avons songé, mais l'idée n'a pas été retenue. Ça ne correspondait pas à nos personnages.

Shafer secoua ses cheveux mouillés et s'habilla en se tournant de côté. Lui aussi souriait. Quel plaisir absolu ! Mettre sa vie en jeu face à un autre Cavalier, un joueur émérite ! Il admirait le calme de Bayer, son flegme élégant.

Ses manœuvres sont faciles à prévoir. Il avait déjà le même comportement lorsqu'il était agent et analyste.

— Si on t'a envoyé, George, c'est parce qu'on s'imagine que jamais je ne me douterais que tu essaierais de me descendre toi-même. Tu es le premier pion qu'on avance, et ça crève les yeux. Un joueur sacrifié pour rien.

Bayer se renfrogna sans se départir de son calme, sans laisser paraître ses intentions. Une attitude qu'il jugeait plus prudente, mais qui confirmait les soupçons de Shafer : la Famine était bien là pour le tuer. Son attitude trop détachée le trahissait.

— Non, non, rien de tout cela, reprit Bayer. Ce soir, nous allons jouer en suivant les règles. Les règles, pour nous, sont importantes. Il s'agit d'un jeu de société, qui fait appel au sens de la stratégie et à l'intelligence. Je suis juste là pour te conduire à l'hôtel, comme prévu. Le face-à-face aura lieu là-haut.

— Et nous nous en remettrons ensuite aux dés ? s'enquit Shafer.

— Oui, bien sûr, Geoff.

Bayer tendit la main, l'ouvrit. Elle renfermait trois dés à vingt faces.

Shafer ne put retenir un éclat de rire. C'était un vrai régal.

— Alors, George, qu'ont décidé les dés ? Comment vais-je perdre ? Comment vais-je mourir ? Arme blanche ? Arme de poing ? Overdose ? Une overdose, ce serait assez logique, en ce qui me concerne.

Bayer gloussa. Shafer était vraiment un sale con arrogant, un grand tueur et un extraordinaire psychopathe.

— Oh, oui, on y a pensé, mais on a décidé de la jouer réglo. Ils nous attendant à l'hôtel, il faut qu'on y aille.

Shafer lui tourna momentanément le dos avant de prendre appui sur sa jambe droite et de se jeter sur lui.

Malheureusement pour lui, Bayer était déjà prêt. Un violent crochet lui balaya la joue et lui décrocha même quelques dents, peut-être. Shafer sentit une douleur sourde lui envahir tout le côté droit du visage.

— Bien ajusté, George. Bravo !

Shafer répliqua par un coup de tête phénoménal. Il entendit des os craquer des deux côtés, tandis qu'une explosion de lumière blanche l'aveuglait. Un flot d'adrénaline l'envahit.

Bayer lâcha ses dés en cherchant à atteindre son arme, qu'il avait glissée dans son dos.

Shafer lui bloqua le bras droit, le tordit de toutes ses forces, puis le brisa au niveau du coude. Bayer poussa un hurlement de douleur.

— Tu ne peux pas me battre ! s'écria Shafer. Personne ne m'a jamais battu, personne ne peut me battre !

Il saisit alors Bayer à la gorge, et serra avec une violence surhumaine. Bayer ouvrit la bouche sans trouver d'air et devint écarlate, comme si tout le sang de son corps lui était monté à la tête. Il était plus résistant qu'il ne le paraissait, mais Shafer pesait une dizaine de kilos de plus que lui — que du muscle — et ses forces étaient décuplées par l'adrénaline et des années de haine brute.

— Noooon, parvint à siffler George Bayer. Écoute, pas comme ça. Pas ici.

— Si, George. Si, si. La partie a commencé. Ce jeu, c'est vous qui l'avez lancé, bande de salauds. Allez, du nerf, mon vieux. C'est vous qui avez fait ça. C'est vous qui avez créé ce que je suis : la Mort.

Il y eut un grand craquement sec, et George Bayer cessa subitement de résister. Shafer laissa le corps s'écrouler sur le sable.

— Et d'un !

Il s'accorda enfin un immense soupir de satisfaction, ramassa les dés, les agita une fois, une seule, puis les lança dans l'océan.

— Pour moi, les dés, c'est fini !

114

Dieu qu'il se sentait bien ! Quel bonheur ! Il y avait longtemps qu'il n'avait éprouvé de telles sensations. L'afflux d'adrénaline, l'extraordinaire excitation. Sachant que l'hôtel était vraisemblablement surveillé par la police, il gara la Mustang au Plantation Inn, non loin.

D'un pas rapide, il traversa le Bougainvillea Terrace. Il y avait foule. Les verres circulaient, et *Yellowbird* écorchait les oreilles de tout le monde. Shafer s'imagina en train de mitrailler la terrasse, de tuer quelques-uns de ces abrutis de touristes. Alors, pour son propre bien autant que celui de la clientèle, il s'éloigna très vite.

Marcher sur la plage le calma. La douce musique du ressac et les échos de calypso flottant dans l'air de la nuit l'apaisaient. Entre les deux hôtels se succédaient, à intervalles réguliers, des projecteurs, des parcelles de sable couleur champagne et des parasols de chaume. De quoi faire un parfait terrain de jeu.

Il savait qu'Oliver Highsmith avait loué la fameuse suite Blanche, dans laquelle Winston Churchill, David Niven et Ian Fleming avaient déjà dormi. Highsmith tenait à ce que son personnage bénéficie du meilleur confort, et ce genre de petit détail lui importait presque autant que le jeu lui-même.

Si Shafer méprisait les autres Cavaliers, c'était en partie parce qu'il n'appartenait pas à leur classe sociale snobinarde. Il était entré au MI6 grâce à son beau-père, alors que les autres joueurs avaient fréquenté les bonnes universités. Mais il les haïssait encore beaucoup plus parce qu'ils avaient eu l'impudence de se servir de lui et de lui balancer à la figure leur sentiment de supériorité.

Il franchit un portail de bois blanc et, une fois dans le parc du Jamaïca Inn, se mit à courir à petites foulées. Surexcité par le jeu, il avait envie de se dépenser, de transpirer.

Il se tint un instant la tête. Il aurait tant voulu rire à gorge déployé, hurler à tue-tête. Adossé à un poteau au bord du chemin qui remontait de la plage, il reprit son souffle. Il savait qu'il était en train de craquer, et cela n'aurait pas pu arriver à un pire moment.

Un employé de l'hôtel s'arrêta.

— Tout va bien, monsieur ?

— Oh, oui, tout est parfait, répondit Shafer en congédiant l'intrus d'un geste. Je suis au paradis, cela ne se voit pas ?

En repartant, il se rendit compte qu'il était dans le même état que le matin où il avait failli se suicider au volant de sa voiture, à Washington, un an plus tôt. Il était de nouveau en très mauvaise posture. Il pouvait perdre la partie, tout perdre, en l'espace de quelques instants. Un changement de stratégie s'imposait donc... Il devait se montrer plus audacieux, et même plus agressif. Il devait agir d'instinct, et ne pas trop gamberger. Pour l'instant, il jouait toujours à deux contre un.

Il aperçut, au fond, près d'un portique de stuc qui disparaissait sous les fleurs, un couple en tenue de soirée. Ce ne pouvait être que les sbires de Jones. N'avait-on pas, après tout, transformé l'hôtel en une gigantesque planque ? Ils étaient donc ici pour lui, et il appréciait cet honneur.

L'homme lança un regard dans sa direction et Shafer baissa aussitôt la tête. Ils ne pouvaient rien faire pour l'arrêter. Rien ne prouvait qu'il avait commis un crime, et il n'était pas recherché par la police. Il était bel et bien un homme libre.

Alors Shafer se dirigea tranquillement vers eux en faisant mine de ne pas les avoir vus, et en sifflotant *Yellowbird*.

Arrivé à quelques mètres du couple, il releva la tête.

— Je suis celui que vous attendez. Je suis Geoffrey Shafer. Bienvenue dans le jeu.

Il dégaina son Smith & Wesson 9 mm et tira à deux reprises.

La femme poussa un petit cri et étreignit son côté gauche. Une tache de sang écarlate était déjà en train de fleurir sur sa robe vert émeraude. Une expression de désarroi et d'épouvante passa dans son regard, puis ses yeux basculèrent.

L'homme avait un trou noir à la place de l'œil gauche. Avant même que son crâne ne heurte le sol avec un bon gros bruit d'œuf dur, Shafer sut qu'il était mort.

Les années n'avaient pas altéré ses réflexes. Il se précipita vers la suite Blanche, où le Conquérant avait établi ses quartiers.

Les coups n'avaient pas dû passer inaperçus, mais on ne s'attendait sans doute pas à le voir se précipiter dans la gueule du loup. Et pourtant, c'était bien ce qu'il avait décidé de faire.

Deux femmes de ménage sortaient de la suite en poussant leur chariot grinçant. Venaient-elles d'ouvrir le lit du Conquérant ? Avaient-elles laissé sur l'oreiller de l'obèse de quoi grignoter, quelques chocolats à la menthe ?

— Foutez-moi le camp d'ici ! leur hurla-t-il en brandissant son arme. Allez, du vent, si vous voulez rester en vie !

Les deux petites Jamaïcaines détalèrent comme si elles venaient de voir le diable, et c'était ce qu'elles raconteraient plus tard à leurs enfants.

Shafer fit irruption dans la pièce ; Oliver Highsmith était là, en train de tourner sur le parquet fraîchement ciré, dans son fauteuil roulant.

— Oliver, c'est vous, commença Shafer. Je crois bien avoir découvert le tueur qui a terrorisé Covent Garden. C'est vous qui avez commis ces meurtres, n'est-ce pas ? Quelle surprise. Le jeu est fini, Oliver.

Surveille-le bien, se dit Shafer. Avec le Conquérant, mieux vaut être prudent.

Oliver Highsmith s'immobilisa puis, lentement mais avec une certaine prestance, il orienta son fauteuil vers Shafer. L'heure du face-à-face. Excellent. Highsmith était le supérieur de Bayer et Whitehead à l'époque où ils étaient tous en service actif. C'était lui qui, alors en poste à Londres, avait conçu l'idée du jeu des Quatre Cavaliers. Une manière, en quelque sorte, de se préparer à la retraite. Il le surnommait « notre petit jeu de rôles pour étudiants attardés ».

Il jaugea Shafer d'un regard glacial. C'était un homme d'une grande intelligence — un crâne d'œuf, mais doté de génie, à en croire Bayer et Whitehead.

— Nous sommes vos amis, mon cher. Les seuls que vous ayez à l'heure actuelle. Nous comprenons votre problème. Parlons-en tranquillement, Geoffrey.

Les pathétiques mensonges de l'obèse, ses airs supérieurs et son attitude condescendante n'inspirèrent qu'un rire à Shafer.

— Ce n'est pas ce que George Bayer m'a dit. En fait, il m'a dit que vous vous apprêtiez à me tuer ! Curieuse façon de traiter un ami.

Impassible, Highsmith ne sourcilla même pas.

— Nous ne sommes pas seuls, ici, Geoff. Ils sont dans l'hôtel. Les hommes du Security Service ont débarqué ; ils ont dû vous suivre.

— Vous aussi, Bayer aussi, Whitehead aussi ! Je sais déjà tout ça, Oliver. J'ai croisé deux agents en arrivant. Je les ai flingués, ces rigolos. Ce qui fait que je suis pressé et que je n'ai pas l'intention de m'attarder ici. À partir de maintenant, le jeu est chronométré. Et il y a trente-six manières de perdre.

— Il faut qu'on discute, Geoff.

— Discuter, discuter, discuter. (Shafer prit un air découragé, avant d'aboyer un rire.) Non, je ne vois pas pourquoi on discuterait. Discuter ne sert à rien, et ça m'emmerde. J'ai appris à tuer sur le terrain, et ça me plaît beaucoup plus que discuter. En fait, je trouve même ça... comment dire... mortel.

— Vous êtes vraiment fou ! s'exclama Highsmith.

Ses yeux gris-bleu s'écarquillaient de peur. Il venait de comprendre la véritable nature de Shafer. Il n'était plus question de grandes phrases. Ce qu'il ressentait à présent relevait du viscéral.

— Non, en fait, je ne suis pas fou, corrigea Shafer. Je sais exactement ce que je fais, comme hier, et comme demain. Je connais la différence entre le bien et le mal. Et d'ailleurs, vous êtes mal placé pour me donner des conseils, vous le Cavalier au cheval blanc. (Quelques pas le rapprochèrent soudain de Highsmith.) On ne peut pas vraiment parler d'affrontement, mais c'est justement comme ça qu'on m'a appris à travailler, en Asie. Vous allez mourir, Oliver. Stupéfiant, non ? Vous vous croyez toujours dans un minable jeu de rôles ?

Brusquement, Highsmith se leva. Shafer ne fut pas surpris, car il savait que les crimes commis à Londres ne pouvaient être l'œuvre d'un homme cloué dans son fauteuil roulant. Highsmith, malgré son poids et sa taille, qui approchait le mètre quatre-vingts, faisait preuve d'une étonnante agilité. Ses bras et ses mains étaient énormes.

Shafer, néanmoins plus rapide que lui, le frappa de la crosse de son arme. Le Conquérant mit un genou à terre. Shafer le frappa une deuxième fois, puis une troisième, et Highsmith s'affala de tout son long en gémissant bruyamment et en crachant un mélange de sang et de salive. Shafer lui donna un coup de pied dans les reins, dans le genou, au visage.

Puis il s'accroupit et colla le canon de son pistolet contre le large front de Highsmith. Il entendit quelqu'un accourir au loin. Dommage. C'était fini pour lui. Il fallait faire vite.

— Ils arrivent trop tard, murmura-t-il à l'oreille du Conquérant. Personne ne peut vous sauver. À part moi, Conquérant. Que dit le scénario ? Donnez-moi des conseils. Dois-je sauver la baleine ?

— Geoff, je vous en prie, non. Vous ne pouvez pas me tuer comme ça. On peut encore s'entraider.

— J'aurais été ravi de prolonger cet entretien, mais il faut vraiment que je file. Je vais lancer les dés. Mentalement, s'entend. Oh, pas de chance, Oliver. Vous avez perdu.

Il enfonça le canon de l'arme dans l'oreille droite de Highsmith, une oreille bien grassouillette, et il tira. La cervelle du Conquérant éclaboussa toute la pièce. Shafer n'eut qu'un seul regret, celui de n'avoir pas pu torturer Oliver Highsmith aussi longtemps qu'il l'aurait souhaité.

Puis il prit la fuite, et une révélation surprenante lui vint soudain à l'esprit : il avait un but dans la vie. Ce jeu était vraiment merveilleux.

« Je veux vivre. »

115

Nous nous sommes précipités vers l'aile réservée, où se trouvait la suite d'Oliver Highsmith. Les échos des détonations nous étaient parvenus de l'autre côté de l'hôtel, mais nous ne pouvions pas être partout en même temps.

Le spectacle qui nous attendait tenait du massacre. Deux agents britanniques gisaient dans le patio. J'avais déjà travaillé avec l'un et l'autre, tout comme j'avais fait équipe avec Patsy Hampton.

Andrew Jones, l'un de ses hommes et deux enquêteurs jamaïcains s'affairaient déjà dans la suite de Highsmith, où régnait une ambiance de chaos et de carnage.

— Shafer a descendu deux de mes agents pour arriver jusqu'ici, balbutia Jones, révolté, la voix blanche, une cigarette au bout des doigts. Il a débarqué en tirant, il a abattu Laura et Gwynn. Highsmith est mort, lui aussi. On n'a pas encore trouvé George Bayer.

Je me suis agenouillé pour jeter un coup d'œil sur les blessures de Highsmith. Shafer n'avait pas fait dans la dentelle. Il avait tiré à bout portant, emportant la moitié du crâne. Jones m'avait indiqué que Shafer ne supportait pas l'intelligence de son ancien supérieur. Il était donc allé jusqu'à, fort logiquement, lui faire sauter la cervelle.

— Je vous avais dit qu'il adorait tuer. Il faut qu'il le fasse, Andrew. Il ne peut pas s'arrêter. (Puis l'évidence me vint à l'esprit.) Whitehead ! La fin de la partie.

116

La route qui serpentait jusqu'à la villa de James Whitehead n'était pas large, et nous roulions beaucoup trop vite. Nous n'étions plus très loin.

Une pancarte indiqua « Mallard's Beach — San Antonio ».

Sampson et moi étions perdus dans nos pensées. Je ne cessais de songer à Christine ; son image m'obsédait. « Elle est entre nos mains. » Était-ce toujours vrai ?

Seul Shafer, ou peut-être Whitehead, pouvaient me répondre. J'aurais voulu les garder tous deux en vie. L'île tout entière, avec ses senteurs exotiques et ses paysages grandioses, me rappelait Christine. Et en dépit de tous mes efforts, j'avais du mal à entrevoir une issue heureuse aux événements que nous étions en train de vivre.

Nous nous rapprochions des plages. On apercevait des villas et quelques beaux domaines sillonnés de longues allées.

Dans le lointain, je distinguais d'autres lumières. La maison de James Whitehead devait être proche. La Guerre était-il toujours vivant ? Ou bien Shafer avait-il déjà eu le temps de passer ?

Sur la radio, Jones crachota :

— C'est là qu'il habite, Alex. La villa en verre et en pierre, là-bas. Je ne vois personne.

Nous nous sommes arrêtés près de l'allée, dont le sol était fait de débris de coquillages. C'était une nuit de satin, une nuit noire. Rien n'était allumé sur la propriété.

Tout le monde est descendu de voiture en une seconde. Nous étions huit, dont deux inspecteurs de Kingston, Kenyon et Anthony, qui paraissaient extrêmement nerveux.

Je les comprenais. Je n'en menais pas plus large

qu'eux. Shafer tirait sur tout ce qui bougeait, et nous savions qu'il avait des pulsions suicidaires.

Avec Sampson, j'ai traversé en courant un petit jardin. Il y avait d'un côté une piscine et une cabane, et de l'autre une pelouse donnant sur l'océan.

Les hommes de Jones étaient en train de se déployer.

« Shafer a fait un carton en débarquant à l'hôtel, me dis-je. Apparemment, peu lui importe de vivre ou de mourir. Mais pour moi, ça compte. J'ai besoin de l'interroger. Il faut que je sache ce qu'il sait. Je veux avoir toutes les réponses. »

— Et ce connard de Whitehead ? me demanda Sampson tandis que nous nous rapprochions de la maison.

Il faisait si sombre, côté rivage, que Shafer aurait très bien pu nous attaquer par surprise.

— Je ne sais pas, John. Il est passé à l'hôtel, mais il n'est pas resté. Il fait partie des joueurs, et donc il chasse Shafer, lui aussi. On arrive en fin de partie. L'un des deux va gagner. Mais Shafer est là. Je le sens.

Oui, je flairais sa présence, et cette sensation m'effrayait presque autant que Shafer lui-même.

Dans l'obscurité de la villa, des coups de feu retentirent.

En sursautant, je me suis fait une étrange et paradoxale réflexion : Pourvu que Geoffrey Shafer ne soit pas mort.

117

Encore une cible, encore un dernier adversaire, et ce serait fini. Huit belles années passées à jouer, à ruminer sa vengeance, à attiser sa haine. Il n'était pas question qu'il perde la partie. Il avait donné une petite leçon à Bayer et à Highsmith, et il fallait maintenant prouver à James Whitehead qui, des deux, était réellement le maître.

Shafer s'était littéralement jeté dans l'épaisse végétation avant de pénétrer dans le marécage dont les eaux nauséabondes, horriblement tièdes, lui arrivaient à la taille. Une soupe verte visqueuse flottait à la surface sur quelques centimètres d'épaisseur.

Il s'efforça d'évacuer le marais de son esprit, de ne pas penser aux insectes et aux serpents qui pouvaient l'infester. En Asie, il lui était arrivé de faire des kilomètres dans des eaux bien pires, de jour comme de nuit. Il gardait les yeux fixés sur la luxueuse villa de James Whitehead. Plus qu'un Cavalier.

Cette maison, il la connaissait bien pour s'y être déjà rendu. Au bout du marais, il y avait un autre rideau de végétation, puis une clôture grillagée, et enfin la belle pelouse de Whitehead. Il partait du principe que Whitehead ne s'attendait pas à le voir venir par les marais, mais il lui fallait être prudent : la Guerre était plus intelligent que les autres. Il avait commis de nombreux meurtres dans les Caraïbes, au fil des ans, et jamais la police n'avait fait le rapprochement entre les différentes affaires. La Guerre l'avait également aidé pour Christine Johnson, et tout s'était admirablement déroulé. Un mystère au sein d'un mystère, lui-même au sein d'un jeu complexe.

L'espace d'un instant, Shafer perdit tous ses repères. Il ne savait plus où il était, qui il était, ce qu'il était venu faire.

Cette brève défaillance psychique lui fit peur. Ce n'était pas le moment. Et dire que c'était justement Whitehead qui, en Asie, l'avait initié aux joies des amphétamines et des barbituriques...

Il s'enfonça tant bien que mal dans le marécage en priant pour ne pas perdre pied, puis finit par ressortir. Il escalada la clôture et s'élança sur la pelouse.

Détruire James Whitehead était devenu pour lui la plus formidable des obsessions. Il voulait le torturer, mais comment trouver le temps ? Whitehead avait été son premier fournisseur en Thaïlande, puis aux Philippines. C'était essentiellement Whitehead qui avait fait de lui un tueur. Shafer le tenait pour responsable.

La villa n'était pas éclairée, mais Shafer était persuadé que la Guerre s'y trouvait.

Soudain, un coup de feu partit de la maison. Oui, c'était bien la Guerre.

Shafer se mit à courir en zigzag comme un fantassin rompu aux techniques de combat. Son cœur battait si fort qu'il l'entendait. Il avait la curieuse impression que la réalité avançait par à-coups. Il se demanda si Whitehead possédait une arme équipée d'un système de visée nocturne, et s'il était bon tireur.

S'il avait déjà activement pris part à des interventions.

Avait-il peur ? Ou bien trouvait-il le jeu excitant ?

Shafer présumait que la Guerre s'était barricadé à l'intérieur de sa villa avant de s'embusquer derrière une fenêtre pour pouvoir tirer sans s'exposer outre-mesure. Comme Bayer, comme Highsmith, il n'avait jamais eu le courage de faire lui-même le sale travail. Ils s'étaient tous adressés à lui, la Mort, et aujourd'hui il était venu demander des comptes. S'ils n'avaient pas accepté de se réunir à la Jamaïque, Shafer serait allé les chercher un par un.

Il décida de foncer droit vers la villa. Les coups de feu claquèrent, des balles sifflèrent près de lui. Il n'avait pas été touché. Parce qu'il était trop doué ? Ou parce que la Guerre ne l'était pas ?

Il se protégea le visage des deux bras et plongea à travers la baie vitrée de la loggia.

La paroi de verre explosa en mille éclats. Il était à l'intérieur !

La Guerre était là, tout proche. Où se cachait son ennemi ? James Whitehead allait-il se montrer à la hauteur ? Quelque part dans la maison, un chien aboyait.

Shafer glissa sur le sol carrelé et sa jambe heurta le pied d'une lourde table, mais il se releva aussitôt. La pièce était déserte.

Il entendit des voix au dehors, près de l'entrée. La police était sur les lieux ! Il fallait toujours que les flics essaient de lui gâcher la fête...

Puis il aperçut Whitehead qui tentait de s'échapper. Grand, dégingandé, avec de longs cheveux noirs. La Guerre avait craqué le premier. Il courait vers la porte, il allait demander de l'aide aux forces de l'ordre. Il n'avait vraiment aucun amour-propre...

— Tu n'y arriveras pas, Whitehead ! Arrête-toi ! Je ne te laisserai pas sortir ! Reste dans le jeu.

Whitehead parut comprendre qu'il ne réussirait pas à atteindre la porte, et il se précipita dans un escalier. Shafer le poursuivit. Whitehead se retourna et fit feu une nouvelle fois.

Shafer releva un interrupteur mural, et le hall s'illumina.

— La Mort est venu te chercher ! hurla-t-il. Ton heure est venue. Regarde-moi ! Regarde la Mort en face !

Whitehead gravit encore quelques marches. Shafer, calmement, lui tira une balle dans les fesses. C'était une méchante blessure. Whitehead, couinant comme un porc, tournoya sur lui-même avant de s'écrouler au milieu des escaliers. Son visage heurta la rambarde d'acier.

Il dégringola jusqu'au pied des marches et tandis qu'il se tordait de douleur, Shafer tira encore une fois, entre les jambes cette fois. Les hurlements redoublèrent, puis Whitehead se mit à gémir et à sangloter.

Shafer se dressa au-dessus de lui, triomphant, le cœur palpitant.

— Vous croyez que les sanctions sont un jeu ? lui demanda-t-il doucement. Et ça, c'est toujours un jeu, pour vous ? Moi, je trouve que c'est passionnant. Mais vous ?

Entre deux hoquets, Whitehead glapit :

— Non, Geoffrey, ce n'est pas un jeu. Je vous en prie, arrêtez. Ça suffit.

Shafer dévoila d'un sourire ses immenses dents.

— Oh, mais vous vous trompez totalement. C'est génial. Quand on aime l'art de la manipulation, c'est le jeu le plus fascinant qu'on puisse imaginer. Dommage que vous ne soyez pas à ma place. Ce pouvoir de vie et de mort...

Il lui vint une idée, une idée qui changeait tout, qui changeait la physionomie du jeu, et qui allait changer Whitehead. Cette variante allait encore pimenter l'affaire.

— J'ai décidé de ne pas vous tuer. Vous ne vivrez pas très bien, mais vous vivrez.

Il pressa une nouvelle fois la détente de son semi-automatique. La balle alla se loger dans le bas de la colonne vertébrale.

— Jamais vous ne m'oublierez, et le jeu se poursuivra jusqu'à la fin de vos jours. Jouez bien. De mon côté, je sais qu'il n'y aura pas de problème.

118

En entendant les coups de feu, nous nous sommes rués vers la villa. J'ai devancé tout le monde. Il fallait que je sois le premier à coincer Shafer, il fallait que je l'arrête moi-même. Je devais le questionner pour connaître une fois pour toutes la vérité.

Et je l'ai aperçu. Il s'enfuyait discrètement par une

porte situé sur le côté de la maison. Whitehead devait être mort. Shafer avait remporté la partie.

Il courait à toutes jambes vers l'océan, en donnant l'impression de savoir où il se dirigeait. Il disparut derrière une petite dune en forme de tortue. Où comptait-il aller ? Quelle surprise nous réservait-il encore ?

Puis je l'ai revu. Il était en train de se débarrasser de ses chaussures et de son pantalon. J'entendais arriver Sampson. J'ai crié :

— Ne le tue pas, John ! Sauf en cas de nécessité.

— Je sais, je sais !

Je me suis lancé.

Shafer se retourna et tira un coup de feu dans ma direction. À cette distance, il ne fallait pas demander à une arme de poing de faire des miracles, mais la balle ne passa pas loin malgré tout. Il visait bien et manifestement il avait de l'entraînement.

Je jette un coup d'œil par-dessus mon épaule. Sampson était en train de balancer ses tennis et son pantalon. Je l'ai imité.

— Il doit avoir un bateau quelque part, dis-je en désignant la baie.

Shafer entrait dans les petites vagues. Il se dirigeait vers un cône de lumière dessiné par la lune.

Il plongea et se mit à crawler d'un rythme régulier.

Sampson et moi étions en sous-vêtements — navrant spectacle. Nous plongeons à notre tour.

Redoutable nageur, Shafer nous distançait déjà. Il était capable de rester très longtemps le visage dans l'eau.

Je voyais briller ses cheveux blonds, lissés en arrière.

L'un des voiliers qui tanguaient gentiment dans la baie devait être le sien. Comment savoir lequel ?

Je nageais de façon mécanique, en puisant dans toutes mes forces. Il fallait absolument que je rattrappe Shafer pour savoir la vérité.

On tend les bras en avant, on les ramène en arrière. On tend les bras en avant, on les ramène en arrière.

Derrière moi, Sampson était à la peine. L'écart entre nous se creusait.

— Laisse tomber, je lui crie. Va chercher de l'aide. Moi, ça va. Trouve quelqu'un pour surveiller les bateaux.
— Il nage comme un poisson.
— Vas-y, je me débrouillerai.

Au loin, j'apercevais toujours la tête et les épaules de Shafer luisant sous la lune d'un blanc crémeux. La puissance et la régularité de ses mouvements m'impressionnaient.

Je continuais de nager sans jamais me retourner, sans chercher à savoir quelle distance j'avais déjà parcourue. Je refusais de céder à la fatigue. Pas question d'abandonner. De perdre.

J'ai redoublé d'efforts pour tenter de refaire mon retard. Les bateaux étaient encore relativement loin. Et Shafer qui crawlait toujours, sans donner le moindre signe de fatigue.

J'ai alors décidé de mettre mon mental à contribution. J'ai arrêté de regarder Shafer pour me concentrer sur mes propres mouvements. Il n'y avait plus qu'eux. Mon univers se réduisait à présent aux gestes élémentaires de la brasse.

Je me sentais de plus en plus en phase avec l'océan, qui semblait me porter. Mes mouvements gagnaient en puissance et en délié.

Quand finalement j'ai regardé devant moi, Shafer semblait avoir des problèmes. Ou peut-être prenais-je simplement mes désirs pour une réalité. Cela m'aida néanmoins à trouver un second souffle et à solliciter mes forces encore un peu plus.

Si je le rejoignais maintenant, allions-nous nous battre jusqu'à la mort ?

Je ne pouvais courir le risque d'atteindre son voilier avant moi, car il avait sans doute des armes à bord. Il fallait que je le rattrape avant. Cette fois-ci, il fallait que je le batte. Mais vers quelle embarcation se dirigeait-il ?

J'ai forcé encore le rythme, en me faisant la réflexion que, finalement, j'étais moi aussi en bonne forme physique. Normal. Depuis la disparition de Christine, j'allais presque quotidiennement me dépenser au gymnase.

Je relève la tête et là, je ne comprends plus.

Shafer était là, à quelques brassées de moi ! Quelle

mouche l'avait piqué ? Ou était-il en train de reprendre des forces pour m'affronter ?

Le voilier le plus proche ne se trouvait plus qu'à cent, cent cinquante mètres.

— J'ai une crampe ! hurla Shafer.

Et il disparut sous les eaux.

119

Je ne savais que penser. Que faire à présent ? La douleur sur le visage de Shafer n'avait pas l'air feinte, et j'avais lu dans ses yeux une expression de peur, mais je ne pouvais oublier qu'il était excellent acteur.

Soudain, je sens quelque chose qui m'attrape violemment entre les jambes ! Je crie et je parviens à me dégager, malgré la douleur.

On s'est empoignés comme des lutteurs aquatiques puis, brusquement, il m'entraîne vers le fond avec lui. Il était fort, et ses grands bras me serraient comme un immense étau.

On s'enfonçait, et j'ai commencé à avoir la plus grande peur de ma vie. Je ne voulais pas me noyer. Shafer était en train de gagner. Il parvenait toujours à ses fins.

Il me fixait de son regard intense, brillant de folie. Le rictus de sa bouche lui donnait un aspect maléfique. Il me tenait. Une fois de plus, il allait remporter la victoire.

De toutes mes forces, j'ai une dernière fois tenté d'échapper à son emprise, et je l'ai senti faiblir légèrement. Puis, inversant le mouvement, j'ai brusquement détendu ma jambe, et j'ai frappé Shafer juste sous le menton. À la gorge, peut-être. Sous la violence du coup, il s'est enfoncé.

Sa crinière blonde flottait sur son visage. Ses membres étaient sans force.

Il s'est mis à couler, et je l'ai accompagné. Dans les profondeurs, on ne voyait plus rien. Je l'ai rattrapé par le bras. De justesse. Son poids m'entraînait avec lui vers le fond, mais je ne voulais le lâcher. Il fallait que je sache ce qui était arrivé à Christine. Sinon, ma vie n'avait plus de sens.

Je n'avais aucune idée de la profondeur de la mer à cet endroit. Shafer avait les yeux et la bouche grand ouverts, et ses poumons devaient déjà être en train de se remplir d'eau salée.

Mon coup de pied lui avait-il brisé la nuque ? L'avais-je tué, ou juste assommé ? L'idée d'avoir rompu le cou du Furet ne m'était pas totalement désagréable.

Et puis, soudain, tout cela cessa d'avoir la moindre importance. Je manquais d'air et la pression me broyait la poitrine. Un feu me dévorait de l'intérieur. Mes oreilles se mirent à siffler atrocement. Tout devint flou. J'étais en train de perdre conscience.

J'ai lâché Shafer, je l'ai laissé couler. Je n'avais pas le choix. Il ne s'agissait plus de penser à lui. Il fallait que je regagne la surface, car je ne pouvais plus retenir ma respiration.

J'ai désespérément essayé de remonter en tirant sur l'eau, en poussant de toute la force de mes jambes, mais je ne me faisais pas d'illusions. J'étais encore trop loin de la surface, je n'y arriverais pas.

Je n'avais plus un souffle d'air.

Et puis, j'ai aperçu le visage de Sampson au-dessus de moi. Tout près, si près... C'est ce qui m'a donné la force d'insister.

Derrière lui, un ciel bleu nuit, piqueté d'étoiles. En retrouvant l'air libre, j'ai entendu : « Ma poule. »

Après, Sampson m'aida à reprendre mon souffle, si précieux. Nous nagions sur place. Dans ma tête, les pensées se bousculaient. Mes yeux scrutaient la surface. Ma vision n'était pas très nette, mais impossible de voir Shafer. Il s'était noyé, j'en avais la certitude.

Tout doucement, nous avons fait demi-tour.

Je n'avais pas réussi à obtenir ce que je voulais. Shafer avait coulé avec son secret.

Une ou deux fois, je me suis retourné pour m'assurer qu'il n'était pas en train de nous suivre, qu'il avait bel et bien disparu, mais mes oreilles ne percevaient que le clapotis de nos mouvements fatigués dans le ressac.

120

Comme si nous n'étions pas suffisamment épuisés, il nous fallut encore deux jours et deux nuits pour aider la police locale à boucler son enquête, mais au moins, cela nous occupait l'esprit. J'avais perdu tout espoir de retrouver Christine, ni même de savoir ce qu'il lui était arrivé.

Je savais qu'il n'était pas totalement impossible que l'auteur de son enlèvement fût non pas Shafer, mais un autre déséquilibré ayant un jour croisé ma route. Cette probabilité me paraissait néanmoins tellement lointaine que je préférais ne pas trop y penser. Non, c'était trop délirant, même pour moi.

Jamais je n'avais réellement réussi à faire le deuil de Christine, mais à présent, le poids de sa monstrueuse disparition m'écrasait brutalement. Je n'avais plus en moi qu'un immense vide. La douleur lancinante qui m'avait si longtemps accompagné s'était muée en une lame de feu qui me transperçait le cœur à chaque instant de lucidité.

Je n'arrivais plus à dormir, et pourtant je ne me sentais jamais totalement réveillé.

Ce que je vivais, Sampson le comprenait. Sachant qu'il ne pouvait faire mieux, il me parlait de choses et d'autres pour me réconforter.

Nana m'appela à l'hôtel, et je savais que c'était à l'instigation de John, même si tous deux s'en défendaient. Jannie et Damon purent me dire quelques mots. Ils étaient mignons, adorables, pleins de vie et d'espoir. Ils approchèrent même Rosie du téléphone pour que je puisse l'entendre miauler un bonjour. Il ne fut pas question de Christine, mais je savais qu'elle était toujours présente dans leurs pensées.

Le dernier soir, Sampson et moi avons dîné avec Jones. Nous étions devenus amis, et il finit par se résoudre à me communiquer certaines informations jusque-là maintenues secrètes pour des raisons de sécurité nationale. Il estimait que je devais être mis au courant d'un certain nombre d'éléments, et, à mon sens, je le méritais bien.

En 1989, dès son arrivée au MI6, Shafer avait été recruté par James Whitehead, lui-même sous les ordres de Oliver Highsmith, tout comme George Bayer. Au cours des trois années qui suivirent, Shafer avait exécuté au moins quatre « sanctions » en Asie. On soupçonnait que Bayer, lui et Whitehead d'avoir également assassiné des prostituées à Bangkok et à Manille, mais cela n'avait jamais pu être prouvé. Ces meurtres préfiguraient manifestement ceux des Jane Doe, et le fameux jeu lui-même. L'affaire, l'une des plus graves de l'histoire du Security Service, n'avait jamais éclaté au grand jour. Jones tenait à ce qu'il en fût toujours ainsi, et je n'avais aucune objection sérieuse à lui opposer. Il y avait déjà suffisamment de scandales, plus ou moins navrants, pour entretenir le cynisme des citoyens à l'égard de leurs gouvernants.

Le dîner s'acheva vers onze heures, et chacun promit à l'autre de garder le contact. Un seul détail nous perturbait encore, mais nous ne voulions pas en exagérer la signification : on n'avait toujours pas retrouvé le corps de Geoffrey

Shafer. Ce qui, finalement, était peut-être dans la logique des choses.

Sampson et moi devions prendre le premier vol pour Washington, mardi matin, à neuf heures dix.

Le jour dit, nous avons rejoint l'aéroport Donald Sangster sous une pluie assourdissante. Le ciel était chargé de nuages noirs. Le long de la route, les petits écoliers couraient en se protégeant comme ils le pouvaient sous des feuilles de bananiers qui ployaient dans la bourrasque.

En quittant l'auvent de tôle du loueur de voitures, nous n'avons pas pu éviter le déluge, mais la fraîcheur de la pluie sur mon visage, mon crâne et le dos de ma chemise, entièrement collé à ma peau, me faisait du bien.

— Ça va être bon de rentrer chez soi, fit Sampson alors que nous venions de nous réfugier sous la toiture métallique de l'aérogare, d'un beau jaune vif.

J'étais d'accord avec lui.

— Moi aussi, je suis content de rentrer. Damon et Jannie me manquent, j'ai hâte d'être chez moi.

— Ils vont retrouver le corps, me dit-il. Celui de Shafer, je veux dire.

— C'est ce que j'avais compris.

La pluie martelait sans merci le toit de l'aérogare. J'avais horreur de prendre l'avion quand le temps était aussi mauvais, mais j'allais bientôt pouvoir retrouver ma maison, ma petite famille, et oublier le cauchemar qui avait envahi toutes mes pensées et disloqué ma vie.

Christine m'avait demandé de renoncer à l'enquête criminelle qui m'obsédait depuis plus d'un an. Nana aussi, mais je ne les avais pas écoutées. Peut-être par défaut de clairvoyance. J'étais le Tueur de dragons, avec tout ce que cela impliquait, en bien ou en mal. Et en fin de compte, je me sentais responsable de la disparition de Christine.

Nous sommes passés devant les boutiques sans vraiment nous arrêter. Des vendeurs à la sauvette essayaient de nous vendre des bijoux et autres objets en bois sculpté, ainsi que du café et des fèves de cacao de la Jamaïque.

Je me faisais la réflexion qu'avec nos gros sacs de

toile, nous ne ressemblions pas à des touristes. Nous avions toujours l'air de flics.

Soudain, j'ai entendu un appel derrière moi, et je me suis retourné pour voir ce qui se passait.

C'était John Anthony, l'un des inspecteurs jamaïcains. Il courait vers nous en hurlant mon nom dans le brouhaha du terminal. Andrew Jones suivait quelques mètres derrière, le visage défait.

Jones et Anthony à l'aéroport ? Que se passait-il ?

— Le Furet ?

Le mot m'avait échappé, comme un juron.

Nous les avons attendus, mais je n'avais pas vraiment envie d'entendre ce qu'ils allaient m'annoncer.

— Il faut que vous reveniez avec nous, Alex, haleta Jones. C'est au sujet de Christine Johnson. Il y a du nouveau. Venez.

— Quoi ? Que s'est-il passé ?

Voyant que l'Anglais mettait du temps à répondre, je me suis tourné vers l'autochtone.

Anthony hésita, puis expliqua :

— On n'est pas tout à fait sûr, peut-être que ce n'est rien du tout. Quelqu'un prétend l'avoir vue. Il se pourrait qu'elle soit finalement sur l'île de la Jamaïque. Accompagnez-nous.

J'avais du mal à croire ce que je venais d'entendre. J'ai senti le bras de Sampson m'entourer vigoureusement, mais tout le reste me paraisssait irréel, comme dans un rêve.

Ce n'était pas encore terminé.

121

Pendant le trajet, Andrew Jones et l'inspecteur Anthony m'informèrent de ce qu'ils savaient, en s'efforçant de ne pas me donner trop d'espoirs. Un rituel que je connaissais bien, mais que je n'avais encore jamais vécu côté victime.

Nous nous étions serrés dans le petit Toyota d'Anthony.

— Hier soir, on a arrêté un cambrioleur, nous dit-il. Pour tentative d'effraction dans une villa d'Ochos Rios. Il nous a proposé un marché. Il disait avoir des renseignements qui pouvaient nous intéresser. On lui a répondu qu'on l'écoutait, et qu'ensuite on déciderait. Et voilà qu'il nous raconte qu'une Américaine était séquestrée dans la montagne, à l'est d'Ochos Rios, près de la petite ville d'Euarton. Il y a toute une bande de marginaux qui vit parfois là-bas.

« J'ai appris tout ça ce matin seulement. J'ai appelé Andrew, et on a filé à l'aéroport. D'après le gars qu'on a arrêté, elle s'appelle Béatitude. Il n'a pas donné d'autre nom. J'ai passé un coup de fil à votre hôtel, mais vous étiez déjà parti. Alors on est venus vous chercher. »

— Merci, lui ai-je répondu en me disant qu'ils n'en savaient sans doute pas beaucoup plus.

Un détail chagrinait Sampson.

— Comment se fait-il que ce serviable délinquant se manifeste justement maintenant ?

— D'après lui, il y a eu il y a quelques jours une fusillade qui a tout changé. Les Blancs étant morts, la femme n'avait plus d'importance. C'est ce qu'il dit.

— Ces marginaux, vous les connaissez ? ai-je demandé à Anthony.

— Des hommes, des femmes, des enfants. Oui, j'ai déjà eu affaire à eux. Ils fument beaucoup de ganja, ils pratiquent leur religion hybride, ils vouent un culte à l'empereur Hailé Sélassié, enfin, vous voyez. Dans le lot, il y a quelques voleurs à la petite semaine. En général, on les laisse tranquilles.

Le silence se réinstalla. Nous suivions la route de côte vers Runaway Bay et Ochos Rios. L'orage était déjà loin, et l'implacable soleil de la Jamaïque avait repris ses droits. Machette à la ceinture, les ouvriers reprenaient lentement le chemin des plantations de canne à sucre.

Après Runaway Bay, Anthony quitta la route principale et prit la A1 en direction de la montagne. Plantes grimpantes, lianes et branches s'enchevêtraient, et la petite route qui s'enfonçait dans cette épaisse jungle avait des allures de tunnel. Notre conducteur dut allumer ses phares...

J'avais l'impression de flotter dans le brouillard, d'être dans un rêve. Sans doute était-ce une manière inconsciente de me protéger, mais je savais que cela ne marchait pas.

Qui était Béatitude ? Je n'osais pas croire que Christine pût être encore en vie, mais je m'accrochais malgré tout à cet infime espoir. J'avais renoncé quelques semaines plus tôt, et maintenant, je me laissais de nouveau aller à penser à elle, à l'amour que je lui vouais, à la douleur qui me laminait lorsqu'elle n'était pas là. La gorge serrée, j'ai collé le nez à la vitre et je me suis recroquevillé en moi-même.

Brusquement, une lumière vive m'aveugla. Nous avions parcouru quatre ou cinq kilomètres qui, avec les virages, en pleine cambrousse, nous avaient paru beaucoup plus longs. Autour de nous s'élevaient de luxuriantes collines qui évoquait le sud des États-Unis dans les années cinquante ou soixante — la Géorgie, par exemple, ou bien l'Alabama. Des marmots habillés à l'ancienne jouaient devant des baraques délabrées tandis que sur les terrasses branlantes les vieux regardaient passer les rares voitures.

Ce paysage surréaliste me décontenançait.

La voiture s'engagea sur un petit chemin de terre qui se limitait à une crête d'herbe flanquée de deux profondes ornières. Nous arrivions. Mon cœur s'affolait, et j'avais l'impression d'entendre une calebasse qu'on aurait fait résonner dans un tunnel. Les cahots du chemin me faisaient l'effet de coups de poing.

Béatitude ? Qui est cette femme séquestrée ? Est-il possible qu'il s'agisse de Christine ?

Sampson vérifia l'approvisionnement de son Glock. En entendant le bruit de la culasse, j'ai regardé dans sa direction.

— Ils ne seront pas ravis de nous voir, mais vous n'aurez pas besoin de votre arme, lui dit Anthony. Ils sont probablement au courant de notre arrivée. Toutes les routes du coin, ils les surveillent. Christine Johnson peut très bien ne pas être ici en ce moment, si tant est qu'elle ait jamais mis les pieds sur l'île. Mais je me disais que vous préféreriez vérifier par vous-même.

J'étais incapable de répondre. J'avais la bouche incroyablement sèche, et l'esprit totalement vidé. L'enquête sur les Quatre Cavaliers n'était pas encore bouclée. S'agissait-il d'une dernière manœuvre de Shafer ? Sachant que nous finirions par découvrir ce repaire dans la montagne, nous avait-il attirés dans un dernier piège ?

Nous nous arrêtâmes devant une vieille bâtisse verte aux fenêtres décorées de rideaux blancs déchirés, avec un sac de toile de jute en guise de porte. Quatre hommes sortirent immédiatement. Ils avaient tous des dreadlocks.

Ils marchèrent jusqu'à nous, la mâchoire crispée, le regard brûlant de méfiance. Une attitude que Sampson et moi rencontrions souvent dans les rues de Washington.

Deux des hommes portaient de lourdes machettes de brousse. Les deux autres, je le savais, dissimulaient une arme sous leur chemise flottante.

— P'tez ! cria l'un d'eux. R'tournez d'où vous v'nez. Y a pas de femme ici.

122

— Non !

L'inspecteur Anthony sortit de son véhicule, les deux mains en l'air. Sampson, Jones et moi le suivions.

De la forêt, juste derrière la maison, nous parvenait l'écho de tambours traditionnels. Deux chiens vautrés dans l'herbe levèrent une tête indolente pour nous regarder et poussèrent quelques jappements. Mon cœur battait de plus en plus fort.

La situation commençait à me déplaire.

Un autre homme nous lança :

— Je et je voudrais que vous partiez.

Je reconnaissais cette figure de langage : le double pronom représentait à la fois celui qui parlait et Dieu, tous deux présents dans chaque être.

— Patrick Moss est en prison. Je suis l'inspecteur Anthony, de Kingston. Je vous présente l'inspecteur Sampson, l'inspecteur Cross, et monsieur Jones. Vous avez une Américaine, ici. Vous l'appelez Béatitude.

Un type armé d'une machette darda un regard noir sur Anthony et baragouina :

— 'pez-vous d'vos affaires. F'tez-moi la paix. Y a pas d'femme ici. Pas d'femme.

— Ce sont mes affaires et on ne va pas vous foutre la paix, lui ai-je répondu.

Il parut surpris d'avoir été compris, mais moi, je suis de Washington. L'accent rasta, je connais.

— Pas d'femme ici, pas d'Américaine, répéta-t-il, furieux, en me dévisageant.

Andrew Jones intervint.

— Nous voulons la femme américaine, et ensuite on s'en va. Votre ami Patrick Moss sera rentré chez lui d'ici ce soir. À vous de vous débrouiller avec lui.

— Pas d'Américaine ici, réitéra celui qui avait parlé le premier, crachant au sol en signe de défi. Faites d'mi-tour, r'tounez.

— Vous connaissez James Whitehead ? Vous connaissez Shafer ? l'interrogea Jones.

Ils ne nièrent pas. J'étais porté à croire que nous n'en obtiendrons pas davantage.

— Je l'aime, leur ai-je alors expliqué. Je ne peux pas m'en aller. Elle s'appelle Christine.

J'avais la bouche toujours horriblement sèche, et je respirais avec difficulté.

— Elle a été kidnappée il y a un an. Nous savons qu'on l'a amenée ici.

Sampson dégaina son Glock et le tint à bout de bras, le long du corps. Les quatre hommes nous fixaient toujours d'un regard mauvais. J'ai effleuré la crosse de mon arme, qui n'avait pas quitté son étui. Je voulais éviter la fusillade.

D'une voix grave qui tenait du grondement de tonnerre, Sampson prévint :

— On peut vous faire beaucoup d'ennuis. Vous n'avez pas idée des emmerdes qui vous attendent.

Finalement, n'y tenant plus, j'ai suivi un vieux chemin à travers les herbes hautes, frôlant au passage d'un des hommes du groupe.

Personne ne tenta de m'arrêter. Je sentais leurs vêtements de travail imprégnés de ganja et de sueur. J'étais de plus en plus tendu.

Sampson me suivit, à peine un pas derrière.

— Je les tiens à l'œil. Pour l'instant, ils ne font rien.

— Peu importe, lui ai-je répondu. Il faut que j'aille voir si elle est là.

123

Au moment où j'atteignais les marches de bois brut crevassées, une vieille femme dont les longs cheveux gris et blanc, comme à l'agonie, partaient en tous sens, vint à ma rencontre. Elle avait des halos rouges autour des yeux.

— Venez avec moi. (Soupir.) Allez, vous venez. Z'avez pas besoin d'arme.

Pour la première fois depuis de nombreux mois, j'ai entrevu une toute petite lueur d'espoir. Basée, ce qui n'était pas très raisonnable, sur la seule rumeur qu'une femme était détenue ici contre son gré...

La vieille à la démarche difficile contourna la maison et m'entraîna au milieu des buissons, des arbres et des fougères. Nous avions parcouru une soixantaine de mètres dans le sous-bois de plus en plus dense lorsque apparurent une demi-douzaine de cabanons faits de bois, de bambou et de ferraille.

La vieille marqua un temps d'arrêt, puis se dirigea vers l'avant-dernier appentis.

Elle prit la clé fixée à la lanière de cuir qui lui enserrait le poignet, l'introduisit dans la serrure, la secoua.

Elle poussa la porte, qui grinça sur ses gonds rouillés.

J'ai jeté un coup d'œil à l'intérieur. La pièce était entièrement vide, propre et nette. Sur l'un des murs, quelqu'un avait inscrit à la peinture noire *Le Seigneur est mon berger*.

Il n'y avait personne.
Pas de Béatitude.
Pas de Christine.
Désespéré, j'ai lentement fermé les yeux.
Je les ai rouverts. Je ne comprenais pas pourquoi on m'avait conduit dans cette vieille cabane en pleine cambrousse. Mon cœur se déchirait une nouvelle fois. Étais-je tombé dans un piège ?

Le Furet ? Shafer était là ?

Il y avait un petit paravent dans un coin de la pièce, et j'ai alors vu quelqu'un surgir. Je n'ai pas pu dire un mot. J'avais l'impression d'être en chute libre.

Je ne sais pas à quoi je m'attendais, mais certainement pas à ça. Sampson tendit le bras pour m'aider à rester debout, mais je ne m'en suis quasiment pas rendu compte.

Lentement, Christine s'avança dans le puits de lumière prodigué par l'unique fenêtre de la cabane. Moi qui croyais ne jamais la revoir...

Elle avait considérablement maigri, elle portait des tresses, et jamais ses cheveux n'avaient été aussi longs, mais ses beaux yeux bruns pétillants d'intelligence étaient toujours là. Au début, ni elle ni moi n'avons réussi à prononcer un mot. C'était le moment le plus extraordinaire de ma vie.

J'étais saisi de froid, et tout bougeait au ralenti. Le silence qui régnait dans la petite pièce avait quelque chose de magique.

Christine tenait dans les bras une couverture jaune paille d'où je voyais émerger une tête de bébé. Je tenais à peine sur mes jambes, mais je me suis quand même approché. J'entendais les gazouillis du nourrisson blotti dans son petit nid douillet.

Je n'ai pas pu bredouiller autre chose que : « Oh, Christine, Christine. »

Elle avait les larmes aux yeux, et mon tour est venu tout de suite. On s'est rapprochés. Je ne savais pas trop comment la tenir. Le bébé nous contemplait, aux anges.

— C'est notre enfant, déclara Christine, et il m'a sûrement sauvé la vie. Il tient de toi.

Nous nous sommes embrassés tendrement, avec une infinie douceur. Nous ne faisions plus qu'un. Nous avions du mal à y croire.

— Je l'appelle Alex, me dit-elle. Tu as toujours été là. Jamais tu ne m'as laissée.

ÉPILOGUE

LONDON BRIDGES, FALLING

124

Il se faisait appeler Frederick Neuman, et aimait se considérer comme un citoyen de la communauté européenne plutôt qu'un ressortissant d'un pays particulier, mais, si on lui posait la question, il répondait qu'il était allemand. Son crâne rasé lui donnait un air sévère, mais plus impressionnant à son goût — ce qui n'était pas un mince exploit.

On se souviendrait d'un individu « plutôt grand, mince et chauve », ou d'un type « genre artiste, avec un physique original ». Plusieurs personnes l'avaient d'ailleurs vu cette semaine-là à Londres, dans le quartier de Chelsea.

« Je veux rester dans les mémoires. C'est très important. »

Il fit un peu de shopping — ou plutôt, de lèche-vitrine — dans King's Road et Sloane Street.

Il alla au cinéma dans Kensington High Street.

Fit un tour à la librairie Waterstone's.

Le soir, il allait boire une ou deux bières au King's Head, sans trop parler à ses voisins de pub.

Il avait édifié un projet magistral. Un autre jeu allait bientôt voir le jour.

Un après-midi, il aperçut Lucy et les jumelles au Safeway. Il les épia derrière le rayon des flageolets en boîte, puis les suivit dans les allées noires de monde. Ni vu, ni connu. Pas de problème pour personne.

Mais il ne put résister à une pareille tentation. Il lança mentalement les dés. Qui formèrent le chiffre qu'il voulait voir.

Il se rapprocha peu à peu de la famille, en prenant soin de détourner le visage, au cas où, mais sans jamais perdre de vue Lucy, ni les jumelles, qui étaient peut-être plus dangereuses encore.

Lucy examinait du saumon sauvage d'Écosse. Elle finit par le remarquer, sans le reconnaître. Il en était sûr. Les jumelles aussi. Pauvres petites idiotes, à l'image de leur mère.

Le jeu avait repris. Un vrai bonheur, d'autant que Shafer n'avait pas pratiqué depuis longtemps. Il avait l'argent du livre, l'avance sur les soi-disant révélations autour du procès, le tout bien à l'abri, en Suisse. Après avoir réussi à quitter la Jamaïque en bateau, il s'était baladé dans toutes les Caraïbes. Il s'était notamment rendu à San Juan de Porto-Rico, où il avait été tenté de passer à l'acte. Puis il était allé en Europe. Rome, Milan, Paris, Francfort, Dublin, et enfin Londres. Un périple au cours duquel il ne s'était permis que deux ou trois incartades. Parce qu'il était devenu prudent, maintenant.

Lorsqu'il s'approcha de Lucy, tout près, si près, il retrouva les sensations du bon vieux temps. Et malheureusement, ses tics étaient de retour. Il frappait nerveusement du pied, et ses mains tremblaient.

Il pensait qu'elle l'aurait remarqué, mais ce n'était qu'une blondasse débile, une vraie tache. Il se rapprochait, il était à moins d'un mètre d'elle, et elle ne le reconnaissait toujours pas.

— Oh, Luuu-cyyy... c'est Ricky, lui susurra-t-il en souriant, en souriant encore. C'est moi, ma chérie.

Zip, zip. Il lui lacéra la gorge d'un aller-retour au moment où ils se croisèrent dans l'allée du supermarché, comme deux personnes qui ne se connaissaient pas. Deux entailles à peine visibles, mais très profondes.

Elle tomba à genoux — et qu'ils étaient osseux, ses genoux ! — en se tenant le cou comme si elle cherchait à s'étrangler toute seule. Puis elle vit qui lui avait fait ça, et dans ses yeux bleus soudain exorbités Shafer lut l'incompréhension, la douleur, et enfin ce qui ressemblait à une terrible tristesse.

— Geoffrey, parvint-elle à dire dans un atroce gargouillis tandis que le sang bouillonnait hors de sa bouche.

Son dernier mot. Son nom à lui.

Shafer savoura l'instant, lui qui réclamait vengeance et reconnaissance. Et il s'éloigna, à contrecœur, avant de réserver le même sort aux jumelles.

Jamais on ne le revit à Chelsea, mais chacun se souviendrait de lui.

Non, personne ne l'oublierait.

Ce monstre grand et chauve.

Le fou furieux toujours vêtu de noir.

Le tueur démoniaque qui avait commis tant de meurtres abominables qu'il n'était plus en mesure de les dénombrer.

Geoffrey Shafer.

La Mort.

Dans la même collection :

Sandra Brown
Faux-semblant
Confession exclusive
Mardi gras

William Diehl
La Stratégie de l'hydre
Régner en enfer

Sarah Dunant
Transgression
Double sens

Linda Fairstein
L'Épreuve finale
Un cas désespéré
La Noyée de l'Hudson

Stephen King
Shining
L'Accident
Danse macabre
Salem
Le Fléau

Andrew Klavan
Jugé coupable
L'Ivresse du démon
Cache-cache avec Amanda

Hector Macdonald
Cortex

Petros Markaris
Journal de la nuit
Une défense béton

Carol O'Donnel
Les Larmes de l'ange
L'Appât invisible

James Patterson
Le Masque de l'araignée
Et tombent les filles
Jack et Jill
La Diabolique
Au chat et à la souris
Souffle le vent

Mario Puzo
Le Dernier Parrain
Omerta

Leah Ruth Robinson
Soupçons aux urgences
Une attention vénéneuse

Scott Turrow
La Loi de nos pères
Dommage personnel

Impression réalisée sur CAMERON par

BRODARD & TAUPIN
GROUPE CPI

*La Flèche
en avril 2001*

Imprimé en France
Dépôt légal : avril 2001
N° d'édition : 14513 – N° d'impression : 7348